呦呦鹿鸣

全国青年作家获奖作品选

汪家弘　主编

远方出版社

图书在版编目（CIP）数据

呦呦鹿鸣 ： 全国青年作家获奖作品选 / 汪家弘主编
. -- 呼和浩特 ： 远方出版社，2023.9
ISBN 978-7-5555-1868-6

Ⅰ. ①呦… Ⅱ. ①汪… Ⅲ. ①中国文学－当代文学－作品综合集 Ⅳ. ①I217.1

中国国家版本馆 CIP 数据核字(2023)第 165410 号

呦呦鹿鸣——全国青年作家获奖作品选
YOUYOULUMING QUANGUO QINGNIAN ZUOJIA HUOJIANG ZUOPIN XUAN

主　　编　汪家弘
责任编辑　王　叶
封面题字　汪钟鸣
策划编辑　刘慧明　郑圣钺
出版发行　远方出版社
社　　址　呼和浩特市乌兰察布东路 666 号　邮编 010010
电　　话　（0471）2236473 总编室　2236460 发行部
经　　销　新华书店
印　　刷　河北浩润印刷有限公司
开　　本　787 毫米×1092 毫米　1/16
字　　数　384 千
印　　张　23
版　　次　2023 年 9 月第 1 版
印　　次　2023 年 9 月第 1 次印刷
标准书号　ISBN 978-7-5555-1868-6
定　　价　68.00 元

目录 / CONTENTS

◆诗歌天地

◆散文家园

◆小说世界

诗歌天地

致文友（外一首）

汪家弘

在每一个黎明
我渴望月亮
在每一个深夜
我渴望太阳
在每一个潮起潮落
我渴望云卷云舒
在每一个花开花落
我渴望载歌载舞

其实，在时光的每一秒
我只是渴望
与你相遇，与你们相遇

我不是在昨天，就是在今天
或许是明天
一个灿烂的日子
等你，等你们
在黄河之畔，在长城脚下
在昆仑之巅，在天涯海角
把岁月酿成一坛美酒
一饮而尽，写下一段文字
然后，让我们的名字
在时空中闪闪发光

无法忘记你

每一个夜晚，
我烧毁了所有的记忆，
但无法忘记你；
每一个早晨，
我扔掉了所有的昨天，
但你依然在我心里。

作者简介：汪鑫，又名汪家弘，1981年出生于湖南，现居北京，先后在出版社、报社从事编辑、策划和运营管理工作，现为青年作家网总编辑。钟情于历史人物、历史事件、地域文化和姓氏文化的研究创作。完成的作品有：历史系列小说《“徽州魂”三部曲》、都市文学《合羽恋》、古代武侠小说《吴王令》和《宝庆传奇》等；策划和主编的文集有《千年汪氏：汪氏历史文化普及读物》《岁月之歌：全国青年作家优秀作品选》《花开四季：全国青年作家优秀作品选》、“梦想树文化丛书”等；创作剧本《徽州魂》（纪录片）、《一代名角洪雪飞》（纪录电影）、《大美沙漠》（纪录电影），并担任制片人，其中《徽州魂》曾在中央电视台播出。

马头琴（外一首）

张青山

沉寂的草原上，大多的生灵
都与秋草一样正在迅速走向死亡
寒风吹过河流，河岸野花一片
夕阳下，小伙正在策马驱赶羊群
不远处，蒙古包炊烟袅袅
马头琴，时而呜咽时而激昂
正在召唤着远行的游子
一起来吧，在这更深露重的夜晚
架一炉篝火，温一壶烈酒
弹一曲《鸿雁》或《天边》……
拂去尘世的孤独和悲哀
今夜，我想醉倒在草原的怀里
熊熊的篝火仿佛就是黎明的朝阳
伴我入眠

（本文荣获 2021 • 全国青年作家文学大赛诗歌组一等奖）

党啊，母亲！我为你骄傲

若无史料记载，谁能相信
一百年前
你静悄悄地诞生在

嘉兴南湖一叶小小红船之上
从此，沉睡的东方巨龙
开始冉冉升腾，直至光芒万丈

为了拯救苦难深重的祖国于水火
你高擎锤头镰刀的猎猎大旗
上井冈，渡赤水，走长征
过长江，追穷寇，搞土改
西柏坡，三大战役平天下

为了民族尊严、祖国昌盛、人民幸福
你不忘初心，牢记使命，只争朝夕
抓生产，提经济，改革开放
抗天灾，战瘟疫，港澳回归
造巨轮，升火箭，威震八方

而今，你依然风华正茂
为实现中华民族伟大复兴的中国梦
你以超常的智慧率领十四亿人民
攻坚克难，精准扶贫奔小康
卧薪尝胆，振兴科技国运昌

党啊，我伟大的母亲
每一次浴火重生
无不彰显出你
博大坦荡的胸襟，智慧果敢的魄力
坚定和平的决心，不惧外敌的自信
依偎在你坚实的翼下

我感到午夜的梦
特别安然、香甜

（本文荣获第三届“中国青年作家杯”征文大赛诗歌类二等奖）

作者简介：张青山，四川南充人，现定居成都。青年作家网签约作家，笔若诗歌网签约诗人，湖南省网络作家协会会员。在中国诗歌网、中国作家网、青年作家网等文学平台发表诗歌、散文、随笔500多篇（首）。著有三人诗集《雨水漫过秋》，已出版个人诗集《西边太阳东边月》。

咏您，美美的秋（组诗）

梁　慧

秋意渐浓

秋分时节
秋意悄然而至
纷纷的落叶
潇洒地撒向地面
铺成金黄的带子

阵阵的秋风送爽
满满的果实归仓
潇潇的秋雨飘来

天高云淡风儿轻
秋风秋雨秋来爽
情深情暖情义浓

立秋，怎可无诗

树叶飞　秋风起
片片落叶轻轻舞
一年时节秋来时
瓜果香收获满

秋风秋雨情
点点花伞墙角下
娉婷袅娜的姑娘
消失在小巷的尽头

秋风吹落了思念

阵阵的秋风
送来了凉意
带走了酷暑
片片的黄叶
那是谁的思念

秋风瑟瑟中
秋雨潇潇里
记挂谁的恩情

一年又是秋来时
秋去冬来万物枯

秋天不会撒谎

红彤彤的枫叶
眼前风景如画
飘落地面的叶子

装点了长长的小道

田野里黄澄澄的稻子
颗粒归了仓
青蛙进了洞
虫子躲到草丛中

天气凉飕飕的
树头光秃秃的
夕阳暖暖的
这是秋天送来的信息
她诚实得不会撒谎

（本文荣获2021·全国青年作家文学大赛诗歌类一等奖）

作者简介：梁慧，笔名雨薇子，广东省肇庆市人，从事基础教育，语文教师，喜爱诗歌与散文。论文在《教育现代》《文渊》《新教育》等报刊发表。中国散文学会会员，湖南网络作家协会会员，现为青年作家网签约作家。作品散见于《清风文学》《文学少年》。曾荣获2021·全国青年作家文学大赛诗歌组一等奖，第三届“中国青年作家杯”征文大赛诗歌组二等奖。出版有个人诗集《诗海拾趣》。

约定（组诗）

罗淑英

一卷黄柏皮

甚至都不确定那究竟是不是黄柏皮
干枯地蜷缩在仓库里
很久了
我固执地称它为刺黄檀
祖先们曾在梦里提过这个词
它的裂缝一茬茬
伤口在时间长河里合拢，裂开
然后合拢

它长在山崖
小溪尽头
某家农户的屋后
被雨水洗刷
阳光里抖擞身子
取下指拇大小
沸水里浸泡，荡漾
热气在杯口升腾的时候
我看见山野草木的枯萎
它们的意义还在于被水化开后的重生

雨

雨携带空灵，将所有看不见的缝隙一条又一条寻觅
虔诚地洗涤
扎在树干上，饱满地盛开
雀鸟收起双翼，在滴答滴答里歌唱
雨还似繁花落叶
仰头一眼便能在天空里辨认出它的美
偶尔挡不住脾气与万物相撞
厚厚的尘土随风嘶吼
又趁着暮色在它的身体里安静落下
它说它不想静悄悄地来更不愿静悄悄地流淌
可是它最终也无法忘记自己雨的身份
它又来来往往
滑落在青青稻田里

春的庇护

牛背起伏
与咀嚼茅草根的幅度一致
溪流穿过山谷与绿荫之间
少妇放下木盆
鱼鳅串，荠菜，柴胡
洗去泥土
与祖祖辈辈的厨房关联
杜鹃择了舒适的巢

开始撕裂身体
带刺的藤蔓往往无法展示自己的温柔
于是，留下动物的皮毛
行人细小的血口子
夜晚，蛰伏瓦片下的幼虫
在繁星里成为蛐蛐，开始扯开喉咙歌唱
从此，有了春的庇护
万物拥抱阳光和果实

山羊住进我的梦

它一定知道我的梦里野草嫩美
文字与太阳在东方升起
泉水在草原中央汩汩而出
同时，它也瞧见了
诗集藏在悬崖之后
森林漂浮于大海之上
丘陵，站在西北
每一块石头都背着一段经文
匍匐着，比世间万物都虔诚
经幡迎着风清洗翅膀
寻找遗失在路上的灵魂
爬上扎耶巴寺峭壁
山羊的双角变得柔软

樱桃树的温度

坟前种一棵樱桃树
用一个季节陪伴你
山雀落在树梢
允许它啄食烧红的树冠
而悬挂在离地一米多枝头上的果实
是留给你的

孩子们走远了
会提到松散的茎叶吗
可否请蚂蚁搬走石阶的灰尘
花朵盛开的时候
也不要来看我
你知道的
这是这棵树唯一的温度

用水井湾的水为你烧一壶茶

通往你的路明明近了
却荆棘丛生
当我跪在你的面前
杨梅树结了厚厚的青果

日落了
鸟雀拍打翅膀

枯草随风摇啊摇
你总不让我舀水浇灭那煮猪食用的柴火
就像此时我不愿
山林的风吹灭这根白色蜡烛
掀翻燃烧的黄色纸钱

有那么一天
向日葵盛开的时候
我会用水井湾的水为你烧一壶茶
为你剥开
子母灰里捂着的滚烫洋芋

约　定

承认我懦弱自卑
时时刻刻眷念春裁的雨水
却忍受想要诉说一切的煎熬
承认我妒忌狭隘
被鲜明的秋阳灼伤了双眼
可是我问你
那个毫无干系千里之外的人
为何让一棵没了生命的凋枯之树重新发了芽
为何让一只没有方向的流浪猫再次有了家
又为何可以随心所欲放任它受尽冷落受尽风吹雨打

易逝烟火
在窗外凝视惨淡夜里刻下的名字，一笔一画

白色陶瓷杯
佯装寂寞听着旧曲唱到夜不能寐，喉咙沙哑

甚至不用问我
你的笑早已灿烂在我心头
真挚明亮的爱给了你
全部的温柔给了你
只愿后来的那个你爱的人
同我一般深深爱着你

枯萎的树可以再次开花
流浪猫擅长在尘世漫无目的游荡
不动声色的小偷
下辈子可否提前约定
不早一分不晚一秒我们刚好相遇
然后给我一点点勇气随你逃离
在星光满地的夜色里

（本文荣获“让爱永恒——七夕情人节”征文大赛“最佳诗歌”）

作者简介：罗淑英，女，贵州仁怀人。贵州省诗歌学会会员、贵州省青年文学研究会会员、仁怀市作家协会会员、青年作家网签约作家。出版有个人作品集《小屋里长满日落》。

家乡的那条柏油路（外两首）

韩湘生

路，是家乡通往外面世界的纽带和桥梁
路，是打通乡村振兴的“主动脉”
路，贯通了党员干部和人民群众的鱼水情
路，放飞了家乡经济腾飞的翅膀

然而，回顾往昔的沧桑岁月
那是一条坑坑洼洼布满沟壑的土路
那是一条晴天灰烟四起的尘路
那是一条雨天淤泥滞步的洼路
那是一条雾天事故频发的险路

路是乡村的脸面
路是乡村的形象
村两委一班人看在眼里记在心上
一致认为
此路不修枉为共产党员
村支书、村主任带头发扬先锋模范作用
两委一班人犹如一座无坚不摧的战斗堡垒
党员干部犹如一面冲锋在前的鲜红旗帜
捐款如火如荼
为修路的梦想奠定第一块基石

隆隆轰响的挖土机奋力启动

勤劳的铺路工人成了乡间村落一道亮丽的风景
沥青和石子水泥浇铸成生命的璀璨
碾路车的轱辘瞬间将坎坷压平
党员的力量在这里凝聚
党员的形象在这里彰显
党员的事迹在这里彪炳

我爱你，家乡那条美丽的柏油路
是你将这里的贫穷和落后赶走
我爱你，家乡那条宽阔的民心路
是你将干群关系融通
我爱你，家乡那条纵横的和谐路
是你将村落之间拉得更近
我爱你，家乡那条平坦的幸福路
是你将新时代农村的扶贫攻坚梦
真实体现

母亲节

繁花盛开的五月
迎来了一年一度的母亲节
望着一束束
鲜艳的康乃馨
仿佛看到了
慈祥可爱的母亲
并非出生在五月的我
也能在此氛围中感受到对母亲的依恋

奶奶说
儿的生日是娘的苦日
在我的心里
只有生我的那一刻
才是我的母亲节
只是很少有人知道
更很少有人记得
然而每年的这一天
却有好多的亲友
在一起度过

感谢您
我亲爱的母亲
感谢您将我带到
这多彩的世界
让我享有人间的悲欢喜乐
您是我一生永远
唱不尽的美妙的歌
感谢您
我亲爱的母亲
虽然今天不是我的母亲节
可我依然
送给您一束美丽的康乃馨
祝愿天下所有的母亲永远吉祥

走进谷雨

四月是最美的时节
时间慢慢走过清明
空气被冲刷得分外干净
天地之间最美的风景
就是此刻——谷雨天

春天的诗歌春天的故事
此时冬的霜雪已经远去无踪
春雨淋洗枝条
慢慢地
绿色充了满眼
人们的心情也跟着明快起来
天空与绿地
从未有过如此的明净
树木庄稼也有着说不出的空灵
让人感觉生活在迷人的诗与画中

花儿吐艳柳枝婀娜
峰峦叠翠处处芳菲浸染
又是一年谷雨至
又是一年别春时
时节当春下
好雨至农家
侧听蓑笠翁
头顶谷粒响

在这暮春时节
愿我们
没有匆忙的岁月
只有闲适的时光
追求自己的喜好
向往自己的向往
愿我们
放下生活的微凉
拥抱七彩的阳光
愿我们在即将穿隙而过的谷雨时节
留下最真最美的印迹

（本文荣获2021·全国青年作家文学大赛诗歌组一等奖）

作者简介：韩湘生，男，中国小说学会会员，中国散文学会会员，中华知青作家学会副主席。现任《荒土文学》副总编，《文学月报》杂志社常务主委，青年作家网签约作家，《文学与艺术》签约作家，《知青文学专号》《乌苏里江绿色风》特邀撰稿人。已发表作品800余篇，多篇文章在全国征文大赛中获奖。出版有个人作品集《那一片遥远的山林》《梦中的白桦林》。

父亲的葬礼

孔　屏

我哭号着，
父亲您别走！
别走！
我尽孝的日子还很长！很长！
病快的身躯使您无奈！无奈！
既然您我一定要生离死别……

父亲啊！
您安详的遗容慰藉儿的心，
您传承孔孟之道育人万千。
您的教诲在我脑海里回响，
让女儿潇洒无悔在人间走一回！

父亲啊！
您的葬礼举行在百花丛中，
花圈悼词布满了整个灵堂！
各国的亲朋好友为您哀悼！
天空中的悲雨也为您哭泣！

熊熊烈火吞噬了您的全部！
女儿撕心裂肺也无力扭转！
您走吧……
不要再回头！

去您该去的天国！
等来世再做您的女儿。

2018 年 7 月 9 日于泰国曼谷

（本文荣获第三届“中国青年作家杯”征文大赛诗歌组二等奖）

作者简介：孔屏，女，1959 年生于海南岛，孔子第 78 代后裔。1976 年进入海南歌舞团（现为广东省南方歌舞团）任舞蹈演员，1982 年旅居泰国至今。现任泰国康达集团副董事长。社会职务：泰国留学中国大学校友会理事及写作协会副会长，《泰国风》杂志社副社长，泰中文化人联合会秘书长，泰中经济协会理事。爱好文学写作，尤其是诗歌、散文。

踏　春

何刚毅

一年复一年的春天
按照自然界的规律轮回
以春夏秋冬的顺序循环往复
地球自转三百六十五天
白天黑夜，每到这个时候
人们总是盼望春天的来临
因为春天的温暖气候
带给人们惬意的享受
虽说春天的气候总是大同小异
但从来就没有相同的春天
我们认识春天来临的意义
我们就会抓住春天，就会抓住转瞬即逝的生命
春天在轮回中会不会消失我不知道
但一个人的生命总是随时在历史的进程中消失

我们去踏春，把对于春天的印象
留在我们的生命里
今天去踏春是想感受春天的美景
我看到了那片油菜花
那黄金般的原野
蜜蜂在辛勤地耕耘
豌豆花开了，她在人们的眼中
已经老去，失去了她清香的美味

即将终结的生命
而她最终给人们留下了一串串豆米
胡豆花开了，像一只破茧飞舞的蝴蝶
她深藏在大片绿叶的裙里
她给人们的希望是结出饱满的蚕豆
让人们想到鲁迅先生笔下的孔乙己
想到其枝叶晒干，被送进柴灶灰飞烟灭
人的命运不过如此，只是意义完全不同而已

2020 年 3 月 18 日于重庆大学城

（本文荣获第三届“中国青年作家杯”征文大赛诗歌组一等奖）

作者简介：何刚毅，笔名绿溪。籍贯四川眉山，中共党员。经历 20 年军旅生涯后转业，在重庆市渝中区机关事业单位工作。在部队曾参加老山战役，创办老山阵地报纸《猫耳洞》并担任主编。近年拾笔，为青年作家网签约作家、《诗路》杂志社会员、《青年文学家》杂志理事、《西部散文》学会会员、中华作家联盟文学院终身院士、鲁迅现代文学高研班成员、重庆市渝中区作家协会会员、重庆市诗词学会会员、重庆市新诗学会会员。曾在国内外多家文学平台及杂志社发表作品 500 余篇，并多次在各类征文赛中获奖。

仁寿抬工号子（外两首）

喻加强

一队抬工写意着坚毅
一腔热血澎湃着豪情
一阵狂风集聚着能量
一道闪电挟持着雷鸣
一座座群山巍峨着沉默
沉默着等待最美的和鸣

拉开的帷幕是力的凝固
序曲低回——
是后浪推着前浪的低沉
是重量的痉挛欲挣脱缰绳
是脊背的张力吱吱呀呀
是足底的旋风挟裹着热浪
是抬杠旳牙关紧咬着野性
……

紧接着——
是肺腑遇着肺腑的猛烈撞击
是高亢遇着高亢的狭路相逢
是闪电遇着雷鸣的殊死搏斗
是普通遇着平凡的同台较量
是不驯的跳跃无可阻挡
是滚动的力量一往无前

是杠捶擂击上下的挥动
是喧嚣着不屈的黝亮的古铜
是情绪让失控信马由缰
是爱情让心动开辟鸿蒙

是顶天立地的力量
跫音响彻四面八方
是贫穷高昂着的不屈的头颅
是幸福微笑着的坚定的期盼

大河为之停止奔流
群山为之送去凝眸
长风为之侧耳倾听
万物为之开道鸣锣

他就这样
一路向前
一路滚动
一路磅礴
一路呐喊

注：仁寿抬工号子，是一百六十万仁寿人民与贫穷不屈抗争的吼喊。
2001 年，一百二十八人抬工号子队一举打破吉尼斯世界纪录。
2004 年，仁寿抬工号子队走进央视舞台。
2007 年，仁寿抬工号子队被四川省列入首批非遗名录。

（本文荣获第三届“中国青年作家杯”征文大赛诗歌组二等奖）

母亲，我，小黑

我站在这儿
几十年以后

几十年以前
我也坐在这儿

一条土坎
一坡茅草
一轮红日，高悬，在中天
一只黑狗，蜷伏，在我旁边

母亲在割饲草
我在哭泣
小黑摇着尾巴
伸过头来
舔我的脸

母亲不说话
一颗地瓜
捂我嘴上
我轻咬一口，甜

现在，我又站在这儿
太阳，晃得扎眼
身边，没了母亲，也没了小黑

四野，空无一人，寂然无声
我极目四望
内心，一声喟叹

真想吃一颗地瓜
我涕泗横流
一个人，在草丛里翻捡

我的泪哟
这个时候
没有了小黑
还有哪只狗儿
能再舔舔我的脸

（本文荣获青年作家网2021·全国青年作家文学大赛诗歌类一等奖）

灯

堂屋里
一盏煤油灯
灯影摇曳里
祖母，母亲
哥哥，嫂嫂

隔壁，床上
是高考落败的我
人，在一片黑暗里

心，却在寻找光明

雄鸡，在五更唱响
堂屋里的灯
暗淡下去了

另一盏灯
却亮起来

直到现在
那盏灯
还亮着

（作者凭借本文荣获青年作家网“2021年度优秀作家”荣誉称号）

作者简介：喻加强，男，中文系毕业，文学学士。四川省仁寿县作协会员、青年作家网签约作家、中国诗歌网蓝V诗人、《望安山文学》专栏作家、《蒙东作家》特约作家。中学语文教师，从教30余年。有小说、诗歌等600多篇(首)见诸纸刊或平台，有多篇作品在文学赛事获奖。

追随红色的印记

马沈岐

聆听《中国共产党百年述职报告》，感触至深。父辈们追随中国共产党，完成土地革命，取得新民主主义革命的胜利。在社会主义建设的道路上，有过激情澎湃的革命热情、忘我的工作精神，也有过迷茫、深刻而惨痛的教训，经历过苦斗困顿，且百折不挠，一步步走向新的光明。

从石库门到天安门，已经
百年了，其间发生很多的故事
我们可以坦荡地讲
我们可以义正词严地讲
因为我们有故事
因为我们是胜利者
遍地狼烟下的英雄
似大地上的纪念碑
构成了一条红色的飘带
一路护佑着中国共产党
红军走过的路
已经是青山绿水的锦绣之乡
重走这条路
激起的是忠贞的信念
八路军、新四军坚守的民族统一战线
赶走了日本帝国主义侵略者
建立起了社会主义的新中国
重走这条路

我们已经国富民强自立于世界民族之林
新中国走过的路
我们已经实现上天入地、跨海登极的理想
这条路我们走得踏实
更加印证我们的初心和梦想的伟大
在每一个历史的节点上
民族之魂都眷恋着中国共产党
每一次危机的降临
都会有英雄人物力挽狂澜，修正航程
我们中华民族很幸运
面对日本帝国主义侵略者
面对中华民族的危亡之秋
中国共产党人团结一切力量
建立起最广泛的民族统一战线
在世界反法西斯的东方主战场取得伟大的胜利
中华民族付出了巨大的牺牲
我们的国家太积贫积弱了
我们的民族经不起内战的消耗了
为了中华民族的利益和人民的心愿
中国共产党人亲赴重庆谈判
展现出和平建国的最大诚意
但事与愿违
新中国的诞生，在人民中释放出了久聚的力量
建设自己的国家是人民的心愿
冲天的劳动热情高涨
新中国获得了自己的发展空间
快速恢复了经济建设
坚决的抗美援朝战争

廉洁高效的中国政府
在积贫积弱、百废待兴的基础上
完成了第一个“五年计划”的目标
说明中国共产党有能力，有信心
能推翻一个旧中国
就有能力建设一个新中国
在第一个“五年计划”的基础上
我们即将实现更加伟大的目标
前途是光明的，道路是曲折的
走过其中一段历史经历的我们
深感其中的不易
弯路我们走过，而且走得悲壮
深渊我们探过，而且探得痛苦
在寻求正确的道路上
蹚过激流，踏过荆棘，受过伤害
然而面对这一切
共产党人未曾畏缩
抛头颅，洒热血，革命理想忠贞不渝
认准的道路，用初心凝聚使命
百折不回，万难不惧
复兴的重任，梦想的辉煌
肩负的使命，承诺的目标
前赴后继，奋斗不止，争取胜利
改革开放，继承发扬，融入世界
抓住有力的时机发展壮大我们的实力
在伟大的中国共产党领导下
中国进入历史上最好发展时期
中国的富足和强大是我们的梦想

人民过上理想中的美好生活正在实现
今天的自豪，来自于先贤的牺牲与奋斗
未来大踏步地走自己认定的道路
敢与列强争锋，敢与敌人亮剑，有何惧哉
过去的百年我们殚精竭虑
下一个百年我们有这么好的开端
中华民族的未来不可限量

（本文荣获第三届“中国青年作家杯”征文大赛诗歌组二等奖）

作者简介：马沈岐，年轻时上山下乡，在陕西省渭南市澄城县庄头公社李家河大队第二小队插队；1986 年毕业于河南工程学院（现在学院名称），2018 年 1 月被聘为河南工程学院兼职教授。现工作于中煤科工集团西安研究院，主要从事地质工程，煤矿瓦斯地质钻探工艺研究与治理及教学，矿井水文防治方法研究等。高级工程师，发表专业论文 26 篇；出版诗集《马沈岐诗选》；长篇小说《黄土高原的岁月》获首届“中国知青作家杯”征文一等奖，参与出版《永远的知青》合集。曾当选为中华知青作家学会第一届理事会理事，在中国煤炭新闻网、中国诗歌网等发表若干小说、诗歌网络作品。现为青年作家网签约作家。

隔涯亦挂牵，满满的碎碎念

风之羽

你我相遇的故事，
是转经筒上千千阙歌的缘，
穿越了一梦千寻的约定，
你我终于在一屏之隔中，
会心凝望，遥寄情思。
远方究竟有多远可以标记？
有没有一种缘属于注定眺望？
隔了千山万水的距离，
每天只轻轻一声问候：
“安好，就是阑珊。”
瞬间，那些流年里的薄凉，
便开出灿灿的暖。
从此，
我的生命中，
有了深情的珍重和写意；
你的期许里，
有了和我并肩看斜阳，情义两相坚。
从此，
那些春色里娇媚的花，
就在我们的笑眸中吐艳；
那些秋日中美丽的云，
就在我们的瞩目中高远。
喜欢在每一个闲散的午后，

于键盘上，敲打出，
属于自己的快乐或伤感，
穿过时光的隧道，
在灵魂里与你默默对望，
坐在一脉茶香里，披阳光衾暖，
剪西窗夜话，品心事悠然。
此时，我知道，
你会静静地走近我，静静地聆听，
将我所有的呢喃，
剪贴成心灵的底片，
标注，折叠成卷。
默默相守的时光，
洒满欢笑，相见恨晚的呓语，
圈圈，似曾相识的你我。
迤逦的梦，
因了呼唤而盈盈欣喜；
婉约的情，
因了牵念而潺潺愉悦。
三千里路云和月，
阻不断心灵的风起云涌，
你就坐在时光的那端，
我坐在时光的这端，
一阕词，吟尽渴望中的千回百转……
沉默，是你我读得懂的温柔，
偶尔的片言只语，氤氲了无言的海涵……
阳光，情感，喜欢，
雀跃了所有桃花夭夭，
网络铺展的絮语千言，

有你有我诗韵频闪，
不说话也十分美好。
夜，
总是被一些真情所感动，
星语心愿，无遮无拦，
隔屏的呢喃温润心的苍凉，
眼睛与眼睛的对视，
让深情葱郁缱绻。
始终相信，
文字是有灵性的，
袅娜世间所有繁华逸事。
一如你我，春花秋月系情缘，
隔涯亦挂牵，满满的碎碎念……

（本文荣获 2021·全国青年作家文学大赛诗歌组二等奖）

作者简介：风之羽，男，原名王会君，又笔名拔节岁月。1985 年招飞入伍，转业后成为政府公务员，曾在《人民日报》《解放军报》《中央人民广播电台》《黑龙江日报》等主流媒体发表作品 1200 余篇，多次获奖。中国诗歌网认证会员，《中外华语作家》签约作家（签约诗人），当代人物网注册编辑，青年作家网签约作家。

百年初心　百年精神

——庆祝中国共产党成立一百周年

李广鑫

初心在哪里？使命如何担？
我从伟大中国精神中寻找答案……
秀水泱泱，红船领航。
一个大党诞生于一条小船，这是中国共产党的“母亲船”。
红船劈波行，精神聚人心。
“开天辟地、敢为人先，坚定理想、百折不挠，立党为公、忠诚为民”
——这伟大的“红船精神”，
是中国共产党人的初心，是中国革命精神的源泉！

星星之火，可以燎原。
这是第一个农村革命根据地，
这是一个中国革命的摇篮。
“坚定信念、艰苦奋斗、实事求是、敢闯新路，依靠群众、勇于胜利”
——这跨越时空的“井冈山精神”，
彰显了共产主义理想和信念！

一个彪炳千秋的里程碑，
一个人民军队定型的地方。
在这里确立了党的生命线，在这里创立了党指挥枪，
在这里开辟了“思想建党、政治建军”的正确道路。
——“古田会议精神”永放光芒！

一部宣言书，一支宣传队，一台播种机。
一幅幅鲜活的历史画卷，一部不朽的革命史诗，
在二万五千里长卷上，
写下了“一不怕苦，二不怕死”的豪迈誓言。
这是中国革命史上的伟大奇迹，
这是世界军事史上的伟大壮举。
“坚定不移的革命信念，坚韧不拔的英雄气概，
维护团结统一的高尚品德，联系群众艰苦奋斗的崇高思想”
——这伟大的“长征精神”，
是人类历史上艰苦奋斗精神的楷模，
是中华民族百折不挠、自强不息的民族精神的典范！

一个中国革命的圣地，诞生了一个成熟光辉的思想。
“坚定正确的政治方向，解放思想、实事求是，自力更生、艰苦奋斗，全心全意为人民服务”
——这伟大的“延安精神”，
是中国共产党的传家宝，是中华民族宝贵的精神财富！

东北沦陷，华北危机，
中华民族到了最危险的时刻，
中国共产党高举起抗日民族统一战线的大旗。
“天下兴亡、匹夫有责的爱国情怀，
视死如归、宁死不屈的民族气节，
不畏强暴、血战到底的英雄气概，
百折不挠、坚忍不拔的必胜信念”
——这伟大的“抗战精神”，
是坚持持久必胜，赢得民族解放的法宝！

这是一个立规矩的地方，
这是中国革命最后一个农村指挥所。
两个务必，两个敢于，进京赶考，新中国从这里走来。
“敢于斗争、敢于胜利的开拓进取精神，
依靠群众、团结统一的民主精神，
戒骄戒躁的谦虚精神，
艰苦奋斗的创业精神”
——这伟大的“西柏坡精神”，
是一个成熟的党、一个胜利在望的党、
一个任何力量都战胜不了的党特有的胸怀和境界！

初心在哪里？使命如何担？
我从伟大中国精神中寻找答案……
伟大的时代呼唤伟大的精神，
崇高的事业需要榜样的力量。
“宁肯少活二十年，拼命也要拿下大油田”的铁人王进喜；
“生也沙丘，死也沙丘”的优秀县委书记焦裕禄；
“做一颗永不生锈螺丝钉”的雷锋；
“青山处处埋忠骨，一腔热血洒高原”的孔繁森；
“坚守信念绿染大亮山，穷尽一生书写为民情”的杨善洲；
“秉持科技报国理想”的黄大年……
他们守初心，是一面面光辉旗帜，
他们担使命，是一个个时代楷模。
他们艰苦奋斗、奋发图强的创业精神，
将永远铭刻在共和国建设的史册上！

干惊天动地事，做隐姓埋名人。
追求卓越，扎根大漠，报效祖国和人民。

"两弹一星"，挺起了中华民族的脊梁。

"热爱祖国、无私奉献，自力更生、艰苦奋斗，大力协同、勇于登攀"

——这熠熠生辉的"两弹一星"精神，

是爱国主义、集体主义、社会主义精神和科学精神的体现，

是二十世纪中华民族宝贵的精神财富！

一部艰难创业史，百万覆地翻天人。

"为国争光、为民族争气的爱国主义精神；独立自主、自力更生的艰苦创业精神；讲究科学、'三老四严'的求实精神；胸怀全局、为国分忧的奉献精神"

——这崇高的"大庆精神"，

掀开了新中国石油工业崭新的一页！

千军万马战太行，定叫山河换新装。

悬崖峭壁上举世闻名的"人工天河"是"生命渠""幸福渠"。

"自力更生，艰苦创业、团结协作、无私奉献"

——这"红旗渠精神"，

是民族精神的一个象征！

九八抗洪、抗震救灾，

特大自然灾害突如其来，危难面前中国军民空前集中。

"万众一心、众志成城，不怕困难、顽强拼搏，坚韧不拔、敢于胜利"的抗洪精神；

"万众一心、众志成城，不畏艰险、百折不挠，以人为本、尊重科学"的抗震救灾精神。

——这伟大的"抗灾精神"，

支撑起感天动地的精神家园，

谱写了一曲曲气吞山河的壮丽凯歌！

从“东方红”乐曲第一次响彻苍穹，
到神舟、天宫、嫦娥、悟空、墨子遨游太空，
飞天揽月，勇于追梦。
“特别能吃苦，特别能战斗，特别能攻关，特别能奉献”
——这“载人航天精神”，
打造太空中国“新地标”，
让中国人在浩瀚宇宙走得更深更远！

比的是实力，拼的是意志，搏的是勇气，
中国女排奋勇拼搏，决不放弃。
“祖国至上、团结协作、顽强拼搏、永不言败”
——这“中国女排精神”，
激发了中国人的自豪、自尊和自信，
是同心共筑中国梦的精神力量！

这是决定当代中国命运的关键一招，
这是决定实现“两个一百年”奋斗目标、实现中华民族伟大复兴的关键一招。
改革开放，是当代中国最显著的特征、最壮丽的气象，
——这十个“始终坚持”的改革开放精神，
是当代中国人民最鲜明的精神标识，
是中华民族弥足珍贵的精神财富！

这是一场历时八年声势浩大的脱贫攻坚人民战争，
是一次诠释中国共产党人的初心使命的生动壮举。
在一个春天传来了脱贫攻坚战取得全面胜利的消息，
在中华大地上创造了一个彪炳史册的人间奇迹！
“上下同心、尽锐出战、精准务实、开拓创新、攻坚克难、不负人民”
——这伟大的“脱贫攻坚精神”，

是中国共产党性质宗旨、中国人民意志品质、中华民族精神的生动写照，
是爱国主义、集体主义、社会主义思想的集中体现，
是中国精神、中国价值、中国力量的充分彰显，
是伟大民族精神和时代精神的传承赓续！

初心在哪里？使命如何担？
我在跨越百年的伟大中国精神中找到了答案！
精神是航标灯，
闪烁着真理的光芒，照亮了前行的路。
精神是动力源，
孕育了无穷的力量，高扬起远航的帆。
精神是号角，
吹响了时代的最强音，
指引着一代又一代人接续奋斗，凯歌前行。
精神是丰碑，
镌刻下英雄们的足迹，
激励着一代又一代人不忘初心，牢记使命！

（本文荣获第三届“中国青年作家杯”征文大赛诗歌组一等奖）

作者简介：李广鑫，男，中共党员，辽宁西丰人。携笔从戎二十余载，武警某部原政治委员，上校警衔。2016 年自主择业，现就职于渤海大学学生处（党委武装部）。中华诗词学会会员，青年作家网签约作家。其作品曾获教育部和中华诗词学会联合主办的“诗词创作征集活动”优秀奖，第二届“中国青年作家杯”诗歌组一等奖，首届“中国知青作家杯”征文二等奖， 2020·全国青年作家文学大赛诗歌组一等奖。作品散见于多家报刊和网络平台。

时光尘

黄嘉蔚

时光尘
你是青春里的一粒尘，
悄然藏匿于时光的箱箧，
了然无痕。

某个蝉鸣午后，
阳光会透过玻璃，洒下一地斑驳。
光影交错中，
我又会看见你——
看见你伴着光飞扬，
飞扬在年华里。

你携着光，
投射一整个橘子汽水味缤纷绚烂的夏——
早在多年前就已流离失所了的夏。

蝉鸣夏了夏天，
浪漫终有回音。
那氤氲在光里、特别明亮的青春，
再也无法触及，
却会如此旖旎地、心碎地、永恒地——
悬在时空海底，
灿若琉璃。

（本文荣获 2022·全国青年作家文学大赛诗歌组三等奖）

作者简介：黄嘉蔚，英语翻译专业学生，喜欢音乐，热爱写作。笔墨当随时代，希望通过翻译让世界听见“中国声音”、爱上中华文化。梦想是在文学的“银河系”写诗，上卷有关日月星辰，下卷是浪漫。华亭沪上，雨打烟廊；心有热望，落笔茶烫。愿做一执笔之人，一生向往——纸上生命之自由。

观荷（外一首）

钱塘苏小

菡萏独灵惜，
折之玉环义；
百卉之英茂，
芙蓉出水时。

曲院风荷址，
花中君子诗；
红绿与清澄，
风来香满池。

曾记莲叶碧，
别样红映日，
淤泥而不染，
不妖清涟涤。

拾萍萍无垠，
采莲莲有子；
功业在初秋，
蓐收起金气。

江南品酒

西子曾染东坡袖，
江花彤影赤金鎏，
三秋桂子三变词，
十里荷花画烟柳。

钱塘自古繁华最，
百川派别归海会，
夤夜举杯问明月，
竹林兰亭人何归？

九曲流觞木觞樽，
太白长歌将进酒；
古来圣贤皆寂寞，
万古长江水长流。

乐天知命故不忧，
忧是悠来尤又囿，
忘却九囿有酉泽，
杜康忘忧君何游？

（本文荣获青年作家网2021年度优秀作品）

作者简介：苏娜，笔名钱塘苏小，青年作家网签约作家，杭州市网络作家协会会员。已出版图书《这个晋朝太有意思了》《检验科医生》。网络连载作品《皇妃：李潇玉传》已售出影视版权，并在西班牙发行。

杭阿姐妹同心　共创美好未来

白俊杰

从浙江杭州到新疆阿克苏
飞越千山万水，览尽山川河流
两地深厚友谊情相连

当杭州千鹤妇女精神远播南疆
西湖边和天山脚下的姐妹们
正以自强奋斗撑起半边天
创新创业，敢为人先
忠诚奉献，共圆家国梦

她们是新时代女性的缩影
她们是前进征程中的主力军
她们相互学习，交流交融
携手共进，共创美好未来
杭阿姐妹永远牢记
像石榴籽一样紧紧抱在一起

（本文荣获青年作家网 2022 年度优秀作品）

作者简介：白俊杰，杭州市妇女活动中心工作人员。2022 年 7 月，参加杭州市妇联组织杭州—阿克苏“最美家庭”走亲交流活动。

延安情思

张　英

多少次梦回延安，
心中闪耀着宝塔山的光焰。
那蜿蜒逶迤的延河水，
那南泥湾的陕北江南。

枣园的油灯跳动着希望，
杨家岭的银锄依然呼唤着大生产。
自力更生的赞歌哟，
把燎原星火撒遍了中华台原！

枣园春梦，描绘着新兴画卷，
窑洞土炕，传递着抗日烽烟。
黄土高坡不屈的倔强哦，
高呼着民族解放的世纪呐喊！

小米饭南瓜汤的清淡，
孕育着中华的繁盛兴旺。
红红艳艳的山丹丹花哟，
把民族的希望点燃！

安塞腰鼓震天动地，
信天游唱响新中国的春天。
黄河壶口的瀑布怒吼，

是四万万中华儿女的尊严！

红色的延安，
我千回百转兴致流连。
这里蕴藏着民族精髓，
这里是繁荣昌盛的起点！

红色的百年，
神州的航船再次起航扬帆。
科技强国，正本清源，
让中华民族的神圣火种盛世流传！

自豪吧，心中的延安，
骄傲吧，中国梦的起点。
一曲盛大的乐舞交响，
正演绎着一个民族翻天覆地的
新纪元！

（本文荣获2022·全国青年作家文学大赛诗歌组三等奖）

作者简介：张英，网名兰馨儿，中共党员，道桥工程师。青年作家网签约作家，辽宁省作家协会会员、辽宁省诗词学会会员、沈阳市作家协会会员、沈阳市楹联协会理事、中华知青学会理事、沈阳味一诗社秘书长。热爱生活，爱好文学，作品散见于《诗潮》《中国诗赋》及网络纸媒。作品曾荣获“中国知青作家杯”三等奖。

广富林文化遗址（外二首）

余成洪

六千年前，淤泥和沙粒开始登陆
时光渐渐地冲积，铸就固实的身躯
向东海岸扩展

这是一片丰沛而肥美的大地
野猪横冲、梅鹿奋蹄，鹭鸟叼啄着
芦苇和蒿枝，鲨鲸拍击着沙堤
先人以勤奋点燃，生命的鲜活和亮丽

时光悠悠、烟火袅袅
讲述着崭新故事的初始
骨针编织渔网，在博大江海沪渎生计
书写着厚实的史记，文明的长诗

这是一块硕大的磁石，吸引南北
浩大的迁徙，斑斓文化撞击的星辉
打造了天下粮仓，抚育无数英才和骄子
松江府邸，演绎淞沪腹地喧闹的古戏

从历史浩瀚的海洋中
找到答案，海纳百川有了注释
浪迹的光阴在这片土地，慢慢地
读懂大上海，读懂魔都的魅力和神奇

望梅止渴

陡坡上万马千军，闪亮登场
尘土疲惫飞扬，讲述披着战袍的故事
浪漫了五月的花季，诡异的豪放
泄露了，风情万种的史记

焦渴的长路，灵感点燃梅林
像快马扬鞭的大饼，速递咕噜饥肠
皲裂的愿望，骤然润湿蔓延
如同凋敝的花朵，忽然间怒放

被操纵的令旗，摇曳无前的勇往
美丽的谎言，编造了一代枭雄的情商
这味儿让历史垂涎，浩荡大军的
困惑中，狂泻一部百折不挠的篇章

三顾茅庐

金戈铁蹄，穿越预谋的途径
阵阵呐喊和重重迷雾。目光钉在舆图
觊觎，纵横交错的江山社稷

雄心紧裹在马背之上
踏醒卧龙岗，和虚怀若谷的吟唱
反复又层叠地泼墨，浓妆艳抹的历史

先生的大智非仅屈指，而是
慧识一代枭雄，一而再再而三的心机
令隆中对之大略滔滔，稍逊风骚

所谓五车计谋，如鸡毛抖落
连同蒜皮。而未能留下完美的注释
仅梦延，洋洋洒洒的三足鼎立

（本文荣获2022·全国青年作家文学大赛诗歌组一等奖）

作者简介：余成洪，笔名鱼成鸿，浙江瑞安人。2002年在上海下海，现为上海某实业公司董事、总经理。20世纪80年代开始创作，在省级及以上报刊发表诗歌、歌词、散文诗、微散文数百篇（首），曾获温州市和浙江省级奖项，并获第八届中外诗歌散文大奖赛三等奖，2021年“三亚杯”全国文学大赛银奖。作者注重散文诗和微短篇散文创作，诗与散文勾兑将作为今后创作和创新方向。

天宜居士诗词（三十九首）

天宜居士

立志（七绝）

男儿应展鲲鹏翅，
握雾拿云上九霄。
揽月摘星当有我，
追求卓越勇攀高。

小城霏雪（七绝）

小城昨夜飘烟雪，
万壑千山缀满银。
莫道漫天冰景冷，
东风一度又一春。

（2022 年 2 月 22 日，小城兴义喜降大雪，有感而作）

心悟（七绝）

和风有意千花绽，
冻雨无情万树休。
历尽沧桑知冷暖，
饱经坎坷晓春秋。

金桥上的金牌（七绝）

——热烈祝贺中国选手隋文静和韩聪获得北京冬奥会花样滑冰双人自由滑比赛金牌

古国再燃红圣火，
长城内外雪纷纷。
韩聪文静双飞舞，
一曲金桥夺冠军。

向“零零后”致敬（七绝）

——为少年苏翊鸣勇夺北京冬奥会冠军点赞

自古英雄出少年，
顽强拼搏勇争先。
青春绽放惊天下，
冬奥拿金美梦圆。

独醒（七绝）

多彩人间风月魅，
大千世界幻浮云。
自由潇洒行天下，
历尽沧桑不染尘。

人生（七绝）

梦幻人生悟透难，
年逾花甲始知玄。
若能还返重新做，
依旧拼搏向圣贤。

观足球世界杯有感（七绝）

神杯大力金光闪，
个个球员想捧拿，
梦幻绿茵星灿灿。
梅西幸运吻亲它。

诗与远方（七绝）

漫漫人生多梦幻，
追求卓越总激扬。
问君是甚极精彩？
唯有诗词与远方。

登高（五绝）

九月秋风爽，
登高上泰山。
夕阳无限好，
诗景醉人间。

军威（五绝）

朗朗乾坤下，
中华岂可欺？
凡侵吾境者，
虽远必诛之！

中国必统，台湾必归（五绝）

一统定乾坤，
中华岂可分？
凡为天下事，
揆古更察今。

江山如此多娇（七律）

长城内外山河秀，
四季多娇不自夸。
春雨有情添翠彩，
夏风无意吐繁葩。
秋霜点染飘红叶，
冬雪纷飞舞素花。
春夏秋冬如此美，
与君同醉旅天涯。

更漏子·抱木山

红日升，
霁天丽，
雾涌云蒸霞蔚。
晨曦暖，
晓风柔，
独登绝顶游。
观左右，
看前后，
览尽万峰竞秀。
常驻足，
久凭临，
遐思难静心。

注：抱木山，又名博道山，是万峰林的最高峰。

玉蝴蝶·长城

春晓虹销雨霁，登高游览，诗景空灵。
山色巍峨，我自倾仰颙颙。
白云里，睿阳烂漫，蓝天下、碧峭残墉。
问元穹，始皇犹在？
笑指长城。

嗟惊！
几多岁月，几多风雨，淘尽英雄。
历史悠悠，时空无尽亦无同。
睡狮醒、纵横天下，卧龙飞、一举凌空。
逸遨中，重开天地，再展雄风。

贺圣朝·司马懿

——读《司马懿——谁结束了三国？》有感

江河湖海山川秀。
诱枭雄冠首。
登峰问鼎几多危，
处处人龙斗。

千秋青史、
空前绝后。
有谁知然否？
多谋善断灭三国，
统天功名就。

青门引·游抚仙湖

雨霁烟空朗
陪母伴妻游逛。
湖清岸绿鸟翩旋，
花开鱼跃，
采览自闲畅。

忽闻笑语沙滩上。
倩女嬉鳞浪。
怎堪尔许绝景，
荡魂摄魄催人亢。

一丛花·漫游大理

下关风烈正鸣旋。
村寨冒斜烟。
停车看、上关兰绽，
举头望、雪瑞苍山。
夜宿洱海，
一轮明月，
激起万重澜。

金花朵朵竞争妍。
欢乐聚蝶泉。
旧城里、古国风韵，
碧湖畔、三塔凌天。
天人合一，
风花雪月，
任尔去消闲。

注：①下关、上关：大理的地名；②上关兰：大理的名花—— 滇藏木兰；③金花：白族姑娘；④蝶泉：蝴蝶泉；⑤三塔：“大理三塔”；⑥风花雪月：下关风，上关花，苍山雪，洱海月。

深院月·春雨小院

小草绿，
野花芬。
春色弥漫满院新。
养鸭喂鸡还种菜，
沐阳听雨欲归真。

眼儿媚·青春当歌

篝火熊熊舞婆娑，
正对酒当歌。
繁星明月，
帅男靓女，
潇洒婀娜。
青春闪耀激情荡，
莫苟且蹉跎。
人生苦短，
良机难遇，
放手一搏。

眼儿媚·知音

行雨突来日虹出，
七彩映山屋。
一池云锦，
蜻蜓红鲤，
游戏追逐。
与君对饮诗心动，
吟咏互倾服。
知音难觅，
此生有尔
今世知足。

好事近·珍珠婚

月夜闪繁星，
小院华灯添彩。
邀友举杯同庆，
醉忆夫妻拜。

拈花一笑三十年，
相亲又相爱。
唯盼真情永驻，
与乾坤同在。

好事近·钻石婚

诗景万峰林，
红日烟村西挂。
二老雍容雅步，
倜傥斜阳下。

春风秋月晚晴美，
任君去潇洒。
但愿巅峰绝唱，
再写新神话。

长命女·七夕

天浩阔。
草茂花红榕袅弹。
古寨燃篝火。
绿野青春怒放，
牵手踏歌逐乐。
夜静依偎瞻颢魄。
切盼同嵇鹤。

临江仙·人生感悟

人生逐梦方精彩，
顽强才可攀巅。
起伏跌宕更斑斓。
困折出异彩，
莫道路艰难。
耋耄老人犹追梦，
依然风度翩翩。
我当勤勉续流年。
拼搏无止境，
争奋永迎前。

壬寅年初春，按照传统习俗，期颐老母率家人赴兴义为我花甲之岁接尾巴，深为感动。故填《临江仙•人生感悟》词一首，以表心迹。

竹枝词·纳具和园

闲游烟村漫品茶，
空灵寂静远喧哗。
请君借我一小院，
长享朝阳与晚霞。

花非花·酒

醇非醇，
水非水。
一口香，
三杯醉。
浅斟低酌且逍遥，
走斝飞觥任拓弛。

摊破南乡子·兴义羊肉粉

兴义美食节。
山城靓、喜庆鲜洁。
走遍大街和小巷，品尝美味，
数羊肉粉，天下一绝。

莫怪我惊嗟。
真香呀、爽口了得。
加杂加蛋加羊肉，狼吞虎咽，
碗空汤尽，心始安帖。

2017 年夏季，首届国际山地美食节暨金州“三碗粉”美食节在兴义市举行，有幸出席并享用美食，即兴而作。

秋风清·故土难离

群山幽，
清水流。
万里返乡土，
唯图消旅愁。
亲人一见心结了，
举杯共醉无他求。

渔歌子·游贵安樱花园

红枫湖中碧波澜。
岸边春野绿满天。
嫩叶翠，
彩樱鲜。
万花丛中自拍欢。

潇湘神·秦堰楼

秦堰楼，
秦堰楼，
尽观江堰水长流。
太守巧施疏浚导，
根除灾患解民愁。

注：太守，指蜀郡太守李冰。

人月圆·祝寿

蓝天明月繁星闪，
绿野吐春芳。
亲朋好友，
如期相聚，
贺寿迎祥。
举杯祝愿，
健康快乐，
德厚流光。
华筵红火，
飞觥传盏，
情满厅堂。

南乡子·兰花

旅憩山斋。
一缕幽香扑鼻来。
邀入院中同嗟赏。
真爽。
雅韵至今还难忘。

十六字令·牛

——盛赞谷爱凌获北京冬奥冠军

牛。
华女凌空胜美欧。
龙吟啸，
夺冠最风流。

采莲子·抱木山日出

拂晓登高绝顶凉。
旅人翘首盼朝阳。
一轮赤日云间笑，
万道霞光耀默苍。

注：抱木山，又名博道山，是万峰林的最高峰。

长相思·春闲

天湛蓝。
水湛蓝。
春雨一池花草鲜。
山村升袅烟。

绿荫中，
小轩间。
作赋吟诗独讨闲。
犹酣自入玄。

长相思·万重山

万重山。
览众山。
叠嶂层峦绿野鲜。
云白碧宇蓝。

晚攀巅，
凌危巅。
雨霁霞开无际边。
顿觉天地宽。

卜算子·岜沙

风情天下奇，
处处皆循古。
生死轮回两棵树，
绿色漫畴墅。

镰刀来剃头，
发式多威武。
歌罢鸣枪人人惊，
归去还怀顾。

注：岜沙，位于贵州省从江县，中国最后一个枪手部落。

一七令·酒

酒。
琼浆，爱否？
土老春，香色诱。
绿野欢饮，星繁月秀。
为君奉一觞，乘兴歌一首。
传杯送盏同乐，行令猜拳共斗。
不求长醉遣情愁，唯愿半仙化不朽。

作者简介：夏金峣，笔名天元、金峣、天宜居士，男，汉族，中国贵州省贵阳市人，欧洲大学工商管理博士，青年作家网签约作家。

散文家园

家有你才完整（外二则）

韩湘生

这是我的战友李京生和他的爱人孙英，从2003年开始，一直无微不至地照顾着孙英哥哥的孩子孙欣的感人故事，因为她的哥哥和嫂子都患有智力残障，她的侄女孙欣也遗传了，一家人生活得十分艰难。2003年孙欣的肚子里长了两个大肿瘤，而且越长越大。虽然得到了治疗，但是住院手术后的恢复期没有人来照顾这个孩子。孙欣的父母根本没有能力来照顾她。在这种情况下，李京生和他的爱人，为了这个智力低下的孩子，没有做任何多余的考虑，直接把孙欣接到了自己家里，从此之后的16年再也没有分开过。16年后，孙欣离开了这个世界。李京生为这个已经去了天堂的孩子写了一封信。我用第一人称把这封信记录下来。这是人间的真诚，这是人间的大爱，爱就是生命的火焰，没有它，一切将会变成黑夜。有一种疼痛，和肉体无关，却给人一种撕心裂肺的感觉。每一段回忆都像一张网，而人们始终无法逃离这张编织的网，注定要用悲伤去浇筑这份残缺的爱。看尽了人间花开花落，阅遍了书中的悲欢离合，是否能让我们不再痛彻心扉，不再满心凄凉？

孙欣侄女，你知道吗？你的突然离去，使咱们这个家在这一瞬间完全撕碎了，我们实在难以接受这残酷的现实。一个原本和谐美满的家庭因你的突然离去而支离破碎。这个家庭是因为有了你，才形成了这16年以来的自然平衡。如今，你的离开令我们每个人都不知所措。

我的侄女，床头你最喜欢的那盆盛开的蝴蝶兰，也因你的离去而低垂。我们在痛彻心扉的同时甚至不知生活该如何继续下去。没有了你的存在，这个家庭永远是不完整的。孩子啊，也许你还能记得你奶奶临终前拉着你姑姑的手，满怀期望地道出了她最不放心的事：这个孙女将来可怎么办？由谁来照顾啊？强忍着悲痛，你的姑姑向将要咽气的老人做出了郑重的承诺。由于你的父母都是残疾人，自顾不暇，没有能力照顾你的生活，因此在2003年你做完了一次大手术后，你的姑姑把你直接从医院接到这个家中，从此你就融入了我们这个家。在你姑姑和全家人的精心呵护下，术后你的身体恢复得很快。相信你也感受到了我们这个家庭的温暖、幸福与和谐，从此你就再也不愿离开我们了。

虽说你是一个智力低下的孩子，但强烈的自尊心使你不忍看到我们白白地供养你，所以家里的各种家务几乎被你承包了。虽说你的接受能力比别人慢，但在的你不懈努力下，很多家务都被你逐渐掌握并且越做越好。家里的事情基本不用我们去操心了。后来你要求负担采买的任务，开始你确实不行，买回来的东西往往不尽如人意，在你姑姑的耐心指导下，你后来在这方面有了很大进步。

记得有一天，你说要去买点儿菜。因为当时没有零钱，我给了你一张 50 元的整票，在家里等了你半天也不见你回来，我只好去找你，只见你孤单地站在商店的门口，一问才知道钱被你弄丢了。你吓得不敢回家了。我一看你装钱的口袋，下边破了个大洞。你看到我后委屈的眼泪夺眶而出，认为自己闯了很大的祸，低着头沉默不语，准备挨骂。看到你可怜兮兮的无助的眼神，我的心里难受至极，比针扎还疼。我怎么忍心去责备一个不小心犯了错误的孩子呢？孙欣侄女，尽管你在生活上的需求永远表现得与世无争，但我们却从不因为你的智力残障，而对你有一丝的不公平。在这个家中，无论我们要买多少小零食或礼物，从来都是一式两份，公平对待你和我们的孩子，没有一点儿差别。我们十分担心你会产生寄人篱下、仰人鼻息的想法。由于长期以来我们一直这样平等地对待你，所以你真正体会到了我们这个家的温暖，这也让你从内心真正融入了这个家庭，你也开始用“我们这个家”来称呼。渐渐地，我们出门在外时心里都感到踏实了很多。因为我们知道，在家中永远有一位忠实的守护神在等待着我们回来。

为了表达对你的疼爱，我们几次外出旅游都带着你。每到这时候，你都会兴奋得如同过年一样，早早就把各种该带的物品收拾好，静静地在一边等着我们一起出发。你姑姑在嘱咐你事情时，你眨着双眼，笑得是那么甜蜜可爱。

妹妹（我的孩子）的单位组织了一次出国旅游，不能带家属去，回来时她给你买了好几件新衣服，样子十分新颖漂亮。我们坐在客厅，你把每件衣服都穿上，在我们面前走了一遍又一遍。你每换一套衣服向我们走来时，都会得到我们热烈的掌声，真好像一场时装发布会一样。

生活中总会有一些磕磕绊绊，在我和你姑姑争得不可开交，谁也无法说服对方时，只要看到你静静的哀求的目光，我们的心里就很惭愧，一切事情马上都会迎刃而解了。所以说你在这个家里的地位真的是无可替代。

正当我们沉浸在这幸福生活中时，一场突如其来的灾难降临到你的身上。那天出事前半小时，你还去菜市场买回来粉条和调味品，我在准备炒菜时猛听到客厅里扑通一声，接着听到你姑姑大声喊着你的名字。我赶紧跑了过来，此时你已晕倒在地，没有了任何意识。当时我紧张得要命，颤颤巍巍地拨打了120，并在接线员的指导下为你做心肺复苏的按压，直到救护车赶到。你被立即送到了天坛医院，被诊断为脑出血，蛛网膜大面积出血。虽经医生两天两夜紧张抢救，但最终也无回天之力。你就这样离开了人间，抛下我们走了。孙欣啊，我的侄女，姑父愧对你，没能尽早发现你的病情。你才41岁，就这么早早结束了年轻的生命。那天天气很冷，寒风起，落叶飞，北风乍起雪飞絮。漫天飞雪的残影里，这一世的芳华终是化为了思念。孩子啊，我们全家人为你祈福，天堂无争忧，陌路无眷恋。愿你安心，在天堂一路走好，能够被温柔以待。愿你在那里同样遇到好人，也能够关心照顾帮助你。昨天晚上，你姑姑和你妹妹为你送了很多纸钱，还有寒衣，愿你含笑九泉！

孙欣！孙欣啊！我们的侄女，我们一直在含泪呼唤着你，你听到了吗？虽然我和你没有血缘关系，但你的乖巧和善解人意，让我们的心实在是难以割舍，你怎么忍心就这样抛弃了我们呢？你妹妹接受不了你的突然离去，整天以泪洗面。你走后她好几天没吃一口东西，你姑姑准备收拾你衣柜里的东西时，你妹妹说什么都不让动，说你过几天就能回来还可以穿。柜子里边有很多衣服都是新的，买回来后你只试了一下，在家中你永远只穿一两件旧衣服，只有在带你出去旅游或去公园玩时你才舍得换上新的，回来后你马上洗干净叠好，又收进了你的衣柜里。勤俭持家是你最突出的美德。你妹妹一边收拾一边埋怨着，几乎每一件衣服她都能说出来历，这些也全是她为你添置的，如今你妹妹又怎么舍得把它们丢弃呢？

记得五年前，你也闹过一场大病，因高血压导致了脑出血，救护车把你送到天坛医院，在我的同学大力的帮助下找了医院里最好的专家，用了半个多月才把你从死神手里抢救回来。那些日子里，你姑姑一直守在你的病床前，忘记了吃饭，忘记了睡眠，一直担心你的病情。这一次你的突然发病也许事先有预兆，但你为了不给我们全家添麻烦，故意不跟我们说。在抢救期间，你姑姑和妹妹哭得死去活来，伤心至极。我们一直相信你顽强的生命力，一定能够闯过这道难关，两天两夜我们都始终等在抢救室外。当最后被告知你呼吸衰竭，血压已测不到时，我们全家的心已完全崩溃了。

12 月 7 日上午 9 时 30 分，我们最心爱的大女孩走完了全部的人生。我们浸满泪水的脸庞和纷飞的思绪都只能迷失在寂灭的空冥中。以前有些朋友知道家中的情况，曾经问过我们：如果将来我们都不在了，孙欣怎么办？依靠谁？老实说，我真不知道，只能是走一步说一步吧。但我能保证，只要我李京生还有一口气，就不能让你受一点儿委屈，一定让你活得有尊严，活得幸福！

记得有一天，我们在家里说起这个话题时，你听到后很自信地告诉我们：“我和妹妹一起过，她不会不要我的。”妹妹也表示了同感：“是的，我和你过。”

孙欣啊，我的侄女！我们和你说的这些肺腑之言，你都听见了吗？我们相信你还未走远，一定会听到！亲人已乘黄鹤去，人去音存楼不空。但以笑颜慰慈恩，从来此忆最无穷。那些凡尘往事的种种在我们眼前不停重现，我们全家对你的思念永远埋藏在我们的心底。安息吧，孙欣，我的好侄女！

我与枣红马“161”

1970 年我在孙吴县城，为连队买罐头的任务结束后回到连队后没多久，连长就把我分配到猪号去养猪。那时大约好像有 20 多头猪吧。猪号与马号紧紧相邻，后面就是巍巍小兴安岭。一望无际的森林里，生长着挺拔的白杨树、椴树、柞树、白桦、黑桦，还有少量的水曲柳树木参差不齐地延伸到远方。

我们的马号和猪号就安置在这里。马号里饲养了八匹马，其中一匹是从当时的沈阳军区军马场淘汰下来的。这匹马是漂亮的枣红色的，身上深深地印着“161”三个数字，既高大又威武，毛油亮油亮地闪着红光。第一眼见到它，我就十分喜欢它，好像这匹马身上散发着一种特殊的魅力。这匹马拉车干活特别卖力，从不偷懒，很多人也很爱骑上它兜风，可从没见它发过一次脾气。

因为我们是新建的连队，交通和运输十分不方便。尤其是到了雨季，地上全翻了浆，我们穿着雨靴一走一陷，拔完这只脚，又去拔另一只脚，有时雨靴陷到深深的烂泥里，拔都拔不出来，光着脚走路的话，地上多年生长的草根，很尖很硬，极其扎脚，不少人的脚都被扎烂了，流着脓血还发了炎。到了雨季，就连拖拉机也常陷进泥里经常趴窝。所以马车是我们在雨季唯一的运输工具。马车隔三岔五就要下山，去营部拉油，拉粮食，拉连队急需的一些物资。此外还得拉我们一麻袋、一麻袋的邮包和成捆的信件。每当我们在帐篷里听到马蹄声时，我们全激动地跑出来热烈欢迎，因为马车带来了各个地方亲人的嘱托，还有很多我们期盼已久的好吃的。每次卸完车后，我都看到“161”这匹马浑身上下几乎湿透了，红色的毛全粘在了一起。他一边喷着气，一边在草地上打着滚，好像一点儿也不知倦怠。每当我看到它这种样子时，就会心痛得要命。“161”十分通人性，和我们兵团战士特别的友好，谁去摸它，骑它兜上一圈，它都是那么温顺听话。我想这也可能与它从小就是军人喂养的缘故吧。我每天在猪号干完活儿以后，常去看看“161”，有时家中邮给我一些食品，我也常拿给它品尝，它吃完后那个高兴样子就别提了，又摇头，又甩尾巴，又踏着蹄子，喷着白气，好像十分感谢我似的。因为“161”这匹马十分听话，饲养员经常不去拴它。而不拴它时，它就去猪号捣乱，常常用嘴把锅盖掀开，偷吃锅里炖的猪食。有一次它去偷猪食时，还把自己的嘴给烫了，疼得它又踢又叫，使劲地蹦高。马号的饲养员知道后，来找我们理论了半天，认为是我们的错，我们当然不能接受。

记得有一次，连队里有一名知青得了重病，在炕上疼得直打滚，但治疗药物已经用完了。连长立即派通讯员骑上“161”，快马加鞭迅速下山，到营卫生队顺利地取回药，挽救了这名知青的生命。从那以后，全连的知青就更喜爱这匹战马了。有很多个晚上，我站在马圈旁看“161”吃草，它的样子是那么从容，那么潇洒，吃得又是那么香甜。有的时候我私拿豆饼，放在手里掰碎了去喂它，它吃得干净极了，一个劲儿舔着我的手不住地点头，好像还想吃。但后来老饲养员发现后告诉我，以后不让我再喂它豆饼了，因为马吃豆饼多了，再喝水会胀肚撑死的。听他一说可把我吓坏了，从那以后我再也不敢去拿豆饼喂它了。

记得有个晚上，我烦闷地拿着口琴吹，消磨着时间，我吹的曲子是《兵团战歌》：“沿着田野，沿着群山，筑起了钢铁的战线，英雄的队伍阔步向前，去建设边疆，保卫边疆，啊……光荣的生产建设兵团，啊……”我看到“161”的蹄子不住地在地上踏步，也很有节奏，非常沉稳好看，好像它很喜欢听这首曲子，又似乎听懂了曲子的含义，它要和我们一起永远战斗在巍巍小兴安岭、茫茫的黑龙江北大荒。每当在我去放猪的时候，只要“161”不出车，我总牵着它去大草甸上吃青草，为它补充一些营养。

北大荒的生活虽然特别艰苦难熬，但是黑龙江秋天的景色让人陶醉。那蓝蓝的天空上飘着一朵朵的白云，风儿吹拂着白云，在天上勾画着奇丽的景象，草甸子上四处开满了花，争奇斗艳，芳香四溢，清澈见底的水泡子下面，游荡着一群群小鱼，不远处有我饲养的一群小猪，加上这匹闪着金光的漂亮的枣红马。呵！真是美不胜收，它构成了北大荒大自然中最壮观最美丽的一幅图画，令人心旷神怡。我喜欢我饲养的这群活泼的小猪，更喜爱这匹威武懂事的枣红马“161”。

有的时候，我遇到了困难，心情不顺，想念家乡、更想念父母的时候，我常站在“161”面前诉说，我那点点的泪花滴在它的脖子上，此时的“161”摇着头，紧贴在我身前，鼻子和嘴里发出异常的声响，好像安慰我说：“好朋友别伤心，也别难过，一切都会好。”

两年后我调离了这个连队，去执行新的任务，离开了我精心喂养的小猪和这匹极通人性的战马。走的那天，秋风瑟瑟，灰蒙蒙的天上，飘洒着细细的小雨，我一步一回头，是那么依依不舍，那群小猪一直追了我很远，我才让另外的饲养员把小猪轰了回去。那天走时我没看到“161”。因为我知道，它一早就出车了，否则我会更伤心更难过的。那天我也深深地知道“161”一定也会想我的，因为那天我感觉到我的心跳是那么的剧烈……

在黑龙江兵团多年生活的点点滴滴，我一刻也不曾忘记，常常回忆那些甜酸苦辣的往事。还时常讲给我的外孙子奇奇听，小外孙十分爱听也很受感动，还让我一定讲给他的小朋友们听。特殊的年代、特殊的生活造就了我，使我变得无比坚强、善良和感恩，使我如此亲近大自然，热爱富饶美丽的大自然，更加珍惜生活，热爱那些通人性的动物，因为它们和人类有着不解之缘。每当我看到草原上骏马奔驰的壮观画面时，我的心中顿时情感无限，热血在涌动。那些难以忘怀的记忆，立刻就会把我的一切带回到那片热土——北大荒。仿佛“161”又飞奔着来到了我的面前，向我诉说那段离别后的日子。

在前几年的初秋，我和家人一起来到离北京很近的坝上草原，那里也有非常美的景色，令我兴奋不已。但它无论如何，也比不上几十年前，我在北大荒放猪牵马时感受的壮美风景。突然间我看到前面有一匹枣红马，高大威武，同样一身油亮的毛在阳光下闪着红光。啊！我惊呆了，它长得太像我的“161”了。我紧张地走到这匹马的跟前，它是那么听话，那么温顺，和当年的“161”真是一样。我用手轻轻抚摸着这匹马的头，深切地望着它。此时它带给了我无尽的思绪和无尽的伤感。我的眼睛湿润了，泪水在眼眶中一直打转。光阴荏苒，事隔那么多年，一切在变化、在迅猛地发展。我想，在北大荒，在小兴安岭那广袤的黑土地上，在那辽阔美丽的大草原上，一定还有我日夜思念的“161”的后代，因为是这匹战马，陪我度过了最难忘的苦涩年代。

家乡的那条小河

“少小离家老大回，乡音未改鬓毛衰。”乡音乡土乡情，随着时光的流逝，都在慢慢地变淡，这么多年来，祖国大地许多处都留下了我的足迹，生活最短的反而是我的家乡，可让我不能忘却、记忆深刻的，是我出生的地方。

我出生于鲁西南的济宁，那里不但有我热情好客的父老乡亲，还有一条流淌在我心坎上的小河。这条小河，慢慢地从大地上流过，河水碰撞着，边走边笑，边走边唱，留下我童年哼唱的歌谣。它随着地势自由起落，云霞初现，微风吹拂，泛起片片害羞的柔波。河边的孩童自由地玩耍，一如几十年前的我们，是那么快乐。这条弯弯的小河，奔流不息，滋润着鲁西南的大地，哺育着万千生灵。它轻轻地从我心上流过，它编织了我童年的回忆，流淌着一首生命的歌。

这条河从我家屋后流过，它那叮咚如泉的清清细流，更似一首十分悦耳动听的歌。它曾经记载着一年四季农人忙碌的身影，也印证了农村生活的和谐美好。

当第一缕春风吹遍神州大地时，我家屋后这条小河的水也开始冰封解冻、汩汩流淌。细碎的冰块在水流中相互击打着，最后在春日暖阳的照射下终于和水流相依相伴，融为一体。地里的小草也偷偷拱出地面，远远望去犹如一张绿色的大地毯铺在田野上。小河两岸的杨柳在春风中婀娜多姿、左右摇摆，酷似少女甩动修长的手臂在风中翩翩起舞。柳枝间一群小燕子如利箭般迂回穿梭，不时唱着动人的情歌，招惹得远处一群麻雀也闯入它们的天地，与它们和音协奏。田野里的百花争相吐艳，展示着自己最美丽的模样。

“一年之计在于春。”勤劳、善良、朴实、憨厚的农家人牵着耕牛、扛着农具纷纷走出家门，开始了代表一年希望的春耕备播，把自己心中的梦想去放飞！

春去夏又至，骄阳似火，酷热难耐。整个大地如同蒸笼更似火炉，这时我家屋后这条小河却成了人们盛夏避暑的佳处。尤其是麦收之时，天空中的热浪逼人，空气之中到处飘浮着麦香。

烦人的知了趴在马路两边的树枝上，甩开它那铿锵有力的中音，聒噪得人们耳膜都差点儿起了茧。虽然午饭或晚饭后，人们手握扇子，但稍稍一停，额头上如蚕豆般的汗珠又开始淌满脖颈。无奈之下的人们，首选明智之举就是游泳。

你再看我家屋后这条小河，现在倒成了全村人心中瞩目的焦点。不论是白天还是夜晚，河水之中到处都是嬉笑打闹的身影。

你看！正在河水中那群蹿上蹿下的调皮的顽童，如小鸭子一般尽情地展示着自己的游泳技能。大人们有的似蜻蜓点水，有的似青蛙一阵扑扑通通。岸边碧绿葱茏的柳树下，坐满了年逾古稀的老人。他们摇着蒲扇谈天说地，阵阵爽朗的笑声中夹杂着当地固有的风土人情！

夏去秋至，天高气爽；大雁南翔，芦花怒放；金秋遍野，瓜果飘香。小河的秋天有着一种别样的美，各种鱼儿蹿出水面，青蛙泥鳅各自为伍。秋天人们抓鱼的场面更是热闹。有的挽着裤腿站在河里双手乱摸，有的甩出渔网奋力收放，一条条活蹦乱跳的鱼儿，不到半天就装满了身边的小水桶。秋收过后的农家人，来到这里网上几条鱼，回家或烹或煮或炸或炖，配上材料，撒上香菜，再买瓶山东黄河龙酒。用筷子夹块鱼，喝一口黄河龙，那种感觉非一般人能够体会啊！

秋去冬来，寒风肆虐，落叶飘飘，大雪纷飞。我家屋后的这条小河更是有另一番静美。萎蔫干黄的树叶铺满了河面，河岸两边的树木更似孤苦伶仃的老翁，呆呆地站在那里，整个身躯没有了昔日的温度和精神。河水再也不会流动了，结冰的河面犹如透明的膏脂，也似透明坚硬的玻璃。人一踩上去，发出嘎嘣嘎嘣的响声。放了寒假的那群农家娃，开始在结冰的河面溜冰。他们中有的不敢迈步，动作十分迟缓，生怕自己摔跤；有的滑得挺快挺稳，犹如利箭更似在冰上跳舞，不时传来的阵阵欢声笑语，一直飞向远处的天空……

啊！家乡的小河，你永远是我心中一首流淌的歌！

啊！家乡的小河，你永远是我乡愁记忆中最厚重的一本书！

家乡的小河，你承载着家乡人的故事流芳百世，传遍神州……

（本文荣获2021·全国青年作家文学大赛散文组一等奖）

作者简介：韩湘生，男，中国小说学会会员，中国散文学会会员，中华知青作家学会副主席，现任《荒土文学》副总编，《文学月报》杂志社常务主委，青年作家网签约作家，《文学与艺术》签约作家，《知青文学专号》《乌苏里江绿色风》特邀撰稿人。已发表作品800余篇，多篇文章在全国征文大赛中获奖。出版有个人作品集《那一片遥远的山林》《梦中的白桦林》《岁月的歌吟》。

陈年老酒

陈红旗

生命如水，岁月如歌，人生有一段美好的回忆，就像陈年的老酒一样历久弥香，那就是一个人的初恋。

我有一个从小学到中学的同学，叫刘立明，近年退休后在海南岛琼中买了房子，邀我一起去住。琼中是山区，在住处平台上向外望去，满眼都是绿色，空气清新得不得了。这一天，我们坐在平台上聊起了中学时代的往事。兴致一来，他说出来他的一段初恋，因为是我们班的一位女同学，所以我一点儿也没感到惊讶，只是看到他时而沉醉、时而感慨、时而悲戚的表情，我也被他的情感所扰，就好像又回到了高中时期的学校，跟着他见证了他的初恋。

她就是咱们班的朱建荣。你知道，她家与我家离得很近，每天上学放学差不多都能见到，有很多时候就走在一起。高一的时候我还没有什么感觉，只是觉得她很好看，很活泼，并很喜欢和她一起说话，一起走路。可到了高二，我就觉得有点儿极微妙和神秘的情感，在我的心里越来越强烈，但具体是什么，我也说不清楚，只是心底里的朦朦胧胧的每时每刻都想见她，见不到她就想她的那种感觉。

咱们那时还小，不知道这叫爱情，可在当时就是挥之不去。我不好意思跟你说，怕你笑话我，我也不敢告诉她，怕她说我不正经。我只好默默地忍受着，甚至有时看到她和你多说几句话，我的心里还有说不上来的滋味，更别说她跟其他男生说话了，就好像她只能跟我在一起，与我说话才行，我心里才痛快。你说当时傻不傻。

就这样过了好长时间，我一直暗暗地想着她，她却一点儿也没看出来，仍然没心没肺、我行我素地上学、回家。我急得不行，我就想：怎样才能让她知道我的想法呢？告诉你，让你转告她，不行，你一定会笑话我，看不起我；上学的路上直接告诉她，也不行，把她吓着了不再理我怎么办。对，写纸条，让她有了精神准备，再进行下一步。

你猜，我把纸条给她放到什么地方了？那会儿咱们都用塑料皮笔记本，我在同学们都去参加运动会的时候，偷偷放进了她笔记本的皮套里。纸条上写的是“我喜欢你，你知道是谁”，那时我觉得我太聪明了，放的地方一定不会被别人偷看到。可现在想起来，还有比我再笨的人吗？

你想想，谁没事就把笔记本的皮套摘下来呢，别人看不见，她自己是不是也看不见呀。再说，即便看到了，又要猜是谁，怎么可能。直到毕业后，我才明白过来，可是已经晚了。

从那天开始，我就天天观察她的反应，可还是一点儿异常都没有，我那个急呀，真的是茶不思饭不想。你知道，她那时候头发齐肩，用橡皮筋扎着马尾辫，走起路来辫子一甩一甩的，她走路的样子总是不自觉地就出现在我脑子里。现在想起来，我觉得我真没用，要是当时让你帮个忙，或者胆子再大一点儿，那我的人生就不会是这样的了吧。

可是后来怎么也没想到，她会喜欢上咱们的语文老师。也难怪，当时张老师刚大学毕业，口才又好，被女生喜欢很正常。但为什么偏偏是她呀？她家那么反对，她还是义无反顾地坚持。开始我真不明白，岁数相差那么大，她还那么坚决，她是怎么了，喜欢一个人就什么也不顾了吗？到后来我越来越明白，我的这份感情算什么，说不上相恋，因为她根本就不知道我在想她，我只能算是单相思，我的那点儿小聪明反而把自己害了。我反复想过，我那时是真的像她爱张老师那样爱她吗？爱她，为什么不勇敢地去告诉她？如果当时，你说有如果吗？如果有如果，什么事都可以重来，世界就不是这个样子的了。

其实我珍藏了这么多年的秘密，对谁都没有讲过，包括我媳妇，今天对你说出来了，感觉到一种轻松和放下。这就像蜘蛛夏天里织在屋檐下的破网，被风一吹就七零八落地散了一样，再也收不起来了。但我也不遗憾，初恋的感受真的很美好，所以我一直守了几十年，虽然这段经历已经翻过了好几篇，每次回想起来，真的就像那老酒一样，珍藏时间越长才越香甜。

你别只听我的，你也讲讲当年你有没有看上谁，你遇到后会怎么办。

听着老同学对往事的回忆和对初恋的感受，我也陷入沉思。我也试图找一找我的初恋，可是没有找到，我反复地想体验他那初恋的感觉，但没有经历过是不可能体验到的。

生命里每一个缠绕着的心结，都需要以时间和信心一一拆解。不成功的恋爱也是一样，除了让伤口慢慢愈合，只能将最美丽的那一部分像收藏珍珠一样存入心底，继续走那种属于自己的不长不短的路。

（本文荣获 2021 年“遇见爱情——写出你与 TA 的故事”征文二等奖）

作者简介：陈红旗，河北省定州市人，退休干部。青年作家网签约作家。喜欢阅读和散文随笔写作，作品散见于《探索与求是》《河北日报》《杂文月刊》《燕赵都市报》等报刊。2021 年出版散文诗歌集《时间风景》。

如果有来生

李楚明

她以为此生再也与他无缘，就像阴阳两隔、生死之间。当手机里传来一声低沉的“喂”时，时隔38年，仍如晴天霹雳，天旋地转间她无力站稳，顺势在街边的墙脚蹲下来。街上很吵，眼前走过的一双双高跟鞋、运动鞋、皮鞋都没了声音，好像突然之间变成了无声的世界。

她将手机贴在耳旁顿了顿，问：“你说什么？”电话里传来熟悉而遥远的涩涩的声音：“你退休了吗？”她的眼睛湿润了，有些哽咽——今天是她退休的第一天。他说：“你还好吗？退休了心不能闲，不管是大事小事，一定要有事做，要接触新事物，否则思维会脱离社会……”他絮絮叨叨地说着，一如从前那样。她木木地听完，静静地蹲在街边回想着刚才的一切，直到晚霞落幕。

38年前，她插班到省城三中。他有着闪亮的眼眸、高挺的鼻子、浓黑的剑眉，就坐在她的身旁。相互第一眼她已脸红心跳到要窒息。每天早早地她就赶到学校大门旁的自行车场，看他的绿色坐垫的自行车到了没有。他则每天提前到校坐在座位上等她袅娜地走进教室。

她住在亲戚家，早出晚归。他从家里偷偷把好吃的鸡腿、大白兔奶糖、卤好的鹌鹑蛋用手帕包着从桌子下悄悄递给她，然后装作什么事都没有发生，吹着口哨，开心地跑出教室。她从来没有享受过如此温暖的关心，心底最温柔的一角被深深触动了。多少个夜晚她对着远处的车灯独自落泪，思念让她辗转反侧、夜不能眠。

图书馆、翠湖，留下了他们数不清的足迹和响亮的读书声。天好高，云好淡，阳光好灿烂！日子好长也好短！他考取了本省的一所大学，她却考取了老家的一所中专。

她永远忘不了那天，他母亲犀利而不屑的眼神，她以教育局局长的身份冷冷地直视着她，一字一顿地说：“我们家是书香门第，斌斌是我们家的独生子，他考上这么个大学都是被你影响的，人生的路还有很长要走，希望你们不要再互相耽误，也希望这是最后一次见到你。”站在他家门框边的她瞬间大脑一片空白，只看见他母亲在动的嘴，嘴皮很薄而且很大，而他无力反抗，只能拉着她的手摔门出来。站在熙熙攘攘的街上，川流不息的人群拥挤着来来往往。她眼泪横流，仿佛天塌了。他手忙脚乱地帮她擦眼泪：“我妈就是这个性格，不要和她计较。”那一声高过一声的训斥对她来说已如五雷轰顶，如世界末日。

20 世纪 80 年代初，远在省城工作的他总是周末坐 5 个小时的客车出现在她工作的县城，这个景象成了小城一道亮丽的风景。

直到他被母亲威胁再和她来往就脱离母子关系，独生子的他被所有亲戚围攻。

最后一面，她绝望地含着眼泪跳上公交车。车启动了，她转头看见冬天萧索凛冽的寒风中靠着树站立的他那满脸的泪水。

从此天涯路人，欲哭无泪。多少个午夜梦回，她坐在他自行车的后座，靠着他温暖的后背，他在前面滔滔不绝讲着各种奇闻趣事，习惯性地右手扶自行车把手，左手往后护住她。

不久，她再次接到他的电话：“我的时间不长了，和你告别了。”接着他发来医院的诊断书，上面赫然写着：脑癌。日期是上次通电话的时间。

似乎什么东西轰然倒塌，她背靠着街边的树强忍悲痛艰难地说：“我能来看你吗？”“不用了，听见你的声音我就满足了。如果有来生，我们一定要走下去。”

她还没来得及告诉他：她感谢他给了她刻骨铭心的爱！

（本文为 2020 年“让爱永存”七夕征文大赛散文组获奖作品）

作者简介：李楚明，大专文化，中级经济师，在中国建设银行从事管理工作 33 年。从小喜爱文学，坚持阅读写作，在多家报纸杂志上发表作品。在百家号创作近 300 篇文章。青年作家网签约作家。

三清山——我艺术的摇篮

杨七芝

孔子曰："道者，导也。""道者"在辩证唯物主义论中叫"哲学"，"导也"就是引导、指导、教导的意思。

如果说延安是战争年代许多革命者向往曙光、追求真理、投入战争、保家卫国的大摇篮，那么出生在和平年代的我，江西三清山却是我四十余年追慕道德人生，选择琴棋书画，仰慕古今圣贤，领悟天人合一的"摇篮"——现代人叫作"创作艺术人生的基地"。

追求卓越的文化底蕴是中华民族的精神力量，更是我梦寐以求不可或缺的精神支柱。尤其是在那万劫无望、九死一生，如同狂风暴雨般的残酷岁月里，我苦苦地挣扎着，就是为了人格的尊严。情难舍梦难忘，我独自徘徊在大山里寻寻觅觅，则是为那惨淡的人生重新拿起画笔，描绘那心中的理想，也是为我披荆斩棘翻山越岭、苦中作乐地享受着与大自然美好景色的对话。那是因为我孤独无助地依赖着大山的万千底气，暂且忘却了人世间的诸多苦恼，憔悴中勉强度过了夏暑冬寒……

人们说"三十而立"，但我没立，一无所有。最早我酷爱唱歌和乐器，差点儿去考音乐学院。记得插队三清山北山下的一个老镇时，我还年轻，见到漫山遍野红透的杜鹃花，就会热情高涨地投入其间，放开嗓门无拘无束地歌唱《被爱情遗忘的角落》《春花秋月何时了》《映山红》等，一首首、一曲曲，心血沸腾，豪放肆意地倾吐呀！仿佛自己又回到了母亲温暖的怀抱和摇篮里，精神得以解脱，思想得以宽慰……那红尘凡间的极大苦闷一时烟消云散，心境由此开朗，勇气陡然升起。傍晚，有时我会拖着一天工作后疲惫劳累、虚弱不堪的身心，强行督促自己，在没人同情支持，反遭小人暗算的逆境中咽下一口怨气，去进行国画创作。灯是暗的，地是潮的，背阴朝北没有阳光；床铺是硬板席子与薄被，土房被秋风所破，窗户门板是漏风的，工具是简陋的，腰酸背痛手脚麻木了！

情何以堪？梦已断。“一窗风雨凄凉夜，半间破屋作画图”，这是1983年刘鹏飞老师冒着春寒第一次坐长途来到我的陋室，见此情景写下的两句诗。看后我俩默默地对望着，热泪不禁夺眶而出，情何以堪？我甚至伏案抽泣起来，感到悲愁中从未有过的一种人间温暖。

当然，我心中依旧有一种“小草亦能沐浴阳光雨露”的祈盼，想其终究会明亮起来！因为，那三清山万壑松林凌云直上的磅礴气势，会将我的灵感升腾，那黛青的崇山峻岭，在夜色迷蒙里，摄人心魄的粗犷雄伟的壮美，更使我全身心地感动，全身心地拥抱她。是啊，所有的感怀化作希望，希望寄托在腕底风云的笔耕墨耘里，朝朝暮暮不离弃不止步。

那一张张山水画深情地表白，我以我心照三清、我以我爱报三清。期盼“外师造化，中得心源”的作品清韵飘逸，祈愿这雄奇险秀的仙山福地青史留名芬芳人间，文蕴命脉代代相传。当然，亦作为我奉献给祖国人民的一份微薄之力。

在彰显三清山道学文化、仙风道骨的画派里，我默默地遵循着“法本自然”的规律，以四季变化的天地万物来诠释三清宫殿前的那副古对联“殿开白昼风来扫，门到黄昏云自封”的深邃含义。

大自然纯真的仙境福地，没有任何人间雕琢的污染，体现于宋代在三清宫北天门竖立的高大的华表：“清绝尘嚣江南第一仙峰，高凌云汉天下无双福地。”我陶醉于在北天门的冲虚百步门和五天门峰中去探寻道学内涵：从唐代王鉴将军开发的道教三清宫及古建筑群，沿着古栈道，石刻文物到明代王祐继承发展的古典道学文化，汾水地区男耕女作的田园风光，皆蕴含着中华民族伟大的文化历史，凝结着勤劳勇敢的劳动人民文明建设的智慧结晶。这对人类的发展很有启迪，对我们填补三清山道学文化研究极有价值。我甘愿守住其精神境界，已臻清贫风尚的艺术生涯。我深切地感到，大山是我艺术创作“取之不尽、用之不竭”的源泉。离开这一份天然的养料，怎么能达到“去粗取精去伪存真”的目标呢？反之，只会失去知识的海洋、文化的根基、文明的理念、艺术的灵魂，一辈子庸庸碌碌地缺失艺术摇篮的伟大底蕴，更谈不上能为社会发展的文明做出贡献。

三十年、五十年，青丝变白发，人老志愈坚。重温岁月，我与刘鹏飞先生一直守望着三清山，创办着三清山书画院，撰写着三清山与冰溪河的美景与故事。

而今，我依然能独守清静，诚听晨钟暮鼓，仰望高山流水，静观风起云涌，感悟众妙庄严。翰墨飘香有佳作，三清画楼迎彩霞。

回望 1983 年元宵节，我们冒着寒雨冰雪登上玉京主峰，却在一片汪洋都不见的凄苦里，在简棚泥地的三清宫“烛光篝火话人生”，体悟了三清山道学文化的博大精深。大家甘愿弘扬以人为本的道德理念，关心三清山的各项发展，关怀下一代接班人的传承，处处倾听山民的心声。

我们始终如一严格地要求自己文如其人，画如其人，气韵生动，共将理智顺天应人地归入我们的笔情墨意中。总之，盼望三清山这块世界名胜风景宝地在旅游发展的兴旺期，真正带来诗书画影、文学艺术的美好春天！

在三清宫石牌坊上刻着一副明代的对联：登殿步虚升太虚上至无上，入门求道悟真道玄至又玄。换句话说：哲学理论深奥无比，学无止境。我们应该谦虚谨慎，活到老学到老。三清山就是这样形神兼备让我不断地成长起来的。我要做一个真正无愧于大山的女儿，不断寻梦追梦筑梦，开阔自己的视野，勉励自己走向新时代。适逢深秋时节，那三清山红满梯云岭的是醉倒在女神峰下的白云丹枫，正与我的成长岁月相仿；深秋的点点收获又与我创作的作品那么相似相恋，那么相依相偎……三清山与祖国的大好河山一样赋予我新的生命活力、新的精神家园。三清山是我征程万里永远的艺术摇篮。

（本文入选《记忆的森林》中国知青作家杯散文“十佳”作品选）

作者简介：杨七芝，女，出生于上海。18 岁奔赴北大荒屯垦戍边，后返上海市总工会为专职画师。1996 年创办三清山书画院。久居三清山与玉山，将其作为艺术创作基地。几十年来作品入选国家级大典 60 余部。出版书画专著共 6 部。被央视、省及市县新闻媒体专访十几次。现为中国管理科学研究院学术委员会特约研究员，《祖国》杂志社特约作家，中华知青作家学会理事，青年作家网签约作家，江西省美术家协会、上海市作家协会、江西省作家协会等会员，上海市社会科学界联合会与上海市知青历史文化研究会会员，上饶市方志敏研究学会研究员，中国职工音乐家协会会员，中国知青网名家栏目文学顾问等。

高粱情结

路　宏

有一年夏天的双休日，我回老家看望父母。在父母精心侍弄的菜园边，有一大片一人多高、叶子狭长深绿的农作物，我一看便知那就是久违了的高粱。现在，在老家已很难看到高粱这种农作物了。

改革开放前，由于水利设施少，灌溉困难，水稻种植面积不大，所以我经常与高粱、大豆等旱地农作物打交道，尤其与高粱结下了不解之缘。

夏日晴朗的夜晚，露水在月光中飘落着，无声无息，无影无形。它是万物不可缺少的养料，高粱苗喝足了露水会悄悄地拔着节，大豆秧喝足了露水会慌忙地伸展开圆形的小叶子。在皎洁的月光下，高粱黑绿的叶片上闪烁着明亮的银光，露水不停地从天上落下来，田野里沸沸扬扬，好不热闹，好像有看不见的谷子被倒进一个看不见的水磨里似的。

夏日的早晨，孩子们挎着用荆条编织的筐篮，拿着镰刀钻进高粱地里割青草，然后扛回家喂牛，几乎每天如此。由于高粱长长的嫩绿的叶片上沾满了头天晚上无声无息飘落的露珠，等孩子们割满一筐篮青草从高粱地出来后，全身已被露水打得湿漉漉的，像淋了雨似的。有时孩子们的手上、脸上还会被叶子划出一道道血痕。

秋天，是收获高粱的季节。那时候，高粱展示出它直直的秆子、硕大而血红的穗头、紧紧抓住土地的根。根不但在看不见的地下扎得很深很深，而且在高粱秆的下端离地尺把高的关节处，向下长着许多气根，有点儿像榕树的根，用手摸摸，是那么坚韧，像鹰爪一样。它们强有力地抓住土地，仿佛擒拿住一个庞大的活物。气根是那样的有力，孩子们掰都掰不断。收获高粱时，秋高气爽，万里无云。大人们在高粱地里奋力地砍着高粱，由于高粱的根不但在看不见的地下扎得很深，而且长着许多气根，非常坚韧，有时连砍几下都砍不倒。孩子们不管那些，在砍倒的高粱秆中拣出比较青的高粱秆子当作甘蔗吃，有时手和嘴被划破了都不知道，仍然还在不停地使劲啃着青高粱秆子。

冬天，在已种植农作物的土地上，有很多硕大的高粱根。大人、孩子们一有时间就拿着铁铲、木棒等工具到田地里将高粱根上的泥土敲打掉，运回家中当作柴火烧饭。二十多个高粱根就能将半锅水烧开。用现在的话来说，将田地里的高粱根运回家中当柴火，既有利于农作物的生长，又节约能源、低碳环保。

高粱是古老的谷类作物之一。它具有抗旱、耐涝、耐盐碱、适应性强的优点，所以在现代农业生产中一直占有重要的地位。高粱自古就有“五谷之精、百谷之长”的盛誉。以唱东北民歌著称的郭颂在那首著名的《新货郎》中唱道：“苞米棒子金闪闪，高粱赛米红似火……”

小时候，我在高粱的陪伴下成长，吃了不少高粱米，对高粱能适应恶劣的环境、不计较土壤的肥劣、坚韧不拔的品性感悟颇深。高粱那种坚韧不拔、深深地扎根土地的品性不正是我们的父辈所具有的品性吗？

从小时候起，我就非常敬佩高粱的品性。那时，父亲常常对我们说：“人生在世，就要像高粱一样正直、挺拔，要有它那抓地的根。”父母亲不仅要求自己的子女要具有高粱坚韧不拔的品质，他们自己也是那样做的。

在征收农业税的年代，父亲每年午秋二季都带头交农业税。2000 年以前，农业税征收方式主要是实物征收，也就是农民将粮食交到粮站，俗称“交公粮”，然后由行政村、财政所再与粮站进行结算。交公粮时，父亲会早早地将既干又好的粮食搬到架子车上，在粮食上面还要放上毯子或者棉被。因为那时交公粮一般都要排两三天的队，夜晚时父亲就不回家了，就在车旁休息，无论是晴天还是阴天，无论是刮风还是下雨，无论是严寒还是酷暑，无论是蚊虫叮咬还是饥饿困乏，都改变不了父亲及早交公粮的决心。直到将公粮交到粮站后，父亲才默默地挺起高粱秆似的腰杆，拉上放着空口袋的架子车轻快地往家赶……

随着改革开放的不断深入，党的强农惠农政策不断出台，父亲乐呵呵地领着上级发放的各种惠农补贴，享受着民生工程带来的种种实惠，高粱秆似的腰杆挺得更直了，子女们更难动摇他那像高粱根一样深深地扎根土地的决心了。

现在，我也像父亲当年教育我们要具有高粱的品性那样教育我的孩子，我不仅把他们带到高粱地边认识高粱、亲近高粱、抚摸高粱坚韧的根，还要求他们具有高粱坚韧不拔、深深扎根土地的品质，在日常生活和学习中不断磨炼自己顽强的意志。

（本文荣获2021·全国青年作家文学大赛散文组一等奖）

作者简介：路宏，男，汉族，大学本科学历，中共党员。供职于安徽省怀远县财政局，青年作家网签约作家，中国作家网注册会员。爱好文学写作，作品散见于《中国财政》《预算管理与会计》《安徽财政》《蚌埠日报·今日怀远》等报纸杂志中。2012年3月，荣获怀远县“文明优质服务标兵”。2012年11月，荣获蚌埠市第六届百名“诚信服务明星”。2014年6月，荣获怀远县财政局2013年度“优秀共产党员”。2016年3月，荣获2015年度“安徽省财政信息工作先进个人”。2019年7月，被县政府记“三等功”。在财政部于2019年5月开展的“我与共和国财政”主题征文活动中，征文《教室里的灯光变了》荣获二等奖。在财政部于2021年4月开展的庆祝中国共产党建党100周年“初心·使命·奋进”主题征文活动中，征文《纳凉追梦》荣获优秀奖。在青年作家网于2021年10月开展的“2021·全国青年作家文学大赛”征文活动中，征文《高粱情结》荣获散文组一等奖。

走过红色的土地

白云强

我喜欢旅行。途中可以饱览祖国的大好河山，可以体验各民族的风土人情，可以品尝当地的特色美食，没有一件不是让人向往的事。

旅行还有一件事可以做，就是学习历史。

国家之大、历史之久，中华民族上下五千年的灿烂文明，一路走来，是王朝的更迭、社会的演变，是文化的存续、精神的传承。

纵观过往，中华大地自上古炎黄定中原，到春秋百家启民智，从先秦始皇统九州，到汉唐两朝开盛世，再到宋元明清的繁华与没落，中华民族曾在辉煌中傲视四海，也曾在利炮下蒙遭国殇。

直到二十世纪初叶，十月革命一声炮响，给正在黑暗中经历苦难、寻找光明的中国送来了马列主义，如阵阵春雷，唤醒了伟大的中华儿女，自此踏上了浴火重生、凤凰涅槃的救国复兴之路。

这两年孩子上学，暑期我们一家人都会来个长途自驾游。在每年的行程中，我会选出几个特别的地方——中国革命史的重要遗旧址，走一场红色之旅。

听！在北京的街头，中国革命的探索者发出了救我中华的呐喊，用行动埋下了觉醒的种子。看！在上海的那幢青砖小楼里，中国革命的先驱者用激情点燃了斗争的火炬。看！在嘉兴南湖的那只红色小船上，中国革命的前辈用信仰开启了漫漫征程。

看！在东北柳条湖，九一八事变，辽阔的黑土地沦陷于屈辱，中华民族再遭苦难。看！在北京卢沟桥，七七事变，中国人民不再沉默，拿起武器，掀开了抗日的序幕，自此十四年的长长岁月，中华儿女抛头颅、洒热血，用生命谱写了民族独立的英雄凯歌。

听！在南昌城里，中国共产党打响了武装斗争的第一枪，“八一”两个字成为中国军旗上的壮丽宣言和中国力量的源泉。看！在井冈山上，共产党人带领工农红军，胸怀理想、坚定意志，开辟了中国革命的根据地，以星星之火燎原了整个中国。

看！在红色故都的瑞金，那一间间简陋的小土屋，见证了先辈建立共和国的探索和实践。也是从这里，英勇的工农红军踏上了万里长征，爬雪山、过草地，为了胜利，一不怕苦、二不怕死，铸造了革命英雄主义精神的历史丰碑。

看！在革命圣地延安的宝塔山下，十三个春秋，中国共产党的领导者运筹帷幄、决胜千里，在广袤的中国大地上掀起了声势浩大的抗日战争和解放战争，奠定了中华人民共和国的基石，谱写了新的历史篇章。

听！在西柏坡，中国共产党人以敢于斗争、敢于胜利的大无畏精神，转入战略决战，吹响了解放全中国的号角。英勇的人民解放军以时不我待的决心，取得了史诗般的三大战役的胜利，百万雄师过长江，推翻了国民党反动派的腐朽政权。

听！在北京天安门，共和国的伟大领袖庄严宣告中华人民共和国的成立！这一声宣告如雄鸡仰鸣，响彻寰宇，古老的中华民族历经风雨和磨难，开启了振兴中华、实现民族复兴的新长征。

翻开祖国的版图，画过一条记录中国革命的红色长线，发现还有很多革命遗旧址没有去过。那也是一段段波澜壮阔的历史印记，其中包括贵州的遵义会议旧址，遵义会议是在中国革命的紧要关头具有历史转折意义的重要会议。

我是生在新中国、长在红旗下的人，没有经历过先辈为中华崛起，不怕流血、不怕牺牲的革命道路，但我有幸见证了国家改革开放、强国富民的恢宏华章。

我的孩子出生在新的时代，现在的祖国繁荣昌盛、国泰民安。他从书本里学到了曾经发生在中华大地上的革命历史，再带他亲身走过这一片红色的土地，对他来说，就能理解中国共产党带领中国人民砥砺前行，努力实现中华民族伟大复兴中国梦的真正意义。

我和孩子还会继续走下去，去听、去看，去一起见证新时代的中国在不忘初心、牢记使命的道路上前进、前进、前进！

作者简介：白云强，江苏南京人。青年作家网签约作家，文学创作爱好者，摄文作者（摄影与文学创作者的简称）。荣获第三届“中国青年作家杯”征文大赛小说组一等奖，为青年作家网2021年度优秀作家、写作之星。早年曾担任知名门户网站和IT行业杂志特约编辑。近年来创作了两部长篇小说和一部短篇作品集。在多家纯文学平台和部分刊物发表了数十篇短篇小说和散文。

不梵高的向日葵

裴俊枭

2020年开春，我蜕变出一种新的行文风格，当年热衷于马尔克斯魔幻与现实的我，好似脱胎于此却仍旧忠于马尔克斯式的自由。那段时间的我好像到了一个全新的境界，一度招摇得无法无天，而自信心也开始触底反弹。当时我经营了个把月的自媒体账号只有100多个粉丝，但还是下定决心每天都在上面编辑一篇千字推文，并在心中暗自立誓，名曰“对生命内容的又一次跌宕求索”。

本以为这将会是一场不舍昼夜犹如拉练般对写作极限的挑战，但仅仅几篇文章的拉扯，我就在第六篇文章的中段找到了筋骨抻开、七窍穿风的透亮感。自此我便越发肆意妄为，胆大包天。

次日清晨，晨钟还未开声，青鸟还未脱困。我的神魂也游离一夜，将归未归，将醒未醒。就是此刻，一个朦胧到不太真切的念头偷吻了我一下，像一个灵感小鬼，在告别白昼，瞬间溜走。天未亮开，人也还没醒透，但是胸中荡气却是氤氲百转，迫不及待地动笔洋洒下千字，今日这篇，又成了。

对我而言，“生活永远高于写作”，所以生活是要在写作之前的。如果今天的我早已经构思好了明天的笔墨，那么本该属于明天的灵魂就永远走不出今天的枷锁，同时我也在担忧着，如果今天的我去确认好明天，那么明天的我又该如何生活？写作应该是回忆式的，永远应该是回忆式的。生命赋予写作的内容除却记录与回忆，那些夸夸其谈的明天落实到白纸上，都只能被跨世纪的人经历，然后重新在记忆中归档，哪怕只过了一天。所以我这样做不仅是在忠于生活，更是忠于写作。

当年“三点一线”的校园生活被我们贬得一文不值，直到渴望出逃的心跌落进了城市，紧缩成两点一线。定位精确到米，时间精准到秒。所有的机器如此运转，叮当哐啷的声音从嘈杂过渡到鸣奏，最终竟交响出协奏乐。机械孕育美学，生命的内容好像也因为格律开展出新层次的意义。

无数人都是齿轮，周而复始地交接。所以城市出现人流，有潮向也有风口。那巨大的近乎失控的流动性开始变得神奇，犹如阿拉伯数字般彼此错落纵横，组合排列。无数的序列出现，各自有各自的求解。混迹多年的智者可以破译这座城市任何一个角落的密码，但现状却是：我们对城市的全貌都还未览尽，文学的富矿尚未挖其一角。

站到天桥，攀上高楼，飞在琼宇，用鸟瞰视角来解读，才发现人们低头赶路，靠导航而不是靠五官。精确到米的导航，却将所有人都引向与自我背道而驰的方向，致使我们每个人都曾在某一个瞬间拥有这座城市，然后在其余的时间彻底迷失。这是城市的魔力，而我的写作沉醉在这种梦幻中。

我当然没有做到每日一篇。因为有些时候我甚至连电脑碰都不想碰一下，无数次与未完的文章擦肩而过，但总是目不斜视地先去热爱生活。那些时候我与写作分居两地，像极了婚后多年的夫妻，阔别许久好像也害不上多少相思。但反过来，每当我再次与写作重逢，那种盛大的喜悦不仅丝毫未减，而且爱焰重燃，烧得格外热烈。我要感谢那些不写作的日子，或者说是我在好好生活的日子，是它们给了我写作沃土，给了我们重逢时太多一诉相思的谈资。

看似我是一个不着调的文人，但是我从来没有颠倒过滋养与被滋养的顺序。比例或许始终没有平衡过，但是天平却依旧在每一位看客眼里惊心动魄。我今年二十有四，可以说我正在乐此不疲地挖掘生活，抑或是在第一人称与第三人称的攻防转换中摸索。生命的内容嘛，总归得死了才能有注释与解说。当然我也有对人生的诉求，它时常被人们叫作格言或者个性签名高挂在社交平台的显眼位置，“人生没有重来，贪婪有何不可”！

我总想马马虎虎地生活，但是却经常清楚地看到太多，有时候真是恨透了这一点！在写作的时候总是会像祭祀一般事先祷告，鄙夷自己“说得太多，却做得太少”。但是能怎样呢？不一意孤行地去讲述些什么，写作于生命而言完全就是于时空中错位的两种来客。所以只要我经历过昨天的我，今天的我就该写作！

可恶的是，我在刚明确自由的时候就被戴上了脚镣。而这才区区不到十篇，起承转合在我的笔尖出现。而这种段落式的起止动作让我的文字生出脑袋和尾巴，也开始出现形象与生命。它开始变得更像一个完整个体，拥有自己的故事。欲擒故纵的开头、跌宕曲折的内容，再配上一个戛然而止的结尾。这种生命的流转可真是太诱人了。我一直以来都难以招架，这可能就像是每一个导演都醉心于“action”和“cut”的指令一般，处处彰显着约定俗成的变态。

几个小时前我还发誓要把脑子里所有积攒的想法除个干净，但是还没等不到我紧锣密鼓地安排，它们就顺藤摸瓜地找上门来。我和脑子里的它们血脉相连，就像老家的穷亲戚，总能跟着导航，敲开我的家门，要我帮他们的儿女升学就业。我不是个老到的大人，所以这些灵感也总不能被妥善安置。

我不停地翻阅着马尔克斯的生命，渴望从中找到这种想法的来路。这本在三年前就入手，但在三年后才被我翻阅的《活着是为了讲述》涵盖了这个老家伙近三分之一的生命，所有渴求马尔克斯的人都认为“能解开《百年孤独》的唯一密码就是《活着是为了讲述》”，而它也是解答我文学生命的“答案之书”。我深刻地明白现在这种记录生命的写作像极了《活着是为了讲述》中被这个老伙计合并成章的段落。唯一的区别也不过就是“略长一点”。

惊叹于这个老家伙的耐性，潦倒的人生也总能在他的笔下柳暗花明，让我生出“即便是这样艰难的生活，他依旧能用神奇的魔法将生命与写作相连”的惊叹。当然了，世界上所有的读后感都是主观且私人的，所以我从未发表过任何的影评或者书评。我读出来的内容大部分取决于我当下的感知和求索。所以我热爱什么，寻求什么或者得到了什么，不过都是一种自发性的设问与安慰。

10 月 27 日那天我告诉自己，今天的写作既要直抒胸臆说出全部，又要引而不发张弛有度。我不像以前那样醉心梦幻，而是渴望超脱虚无。不间断地从真实生活中寻找笔触，放大、变形乃至捏造熔铸成自己的魔幻与现实。我本以为自己喜欢诗歌，适合散文，但笔下的东西却全都变成了小说，每一个触点还都真实，每一份情感都很真挚……现实摇曳，自我迷失在城中，即便是身后最亲密的影子也在夜里出逃。像极了跟车盯人，师傅叫你盯紧他，你一路看着车屁股，左右腾挪，车牌号码在脑海中倒背如流，左转右转，变道超车，直到到达目的地的时候才发现，原来你早就跟错了。我曾经写过读者与译者的关系，而在如今的求索中发现，这关系更像是作者与读者。

马尔克斯算是我文学生命中最亲切也最遥远的一位导师。他曾这样描述：“文人一旦对已完成的作品感到满意，就会绝望地担心自己再也无法写出更好的。”我明白这种困境，当然也明白其言下之意，几乎所有作者都知道自己将会身处怎样的绝望，也明白只要等到下次落笔，这种窘迫就能自然地顺理成章，但是就是没人能具体得出解决的办法并落笔成文，以飨“欲壑难填”的来者。我在写作中也时常有这样的感觉。虽然艰难，但却是人生最绮丽的时刻之一，就好比“男女都明白对方心中所想，但是就是没有办法走到一张床上，只能日夜窥视着，那点到为止的距离”。爱情最曼妙的阶段莫过于此。

我说过，自己不能出现在自己的纸上，但是在写作中又对自己提出几乎完全相反的要求：“这一次，能不能稍稍带上点儿感情？”我的写作经常是在情感交织的牢笼中左右奔突，但是这恰恰是一种文学上的冷漠。写文章的人充当上帝捏造出一个又一个活的文字，最后却冷眼旁观，一笑置之。我想女娲造人的时候也大概是如此淡漠，不然捏到最后为什么直接抄起了树枝？

我总会在写作中用最不着边际的陈述去描摹自己用情最深的那个点。现在我认为这首先是一种写作上的无能。笔下是一些不痛不痒的细节，边角料堆砌成文，最后却在用情至深处遮遮掩掩，写作怎么可以这样！我看清了自己的弱点就一刻都无法容忍。

此后的清晨，每当那些灵感小鬼扎堆献吻的时候，我总是先克制自己，用力清醒。不能急着吃掉灵感，然后生一个不错的蛋。我首先应该审视：你在这些灵感里究竟排第几？就算第二也请你走开，因为我要先写第一！

手机备忘录是我的宝藏，这里记录着至今我大概所有对生命内容的探索和体会。我的备忘录向来杂乱不堪，从来没去整理过，无论是构思、素材，或是好词好句都一股脑儿地放在为数不多的篇幅里，各自相映成趣。这些杂乱到让外人抓狂的只言片语，恰好就是我每一次写作发起的艺术先驱，它比缥缈的灵感小鬼更加可靠，也比应酬的漂亮话更加具体。

“悖论”“魔幻”与“解构”，我大部分文章都忠于这些词。我就是文中那些跟着导航走的其中之一，与其他人唯一的不同是，我是所有人中唯一走错的一个。所以人流于我而言并不是风口与机遇，而是阻碍与背离。厦门的“莲坂”恰恰是这样一个地方。明发商业圈是个圈，错落交织的路口接纳着形形色色的行人。

天南海北的游客中总是东北的先说话："这哪儿啊，刚不来过吗！"莲坂的阿嬷说："只要你在这个路口待上一天，所有这个商业圈的行人你就都能遇见。"我觉得这话不假，假的只是这个城市。

我最满意的小说大都取材于此。随机选定的住址，随遇而安的故事，还有那被上天安排的命运。这些元素架构成的故事，多数都是浅尝辄止，很少伤筋动骨。人和人之间摩肩接踵，近到鼻子挨着鼻子呼吸同一片天空的空气，有时候却也能远到身高相差一厘米就错位了时空，老死不相往来。

我曾经一直都想做一个小镇青年，野心大不到不敢开口的程度，梦想也不会小到局限于生活的周遭。文艺、感性，小镇里的人烟足够稀薄，老远听着声音就能对号入座。关系却又足够复杂，因为一生都在和同一撮人周旋，低头不见抬头见。所以笔触的细腻与冷冽就成了小镇青年手中抄起的最锐利的家伙。可我偏偏生活在有着几千万人的城市里，迎面走来的每一个人都可能相视一眼后便此生不见，我需要为这样的生命负责，写下与之适应的文学。

墙壁上的向日葵被梵高定义。除了向阳而生的生命，剩下的就只有悲郁、疯狂和热烈。大多数人都这么认为。他们打着手电筒看画，捂着一只耳朵模仿梵高，顶着白炽灯去神化他，只是为了抬高自己。向日葵的悲伤摇曳在灯影下，被人们扯出一副又一副诡异的笑脸。其实我想说的是，向日葵不该被任何一个梵高定义，无论真假，能定义它们的只有自己，而且每朵都不一样。

我们现在所生活的城市，阳光已经被标上价格，不是所有人家的向日葵都照得到太阳，也不是所有人的屋子都有大阳台和落地窗。贫富差距比现在的楼层夸张，什么样的空间就生出什么样的人。相比这些，这座城市暗影下的向日葵如何找寻自己的太阳，便成了文字的意义。所以文学对于城市的开凿才刚刚开始。

我的文字是生长在这座城市里的花，这里没人背得出二十四节气，只在乎二十四小时营业。考勤、绩效……他们造出新词来涂改时间，苟且于此的生命都被推着上纲上线。此后我深爱的就只能是城市的角落。破旧不堪的锅炉房、无人认领的城市垃圾、两城交界处不被管辖的十字路，捎带上坍塌的旧瓦房，还有什么能比现代人的内心更加荒芜？所以如果城市里装着我的日常，那么角落里就孕育着我的诗和远方。

2021年的秋冬之交，我的人生观开始了一次盛大的崩塌与重建。我厌倦了这座小城，来厦门已整整六个年头。除去读书的四年时间，剩下两年一直在厦门奔走。除去生养我的老家，厦门是我不折不扣的第二故乡。即便我的文学生命是在北方诞生的，但这丝毫不能左右我笔中情节里那浓到化不开的闽南味。我想去一座更加小资的城市，那里不会堵车，阳光没有价格，到处都有广阔的人行步道，花圃树荫也不沾半点儿尾气。好像离我几十公里远的地方就符合这种要求，但是厦门的环境摆在这儿还真就凤毛麟角，这一点，我心里明镜似的。

我顺便还生出了“文学式的恐慌”。像当年马尔克斯离开了阿拉卡塔卡，思特里克兰德离开伦敦，即便相隔只有短短几十里，我也不敢小看这段距离。我生怕离开了这片厌倦的沃土，就走向了真正意义上的荒原。所以我没走，未来吉凶未卜，不过没有关系，因为除了写作，没什么真正值得我担忧。

（本文荣获2021·全国青年作家文学大赛散文组一等奖）

作者简介：裴俊枭，青年作家网签约作家。代表作《苦艾酒，招致灾厄的绿色缪斯》《炸鸡小姐与坚果先生》等。曾在多项文学赛事获奖，热爱拉美文学，擅长诗歌、散文、小说以及观点类创作，马尔克斯粉。

大爱无言

崔 固

每次削苹果，我都会想起我的父亲。很多人削苹果的时候，果皮都是边削边零零碎碎地掉一地。父亲削的苹果，果皮如同环山路一般一圈一圈地缠绕在苹果上，由负责吃这个苹果的人把薄而透亮的果皮慢慢扯下来。取皮的时候如能尽量小心，没有把果皮扯断，完整的苹果皮提于手中恰似一个漂亮的彩虹圈。父亲削的苹果精致、卫生、富有情趣，我五岁左右就跟父亲学会了这种方法。可是后来由于父母的关系比较紧张，我又经常站在母亲的角度去看待父亲，我和父亲的关系一直不太好。

我的父亲是一名货车司机，当兵转业就在本地县车队工作。20 世纪 80 年代初开大车是很吃香、很体面的工作，出一天车抵得上很多人干一两个星期的零活。我的母亲在家种地，当时种地全靠人力，非常辛苦，化肥又紧缺，农作物的产量极低。母亲时常恨不得自己也识字、能开车，人闲车不闲，与父亲白天晚上轮班开。可是让母亲万万没想到的是，父亲好像并不珍惜自己的好工作，并没有天天出车。父亲大多数时间都躺在家里看书，很多时候着迷得连饭都不吃。金庸的武侠小说，父亲如数家珍；各朝各代的演义，父亲也是侃侃而谈。在我儿时的记忆里，父亲和母亲经常为看书的事拌嘴。母亲常常埋怨：“书又不能当饭吃，看一两本就得了，左一本右一本、左一遍右一遍地看了干什么？”父亲也常针锋相对：“万般皆下品，唯有读书高……钱是身外之物，你懂什么？”

父母闹矛盾时，我出于同情弱者的本能，经常站在母亲一边，对母亲言听计从。虽说父亲看书的用心特别良苦，可我那时候并不理解父亲，甚至还有些讨厌父亲，讨厌读书，我当时真的从父亲身上觉得看书是贫穷的根源。我那时不爱读书的情绪特别明显，小学留级，初中补习，高中辍学。父亲经常被我气得满脸通红、浑身发抖。可是父亲无论多么伤心，都没放弃看他的书，还坚持为我买书。

记得有一次父亲跑长途到外地，为我买了一套关于红军长征的连环画，总共四大本，花了四十多元钱。当时学校一个月的伙食费只要二十元。父亲也说，为了买这套书，他啃了一个星期的馒头。父亲特别希望能以他的方式激励我热爱读书，可是后来我把连环画带到补习班分给同学看，我的那些好同学至今没有把书还我，我也从未向他们提及还书的事情。

由于各种各样的原因，父亲现在独自住在他年轻时自己盖的平房里。虽然不到七十岁，可头发已全白，所幸身体还算硬朗。他在房前屋后开辟了几块地，种植了一些中草药，天气晴好时偶尔也会到河边钓钓鱼。

我住的地方与父亲住的地方离得不远，相距五公里左右，但以前我并没有经常去看望父亲，偶尔去了也基本上是放下东西就走，很少和他交流。父亲也好像没看到我似的，兀自出神。如今我有了自己的孩子，工作也不太顺利，我越来越能体会父亲内心的孤独与执着。

其实我的父亲是一个特别好的人。在我很小的时候，父亲非常喜欢陪我睡觉，每次父亲都会用他厚实温暖的大手抚摸我瘦瘦的后背。这么多年过去了，父亲掌心的温度仍留存在我的背脊，以至于现在我也特别喜欢为我的孩子抓背。孩子已经被我宠溺得不仅要抓背，还要抓腿、抓胳膊才能入睡。

虽然父亲经常愁眉不展，但也有心闲的时候。只要一切顺遂，父亲就会为我讲故事。他最津津乐道的是武侠故事和历史故事。父亲讲故事时说得最多的一句话我至今记忆犹新，他经常在故事的结尾意味深长地说："名门正派不一定是好人，邪魔外道不一定是坏人。"

我小的时候不知道父亲为什么经常板着脸，但我从他的一些言行能感受到父亲内心是善良的，甚至还胸怀大爱。有时出车回来，如果车上又带了人，从父亲和陌生人的谈论中，我们便会知道父亲又做好事了。

那年月路上车很少，父亲用货车方便过无数人。驾驶员特别忌讳搭载受了外伤流血不止的人，通常在路上碰到这种情况，他们大多都会佯装没看见，只有父亲会停下车，把生命垂危的人送到最近的医院去抢救。此外，父亲送得最多的是喝农药寻短见的妇女。家属们把奄奄一息的亲人背到路边，然后一群人在路中间着急忙慌地拦车。路过的驾驶员一般不会停车，唯有父亲会把车停下来。有一次碰巧我也坐在车上，父亲看着窗外说："又有一个，想不想看人灌肠？"没等我反应过来，父亲就把车靠边停了下来……

世事总是难料，20 世纪的最后两年，父亲因为车队改制成了下岗人员。当时我正念高中，由于思想包袱重，学校的学习生活又特别沉郁，我辍学了。我的辍学对父亲而言犹如雪上加霜，他一度一蹶不振，每天靸着鞋，也不洗漱。当时得亏家里有许多书，在父亲最无助的那几年，那些书一直陪伴着他。

在吃了无数的苦头之后，我最终还是选择了复读。通过磕磕绊绊的努力，我有幸成为一名小学教师。如今，我每个星期都会去看望我的父亲，每次见面我都会尽量和父亲多说几句话。

有一次，我把削好的一个苹果递给父亲，然后对他说："爸，除了读书、教书，我还想写本书。"父亲没有抬头看我，他小心翼翼地用微微颤抖的手扯着苹果皮，但我从父亲脸上跳动的肌肉感受到他在哭。我第一次见父亲这样，我的心里特别酸楚，如同打翻了杂货铺。

我与父亲怄了很多年的气，可没想到最后深深影响我的却是执着到能把书当饭吃、当被盖的父亲。父亲用他不痛快的一生告诉我：读书不一定能让人出人头地，但读书能让人的心情不至于跌落谷底。

（本文荣获第三届"中国青年作家杯"征文大赛散文组二等奖）

作者简介：崔固，男，汉族，云南曲靖宣威人，小学语文教师。

芳菲的年华（外一则）

李泽军

小陈，是我的同事，也是我仅有的能交心的异性朋友。前几年，她大学毕业，来到我所在的城市，找了一份能让心静下来的工作。和我一样，也是做文字工作的。我和她都有一个文学梦，因为这份共同的爱好，所以我们从陌生走向了熟悉，从熟悉走向了知交，成为无话不谈的好朋友。

小陈是一个温柔善良的女孩，虽说没有姣好的容貌和身材，但她的朴实和善解人意，让我眼前一亮，有了心动的感觉。每逢周末，我们便相约去郊游，徜徉在大自然的怀抱里，享受着青春的从容和快乐。

小陈很善谈，对人和事有自己的见解，这在与她同龄的女孩里很少见。我喜欢听她说话，喜欢和她谈文学、谈人生。她的一些观点让我特别信服，久而久之，我对她有了种崇拜和依赖的感觉，一日不见或一日不听她说话，心里便空落落的。有时，我想对她说点儿关于感情的事，但总是没有勇气说出口，因为在我的眼里，小陈是那么完美，以至于我不敢去触碰，担心自己会伤害到她，给她的心留下伤口，给我们的友谊带来毁灭性打击。

终于有一天，小陈对我说，她恋爱了，对方是一个比她大很多的大叔。我听到这个消息，心里很震惊。那天，我对她说了很多关于爱情和婚姻的话题。小陈静静地聆听，没有说话，但我从她兴奋的眼神里，似乎感觉到了自己的失态。临别时，小陈突然笑着说："我还没打算嫁给他，你急什么呀！"

是啊，我急什么？我为自己的侃侃而谈感到不可思议，但我又不想为自己的失态向她道歉。就这么看着她离去，眼和心都是复杂而迷茫的。冥冥之中，有一个声音似乎在提醒我：找一个真心对你好的人。

第二天，我收到小陈发来的信息，说她要去外地出差，让我自己照顾好自己。我问她要去几天，但她没回我，这让我有些失落。

小陈不在的那些日子，下班后，我把自己关在图书馆，看看书，写写文章。

在我第二次去图书馆的时候，遇到了秋。秋不是季节，而是一个漂亮的女孩。在我们相遇的时候，她自我介绍说：“我喜欢秋，你就喊我秋吧。”这个独特的称谓，让我对她有了深刻的印象。接下来的几天，我天天都去图书馆，手捧着一本书，眼睛却四处搜寻。秋坐在靠窗的桌子前，瘦小的身体湮没在宽而深的沙发里，以至于我不知道她在干什么。人都是有好奇心的，尤其是对有感觉的女孩，好奇心似乎更加强烈。

我犹豫了一会儿，最终还是拿着书，向她走去。秋抬头看见我，白皙的脸上泛起些许笑意：“你好，来了？”

“你好，我早就来了。”有秋的配合，我的搭讪看起来很自然，也特别开心。

秋的手里是一本外国小说，我没看过，便问她好看不。秋回答：“我不知道，还没开始看。”

那天下午，秋一言，我一语，一直聊到图书管理员赶我们走。她的外国小说和我的散文集，一直没打开过。那天傍晚，我第一次邀请秋吃饭，秋没拒绝。在路边的一家小饭馆，我点了几个菜，要了瓶半斤装的白酒，给秋点了杯饮料。眼神在黄白之间穿梭，话语在嘈杂中蔓延，我和她的交流很愉快，但不知道为什么，我始终看不透她，就像我看不透人生一样。也许我和秋原本就不在同一个点上，就像她爱看外国小说，而我喜欢读散文集。

那天夜里，我做了个梦，梦见小陈和大叔结婚了，我躲在黑暗的角落哭泣。醒来后，我的眼角还有些潮湿。哭是真的，但愿梦是假的。在这个秋天，我忽然想小陈了，觉得她才是真正对我好的那个女孩。

早上起来，我给小陈发了句问候的信息，然后匆匆吃了早饭。吃完早饭，我拿起手机，意外地看到小陈回的信息，她说过几天就回来了，还问我这几天过得好不好。我沉默许久，给她发了哭的表情，然后穿好外套，出门上班。

几天后，小陈给我打电话，说她已经回来了，让我晚上去她家。小陈的这个电话，让我兴奋了一整天，并且想了好几个版本的见面情景。小陈的一个电话，竟然让我如此激动，这在我还是第一次，我真的要恋爱了？她真的是那个能一辈子对我好的人吗？带着这些疑惑，我好不容易熬到天黑，按照小陈发来的位置，找到了她的家。

小陈的家很小，但很温馨，我走进她的家，如同走进了温柔乡里。那天晚上，小陈陪我喝了点儿白酒，陪我说了很多话。在半醉半醒的状态下，我和小陈相拥相泣，在唇齿相依间，我俩走进了彼此的内心，开启了一段属于自己的没有距离感的新生活。

第二天早上，看着身边依然熟睡的小陈，我突然觉得她比秋漂亮，比秋更适合自己。我下意识地把她揽进怀里，我的脸轻轻地靠在她的头发上。这时，小陈醒了，她没有推开我，而是翻过身来，双手抱着我。我们依偎得更紧了。

我静静地看着小陈，感受着女人特有的迷人气息，心头慢慢涌上来一些温暖和安逸。这样的时光，是温馨的；这样的她，是真心对我好的。一辈子很短，找一个真心对你好的人，一起微笑，一起前行，这便是幸福的样子！

（本文获 2021 年《西部散文选刊》精品奖）

月儿弯弯

人生本无陌路人，只是机遇和缘分而已，朋友可遇不可求。我们虽不曾见面，却能相识、相知，就在于彼此间架起了一座心灵之桥吧！但是做个陌生的朋友不好吗？对于我而言，“相逢何必曾相识”！只要能感觉到友谊的温馨，不管是淡淡的还是浓浓的，都值得好好珍惜。

好好珍惜你已拥有的，也好好把握住你未曾拥有的。生命属于我们只有这一次。应该前进，无论前途之中有多少风吹浪打，有多少无奈坎坷，我们注定还要前进。

有些时候，我们总不得不直视现实，尽管现实是残酷无情的，但也无可奈何，我们注定要面对，无论结果是喜是悲、是酸是甜。

尽管你的心在流血，你的泪在打转，甩甩头吧，依旧洒脱地走向前方。人一生之中所有的事唯有随缘，当有缘时就好好珍惜，当无缘拥有时，就挥手道别吧！我们注定还要失落许多，但不必叹息，因为我们注定还要勇往直前！汲取一份美好在记忆中珍藏，在梦中独自品味，醒来后顽强地活着吧！

我向往那个被白雪装扮的世界——洁白无瑕。我好喜欢好痴爱那个世界，我希望自己一生清白、一生纯洁。

我总是为别人痛苦，为别人流泪，我真希望能为自己笑一笑！然而我却没有那份心情。

经历了无数的狂风暴雨，尝尽了无数的酸甜苦辣，攀越了无数的崇山峻岭，我的心已如一面镜子，平平坦坦，无爱无恨，因为我的心已死了，没料到你竟能令我感激。说实在的，当初决定与你相交，也只是偶然而已！没料到一个偶然会带给我一份令人羡慕的真诚。

一个人的价值并不在于是否实现了自己的理想，只在于是否使他人受益。

多少回，我独自在孤灯下，满怀空虚感叹，好想在亲人身边痛哭一场。一次又一次，悄悄回首，擦掉脸上的泪水，转回头时还要给别人一个苦涩的笑容。

人生不可能一帆风顺，好多事不尽如人意，有得必有失。有时候，太快乐也会化为一种悲伤。我想了许多，我不知该流泪，还是伤悲，我不知做对了哪些，又做错了什么，只知道我变了很多。人总是变化无穷的，每个人的成长都要付出代价，我并没有后悔，只是我付出的，未免太多，我失去的却是我最珍贵的、我最留恋的。

茫茫夜空，没有鸟语，只是花香依旧，田间秋虫鸣叫，秋天终于来临了，一年的春夏已从指尖溜走。当月儿又上树梢时，我突然明白，其实做人应该好好活着，活得洒脱些，好多事该放手时，不妨大方些，拿得起放得下，洒脱做人！

我不想去扼住命运的咽喉，也不想主宰些什么，只想做个平平淡淡的人，爱我所爱，无怨无悔。

至今仍是“沉醉不知归路”，我却还是到处漂泊，等待下一个伤口！

但愿你拥有一份真诚，对自己真诚，对别人真诚！

（本文入列 2021 年《西部散文》排行榜）

作者简介：李泽军，瑶族，20 世纪 70 年代出生，90 年代参军入伍，广西荔浦人。中国少数民族作家学会会员，中国小说学会会员，中国散文学会会员，广西作家协会会员，桂林市作家协会理事，青年作家网签约作家。作品发表于《西部散文选刊》《参花》《松花江》等刊物。出版有长篇小说《轮回》《客家传奇人物张高友》《岁月》《爱与痛的边缘》，短篇小说集《梦回大唐》，散文集《一念之间的悲欢》，诗集《李泽军诗词选》。主编有“秋意浓”文学丛书一套9本。

记忆中的扁柏树

陈国林

数月前，跟在曲靖老家工作的儿时伙伴小聚，聊起生我养我的老家变迁和儿时印象，好多往事勾起了大家的回忆。哪家住哪里，哪家的菜园在哪里，村中有几棵参天古树，一草一木、水井水塘……如今早已面目全非，不复存在，被幢幢新建楼房代替，但家乡的旧迹风貌仍然永远刻录在同伴们的脑海里，让大家记忆犹新，终生难忘。

我记得，村子正中有一块叫作小园头的菜地，全村人都熟知这里，大约有一亩左右，长方形，土壤肥沃，是小叔家的菜园，常年按季节种植着辣椒、白菜、茄子、小瓜、葱蒜等无公害蔬菜，供全家人食用。菜地处在一个稍高的位置，西边是一个齐头崖子，高出路面有一米多，下面还有一条小水沟，雨水季节沟里水流很大，但铺有石板，跨过去很安全。菜地东面不高，向右绕个小弯上小坡，有一道木栅小门用铁丝拴套着，种植采摘蔬菜时自家人可以从这里进入，外人一律谢绝入内。菜地四周被鸡脚黄刺、倒挂刺和其他长刺的植物围着。进入菜园，右侧还有一个简易厕所，可用里面的粪水浇菜，让蔬菜生长得更快更好。小时候，我跟爷爷、叔婶经常来这里种菜、摘菜，这块菜地留下了我儿时的足迹和快乐。

让全村老少最羡慕的还有一点，小园头菜地靠西尽头处，也就是齐头崖上面，长着一棵足有二十多米高的扁柏树。这棵扁柏树所处位置又高，又处于村庄中心位置，很是醒目，方圆一两公里就能目睹它的挺拔雄姿，而且它是村中唯一一棵高大的扁柏树。

树形笔直，直插云霄，直径不低于五六十厘米，五米以下光滑无分枝，很难攀爬，站在树下抬头仰望，头上的帽子都会掉落。树的上半部分枝繁叶茂，常年翠绿，呈宝塔形，树梢处还有鸟窝，时常能见到鸟儿鸣啼。

扁柏树靠南四五米的园埂处还长有一棵倾斜稍弯的棠梨树，每年棠梨满枝挂，果实还未成熟时就会被村里的小孩偷着摘个精光。扁柏树树叶清香浓郁，可祛病除尘、清洁家园，每年大年三十年夜饭前，家家户户都会将扁柏叶撒在烧红的梨碳或鹅卵石上打醋碳，以除去一年的晦气与不顺，祈求来年吉祥平安。好些人家都会来要扁柏叶，爷爷和叔婶也会答应他们，让他们自己去树上弄些，但不能浪费。好多爬树功夫差的根本上不去，只能用一根长棍绑上一把镰刀，慢慢割扯几枝。

家乡的这棵扁柏树，听长辈们说，至少也存在了上百年，具体多少年也无法考证，还说是自然生长的，不是人工栽种的。这棵扁柏树算是村中的古树，是镇村宝树，称它为“神树”也不为过，有了它，村子年年风调雨顺、世代安居乐业。但让村民们感到遗憾的是，它在三十年前就被我的堂哥们砍伐了。我二伯家的长子，我的一个亲堂哥，在外地工作，后因家族房产地产扯皮，盛怒之下，他带领几个亲弟弟将这棵古树砍倒，用车拉回城里做了家具。从此，这棵扁柏树在村里就彻底消失了。

我还记得，扁柏树下方三十米处，有一个叫花刺蓬的地方。花刺蓬也有七八十平方米大，植物茂密，长满倒挂刺，一年四季都有卡卡果、牵牛花等鲜花野果。多数村民都不敢轻易采摘里面的艳丽鲜花，因其全被锋利的倒挂刺环绕保护着，一不小心就会被刺扎伤手。花刺蓬下面，经常有附近农家饲养的土鸡躲藏在里面下蛋，也有老母鸡领着成群小鸡在里面逗留，有时还有松鼠、貂鼠上蹿下跳。住在旁边的农家妇女，经常在花刺蓬边上寻找她家养的鸡和鸡下的蛋，发现里面有鸡蛋只能屈身用长棍细心将鸡蛋推出来捡拾。这个花刺蓬跟扁柏树、棠梨树，构成了村中最美的风景线，过往行人可以左观花刺蓬的美丽鲜花和小动物，右赏歪斜好看的棠梨树，抬头仰望挺拔威武的扁柏树。

随着岁月的变迁，经济的发展，记忆中的扁柏树早已不在了，花刺蓬也没有了，棠梨树也消失了。但家乡抹不去的美好记忆还在，儿时的幸福快乐还在。

近几年，我也偶尔回了老家几次，发现家乡的巨变，从内心感到自豪和兴奋。家家户户住上了新房，喝上了干净的自来水，村中全是水泥路，还建起了村民活动室，高速公路从村旁穿过，美丽乡村建设已成雏形，家乡的父老乡亲们过上了幸福美好的日子。

在此，真心希望家乡人民永远记住村中曾经的扁柏树和旧时的家乡美景！

让记忆永留心间，不忘来时的路，憧憬美好未来。

祝福家乡人民永远幸福安康！

（本文荣获2021·全国青年作家文学大赛散文组一等奖）

作者简介：陈国林，网名山林，云南曲靖人，本科学历，中共党员，审计师职称。现在曲靖市马龙区烟草专卖局（分公司）从事新闻宣传工作。青年作家网、长河诗刊签约作家，作品散见于中国作家网、中国诗歌网、青年作家网、长河诗刊、烟草在线、曲靖M等网络媒体平台。诗歌《昨夜秋雨》发表于《清风文学》2020年9月第4期，散文《昔日母校的追忆》和《记忆中的大雪》分别被收录于全国青年作家优秀作品选《岁月之歌》及《花开四季》。散文《记忆中的扁柏树》获2021·全国青年作家文学大赛一等奖，诗歌《赞歌献给伟大的党》获第三届“中国青年作家杯”全国征文大赛三等奖。2020年、2021年连续两年被评为青年作家网年度优秀签约作家。出版有个人作品集《难忘的记忆》。

久违的二胡声

蔡　露

现在的建筑，那房子的隔音虽比大杂院强些，但也好不到哪儿去。尽管各家的门紧闭，人们彼此都不太熟悉，但左邻右舍、楼上楼下谁家有什么事，也大概知道一二。

我家房子靠边侧，只有左邻，没有右舍，还有楼上、楼下的邻居。楼上住着一对新搬来不久的年轻夫妇；楼下住着一对年近七十岁的大哥大姐；左邻就是我家的对门，住着一对中年胖胖的夫妻。

虽然是对门住着，但和对门家的人很少碰面，倒是常常闻到他们家男人在走廊抽烟的味道，隔着一道门也能闻到。有时外出开门，烟味迎面扑来，令我有些想不明白：坐在家里抽也是一个享受，站在公共走廊里抽多累啊。有时两口子大声吵架，我在书房里听得一清二楚。

和楼上的小夫妻相识源于一次停水。他们两个人忘了关水龙头，水来了后顺着洗手间墙缝流到我家，差点儿把我家的地板也泡了。我通过物业知道了他们的电话，后来小夫妻下来赔礼，要给我家赔偿，我见没多大损失也就没让他们掏。聊天中知道两个人忙事业还没要孩子，怪不得没听到小孩的跑跳声。但有时晚上床的吱嘎吱嘎声响得让我只得笑着看着屋顶，觉得商家设计、销售床都应考虑新婚适用型，要不经不起年轻人的折腾啊。

对于楼下的大哥大姐，我觉得抱歉。我在家练芭蕾也有动静，就如大哥说的，像穿高跟鞋在屋里走似的，多亏楼下大姐耳朵不太好使，要不也挺闹心。我是见到他们就常常说对不起。

2020年春节，各家关门闭户，鞭炮声都比往年少了许多，小区一片宁静。我下楼出门买了两次菜没见着一个邻居，但楼上楼下还是有动静的。

小夫妻俩的“床声”更频繁了。

在我以为对门家出门或没来住时，突然传来了那女主人熟悉的声音：“你是不是又被那小妖精勾去了？”“什么啊，你去问我妈去，我送完女儿坐了一会儿就回来了。”男的声音也不示弱。“你妈还不是向着你？这才消停几天啊，我以为你能改呢。”女的哭了起来，让我心里上下翻腾，写东西也写不下去了。我想自己也帮别人挽救过不少婚姻，但邻居间人家不说，这事还是装作不知为好，可有时在走廊看见对门女的穿着睡衣，蓬头素面下楼或去小卖店买东西也真想说：也得注意点儿形象去拴老公啊。今年这么个长长的假期，不知她是不是还是在穿那套睡衣。

虽然我还一如既往地练芭蕾，但我想等见到楼下大哥大姐拜个年，再道一声歉，可一直也没见到他们。那天突然传来吱扭吱扭二胡的调音声，接着如嘶哑般的嗓音传来了几声二胡的曲调，当时我在厨房，那声音就像从我家的客厅里传来的一样。是楼下传来的，是楼下的大哥吧，邻居十多年，大哥会拉二胡啊。接着，每天下午两点，大哥的琴声必到，曲调也越来越顺溜了。

我有四十年没听到二胡的声音了。不知为何，尽管大哥已拉得成调了，但琴声一出来，那一揉弦、一拉弓都像撕拉着我身体的每一块肌肉、每一根神经，勾起了无名的忧伤和惆怅。

那天下午快三点了，大哥的琴声还没响起，窗外却传来了大风的呼啸声。我端着咖啡站在窗前，这个长假以来，突然能睡着了午觉，但下午醒来又喝起了咖啡，不喝咖啡总感觉有点儿惘然，特别是和大哥的琴声一起，那咖啡也喝出了别样的滋味。北方又开始降温了，风吹着塑料袋在灰暗的空中急速地翻着跟斗，一根很大的树枝被刮断落在小区的走道上，物业大哥孤身一人在清理树枝。当我正准备离开窗前去做晚饭时，楼下大哥的二胡声来了，是那么熟悉的曲调，拉得如此婉转，我想了许久，终于想起是我们小时候常唱的：“天上布满星，月牙儿亮晶晶，生产队里开大会……”深情的弓，痴醉的弦，一下把我定在窗前，让我的心不知是往窗外搁还是往屋里搁。

接下来几天，大哥的“生产队里开大会……”越来越熟练了，我听得尽管不往心里去，但还是伤感。

日子就这样一天天过去，听着楼上楼下邻居的关门声和其他动静，还是没见着一个人影。我还是每天锻炼身体、干家务、写东西，喝着瓶子马上就要见底的咖啡。

“砰”的一声响和震动，把我从午睡中惊醒，我恍恍惚惚地想：不是地震了吧？一看床上方的吊灯丝毫没动，接着又是一声，哇，大概是楼上小夫妻的床塌了。两个人又玩什么新花样呢？现在不是午夜一点而是午后一点啊。我真愿他们借此换床，也希望他们“玩”出新的生命。还没听完两个年轻人收拾床的声音，楼下大哥的二胡声提前响了，又换了曲子，这次我一下就听出来了，那是：“一条大河波浪宽，风吹稻花……”

（本文荣获2020·全国青年作家文学大赛散文组一等奖）

作者简介：蔡露，女，1959年生。韩国首尔大学生活科学硕士，辽宁大学副研究馆员退休。爱好文学，2015年以来发表过散文数篇，著有《现代家庭经营论》《食美——饮食艺术》和随笔集《爱的香气》。

你就是我最美的期待（外一则）

徐　苗

如何让你遇见我，
在我最美丽的时刻。
为这我已在佛前求了五百年，
求它让我们结一段尘缘。

这是我在少女时代最喜欢的一段诗歌，它来自席慕蓉的《一棵开花的树》。我幻想过无数次会在什么样的场景里遇见生命中那个对的你，希望那时的我如花般绽放，带着前世对你的“朵朵的盼望”。

人海浮沉，未遇见你之前，我们彼此都在前三十年的人生里漂泊。我经历了两段让我痛心的陪跑感情，有伤痕有觉醒有成长。我甚至无数次怀疑过是否真的会有对的人出现。坚强独立睿智如我，已经做好了洒脱单身的打算，但你在我刚好三十岁那年出现了。

被你良好的口碑吸引

2020 年 10 月 17 日，闺密喊我去喝早茶，无意中听闻你是大家口里的优质单身男士——睿智、低调、温暖。当时朋友就说应该会跟我挺合拍的，毕竟大家都处在热爱学习的高能量圈层。特别巧的是接下来的那个周末我去北京出差，正好要去结识你。

2020 年 10 月 24 日那晚，我约上我们共同的好友，也叫上你，大家一起吃铜锅涮肉。那顿聚餐上，我热情地给大家引入了好玩的游戏，席间大家相谈甚欢。我被你的大气、真实、机智、体贴所吸引。

有了良好的第一印象，第二天我好想去看古都北京最具秋意的银杏。于是带着试探性的口吻问你，你欣然答应陪我前往地坛观景。

那一天，秋高气爽，微风和煦，秋日的阳光很温暖，金灿灿的。在红墙绿瓦、庭院祭坛之间，我们并肩而行。从原生家庭谈到过往的情感经历，从诗词歌赋谈到人工智能，在地坛的南部方位，我喊你拍下了第一张属于我俩的合照。

我们是上天赐予彼此的礼物

自从地坛一游，我回到广州，而你仍在北京。我们开启了一百一十三天来每日的微信语音及视频模式。我陪你度过了一段准备在职考研的辛苦历程，你陪我度过了演讲路上的不断进取。我们越聊越投机，偶然发现我们都曾经参加过 2019 年 3 月腾格里的沙漠训练营。但命运巧妙地在那次让我们错过，而又选择最恰当的时机让我们彼此遇见。

2021 年公历 2 月 12 日是大年初一，我收到了你的微信视频及语音表白。我心花怒放，你终于在重要的时刻向我表白，这就是牛年赐予我的最好的礼物。你在情人节、妇女节给我准备的专属礼物都像极了我的气质。

你说："佳人难觅，知己难寻，遇见你，此生有幸，二者皆得。"

我说："兜兜转转，人海沉浮三十载，同频的人终将遇见。"

我们都说不清喜欢对方什么，仿佛感觉对方就是上天为彼此准备的那个人。

我们性格不尽相同，你低调温和大气，我开朗乐观上进；你是思考深邃派，我是行动派达人；你是热爱思维导图的"八爪鱼"，我是勤劳积极的小蜜蜂；你有强大的理性思维，我有浪漫的文艺情怀。

但我们互相欣赏、互生倾慕、互相鼓励对方，我觉得本质上我们是同一类人，同样是长期主义者，同样是终生成长者。

你是我未来最好的合伙人

今年的清明我去北京看你，这是我度过的最甜蜜的假期，我们一起登山夜爬，赏樱花，看北京城万家灯火，我亲手给你做了一顿晚餐，你给我煎了爱心牛排，在彼此身边的日子总是觉得幸福无比。

当我遇到工作上的挫折找你倾诉时，你总是耐心地聆听。当我撒娇说不想工作了，要你养我，你也总是乐呵呵地答应。当我觉得做得不够好时，你总会肯定我、维护我。我们都习惯每晚视频和对方唠上两句，不知不觉就过去了一个小时，常常聊到深夜十二点多才肯去睡。

我们的故事从去年秋天萌芽，到今年春天如花般绽放，谢谢你的踏实、体贴、温暖、上进，这让我对我们的未来有信心、有期待、有动力。我们每日都勤勉工作，不断学习，快速成长，未来一定会成为很好的人生合伙人。因为我们有着共同的信仰，有一群共同的好友陪在我们身边。

遇见对的人是什么感觉呢？我觉得难以用语言来形容，对的人甚至无须解释，就是一见如故、彼此欣赏、相互接纳、扶持相守。

最后，借用张嘉佳在《从你的全世界路过》书中的这句话来结尾："我希望未来这个如你一般的人，对我点点头，贯彻未来，数遍生命的公路牌。"

浓浓"文艺范"的冬日雪景在哪里呢

在南方长大的孩子总是对雪与冰充满着幻想，这是我们内心深处的一个未了情结。

由于长期生活在华南地区，我对冬天的天寒地冻与雪花纷飞少了几分真切的体验。于是，我会有意识地给自己创造这样的体验机会来弥补遗憾。近些年的一月到二月，我总会飞往东北、西南等地去看冬日雪景。

要问哪里的雪景最迷人，我最喜欢的当数日本的北海道。

2018 年 2 月，我与闺密踏上了北海道的十天旅程。我要亲眼去见识日本著名作家川端康成《雪国》笔下所写的那种寂静清冷、空灵唯美、静谧悠远的雪国风貌。

北海道位于日本的最北面，是日本的第二大岛屿，以行政省会城市札幌为中心辐射小樽、旭川、函馆等城市。这里的雪景举世闻名，每年冬天，日本乃至全世界的游客都会慕名而来，每年二月上旬会有雪祭、冰雕等盛会。

时隔近四年，回忆起那份雪景之美，我觉得其独特之处就在于它的"文艺感"。我国北方也有自然苍劲的雪景，但北海道的雪景胜在"唯美文艺范"，正如日本传统文化所展现出的烦琐、精致、风雅、虚无。

雪花美术馆里关乎雪的童话

十天的旅程看景无数，令我印象最深刻的却是一个安静的小众景点——旭川的“雪花美术馆”，这是少见的以雪花为主题的美术馆。

它的外建筑采用欧洲中世纪造型，门前的空场上还有很厚的积雪。室内建筑采用纯洁的白色并点缀着各种雪花造型的玻璃窗。游客顺着六边形的旋转楼梯上去，仿佛进入雪的世界。

当我们来到这里，宛如进入了一个纯净的童话城堡。它里面的中心大剧院里有七位画家绘制的巨幅油彩画布顶棚，白色的舞台两侧摆放着烛台、竖琴、欧式落地灯、大钢琴等。现场还摆放有经典童话《美女与野兽》中的人物造型。

现场唯美的布置，吸引了一对新人在舞台上拍摄婚纱照。

我站在主舞台前，内心不禁安静下来，默默地祈祷生命中的一切安康泰然。

雪花美术馆内所陈列、讲解的艺术作品皆以雪花为主题，甚至连它的门窗也是雪花形状。我参观后第一次了解到雪花原来不是只有一种造型，细细地看可是千差万别的，让人从科学角度了解了这一自然现象。

白色恋人之都——小樽的唯美雪祭

除了雪花美术馆，最代表北海道“文艺范”的就是小樽。小樽是日本经典纯爱电影《情书》的取景地。此后众多爱情影视作品均在此取景拍摄。因此小樽被称为“白色恋人之都”。

我对小樽的印象是旧时的海港小城，背山靠运河，以制作玻璃及八音盒这一日本传统手工业为主。走上街头，随处可见琳琅满目的玻璃制品、风铃、招财猫等。

那时正好赶上小樽的雪祭。当晚我们从运河中心处开始游览。晚上气温直降到零下十几摄氏度，我们穿着厚重的羽绒棉衣，戴上大围脖，把自己捂得严严实实的。尽管天气寒冷，但游人如织，人们的热情丝毫不减。

运河边是一条长长的大街，摊位众多，热闹不已。每个摊位都有自己独特的造型。摊位上被各种样式的雪灯点缀，有碗状的、球状的、三角状的，它们都被点上蜡烛来献祭祈福。

我最欣赏的莫过于下面这个雪灯造型：十二个灯碗被放置在十字架造型的置物架上，每个灯碗上都是不同的花草，色彩缤纷，小巧可人，无一雷同。里面的烛光将这些花草的纹路映衬得格外夺目。在夜幕的笼罩下，这些雪灯呈现出唯美安宁之态。

手稻山滑雪场的白色幻想

冬天最让人无法抗拒的运动就是滑雪了，一如夏日的畅快游泳。

北海道有众多世界级滑雪场，我和闺密选择了一家离札幌市区较近的小型滑雪场。我甚至觉得这家名为“手稻山”的滑雪场都充满了文艺气息。

手稻山滑雪场位于一片山坡之上，山顶之上还有一处摩天轮造型的娱乐设施。山坡两旁屹立着掉光了叶子的大树，坡面并没有很陡，大约四十度左右的斜角，非常开阔。坡下是上下两层的木质建筑的游客中心，附近还搭建了一个造型呆萌的超级大雪人。

对于零基础的我们来说，与其说是来滑雪，倒不如说是来体会滑雪场那种广阔的感觉。

我躺在滑雪场上，感受着山野天地间皑皑白雪、孤山鸟飞绝的寂静之美，思绪万千。

傍晚离开之时，夜色刚起，游客中心的路灯初亮，回头望向手稻山滑雪场，好一派迷人的景色。

我立即用相机定格下这一幅美景。朋友说：“这又是可以当作明信片的照片啦。”我连连点头，表示赞同。

这就是我印象中北海道的唯美文艺范雪景。雪花美术馆的雪之童话，小樽雪祭中的斑驳烛光，手稻山滑雪场横躺时的万千思绪，北海道之行满足了一个南方女孩对冬日雪景的全部美好幻想。

春夏秋冬，四季更替轮回。春有百花，夏有凉风，秋有明月，冬有白雪，这是大自然给予我们的馈赠。

愿我们每一个人都能走出忙碌而沉重的城市生活，认真去感受大自然的色彩，不辜负大自然给予我们的每一份馈赠。四季予你，皆是恩典。

（本文荣获2021·全国青年作家文学大赛散文组一等奖）

作者简介：徐苗，笔名徐小仙，“90”后法国海归硕士，上市集团高级营销经理。业余时间热爱读书写作、演讲分享，齐帆齐商学院合伙人，全国演讲大赛二等奖获得者。青年作家网签约作家，在网络上写作超60万字，数次斩获写作大赛一等奖。

母亲的小菜园

宋东涛

七十岁的母亲，已在不知不觉间迈入老年。

一个周末，我打电话问她在干什么，母亲说她和父亲正在菜园里忙活。我听完一愣。原来家属院旁边有一片空地，荒了很久，院里的老人们觉着可惜，不约而同开荒种上了蔬菜。母亲言谈间满是欢喜，并邀请我回家参观。

当天晚上，弟弟捎来一大袋绿色蔬菜。打开袋子，瞬间，一股淡淡的泥土味扑面而来。一棵棵菜水灵灵、嫩生生，绿莹莹的叶片无拘无束地伸展开来。我数了数，居然有三种蔬菜。那几日，餐桌上都是母亲亲手种的蔬菜，怎么做着吃，味道都很好，连孩子也爱吃。

自从有了菜园，母亲的生活就别有一番天地。每日，上午翻地、浇水，下午收拾屋子，黄昏便在菜园里散步、拔草，晚上在家做养生操。生活有规律不说，精神头也比之前好。从前我们反对她打麻将，又不能挑明批评。这下好了，母亲一有空，就会跑到菜园子里，侍弄她的宝贝蔬菜。

我很期待去母亲的菜园子！

一个周末，暖暖的阳光像母亲的怀抱，那一刻我非常想念母亲，于是带着孩子去看望母亲。到家后，凳子还没坐热，母亲就张罗着带我们去菜园看看。

出大门向东，我们沿着马路前行，路的两边被高高的栏板围着，走着走着出现了一个小豁口。母亲快步进入，并笑吟吟地指着里面说:“看，这就是我们的菜园子。”“哇！这么多菜！”对于久居城市的孩子来说，忽然看见一片菜地，不亚于看到游乐场。孩子欢呼着蹦进菜园子。这显然是一个还未开建的工地，远处是坑坑洼洼、裸露的黄土以及早已干枯的野草，与脚下这片平坦的绿地形成鲜明对比，就像绿洲与沙漠。老人们开发的菜园占地一亩左右，整整齐齐地被分割成许多块，五十厘米高的小树枝做成的篱笆墙隔出了一条蜿蜒的小路，有种阡陌纵横、世外桃源的错觉。这时，我看到一位老人正在地里忙活着，只见他蹲在地上，小心翼翼地用铲子在收菜，表情极其认真，仿佛采摘的不是菜，而是他精心雕刻的艺术品。

被这种神情所感染，我恍然大悟：老人们吃到的并不只是无公害的蔬菜，更多的是快乐和满足，感受生活的乐趣。

母亲的菜地在园里的中心位置。站在这片巴掌大的菜地边，她眼里发着光，脸上带着浅浅的微笑，目光极其温柔，像极了当年站在三尺讲台上热切地望着她的学生们的样子。

母亲如数家珍地说道:“你们看，有生菜、小青菜、菠菜、香菜、蒜苗……”

“哎呀，还真不少呀！”

这小小的菜园，如同被施了魔法，令人目不暇接，我由衷地赞叹道。

“对呀，我和你爸爸隔三岔五就要来浇水！”母亲念叨着，眼里是满满的幸福。她又顺手指了指靠墙的一小块地，说：“这儿是我和你爸昨天才翻的，还没撒种，准备借人家的镢头，先翻好，开春再种。”

我疑惑地问:“你们种地的农具从哪儿来？”

“院子里你李叔专程从老家带来的。”

嗬！这么一大片菜地，就靠着一把铁锨、一个镢头，你传我，我传你，有序开垦而成。

这时，又有几位老人陆陆续续走进菜园子。他们有来收菜的，有来浇水的，三三两两，有说有笑，俨然一幅“莫笑农家腊酒浑，丰年留客足鸡豚”的田园风光图。母亲也和他们说笑着、打趣着，互相交换种菜经验，时不时还发出愉快的笑声。

想想真是有趣！虽然住在一个院里，年轻时各自在不同的行业，交集甚少，但在这人生暮年，却成了朋友，相互陪伴，彼此依靠。我的眼前浮现出老人们平日的生活场景，他们一起说笑、逛街、挖地、种菜……

他们这代人，经历了曾经的贫穷，见证了祖国的强大。他们是幸运的，因此他们更珍惜眼下的幸福生活。

他们热爱生活，勤俭持家，就像山间的河流，汩汩流淌着慈爱，滋润着子女的心田。一个心中充满爱的人，时时传递着阳光和快乐，而阳光和快乐恰恰是热爱生活的原始动力，就像母亲和其他老人的菜园子，滋养着生命，滋养着人生！

这满眼绿汪汪的小菜园诠释了生命的意义。人生唯有付出才有收获，唯有追求才有快乐和幸福！

（本文荣获第三届“中国青年作家杯”征文大赛散文组二等奖）

作者简介：宋东涛，笔名东风无痕，陕西西安人。中学语文教师，西安市作家协会会员，青年作家网签约作家。喜欢用笔记录平凡质朴的人生。

他们是最可爱的人

——抗美援朝上海志愿军文献馆参观记

王　冬

前不久与一位朋友微信聊天获悉，在距浦东国际机场不远的祝桥镇，有一个鲜为人知的抗美援朝上海志愿军文献馆。用“百度”搜索了一下，百度百科也没有该词条的专门介绍，这引起了我的好奇心，想实地去探访参观一下。在出发之前，我做了一些功课，包括咨询军事作家、战史研究者周先生和上海报业集团《解放日报》的记者周先生，了解到有一位当年参加过抗美援朝的志愿军老战士常年在馆内为到访的参观者进行义务讲解，宣扬抗美援朝精神。他，就是86岁的抗美援朝退役老战士朱俊贤。

适逢中国共产党成立100周年，参观如抗美援朝上海志愿军文献馆这样的红色人文景点具有特别重要的意义。4月16日下午，我请了半天年假，从陆家嘴出发，乘坐地铁换乘公交车前往位于祝桥镇江镇路上的上海志愿军文献馆参观，并拜访了这位耄耋老人。志愿军文献馆的门牌号码冥冥之中昭示着我们的国家在伟大的中国共产党的正确领导下，在习近平新时代中国特色社会主义思想的指引下，必将实现“两个一百年”奋斗目标，必将实现中华民族伟大复兴的中国梦。

下了公交车，在午后温暖的阳光下沿着乡间小路行走，经过一座小桥，小桥左侧护栏处的一块巨石上刻着“国家级AAA旅游景区”。再向前行百米左右，便看到了上海地质科普馆。经询问，志愿军文献馆在地质科普馆后面。

据了解，为纪念朝鲜战争停战60周年暨中国人民志愿军赴朝参战63周年，抗美援朝上海志愿军文献馆于2015年10月25日开馆迎客。该馆由中国著名红色收藏家，上海著名企业家、收藏家、慈善家吕焕皋出资建造。展厅内收藏了抗美援朝战争期间各次战役的战利品、文物、纪念品数千件，真实还原了70多年前那段波澜壮阔、可歌可泣的辉煌历史。一楼展厅主要由主厅、模拟坑道、志愿军之家组成。二楼展厅收藏着与朝鲜战争相关的各类文献、照片、物件等，其中大部分展品由志愿军战士及其家属捐赠。

志愿军文献馆前的广场上，当年使用过的坦克和高射炮进入了我的视线，此刻耳边仿佛响起了“烽烟滚滚唱英雄，四面青山侧耳听”的《英雄赞歌》，脑中瞬间想起了邱少云、黄继光、罗盛教等英雄儿女。这些光辉的英雄形象激励了我们几代人，他们不愧为最可爱的人！

走进文献馆，首先映入眼帘的是挂在文献馆两侧墙壁上的数百张抗美援朝战士的相片，给人一种庄严肃穆的感觉。他们有些已经白发苍苍，有些已经在战争中不幸牺牲，但是他们的付出和牺牲会被一直铭记。他们是世界上最可爱的人，他们是漫漫时间长河中最耀眼的星星。

在文献馆，我有幸见到了正在忙碌的朱俊贤老人。他看上去很清瘦，但很精神，穿着一身醒目的绿色军装，胸前还戴着闪光的军功章，穿梭在文献馆的楼上楼下，脚步铿锵有力。朱老常年义务为参观者宣讲抗美援朝的光荣故事。

朱老未满 16 岁就入伍参军，在军干校学医，毕业后在部队里担任卫生员。他于 1952 年 9 月赴朝参战，为志愿军 23 军 69 师 207 团通信连卫勤战士。朱老回忆说，在那个战争年代，一个作战班组配一名卫生员，他随着班里的战斗员共赴前线，在枪林弹雨中穿梭，及时救助受伤的战友。值得一提的是，他在一场战斗中因救治朝鲜人民军的崔少校，荣获一枚特殊的军功章。

朱老带着我参观了模拟当时战士们所处环境的坑道，里面非常黑，周围都是由岩石做成的墙壁。而志愿军战士们竟然在干粮紧缺、环境恶劣的情况下，在坑道中生活了数周。

在二楼展厅内，一个绿色的爆破筒引起了我的注意。朱老专门抽起靠在墙边的另一个爆破筒给我演示和讲解。他说这是假的，是他用自来水管仿制的。我随即好奇地问：“这个爆破筒就是电影《英雄儿女》中喊着‘为了胜利，向我开炮！’的英雄王成用的那款爆破筒吗？”此时，王成手持爆破筒与围攻而来的美军同归于尽的画面在我脑中历历闪现。

同样在二楼展厅，我看到了被称为朝鲜战争转折点的长津湖之役的沙盘，了解到冰血长津湖这段令人悲痛而又刻骨铭心的故事。在这场战役中，中国人民志愿军第 9 兵团 3 个军，在艰难的条件下，与武器装备世界一流的美军第 10 军，于

1950 年 11 月 27 日至 12 月 24 日在长津湖地区进行直接较量，创造了抗美援朝战争中全歼美军一个团的纪录，迫使美军王牌部队经历了“路程最长的退却”。无数名身着单薄衣物的志愿军战士在零下 40 多摄氏度的雪地里一动不动，被冻得浑身僵硬却始终不肯放下枪，最终被活活冻死。他们的精神令我十分钦佩。这次战役，收复了朝鲜半岛“三八线”以北的东部广大地区。志愿军在东西两线同时取得大捷，一举扭转了战场态势，为最终到来的停战谈判奠定了基础。1953 年 7 月 27 日 10 时，朝、中、美三国在“三八线”附近的板门店签署《关于朝鲜军事停战的协定》，从 1953 年 7 月 27 日 22 时起，一切军事行动完全停止。

为了宣扬英雄的事迹和抗美援朝精神，1999 年 5 月 18 日，朱俊贤在上海松江佘山南麓的徐霞客塑像前，开始了骑车进藏之旅。他执着地说：“为了保家卫国，无数战友血洒他乡，我们永远不要忘了他们……”一路上秉承着“爱党爱国，坚守奉献”的信念，翻山越岭跨高原，不畏青藏高原氧气稀薄，不惧风餐露宿和严寒，以宣扬志愿军英雄事迹为主线，以宣传奥运精神为己任，朱俊贤凭借坚强的毅力和信念以及爱国情怀，骑行 1.9 万余公里，把志愿军英勇顽强的战斗精神和爱国主义精神传遍全国，也将红色种子播遍大江南北，还捧回了世界“单骑自行车行程最长的人”吉尼斯纪录证书。

作家魏巍的女儿得知朱老的事迹后，专程为老人送来《谁是最可爱的人》的手稿，成就了一段佳话。

肃立在一楼长津湖战役的巨大浮雕前，我抬头看着墙上的照片，那些战士用鲜血换来的勋章拼成的“勋章仍然辉煌”六个大字，象征着抗美援朝的胜利，带着和平存于我的记忆之中。

我希望这篇文章能够使鲜为人知的抗美援朝上海志愿军文献馆在中国共产党成立 100 周年之际变成一个网红景点，吸引更多的人前来参观和学习。

此刻，我的耳边仿佛再次响起了《英雄赞歌》，唱响了《我的祖国》……

写于 2021 年 4 月 18 日

（本文荣获第三届“中国青年作家杯”征文大赛散文组二等奖）

作者简介：王冬，笔名梦晨。中国金融作家协会会员，中国散文学会会员。目前在上海浦东陆家嘴金融城某外资金融机构从事财务工作，工作闲暇爱好写作、摄影，部分作品曾被国内外媒体发表。作品《世博梦 金融圆》荣获“交通银行杯——我的精彩世博有奖征文活动”三等奖。

我的家婆许校长

芦屋主人

中秋节前几天，家婆走了，永远离开了我们，享年 82 岁。

走得突然，但没有痛苦，大家都说，这是她平日积善行德的原因。

儿子看着伤心的先生说："爸爸以后就没有妈妈了。"这是世界上最悲伤的一句话，无论你在什么年纪。

人走了，所有要表达的文字都是苍白的，在此，就用苍白的文字记录下家婆留给我们的只言片语吧。

一

初见家婆，我怎么也无法把她和校长身份联系在一起。

只见我家婆，满脸的褶皱，粗糙的双手，乍一看，就是一个被岁月磨砺干着粗活的女人，她和家公站在一起，感觉比家公年纪要大出很多，唯有一对轮廓漂亮、耳垂饱满的大耳朵格外醒目。

她一开口，声音洪亮有力，笑容满脸，语气里总带着"请""麻烦""多谢"，又似乎让人感觉到那么一丝当过校长的影子。

从先生口中我陆陆续续了解了一些家婆的往事：她中专师范毕业，来到家公住的小镇当老师，当时家公是校长，两个人经人介绍后就结婚了。

后来我先生哥哥姐姐们和他陆续出生，家公也调到县教育局工作，家婆带着几个小的孩子在小镇生活，家公带着我先生的哥哥在县里生活，一星期回来一次，路程骑单车大约一小时。

家里的农活就落在了家婆身上。

家婆除了教书，所有的时间都用来干活，她喂出的猪是全镇最大的，她每天积累石头准备建新房子。就这样，慢慢地，省吃俭用，先生家成为当时在镇里最早建新房子的人家。

名副其实一砖一瓦亲手建成的房子，家婆一人之力可以说占了一大半功劳。

也因为这样，才炼成了这双粗糙的手和沧桑的脸庞。

20 世纪 80 年代末，家婆被调到县城的中心小学当老师，后来还当了这所小学的副校长，虽然几年后就退休了，在职时间不长，但至今人们都还尊敬地称她为许校长。

直到有一天，我在先生家的旧居看到了家婆年轻时的照片，和现在看到的家婆简直判若两人，只见照片中的家婆微笑着，梳着两条粗黑的大辫子，一双水灵灵的大眼睛。原来家婆年轻时是个大美人。

一个被时代被岁月埋没的美人呐。

二

一直以来只会干粗活的许校长，所有的细活一概不会，连缝个扣子都不会，更别提会做家乡特有的点心之类的东西，这和她的老师身份又有点儿格格不入，老师总是给人一种耐心而心细的感觉，但这在许校长身上仿佛是看不到的。

不过，许校长从不因为自己不会细活而介意，还很大方地请别人帮忙缝掉了的扣子，对别人说她手笨不会做这些，从小呀她就不会做这些。说的时候隐约透露出一丝小得意，大概意思是那个年代会做这些的，大多是没受过教育的女人。

听先生讲，从小逢年过节，这些细活都是乡下的女性亲戚帮忙做的。如今过节，虽还是保持着祭拜的习惯，但因为定居广州，就没有家乡的亲戚帮忙了。

因此，家婆会提前好几天准备鸡、鸭、鹅、水果等供品。她每天要亲自跑几次菜市场，但直到过节当天，也还是没准备好，总是缺这缺那的，却见她一脸倦容。先生的兄弟姐妹心疼地说她几句，她很不愿意，有时会变成一场拌嘴。即便如此，每到过节时，还是会看到她敏捷的、有点儿微斜的肩膀和驼背的身影，一天几次往返于市场和小区之间。

如此没效率的家婆，真的和许校长的称呼很不符。

也时不时听先生的兄弟姐妹几个对家婆颇有微词，说起小时候无论摔倒还是生病，家婆都没有一个母亲应有的轻声细语，也从没嘘寒问暖过，反而是家公对孩子们态度温和、照顾有加。

其实，许校长也只是不擅长言语表达而已，我见到她在家公去世的前几年里，家公发多大脾气也是忍耐着，饮食上也精益求精，直至家公去世。

于她来说，忙忙碌碌就是在表达对家人最大的关爱吧。

三

家公去世好几年了，八十出头的家婆，一如既往地忙碌着，在偌大的花园种菜种花、养鱼养乌龟。

本来这些事对一个老年人来说，是最适合、最好的生活了，但这些事搁在家婆这里，却只是一种“责任”和“干活”而已。

她拿这些事当建房子一样来做，有时还边做边埋怨太累赘。

嘴上虽嫌烦，每日却细心地照料她的花花草草；外出吃饭，必定要把吃不完的肉打包回来给乌龟吃。

种花也是这样，家婆不是为美而种，她只是觉得种花是一种责任和习惯。

她有一种化美为丑的能力，比如看到长得漂亮的姜花，会摘来插在一个空的饮料瓶上，难看的瓶子瞬间毁灭了姜花的傲娇。但她在插花的那一刻，仿佛梳着两条粗辫子的大眼睛美丽姑娘又重现了，可一下子又稍纵即逝。

她喜欢每天在花园里鼓捣很久，翻土、施肥、杀虫，面面俱到。漂亮的盆栽她都当蔬菜来种。

她用不知从哪里拼凑来的绳子五花大绑，把一盆漂亮的盆栽弄得很丑，目的是绑住小枝丫不使其折断。

她经常从花园里摘几个丑丑的番茄给孙子们，孙子们不是很喜欢，但她还乐此不疲地种。

神奇的是，经她的手所种的植物无一不生机盎然、欣欣向荣，唯一的缺点就是不美。反观我们这些嫌弃家婆审美的，家里除了容易存活的万年青、虎皮兰之类的，其他很多植物基本已枯萎了。

什么叫活在当下？

那就是一丝不苟地做好当下的事。家婆用行动告诉了我们这一点。

四

家婆虽然粗枝大叶，不会干细活，但她却有自己的处事方法。家婆的人际关系相当好。

家婆坚持每日晨起做运动，久之，交了几个关系很不错的老乡朋友。

自从有了这些朋友，每逢节日前，他们都会来帮家婆做精致的家乡点心，一种我们称之为“粿”的食物。

这种点心制作程序复杂，不是熟手很难做得出来，家婆的这些朋友都乐意帮她。做好后，家婆将粿分给我们几家，孩子们喜欢吃，也感受到了节日的氛围。家婆如果有什么特产，也总会送给她的朋友们一份。

家婆还参加初中同学聚会，她年迈的老师和师母来到广州，好几个初中同学相约去爬白云山。

一群七八十岁的老人去爬山聚会，甚是壮观。

我们送她去她老师的儿子家做客，虽然从相貌来看她和老师的年龄差距不大，但她敬老师如长辈，仿佛自己还是那年少的学生。

那一刻，似乎又感觉她还是那张照片里扎着两条粗黑辫子的美丽女孩。

除夕夜，最忙碌的也是家婆。屋里的电视声、孩子的玩闹声，都盖不住家婆洪亮有力的声音。家婆至今还没学会用手机，她经常把手机反过来拿，或者把手机抬得老高，听不到别人的声音，便自己说得很大声，生怕别人也听不到。

她的电话不断响起，她应接不暇，都是向她问好的世交或故人的孩子打来拜年的。 除夕夜里信号不好，她便越发提高嗓门，我们听着她洪亮的声音和哈哈的笑声，混着春晚的音乐，觉得年味格外浓。

五

凭着许校长平日里一些糊涂的行为，永远学不会打电话，说着一口混杂潮汕方言的普通话，真看不出她是当过校长的人。

但在生活中会显现出一些痕迹来。

比如：她很喜欢留言。

我们几家房子全部买在同一个小区，她有每个儿女家的钥匙，她到我们家里如看到没人，会放一张纸条，写下有错别字的啰唆的留言，留言的纸或是从哪里捡到的，或是日历的一角。

她还为孩子们设立了奖学金，她最喜欢对孩子说："你们的爷爷最喜欢会读书的孩子了，要好好读书，认真听讲。"

每到学校放假后，她就来催要孩子们的卷子和分数以及一学期的表现，除了分数，其他副科的得奖也有奖励。

她拿去卷子后，细细地用一个本子登记，为孩子们写评语，表扬孩子们的成绩，批评不足的地方。

然后再开个表彰大会，发表讲话。

但我们反对她的这种做法，因为孩子们的年龄有差距，年级不同，没有可比性，也会打击成绩不好的孩子的自信心。

于是后来，表彰大会没有了，她慢慢地也改成对所有的孩子都有奖励，考得好的奖得多，考得差些但还可以的依次递减，目的是鼓励每个孩子。

六

家婆走路急，曾经摔过一跤，骨折了，在医院做了手术。手术很成功，家婆康复了，但从此走路时肩膀有点儿斜，但她依旧风风火火地忙碌着。

康复两年后，家婆又摔了一跤，老地方又骨折了，又做了一次手术，需要一边坐轮椅，一边进行康复治疗。

康复期间她也是停不下来，什么事都要自己撑着站起来做，但毕竟年事已高，恢复起来不如几年前快。

大家反而怀念她之前那些没效率风风火火的瞎忙了，那个走路快捷、微斜着肩膀不听劝的老太太很久没见到了。

她坐着轮椅，每走一步都要慢慢地挪动。

去她那里，听到保姆在抱怨她每件事都要提前好几天做，不听劝，家婆声音响亮又生气地回答："就是因为我走得慢，才要提前做！"

我们不禁笑了起来，她依旧是那个声音洪亮、做事固执的老太太。

可惜，如今家婆走了，我们再也听不到这洪亮的声音了，最遗憾的是过几天就是中秋，但不能一起过了。之后每个中秋节，月亮虽依旧高挂，我们和她却是天人永隔。

家婆一辈子勤勤恳恳，活在当下，并把认真对待每个当下的精神留给了子孙，如同她一手种植的满园花果，虽不是很美观，却呈现出一股不认输的旺盛的生命力，并且这种生命力潜移默化地影响了下一代人。

许校长，一个曾经美丽的平凡女子，一生随着时代，就像森林里一棵默默无闻的大树，扎根于土地，根深蒂固，开枝散叶，迎着阳光和风，无声地奉献她的养分。

愿在另一个世界里，家婆可以做一个手持鲜花、自由自在的美丽女子。

（本文荣获“知音故事”写作大赛优胜奖）

作者简介：原名方惠娜，笔名芦屋主人，现定居香港，青年作家网签约作家。多篇文章被《人民日报》、新华社、人民网夜读等转载，出版作品《大团圆》。

游心斋桥（外一则）

肖思源

日薄西山，傍晚的心斋桥犹如嗜夜的蝙蝠愈发躁动起来。放学的学生、下班的白领、旅行的游客、约会的情侣……人来人往，熙熙攘攘。每个人都千方百计地试图在这座红遍网络的潮流之桥上获得一席之地，以便按下手里摄像工具的快门把自己定格其中。那阵势倘若能身外化身，恨不得让分身手拉着手围出一片乌托邦式的净土，任自己尽情而随意地摆弄自己。灯火辉煌之下，每一个外表光鲜亮丽之人的周身都笼罩着一层金色光晕。当一个个原本独立的光晕随着攒动的人连接成片时，竟形成一片花红柳绿的瘴气，致使桥上的一切都显得不甚真切。立足桥下，眯起双眼试着寻觅桥上瘴气中任何清晰之所在，竟只得见二者。

其一是一位靠在街头的表演行为艺术（当然，其行为是否能够称为艺术则见仁见智）的乞讨者。穿一件污浊破损、表面印有锦鲤图案的紧身衣，身前摆着一个饭盒般大小的塑料盒，盒子里零散放着些许小钱。“锦鲤”位于桥拱南侧三分之一处，脏兮兮的金色紧身衣从脚底裹到头顶，只在脸部掏出一圈空隙露出其面目，样子让人不禁联想到为向顾客证明内瓤熟透而被兀然削去一块表皮露出瓜瓤的西瓜。起初，“锦鲤”俯身跪在一张旧牛皮纸板上，继而缓缓抬起右手向前直举过头顶，同时右腿绷直向后平伸，仅留左手、左膝触地支撑身体。他努力保持平衡，力求使身体的右半侧形成一个水平的“一”字。为使这半边的“一”趋于完美，“锦鲤”脸朝地面，纹丝不动，原本置于鼻梁之上的黑框眼镜失去主要依托，单靠两条镜腿挂在裹于“锦鲤”表皮的耳后，摇摇欲坠。尽管如此，他依旧不为所动，竭尽全力使自己的行为奔向艺术的领域。往来路人初看之下觉得新鲜，不免横生兴味，举起手机、相机拍几张照片，往其身前的盒里扔几枚钱币，展现自己的不俗之余，权当向这条心斋桥上的“瑜伽锦鲤”求个平安富贵。人们做完这一系列毫不费力的虔诚之举后，自然又纷纷忙于把自己定格在桥上。

其二是位上身着一件业已发黑的蓝色圆领体恤，下身搭一条斑驳污秽的卡其色短裤的纸箱男。之所以称其为“纸箱男”，是因为他身边拄着一个半人多高、用于收集废旧瓶罐的牛皮纸箱。牛皮纸箱污渍斑斑，与纸箱男的蓬头垢面倒是相得益彰。“纸箱男”与“锦鲤”似乎达成某种领土互不侵犯条约，居身于的对侧桥拱北面三分之一处。可惜的是，“纸箱男”只是凭栏而立，既不言语也无动作，因此生意到底没有“锦鲤”红火，纸箱始终空空如也。但他依旧不急不躁，任凭游客来来往往，兀自泰然自若，不时还悠然自得地盘桓几步。

随着夜的巨口彻底吞噬了夕阳的余晖，桥两岸四周商业店铺的灯光仿佛口中闪亮的白牙般刺目起来，缕缕行行的人群也开始变得摩肩接踵，越来越多分不清彼此的人驻足桥上，把桥面堵得水泄不通。迫不得已之下“锦鲤”收起行头，拎起叮咣作响的盒子隐没人海，“纸箱男”也携着空空如也的纸箱从主桥退到从桥拱两侧向外延伸出来的辅桥上。

从桥下望去，已难寻二者踪迹。事实上，目力所及除却一团团此起彼伏的瘴气再无所见。奇怪的是，任凭这瘴气如何浓重，却始终有两点光亮在其中闪烁。于是，在此必须和您赔个不是，因为方才在提及“锦鲤”和纸箱人的行动时用了“迫不得已”一词，这实属言不属实。毕竟，于某种意义而言，这桥本就属于“锦鲤”和纸箱人俩人的，而我们这些桥上桥下的过路人只是借得他们的光方才得见心斋桥的惊鸿一瞥。

（本文被评选为青年作家网 2022 年度优秀作品）

秋，逝光

残秋日昃，天光暗淡。太阳俨如刚刚被宣布生命终结、脸上罩上布单的亡者，纵使残息尚存，也不足以让围站在病床周围的生者感受到那通过业已褪色发暗的白色布单发出的犹如生命终止音的遗响一般的光和热——便是这样一个雾霾天。

踽踽独行于乡间公路，两旁等距排开的白杨树仿佛生而驻守于此的卫道士默默履行着职责。远处千篇一律的乡村风景恍如毫无抑扬顿挫的背景音乐唤不起人丝毫兴趣。鼻息飘荡着秋天特有的、容易唤起往昔时光，不，应该是注定成为往昔的未来时光的气味。

阵风吹过，悬在枝头不愿接受命运走向的枯叶到底放弃了挣扎，缓缓坠落。有的在落下的途中被偶然呼啸而过的汽车激起的气流再次兜起甩向空中，不舍地盘桓几秒，似在享受生命最后的轻灵，才含笑九泉般地徐徐飘落，静谧地躺在柏油路上，任凭悲凄的秋风将其尸骸随意抛撒。

不远处，站在田间篱笆上的几只乌鸦也好像不忍目睹叶的惨状，陡然振翅腾空，飞向远空。不知怎的，眼前的景象似乎拨动了心中某根柔软的心弦，脚步不由自主地停了下来。俯身拾起路上凋敝的死叶，拿在手中静静审视，感受一片片破碎的残叶缱绻、干枯、僵脆的触感。

倏忽，心中好像被谁捅了一个窟窿，冰到烫手的悲哀从中鼓涌而出。令人悲痛的并非叶的死，而是深知来年这些树上又会长出新叶的事实。届时，这些死去的叶就像不曾存在过一样被时间带向不知是哪里、哪里也不是的场所。手心不由得攥紧，欲将残叶留住，俨然死死攥住业已死去的时间的残骸，企图从中感受到某些过往记忆遗留的温度——哪怕是尚未消散的焚尸炉残留的温度也好——祈祷些许温馨的回忆如同来自亿万光年外的古老光照在心中盘桓片刻。然而，作为回应的自始至终只有冰冷的沉默、蹉跎的岁月、不复的纯真、淡漠的情感、遥远的梦想、惨遭遗忘的事物、逝去或离去的人们……

那些曾经立誓要铭记于心的一切到底还是被时间从心野舞台的中央拉到幕后乏人问津的一隅，任凭一切俨如不再具有实质性和非实质性意义的道具一样被人遗忘在逼仄的角落里灰落尘封。而那些因时间的掠夺而撕裂的伤口无论起初多么疼痛、多么致命、多么鲜血淋漓，到头来都会被时间本身所治愈，继而面对下一次的失去。我们就是在这颇具讽刺意味的悲哀循环中习惯于如此反复地从时间手中接过额定的生命长度，再以各种鲜具意义的方式随手打发、丢在身后。

毕竟，无论是过去、现在还是将来，都无不是以“失去”为中心运行方才形成人生这一系统的。这像极了摩天轮。曾几何时，满怀憧憬地从当下启动系统，期待将来到达制高点，然而到顶之后却又无可奈何地落回曾经的原点，无非在垂直方向上不停打转而已。不但到达不了任何场所，而且在系统运行的过程中，自身和周遭的一切无时无刻不在被时间攫取，投入名为“过去”的黑洞。

心灵深处随之赫然出现一道鸿沟。那是一个冷冰冰、黑魆魆，一眼望不到底的巨大深渊，里面只有那些曾经属于我们这一存在，如今已被剥离的自我碎片发出的哀号的回响。

更为悲哀的是，任凭何种凄惨壮烈的回响都已不能震撼当下的空气了。这个世界的本质即失去，只是有些人不愿学会告别；而一个不会告别的人，又要如何面对一个以失去作为原料而运行的世界呢?

思及至此，凄然不已。两行热泪，潸然而下。可我又能做些什么呢？力所能及的不过是轻语一声再见。

在这不知是哪里、哪里也不是的场所，同死叶告别，同已被时间夺走和抚平的一切告别，同注定将被时间夺走和抚平的一切告别……

（本文荣获“花开四季杯”散文写作大赛三等奖）

作者简介：肖思源，1993 年生人，毕业于首都师范大学戏剧影视文学系。酷爱阅读与写作。现为青年作家网签约作家。写有《忆妻漫谈》《雪忆》《泥沼》《师殇》《青春结束之日，文学开始之时》等作品。

你在我的酒杯里（外一则）

红树林

有人说，谁都可以放弃，谁都可以忘记。

可是，现在我明白了：没有你，我什么都不是；没有你，我什么都没有；没有你，我的一切都无意义。未曾想，没有你的这些天，我是如此艰难，如此凄迷。

每首歌，都好像为你而写；每首诗，都是对你的回忆。《是不是这样》："所以我放怀高歌，散尽一切孤寂。"《孟婆的碗》："我不能忘记，你我的点点滴滴。"公交车上我酝酿的《重生》，记录我们的开始；乡村四月的夜晚，酒后孤独的我，噙着泪水写给你的诗——《谢谢你》……

我是一棵孤独的小草，上天却赐给我天使，让我蒙恩你圣母般的疼爱，而这一切已随风远去。为什么男人就不能哭？我不再强忍，任由此刻泪流如许。

曾经的，那些艰难的日子，我的精神世界，像全身打碎的骨头，散落一地。你在电话的那一头，说尽了世界上最温暖、最贴心的话，搀扶着我，陪我跌跌撞撞往前挪移。

细数寒来暑往，不论天南地北，每个清晨，手机屏幕上都会收到你的一束小红花，还有一张温情笑脸。多少个夏夜，在山风习习的小径上，多少个冬日，在窗外暖阳的午后，空中磁波传递着两个人说不完的话语。

你在哪儿？手机里再也没有你的消息！

你在哪儿？手机再也不是我魂魄所系。

你曾从深圳归来发给我励志美文，你曾在三门峡冷雨中要我为边远少儿捐献书籍。我多想，我们还能彼此分享各自种出的小果子；我多想，我们还能像从前那样告诉对方没有说完的往昔。

你在哪儿？我怎么能够承受这没有你的日子！

每一天，你都在我迎来晨曦送走暮色的每一次呼吸中，在我满眼所见的时光里；你在我夜读的书香中，在我静默的沉思里；你在我曾经留着你馨香的胸口上，在我对过往的怀念时落入了泪珠的酒杯里！

你无处不在，你永远未离。

（本文荣获第三届“中国青年作家杯”征文大赛散文组二等奖）

一本备课笔记

1983 年，我时年十八岁，师范毕业后，被分配到一所乡村小学。

第一个学期的冬天到了。一天下午，天气虽冷，阳光依然清澈亮堂。我走进二年级教室准备上数学课。教室虽然低矮简陋，但泥灰勾缝的墙面和教室地面干干净净，一如外面清静的操场。课桌整齐，孩子们坐在自己的座位上，他们稚嫩的脸庞像春天的花蕊一样让人喜爱。

可小小的讲台上，仍然摆放着上一堂课秦老师上语文课用的教材，一本备课笔记打开着，讲台上蒙着一层刚刚落下的粉笔灰，黑板上的板书也没有擦去，仿佛她的课仍在进行。数学课上完后，我顺手把秦老师的备课本带回办公室，但她不在。

第二天，她没来，问了其他老师，说昨天下午秦老师临产，匆忙回家，已经生了小孩。

空闲时随手翻阅了几回这本笔记。笔记本的首页粘贴着课程表，第二页是三十三名学生的名单，后面是一课一课的备课内容，写的字一笔一画，工工整整，一排排清清爽爽。每一篇课文标题下都画了两道红直线，每一页面的左侧都留下了窄窄的竖栏，并用直尺打了一条红竖线，与右边的正文分开，左边的竖栏里是备课内容的分项标题。厚厚的一本笔记，页页都字迹清秀，令人赏心悦目。

忽然一个自己都不知道怎么冒出来的想法闪了出来：把这个备课本悄悄地留在身边，收藏好，待秦老师退休，而且要等到她退休几年后，估计她教学生涯中的备课本差不多散尽的时候，再送还她，给她一个惊喜。

那年秦老师二十六岁，属于代课教师，临时性的，不在编制之内，工资是最低档的。比代课教师好一个层次的是民办教师，列入了编制，相对稳定，工资比代课教师要高些，但比公办教师明显要少。因此，代课教师的稳定性最差，但我居然毫不怀疑地认为她会正常退休。

与秦老师共事四年，我在离开时带走了这本备课笔记。后来我辗转多地工作，几易住处，这本笔记一直与我不断增加的日记本被收藏在一起。我耐心地等待着秦老师退休后给她惊喜。

大约七八年前，我在县城的三角公园与秦老师偶遇，才意识到与她失去联系已有多年。我们互留了电话。由于见面时只短暂地说了会儿话，加上她才退休两三年，就没有提起她的备课本这件事。

县城就这么大，我与秦老师此后却再没见过面。2017年底，我住的地方拆迁，搬家的时候清理东西，心想，这时候可以把备课本还给秦老师了。打电话联系，她的号码却是空号，一定是换号码了。是否还留下这本备课笔记，记得当时自己很犹豫，因为以后我和秦老师可能很难再见面。

近期特意去上海中华艺术宫参观了一次美展，竟然在浦西的一条街上看到一个熟悉的身影。是她！秦老师！真不可思议，这似乎是在魔幻现实主义小说里才会发生的情节。

秦老师已退休十年，岁月在她的容颜上留下印痕，当年拿着最低工资却依然一丝不苟的秦老师正在老去。她惊讶于数十年前我那个奇特的念头，惊喜于她终将留存自己的一本备课笔记，作为她一生教学的一个见证、一份纪念。她告诉我，以前所有的备课笔记都按要求上交了学校。看上去，她似乎为这一辈子什么都没有留下而有些遗憾，但又好像为自己什么都留下了而感到欣慰。

我回到家后开始找那本备课笔记，翻遍了几处主要放书本的地方，没有！我急了，难道最近那次搬家最后还是放弃了那个收存了许多年的本子？当时为什么没能再留一留呢？我悔恨极了。小时候我曾有过一次类似的教训，这次不应该这样呀。

那是我在小学低年级读书的时候，有一个芜湖市下乡知识青年给我们上课，我们称他杨老师，他那时不过十八九岁，现在回想起来，他只是一个帅气又文静的大男孩。他回城的那会儿，给每个学生买了两支铅笔。那是带有红色橡皮头的铅笔，有亮晶晶的锡箔片连接笔杆，笔杆是圆形的，上有螺旋式红蓝白三色线条。

后来我用了一支铅笔，还有一支舍不得用，心里想着，等我长大了，要拿着这支铅笔找到杨老师，对他说："杨老师，您看，这就是您离开时送给我的笔！"后来一定是某一次终于没忍住，把这支笔用掉了。可惜，要是把剩下的笔头留下来也是好的啊。为此，一想起这事，心里不知道有多后悔。

同样的错误不应当犯第二次呀。我抱着侥幸心理，期盼搬家时最后还是留下了那本备课笔记。第二天，重新找了一遍，还是没有。最后在书桌右侧柜子最里面的底部找到几本笔记本，有希望！果然在这里！我一阵狂喜，甚至有些眩晕，一双眼睛被自己瞬间沸腾的血液灼烫，激动得一拳砸在书桌上。

手抚这本尘封已久的备课笔记，不由得感慨良久。在它沉默的数十年间，世事发生了深刻变化。秦老师从代课教师转为民办教师，后来与无数民办教师一样，在统一政策下转为公办教师。国家教育在历经曲折后，重新步入正轨，在实施"三个面向"战略进程中，投入持续加大，办学条件、师资配备、机制跟进都在不断强化、完善。

教育推动科技，科技催发国力。这数十年间，国家的民生质量、人文法治、自然环境、尖端技术以及国际地位不断提升，已今非昔比。事实上，如今国家和社会的进步，并非仅仅发端于此数十年间。

回顾近现代史，中华民族历经的苦难和屈辱举世罕见。为中华崛起而奋斗，是百年来一代又一代中国人不懈的信念。千千万万的国人以质朴的家国情怀，前赴后继，奉献一生甚至献出生命。多少热血青年因民族危亡而奔赴延安，多少仁人志士冲击黑暗却没等到黎明，多少忠勇将士为国出征而长眠于异国他乡，多少隐姓埋名者在大漠深处顶起国家脊梁……

百年不屈，百年艰辛，百年卓越。亿万朴实而坚韧的拳拳之心，凝聚成熠熠生辉的民族之魂，铸就了共和国一个又一个丰碑。那些被名利疏远的默默奉献者，他们的精神永远值得颂扬；那些远离家人、忍受分离煎熬的担重任者，他们的付出永远值得敬仰；那些为国捐躯的英烈，尤其是那些年轻的孩子，在生命的最后时刻，他们也许会想念妈妈，想回到自己的家乡，他们临终时的眼泪，后人永远都不应该遗忘！

这本尘封的笔记覆盖的年代，正是我们国家和平发展的攀升期，我们没有经历过历史的磨难，我们这一代人是幸运的。无论是现在，还是将来，倘使我们还能为社会多做点儿有益的事情，都是应该的。

思绪走远了。这本备课笔记该物归原主了。

（本文于 2021 年在所在县举办的庆祝建党 100 周年文艺作品赛事中获文学作品类二等奖）

作者简介：张金林，笔名红树林，男，1965 年出生，安徽省泾县人。

高原上的蓝宝石（外一则）

朱亚姣

藏语“措温布”，意为“青色的海”。

正值夏末的青海湖，似海而非海。

此水只应天上有，因缘际会入凡尘。仅仅是属于她自己的那份庄重和平静。宛若一位不食人间烟火的仙子，散开她青色的衣袂，稳坐在庄严的净土上，怀着虔诚而纯净的信仰，孤独地凝望着遥远的天际，她似乎也在聆听着从风中传来的念诵。

虽然是烈日当头的夏季，但高海拔处还是会有劲风呼啸而过，借着风力，一条条五彩的经幡在风中不停地摇晃。行走在青海的高山上，时不时地就会遇到扎在地上的经幡，有的是彩色的长条带，有的是一片片三角形，那些彩条上都写满了藏语的经文，它们都被粘在一根一根长绳上，最后把这些长绳的顶端束在一起，底部散开，扎在地上就像一把把撑开的彩色伞桩。那里的人说，风吹幡动，就像人每日诵经一样。这一习俗让人的内心为之震撼，他们懂得借助自然的力量来传达自己的信仰，更重要的是能将信仰融入大自然，内心的信念和日月星辰并存，在天空大地的浮浮沉沉之间，令人油然而生一种敬畏之情，既是对信仰，也是对自然。

我沿着信徒匍匐向前的道路，来到西宁湟中。这是一个充满了藏族风味的小城，在一条狭长街道的尽头竟然隐藏着一座神圣的殿堂——塔尔寺。夜幕降落时分的塔尔寺显得格外肃穆，每座塔的周边都摆放着朝拜者点燃的烛灯，星星点点的火光忽明忽暗，伴着从不远处经堂里传来的诵经声，顿时让人仿佛置身于另一个世界。

在暮色里很难辨别出不同的殿宇，有幸的是，在被称为大金瓦殿的前边，能够观赏到一棵数百年的老旃檀树，古朴而幽密。相传，黄教格鲁派创始人宗喀巴大师降生时，几滴脐带血滴落于此，便长出了一棵旃檀树，生出十万片树叶，每片树叶上都显现出一张狮子吼佛像。长大后，宗喀巴入藏求法久久不归，他的母亲思念儿子，就请别人给儿子带去自己的一绺白发，希望他早日回家。可是他一心求佛，不成正果誓不放弃。但是念及亲情，他便在家信中告诉母亲，若在他出生之处以十万狮子吼佛像修建一座塔，则见塔如见其人。于是历经几番风雨，逐步形成了如今的塔尔寺，它的藏名为“衮本”，意思就是十万佛像，因此古时也称“佛山”。

凌晨之前，夜的帷幕尚未退去，整个寺院却早已灯火通明，修行之人的诵经声和法器的鸣响声此起彼伏。跟随着指引人来到一座经堂，自己于是成为最早去供灯祈福的人，在一阵礼仪参拜后，天色才刚要泛起雾白，这时站在寺院中，才真正看清古树、飞檐、庙宇，除了浓烈的酥油味，尚能呼吸到一口干净而清冽的气息，那种清冷让人头脑顿时清醒。

每座殿堂都以红、白、黄三色为主调，鲜明却并不冶艳。陈旧的木柱、木梁、木板，散发出一阵阵浓烈的酥油味。卸履入殿，赤脚踏在大殿中光滑的木板上，一股凉气直冲心肺。沿着顺时针的顺序向前移步，方见佛案上经天累月供奉的酥油花绽如新生，越发衬出墙上的壁画神秘而森森然。画中不是面目狰狞的夜叉，就是威严的神像，在幽暗的烛光中更加让人心惊胆战。也许这就是宗教给人们带来的威慑力吧！

离开寺院，就像是闭关数载才入世一样，竟不知年月几何。带着祈福的宝瓶，穿过起伏的山脉，越过广袤的草原，到达另一处神圣的地方——青海湖。眼前的湖比想象中的更令人心生赞叹，人所在之处不过是湖边的一个小角落，以一粟观沧海，放眼望去直达天际，水天相连处毫无缝隙可寻。湖水青碧，如此广阔的湖面却能如一整面平镜一样，此番鬼斧神工不得不让人联想到一个美丽的传说。回溯到一千多年前，大唐文成公主奉旨远嫁吐蕃，临行前皇帝赐给她一面日月宝镜，若她日后想念故土，便可在镜中看到家乡的景象。途经此地，公主难抑心中思念之情，便拿出宝镜相照，果不其然，她在镜中看见了日思夜想的长安城。可是，大义凛然的公主不能让一己之私耽误了家国使命，于是她决绝地将宝镜抛弃，而宝镜落地之处便幻化出了一片圣湖。这就是传说中的“措温布”。

远处的转经筒日复一日地旋转，风中的梵音在经久不衰地传诵。作为一颗“高原上的蓝宝石”，青海湖就像是缀在青藏高原桂冠上的传世之宝，任天高云阔、无岸无涯，唯有她遗世而独立，在凡尘中安然自在。

天地苍凉古关城

我听说嘉峪关这个名字是小时候的事，虽然生长在甘肃，但对家乡以外的边塞几乎一无所知。后来会背“春风不度玉门关”“西出阳关无故人”这样的诗句，就会联想到嘉峪关，肯定也是一番“大漠孤烟直”的景象。终于，当我有幸站在嘉峪关关城下的那一刻，感觉一切都是梦中的样子。一个悠远而苍凉的梦，似乎还能听到悲戚的号角声，在漫长的黑夜里弥漫开来，夹杂着将军百战死的豪气，也充斥着思乡心切的孤寂。就这样，一座关城，巍峨矗立了数百年。

敞开的城门迎接着世界各地的游客，随着行人走进历史，会生出一种游离于古今之间的幻觉，若是忽略游人以及自己，好像过去的故事在不断地向眼前走来，触手可及。城楼上手握长矛的士兵留下寂寥的剪影，远处的烽火台狼烟阵阵，英武的将军横跨宝马、手持弯弓……好像是发生在昨天的事情，又好像正在眼前。

走在灰黄的城墙下，抬起头便是天高云阔，对比之下，城墙越发高耸。就在这高大的城中，流传着一个凄婉的故事。

在柔远门内的一处角落里，古时曾有一对燕子在这里筑巢，每日出双入对、欢喜鸣唱。然而有一日，两只燕子双双出关，日落西山时，雌燕已先归来，那只雄燕耽搁了路程，等它飞回时，城门已经关闭，雄燕思念巢中的雌燕，又因入不了关而急切地发出一声声悲鸣，无奈之下头触城墙而亡。雌燕得知后心痛欲绝，口中凄厉之鸣不断，最终气绝身亡。然而两只燕子精灵不散，人们只要敲击那面城墙的墙壁，就会听到燕鸣般的“啾啾”声。

如今，为了保护城墙，那里摆放了一块灰白色的大石块，到此之人都会用周边的小石头敲击大石块，仍然能听到一声一声从古时传来的爱情悲歌。

继续前行，便不得不感叹造就关城的能工巧匠。当然，还会想起那些哭夫的“孟姜女”流下无助的泪水以及她们的丈夫头顶烈日、辛劳搬砖时流淌的汗水，正是这些“水”和成的泥，才把一块块石砖垒成一座千古之城。似乎每一个地方都有属于它独特的传奇，嘉峪关也不例外，就说这些石砖，便有令人惊叹的美谈。

相传，当初修关之际，一位姓易的工匠向监事官保证，经过他的计算只需要九万九千九百九十九块砖。监事官为了节省人力物力，选择相信他的计算结果，但有言在先，若是多一块或者少一块，都会要他的命。终于等到工程竣工，意外的是果真多出来一块砖，监事官正想借此克扣众工匠，没想到那块砖鬼使神差地“飞”到了西瓮城门楼后的檐台上。众人不解之时，易工匠便称那块砖乃是定城之砖，由神仙放置于此，如若搬动，则会墙塌城毁。因此，监事官以及后来之人，谁也不敢搬动那块所谓的定城砖。更重要的是，以那块砖所放的位置来看，不光是没人敢动，怕是想动也鞭长莫及。

偌大的关城，从明朝开始就发挥着戍守边塞的作用，时至今日，仍依稀可见城墙上斑驳的刀光剑影。

随着往日雄浑的气势，历史又把人推进了游击将军府。府衙建筑并无什么特别之处，是一座两院三厅的四合院，前院是将军指挥御敌、处理公务和接见外国使节的办公处所。后院是将军及其家眷的起居室，室内十分生动地还原了将军家眷的生活场景，端庄的妻子正在梳洗打扮，幼小的孩童一脸天真无邪。看到这个令人舒适的画面，竟然忘了这是在荒远的关城内。城外风刀霜剑，少数家庭用落寞的离别换取了更多家庭欣喜的团圆，英勇的将士固然令人钦佩，而他们的母亲和妻子又何尝不是英雄？

站立在城墙边向远方眺望，所见均是无边无际的戈壁，旷远而荒芜。隐约可以看见一座土黄的墩台孤立于苍茫的大地上，而那座在风沙中挺立的，正是明代长城最西端的墩台。远望之，令人肃然起敬，也让人内心百感交集，不禁感叹万里长城的蜿蜒曲折，仿佛听得见历史的风浪从边城的腑脏中呼啸而过。

回首向西，古时通往西域的道路仍浮现在漫漫戈壁之上，那扇迎送西域客商的城门倏然开启，一支驼队载着奇装异服的商人和异域商品缓缓进城。而后，伴着悠扬的异域音乐，数名波斯美女跳起了欢快的舞蹈，婀娜的身姿旋转着，她们脸上轻透的面纱也在微微飘荡。一时间，竟忘了自己身是客，且为令人怅望古时风情。

踩着古老的石砖，沧桑的城堡一步一步慢慢地走出我的视线。正是夕阳日暮时分，土黄色的关城渐渐融入荒凉的戈壁中，融进落幕的残照里，我的耳边回响起马蹄声碎、羌笛缕缕，不知谁道“醉卧沙场君莫笑，古来征战几人回”。

（本文于2018年荣获百川文艺全国征文比赛人气奖）

作者简介:朱亚姣，生于河西走廊，现居古都西安。天地之间，一切遇见皆是有缘。用澄明的心，看大好河山风光无限，用朴素的文字，记录所见所闻。

给梓航的一封信

毛健秋

梓航同学你好：

我是毛老师，今天我坐在桌前给你写了这封信，主要想跟你心贴心地交流下我的一些看法，望对你有帮助。

暑假过后，嘉晨妈妈向你妈妈推荐了我做你的语文补习老师，应该都是生物制药圈子里结识的朋友，园区的生物制药产业在全国都是拔尖水平，刚加你妈妈微信时，我向她询问了你的学习情况，至今我都记得很清楚——你妈妈细数你爱看的书及你的成绩。当时我听完后，给我的感受是你妈妈很关心你的学习，我也向你妈吹牛，我会怎么怎么教你，会带给你怎样的改变。

至今教你已三月有余，我对此事终于有了发言权，我也来说说我的看法。

我现在才知道当时你妈妈为什么那么着急给你找老师了，我也了解到你以前读小学成绩都是前三名，没让妈妈操过心。在六年级下学期，你妈妈对我说，可能疏于对你的照顾了。她其实心里很愧疚，觉得是因为自己造成你成绩下滑的。

梓航，怎么说呢，你妈妈是一个非常优秀的妈妈，她毕业于名牌大学，在校期间就取得了双学士学位。这一点我是相当佩服的。之前加你妈妈时，你妈妈说我们都是湖北老乡，好像你妈妈是湖北天门的。古话说得好：“江汉才子出天门。”因状元多出苏南浙北，我仍记得天门（竟陵）人蒋立墉在御花园被嘉庆皇帝难为的场面，但“青矜争出玉宫，朱笔独点天门”。这副对子不但使天门人的才学经受住了皇帝的考验，而且给湖北人长了脸。

毛老师是湖北安陆人。湖北历史悠久，道统纯正，楚人崇尚读书久矣。虽如此，同为湖北人，毛老师读书比你妈妈差多了，你个臭小子可要知道妈妈才是你身边最不为人知的宝藏老师呀。

一讲到这些，毛老师想给你说下我的妈妈。我的妈妈是一个不幸的人，她犹如鲁迅笔下的祥林嫂，是一个旧时代的农村妇女。我的妈妈十八岁时，外婆就因为农事与邻里起了矛盾，可能也是那个时代太苦了，她想不开喝农药走了。长兄如父，长姐如母，我的妈妈就这样挑起了生活的重担，照顾起弟弟妹妹，也就是我的舅舅和小姨。我的妈妈这一辈子吃了太多苦，但她却总保持着农民该有的纯真与善良。都说儿子像妈妈，我的脸和我妈妈一样圆，我的性格里也有她的一份善良。我和你不一样，你是家里的老大，还有个妹妹，我是家里的老二，有个姐姐。在计划生育严格的年代，我的爸爸始终想给家里添个儿子，间隔五年后，我的妈妈在三十岁时冒着生命危险诞下了我。据村里接生的婆婆说，当时她差点儿难产而死。我的妈妈年轻时受苦，到了中年还要走一道鬼门关，每想至此，心如刀绞。

我是个罪人，我一辈子都无法报答她的恩情。梓航，我小时候就特别贪吃，总是去村里的小卖部找刘大婆婆赊方便面吃，日子久了，我的妈妈就会抱着我去刘大婆婆家塞给她一张二十元的钞票，然后说一些我当时听不懂的客套话。妈妈牵牛去池塘喝水时，总会把我架到她的肩膀上，而到别人的肩膀上时，我只会哇哇大哭。

记得有一次，妈妈在门口用搓板洗衣服，我玩耍时不小心挂在了树上，便声嘶力竭地哭喊着："妈妈……"我都哭喊不动了，妈妈还没有及时出现在我面前。我当时都有点儿心灰意冷了，妈妈洗完衣服，终于在草堆后面找到了我。爷爷听说此事后，拿出锯子，一怒之下就把树给锯掉了。

爷爷和妈妈一样，文化知识水平都不高，可他们是天底下最好的亲人。他们总会想方设法地呵护我。梓航，老师写到这里时，不禁潸然泪下。老师骨子里的坚强碰到亲情的温暖时，是那样的苍白无力！像蜡烛碰到火苗般融化起来。

梓航，我向你承诺，我说的每句话都是真心话，都是老师一路走来的心灵成长总结。

梓航，你妈妈真的非常爱你！同时，你妈妈真的非常忙碌！宝贝，说这句话的时候，我的心好痛，为什么呢？ 因为这个时代，女性不仅要相夫教子，还要出去赚钱。我的妈妈以前在旧时代，只要种好田就可以了。后面生了我以后，妈妈压力陡增，就和我爸爸去广东打工了。 记得那个时候，她都是凌晨出门，我醒来的时候妈妈就不见了。在成长的过程中，你是不是有过和我一样的失落感？但是你要明白妈妈很清楚这件事情，她知道自己有时候没有把你照顾到位，但妈妈不是全能的超人啊！ 我看你妈妈之前更新了一条朋友圈，说再干几年就退休吧，说想带你们出去度个假，总的来说，她的心里还不是放不下你和你妹妹吗?

梓航，你妈妈是个要强的人，是个优秀的人，她想把每件事做好，这个习惯是骨子里的，她的工作也要做好，有时候我们也不能那么自私，完全占有妈妈。妈妈做好工作就跟你在学校学习是一样的，做得不好，不用老师说，自己也会觉得丢人吧？我讲到这里，你就应该懂了。

另外，梓航，从上课表现来看，你一直很乖，其实你背诵古文的视频老师一直留着呢，老师还跟你妈妈说你学德语挺好的，有前途。之后你爸爸去欧洲工作，你也可以去看看经济发达的德国，那里有美丽的莱茵河和著名的阿尔卑斯山脉，那里曾经雄霸欧洲，那里也曾分崩离析，那里在不久的将来等着你去发掘、去认识，去慢慢体会德国人精益求精的工匠精神。

毛主席说："文明其精神，野蛮其体魄。"你上次在作文中写到你跑步得了第一名，我也跟你妈妈建议过，你在学校要重视体育，闲暇时光也不应该荒废，所以交给你一个任务，每周抽出一些时间运动。因为爱运动的人也会更加积极勤奋。我看你妈妈有时不也跑步吗？你家附近也有奥体中心，你应该去关注这方面的事情了。足球、篮球是世界性的运动，到时你也能与外国人谈及这些，不必终日宅在家里。家里狭小的空间，是放不下男人的体魄和心胸的。此事老师交代后，你和你妈妈商量一下， 具体该如何落实。

另外关于手机的事情，老师有必要与你再强调。首先我跟你讲，能去你学校读书的，家里不能说十分富有，但至少经济条件是很好的。富家子弟有品行端正的，也有思想扭曲的，你该受谁的影响？平心而论，如果说这是道选择题的话，以你的智商不会答不出来吧？你妈妈是因为手机贵而不给你买吗？你出生在知识分子家庭，你要记住一点，摆脱低级趣味，别让家长蒙羞。另外，你是我的学生，我的学生是非常具有辨识度的。我希望我的学生将来在社会上能够独树一帜，所以这都是你终其一生需要去践行的。

我从来都不唯分数论，梓航，你不应该受到分数的禁锢，但你需要做好每一件事，细心一些，充分思考后再去做。老师再给你提一个要求：上午上完课，你要想方设法把作业拍照发到 QQ 群里，此事没有讨价还价的余地。

上次你听了我的语音后，行动力很强，作业立马交了。老师很开心，下次要更快更及时。

梓航，我 12 月 10 日深夜写这封信，现在已经是 11 日凌晨 1 点了，我困了倦了，但想对你说最后一句话：你永远是我的好学生，我永远是你的老师。

无论发生什么，老师与你同在，很高兴见证你的成长，茫茫人海，你相信缘分吗？反正我是信了。余下的日子多运动，开朗些。

毛老师

2021 年 12 月 11 日深夜书

（本文被评选为青年作家网 2021 年度优秀作品）

作者简介：毛健秋，湖北安陆人，小学语文老师，青年作家网签约作家。出版有长篇小说《梦弈》，组诗《花神赋》。

七　婶

盛家明

她没有名字，也不知道她来自哪个村子，只知道她排行老七，所以大家都喊她七婶。七婶是个苦命的人，丈夫死得早，自己拉扯着孩子。七婶没什么文化，只会做些体力活，家里的两口人全得靠她养活。一般是看不到七婶身影的，她从早到晚就来往于那些全是男人的地方。

七婶的孩子小名叫宝儿，邻居看见这个小可怜总会问道："你娘上哪儿去了？"宝儿是个懂事的小孩，告诉那个人："我阿妈去外面挣钱了。"说着，宝儿就一个人玩起来了。宝儿的奶奶是个稍刻薄的人，也很早就成了寡妇，她总以为自己的媳妇在外面找了男人，常常偷跟着七婶，每次看到七婶与其他男人说话时，便恨得咬牙切齿——这个婆娘！别看七婶没读过书，但说起道理来总是头头是道，她那个婆婆也只能背后说说，面上是绝对不会讲的，她也是个明白人，毕竟全家还是得靠着她来养活。也正是如此，两个人还是能保持表面上的和气。

"娘回来了，娘回来。"宝儿边跑边喊着。那天已经是傍晚时分了，夕阳下，一个满头白灰的女人露了出来，她到今年也要四十出头了，眼下的皱纹虽说被黑色的煤灰给遮住了，但印下去的纹路还是清晰可见的。她的脸很大，不漂亮，眼睛也是小小的，可是那副眸子却充满了力量。用"五大三粗"来形容七婶再合适不过了，那胳膊、小腿上都是厚厚实实的肌肉，村子里的一些男人反倒是不及她的。七婶兴奋地跑过来："宝儿，阿娘回来啦!"她不敢触碰孩子，生怕把孩子的衣服弄脏了，可是手总也忍不住地要去摸一下孩子的头。"娘，娘，今天宝儿学了几个新字，等我们吃好饭，宝儿写给你看好不好？"七婶不识字，也教不了孩子，只能拜托邻居家的新媳妇凤娟教他。"好，好——今天看来你娟姨教了你好多字呀。走，咱们回屋去。"娘儿俩伴着夕阳走回了家。

"洗洗手吃饭吧。"老太太总是带着一副阴阳怪气的腔调。"好嘞，娘。"七婶笑着去洗手。孩子都喜欢跟着自己的娘，宝儿也跟上去洗手了。

点上灯后，三个人围坐在一起开始吃饭。七婶从口袋里掏出了一把碎钱。“娘，给，明天上了街给宝儿买只鸡补补。”“哟，这么多钱哪！看来那边钱是来得容易的。”七婶听出了话里的刺儿，说：“那可不是，得多挣些以后好给自己办后事，我可不想倚着宝儿，以后他成了家，用钱的地方多着呢。”婆婆瞪着双眼，把菜生咽了下去。“唉，老了不中用了，就盼着能吃到我大孙子的喜饭咯。”“可不是，所以得好好给宝儿补补，身子长得快点儿，好完成您老的心愿。”七婶看了一眼孩子，天真的宝儿不明白眼前的两个大人在说些什么，只知道明天有鸡汤喝了，他咯咯地笑了。

“娘，娟姨跟我说，这个字读‘宝’，是我的名字，还跟我说以前有个大哥哥叫宝玉，‘玉’怎么写我就不知道了。那这个字呢，叫‘儿’，连起来就叫‘宝儿’，就是我的名字啦。这个字读‘老’，还有一个‘嘎’字娟姨没教我，说这个字太难了，等我长大些再教我。这连起来就是奶奶的名字。因为那时只有奶奶和我在，所以娟姨就教了我这些字，等明儿个娘带我去娟姨家，让她教我写娘的名字，好不好？”七婶很想满足孩子的愿望，可是想想工地上的活还多着呢。她感觉有些对不起孩子。“娘没名字，姥姥没给娘取名字，所以明天呀，你就让娟姨教你写娘这个字就好了，到明天这个时候，你再教娘写，好不好？”宝儿有些委屈，说：“既然娘没名字，那我也不要名字了。”七婶听了，泪水便止不住地涌了出来。“那可不行，宝儿的名字是娘取的，所以宝儿一定要会写自己的名字。”“那宝儿也给娘取个名字吧，娘力气大，就叫大力吧。”“好好，娘就叫大力，别人都叫我七婶，那以后娘就告诉人家，我的名字叫七大力。”“哦！娘也有名字咯！”宝儿拍着手，叫喊着。就这样，娘儿俩你一句我一句，聊得很晚。住在隔壁屋的老嘎，听着娘儿俩的话，也独自笑了半天。

这天下着大雨，七婶怕去晚了，就提前出门了。临走前，宝儿还在熟睡。她不愿早早地叫醒孩子，便独自出去了。泥泞的路特别滑，她一连摔了好几跤，一路上磕磕绊绊，好不容易到了工地上。家里的婆婆也醒了，便在厨房煮起了粥。本以为宝儿还没醒，谁知道去他屋里一看，他早不在屋里了。婆婆心里一惊，也不顾大雨，跑到了凤娟家，一问人不在。想是去其他孩子家玩了，便一家一户地找着。最后，全村的人都在找宝儿。婆婆心急火燎地赶到了七婶干活的工地，问道："孩子可上你这儿了？"七婶一呆："干了这么久没见着孩子啊。"她马上放下手里的活，开始在工地上找孩子，见人便问，可是根本没人见到过孩子。这下她才回过神来，孩子根本不知道她在这个工地啊，便喊着婆婆回村里找。

回村的路变得特别长，怎么走也走不到尽头似的。俩人蹚着浑浊的泥水，一路狂奔。而这雨像是发了疯一样，越下越大。

村里的人把每个角落找了个遍，他们对七婶很是抱歉，当看到这两个浑身湿透的女人时，都不免落下了泪。凤娟忙过去给她俩撑起了伞，说："姐，我们这么多人真没用，连个孩子都找不到。"当七婶听到这句话时，她结实的双腿突然像是没了力气一样，瘫了下来。婆婆俯下身子，抱着媳妇，俩人痛哭起来。

大雨还是不停地下着。此时只剩下几个人陪着婆媳俩找孩子。七婶心里早已绝望了，但如果这世界上存在奇迹的话，她愿意一直这么找下去。

就在大雨后的第三天，在村边的河道里，他们找到了宝儿——早已咽了气的宝儿。

宝儿就这么走了。七婶变了，她成了一个没了魂的人。婆婆因为自责，没过多久也去世了，临终前，她让七婶找户好人家嫁了去。空荡荡的家里，只剩下了一个孤独的七婶。她常常看到三个人围坐在桌前吃饭，宝儿看着她和婆婆斗嘴，宝儿还笑着对她说，今天他学了好多的字。"对！明天还得给宝儿买只鸡补补。"第二天，七婶出门买了只鸡回来。"对！是要补补，这样宝儿才能长得快些。"这鸡炖了好久好久，直到放在桌子上，她才意识到宝儿和婆婆已经不在了。她的泪水早流干了，只剩下喉咙里的那儿声呐喊。

村里的人隔三岔五就会来看望七婶，生怕她做出什么傻事来。这一天，凤娟去了七婶家，七婶还是卧在床上一句话也没有。本想说的话只能放在了肚子里，她摇着头走了出来。

当我记事的时候，父母常跟我说起村头的苦婆婆，她没有名字，人们叫她七婶。她常常坐在村边的河岸上，有时盯着河里好久好久，嘴里时不时还会哼着曲子。当她看见我的时候，她会对我笑，我不懂，就跑着回去告诉自己的母亲。母亲跟我谈起了七婶的往事，说以前七婶也有一个像我一样的孩子，可惜后来落了水。母亲还教过他识字。我有些同情那位七婶，后来就常常跑到她的家里去。老太太很慈祥，总给我做些好吃的东西，她笑的时候眼睛总眯成一条缝。

如今，七婶早已不在人世了。她没有名字，只见她的墓碑上刻着“七大力”三个字，听母亲说这是七婶临终嘱托的。

（本文荣获第三届“中国青年作家杯”征文大赛三等奖）

作者简介：盛家明，笔名一明，江苏昆山人。从小热爱文学，闲暇时喜欢用笔书写，以文字描摹世态人情。每每遥望蓝天，做着少年的梦，执笔话胸中之肺腑，也相信总有一天，能够完成自己最初的梦想。

善良一家人

赵文珠

我们家的每一个人都有一颗善良的心，而且都会在关键时刻，奉献出自己的一片爱心。

我们家虽然非常传统，但是依旧保持着良好的家风，传承着雷锋精神。

我们家还非常省吃俭用，坚韧不拔，持之以恒，为社会奉献着自己的微薄之力，坚持并且追逐着自己的梦想。

我的父亲是一名普通的保洁员，收入微薄。每天吃着没有营养的面条，还经常早出晚归。

他在很小的时候，我的爷爷不幸去世，他就干起了我爷爷的工作。因为年龄比较小，他只能够从学徒做起，需要非常有耐心的师傅手把手来教，还好有街坊四邻的帮忙。我奶奶因为爷爷突然去世，发疯了，时常砸坏家里的桌椅板凳，使得被吓坏的父亲无法在家里吃饭。

每当邻居做饭的时候，一阵阵香味就飘出来，我父亲就不自觉地流出口水，他真的很想吃。邻居看到我父亲这么可怜，就把他带到自己家里面，让他吃香甜可口的饭菜，让他感受到亲人般的温暖与关爱，让他这颗幼小的种子，生根发芽。

我父亲经常到街坊四邻家吃饭，可以说是吃百家饭长大的孩子。长大以后，他总是帮助那些有困难的人，尽自己的微薄之力，奉献自己的光和热。

我记得很小的时候，非常羡慕同学都能够吃到好吃的雪糕。我经受不住诱惑，买了一个带有夹心的雪糕回来。他看到以后，非常生气，二话不说，把雪糕扔到了房顶上。我哭着说:“刚买的雪糕，为什么把它扔了？别的小朋友也买了，我为什么不能买？”

父亲气呼呼地说道:“家里没有雪糕吗？你为什么不能吃家里的雪糕？便宜的雪糕不好吃吗？”当时的我没有理解他的意思。

直到有一天，我才明白父亲的良苦用心。他用自己的行动，告诉我要懂得勤俭持家。他把攒下来的钱捐给贫困山区的困难学生，以免他们辍学在家。

那天，寒风刺骨，我们跟随“希望之旅”参加爱心助学活动。

我们来到辽宁省康平县北四家子乡中心小学，为那里天真可爱的孩子送去温暖和关爱。

我们到了那里才知道，可爱的孩子们已经早早来到学校，等待着我们的到来。一个孩子的脸上被冻得红通通的，身上穿着非常单薄的衣服，冻得浑身发抖，看着让人十分心疼。

这个时候，我父亲走到她的面前蹲了下来，耐心地询问。为了不让她在外面挨冻，我父亲牵起她的小手，来到温暖的教室，让她在火炉旁边取暖，还送给她在这座小山村无法品尝到的食品。她看着手里的饼干，觉得非常可爱，舍不得吃。我父亲告诉她还有许多，她才有滋有味地吃起来，笑得非常开心。我父亲交给她一笔助学费用，让她能够在学校继续学习。

突然，学校的校长在喇叭里说:“我们学校有一名学生，家里突然着起大火，需要各位爱心人士帮助。”

听到这个消息，我们随着校长来到这名叫韩磊的学生的家里。

屋子里的墙早已经被火烧得漆黑一片。祖孙俩站在雪地里，韩磊的爷爷弯腰驼背，打着寒战。他看到我们，老泪纵横。

我父亲毫不犹豫地将自己非常厚实的外衣披在了韩磊爷爷身上。韩磊的爷爷一下子不知道该说什么好。我父亲又将自己的帽子和手套，都送给了韩磊的爷爷。最后还将所带的食品，都送给了祖孙俩。

韩磊的爷爷不断地说着感谢的话。

父亲回到家里后得了场感冒。他虽然身体难受，心里却非常舒服。

我这时才真正理解了父亲，决心向他学习。

我的母亲曾经是小东旅社的服务员，如今已经退休在家。她每天为我们做着各式各样的饭菜。我的父亲多年做公益，得不到我母亲的理解，她时常和我父亲吵架，甚至提出离婚。直到我父亲带着她来到沈阳大学，看到一个贫困学生的处境，我母亲才改变了想法。

那个学生在河北邢台长大。她的家庭处境非常困难，她独自一个人来到陌生的城市求学，每天只能吃咸菜和馒头，用节省下来的钱买书。

看到此情此景，我母亲十分动容，决定资助她四年大学的学业，直到她顺利毕业。

我母亲还时常邀请她来家里做客，做她最爱吃的韭菜馅包子。我就这样有了一个“姐姐”。她为了感谢我们一家，时常帮助我补习功课，让我有了非常不错的成绩。

后来，我母亲再也没有埋怨过我父亲。并且跟随他一起做公益。

我从小就有一个梦想，当一名作家，用自己手里的笔，描绘美好的景色，弘扬社会上的真善美。

我与我父亲做公益活动很多年，知道了有这样一些家庭极度困难的孩子，这些孩子需要通过不断努力学习，改变自己的命运，这些孩子的经历让我觉得自己生活得已经很幸福了。

我想把他们的事情写出来，尽可能写出他们的困难，让更多的人能够伸出援助之手，帮助他们走出困境。

我还会把书籍寄给他们，让他们学到课本以外的知识，并且送上诚挚的祝福。愿他们梦想成真，成为祖国的栋梁。

（本文荣获第二届全球华人好家风征文大赛成人组三等奖）

作者简介：赵文珠，沈阳人，青年作家网签约作家。热爱散文和诗歌。青年作家网签约作家，辽宁省散文学会会员，野草文学工作室签约作家，《沈阳广播电视报》《沈阳晚报》《人生十六七》杂志社记者。

夜宿唐古拉山镇

示　单

2021年7月28日，我独自开车从格尔木沿青藏公路进西藏，虽然只有1000多公里，但路况复杂，开车至少需要20个小时。我咨询过很多穿行青藏公路的人，有的说开车一天就可以到，也有人说在中途要住一晚。我反复研究了行车路线，中途住一晚是必需的。唐古拉山镇是首选，但网上很多人说唐古拉山镇海拔太高，医疗条件也不太好，有高原反应的人夜宿唐古拉山镇会有危险。

从格尔木出发，原打算早上5点动身，可酒店的早餐要到7点才开始，不吃早餐就出发对这一天的行程无疑是不利的。因为这一路的不确定性，吃饱吃好才能确保体能充沛、开车顺畅。

格尔木到唐古拉山镇约有420公里，我无法确定几点钟能到达，唐古拉山镇平均海拔4700米左右，我很担心会有高原反应。忐忑不安地上了路，一出格尔木市，就进入了昆仑山景区，“巍巍昆仑，万山之祖”这八个字的立碑，高矗入云，巍峨昆仑山就在咫尺，这种万山之王的气势的确让我震撼。玄奘当年西行路过此地时也慨叹：“此乃天山、云山，无望之山。”

我停下车，望着眼前千仞万壑、直抵云霄的昆仑“丛林”，猛然一个趔趄，双膝一暖，有一种想要一叩万山之祖的冲动。我知道，虽然不是徒步穿越昆仑山，即便开车穿行其中，也该保持敬畏之心。

沿着109国道，过了检查站，就进入了可可西里自然保护区，这里海拔已3800多米了，虽然没有看见一只藏羚羊，但茫茫湿地草原，奇峰峻峦，远处雪山炫目，这一切构成了一幅漫长的画卷，千万年来一直悬挂在这片旷野热土之上。

国道上的车以大货车为主，路是极其颠簸的。青藏公路繁重的运输任务，把它压得变了形。除了货车和私家客车，就是摩托车、自行车，还有双肩拉车的徒步者，他们都是冲着西藏的神秘、明净乃至精神归宿而去。有的也许是为了完成一次人生的献礼。看着他们奔波在路上，我悄悄生出一丝惭愧，我在车里看着他们一个个被烈日炙烤、被狂风横扫着，而我把他们一个个都抛在了车后。我自己这样每地“蜻蜓点水”般地跑上一二十公里，美其名曰跑者。比起这些真正的行者，我是否缺少了一些什么？

109 国道又称青藏公路，穿越青藏公路的车队除了货车就是自驾旅游小车，它们挤满了青藏公路，沿途的热闹也把青藏公路的疲惫深深地扭来扭去，像一条长长的正被挤揉的面团。不堪重负的青藏公路露出突兀嶙峋的疙瘩，各种车辆都得小心翼翼地辗压凹凸不平的路面。千里青藏公路给昆仑山脉、可可西里湿地带来了人气，也带来了躁动和困惑。

当车行至离唐古拉山镇还有 60 公里处时，前面的车辆拥挤在公路上，走不动了。我向前面的司机打听是怎么回事，他们说是前面 10 公里处的一座公路桥梁在早上断裂了，桥梁两头的车辆堵了足有 10 公里长。随着后面车子的到来，我的车夹在长长的停车队伍中，进退两难，如果在此等待，不知何时能到唐古拉山镇。各种消息都令人揪心和焦急，当得知可靠信息后，我觉得这不是一时半刻能修好的，去不了唐古拉山镇就去不了西藏，回格尔木又要六七个小时。于是我果断将车移出了逆行道，决定冒一次险，跟在另一辆陕西牌照的 SUV 后面，冲下公路，向路边的河谷奔去。如果我们穿越这几公里的湿地和河谷，再爬到桥那头的公路，就能够避开断桥。

好在我车子的排量达到了“放纵”的地步，在下到河谷的陡峭土坡时，如果不是轻踩轻放，差点儿就连车带人滚到河沟里了。陡坡大约 60 度左右的样子，全是松土和泥泞，底盘重力不够就会整车翻滚。终于平稳地下到河床湿地的河沟里，好在河水不深，河的宽度也只有十来米，我加足油门，车冲到了河对岸。此时，另一辆车陷在河中无可奈何地沉默着。最难的是上河岸，那是一段非常陡且湿滑的河堤，上下落差大约 20 米，前面路过的车已把它碾得细腻如浆，湿滑如沼泽，我的前面有一辆 SUV，向坡上冲了七八次都从半坡上滑了下来，有两次差点儿侧翻，十分危险。这辆鲁 E 牌照的 SUV 的司机无奈地将车停在河床中间。我必须试一试，没人指挥，也没有探路的机会。在离坡底 5 米左右处，我轻轻地加了一下油门，到达坡底深踩了一下油门，快上到坡的三分之一处，猛地将油门踩到位，死死踩住油门，油表已顶格了，车子几乎成了 90 度垂直向天空冲去，好在车子的排量大，发动机怒吼着冲向堤坝。总算上到了主路，断桥的这一头几乎一辆车都没有。随后，我一脚油门开到了唐古拉山镇。

这里是长江源头的第一镇，沱沱河的发源地，我跨过沱沱河桥时已是下午 6 点，夕阳照在清冽的河水上，泛着安静的粼粼波光。作为一名旅游者，我有一种错觉：如入天上的国度，有水，有风，有蓝光，水如流沙，风似穿柳，一切都被蓝光笼罩着。如果此刻还感到我的存在，那就是阵阵的恍惚和胸闷，头痛已达到了天门穴，有一种冲破头骨的力量。唐古拉山镇海拔约 4700 米，高原反应给了我一个实实在在的拥抱！

唐古拉山镇以加油站多而著称，109 国道穿镇而过，路两边没有一座超过两层的楼房，十几座加油站一字从镇头排到镇尾。这里之所以设镇，恐怕跟青藏公路上的车太多有关，这里是车辆的暂歇地、供给站，漫长的 1000 公里青藏线上，只有唐古拉山镇这个唯一的车辆短暂驿站。

自驾游者也会把这里当成喘息地。如果我是一名专业游者，还有理由“躺平”，可我既是司机又是个跑者，两项都要兼顾的结果就要有点儿“舍身取义”了！

夕阳在西边就是不肯散去，我有一种走进地平线的感觉。109 国道上灰尘飞扬，与夕阳交相辉映，把青藏高原上的这条飘带抹成了一团淡淡灰霭，停歇于此的人似乎很享受这里的一切。

我把车停在路边一个旅馆的小院子里，跌跌撞撞地来到一个人影都没有的前台，四处张望，无力地张着嘴，喊“有没有人”，这声音好像只有我个一人能听到。过了好久，来了位 40 岁左右的妇女，估计是老板，她让我报了一下手机号，就将用一根橡皮筋系着的钥匙扔给我。

“108 房。”她说。我喜欢这样的办事效率，可惜此刻头痛如裂的我没有赞赏她的力量。

好在房间就在一层，离前台只有 5 米处(旅馆只有两层)，我摸索着打开房门，一头倒在了床上。这家旅馆是我在网上订的，据网上介绍这里每个房间都有开放式供氧，这是我毫不犹豫选择这里的唯一原因。果然，床头上装着的氧气装置正滋滋地冒着氧气，我如同一头受伤失血的狮子，倒在了猎人布置的围网中，舔着自己的伤口。

大约过了一个多小时，我感到头疼有所缓解，胸前的那块巨大铅块也被移走了。我慢慢爬坐起来，观察了一下这个十来平方米的房间，只有两张床和一张桌子，让我恍惚自己是在40年前某个小镇的旅馆过夜。

我得吃点儿东西，明天清早还有任务呢！一出旅馆大门，胸口就像被堵着似的，室外依旧空气稀薄。看来，这房费真值得。稀缺的东西就应该高价，这是商品价值规律！这么一想，我也就坦然了。

天还没黑，109国道上的车依然没有断流的可能。这条路是不可能停歇的，它是西藏的生命线，疲惫的公路像人体的一条主动脉，千万不能“结斑块”！路边唯一的蒸汽牛肉拉面馆，可能是我看到的最可口的餐馆，应该是全唐古拉山镇最“上档次”的餐厅。如果能吃上一碗蒸汽面，也算是为我的小心脏缺氧补点儿能量。我掀开门帘，里面有5张小条桌，只有一人坐在正中央的一张条桌上有气无力地吃着面条。一个不知是伙计还是老板的年轻男子拿着菜谱，像个大酒楼的服务员，他将菜谱向我伸来，实际上那只是一张塑料压膜的A4纸。

“一碗拉面。”我推开他的菜谱。

“确定？不来点儿其他小菜？”他还很执着。还不知道这碗面能不能吃完呢，我心想。

“路过这儿的司机都会要一份凉拌豆皮呢，这是全镇最有名的小吃。”年轻小伙一点儿没有离开的意思，轻松自在地等着我下单，接着，小口哨也吹出来了。我沉闷的脑袋好像被他用竹叶划了一下，有点儿痒又有点儿疼。难道他不缺氧？当我冒出这个问题时，点菜的兴趣没了，倒想跟他请教点儿什么。

“你不头疼？”我斜眼看着他。

“你是说缺氧吧？那是你们内地刚来的人，我们的肺比你们的厚！”他挺有耐心，一副经历风雨见过世面的样子。

“一出生就这样？”我问。

“不，我是5年前从海东过来的，刚来时也难受，住了一段时间就没事了！”他轻描淡写地说道，一副好了伤疤忘了疼的样子。

我不能理解，特别是看着他自由自在地呼吸，更加恼火，这不是“饱汉子不知饿汉子饥”吗？我最恨没有同理心的人，决意不点他的小菜了！

小伙子看我无动于衷，便收回菜谱，吹着口哨，扭着屁股，跑到只有3米远的厨房。

牛肉拉面的味道还真不错，特别是面汤，弥补了我的缺水。缺氧和饥饿是两回事，当我只顾呼拉拉吃面条时，好像没感觉头疼，一碗面带汤全部吃完，这有点儿不正常，哪儿来的这么好的食欲？我慢悠悠走出面馆后，对于仍然清亮的唐古拉山镇没有游走的冲动，但内心的那股使命感并没泯灭，我想，明早还要跑唐古拉山镇呢！再游也不迟。

说这里是个镇，实际上也是一个行政级别而已，但其地理位置的重要性又不是一个行政镇能达到的。驿站和加油这两项使命，足以让它获得青藏公路上“大上海”的美誉，这也算是环境造“英雄”吧。我回到旅馆继续吸氧，好平安地度过这个夜晚。

深夜，剧烈的头疼伴随着呕吐，一阵比一阵强烈，更要命的是突然停电，让我闷得好像胸肺要撑裂。我处在窒息的边缘，室内一团漆黑，这种情形有点儿可怕，仿佛进入无底深渊前的一次“演练”。我趁着还清醒的本能，滚到床下，摸索着爬到房门前，刚要敲打房门时，门却开了，感觉是那个前台的中年妇女站在门口，看我趴在地上，她吓了一跳，赶紧大喊，一会儿可能是她的男人来了，他把我扶上床。

那个女老板是专门来送氧气罐的，她知道停了电，氧气装置就不能制氧，她担心客人缺氧，就挨门送氧气罐。这种及时，仿佛是天意，给了我一次对缺氧的教育，这种情形，曾让很多人失去了生命。女老板赶紧把氧气罐对着我的鼻孔不停地按，维持生命的氧气慢慢地渗入了我的血液。这时电灯亮了，我看着女老板好像比下午在前台看到时漂亮了好几倍，关键是她不再向我扔钥匙，而且是一手扶着我的肩，一手拿着氧气罐让我尽情呼吸。

世间的美好是因为有了呼吸，而一切的烦恼和抱怨都可能是因为呼吸不畅。大概过了20分钟，女老板可以跟我聊天了，才觉得我是“吃饱了撑的”导致缺氧的。以她的经验，初到高原的人一定要少吃。难道我被唐古拉山镇的蒸汽牛肉面迷惑了？

早上醒来，太阳正好照进房间，晨跑的打算被昨夜的缺氧深深“伤害”了，头还是有点儿轻飘飘的晕沉，但比起昨天好了很多，看来跑步有点儿力不从心了，“每到一地必跑”的使命也有破例的时候。生命不能承受之轻，有时不是使命，也不是责任，而是那份尊重。呼吸之轻，却是我们生命沉重的永恒。

我收拾完行李，准备向唐古拉山口进发！

（本文荣获青年作家网 2022 年度优秀作品）

作者简介：示单，本名柯龙瑞。科普作家，未医学创始人，中国科普作家协会科普教育委员会委员，天津市作家协会会员，中国散文学会会员，中华中医药学会亚健康委员会常务委员。先后出版长篇散文集《菩莲花开》和《未医之道》，出版自己历经 3 年跑遍中国所有地级市的游跑散文记《跑者无疆》（跑遍中国系列一）。有多篇散文获奖。

愿化彩蝶与那金色的波浪共舞（外一则）

吴燕婷

每到春和景明、阳光灿烂的三月，看着珠海百花争奇斗艳，我就会想起家乡的油菜花，就会想化身彩蝶飞向那片金色的海洋，与那金色的波浪共舞。

我的家乡地处长江中下游，适宜种油菜，加上油菜既能增加农民的收入，又可以保障全家一年的食用油，所以每年收了晚稻后，每家每户都会在田地里栽种油菜，在种早稻前收割。我的童年和少年时期被大片的金黄与浓郁的香气占据。父母可能更喜欢菜油的浓香，而我更喜欢油菜花的清香。

春节过后，春风吹走了寒气，春雨润泽了干枯的大地，绿油油的油菜苗眼看着往上猛蹿、抬苔、吐蕾、绽放，一发不可收拾。开始星星点点，像是用笔蘸了黄颜料挥洒出的墨点，几天后，便是漫山遍野一片金黄，好像谁不小心把颜料桶弄翻了似的，更像是太阳碎落在人间，明晃晃，耀眼夺目。

小时候望着那一片金黄，看着蜜蜂、彩蝶你来我往，围着花儿久久不肯离去，我也想立即变成一只蝴蝶或蜜蜂，飞入花丛中帮着传播花粉，让花结更多的籽。如今我只想变成一只蝴蝶飞回去，看一看那一片金黄，闻一闻那思念了许久的芳香。

油菜花的外表极平凡，它们没有郁金香迷人，没有牡丹高贵，没有玫瑰耀眼，没有菊花多姿多彩，没有水仙花冰清玉洁，没有茉莉花芳香四溢。它们没有层层叠叠的花瓣与多变的姿态，没有奇异的色彩，它们自始至终只有黄色，那充满朝气的黄色，仿佛那阳光沉淀在薄薄的花瓣尖上，不流动了。它们个性朴实无华，样子平凡却精致，四片花瓣整齐地围绕着花蕊，花瓣上充满细细的纹路。我想再高超的雕刻家也无法雕刻出来这样的花纹。中间的花蕊弯曲着凑在一块，仿佛在私语。油菜花的根茎粗壮、枝叶茂密，像许多和我父亲一样的农民那样淳朴、粗犷。

无论是站在田埂、地头还是小院里，望着田野里此起彼伏摇曳的油菜花，我的心也随着它们荡漾。微风吹过，那浓郁的香气铺天盖地而来，我贪婪地呼吸着，暖暖的香味弥散在齿畔。记得上小学时，有次放学回家路过一片油菜田，我忍不住弯腰低头凑近一朵花去闻香味。淡淡的香味萦绕在鼻间，从花蕊中源源不断地溢出来，我情不自禁地把鼻子往下低再往下低，一下碰到了细细的花蕊，结果我的鼻尖成了黄色的花朵，小伙伴笑得合不拢嘴。

细数一下，我离开家乡二十多年了，对家乡油菜花的想念却与日俱增。我想念它旺盛的生命力。记得在故乡的田埂上、小道边，甚至墙缝里，所有我能想到的、想不到的地方，都曾有过它们的身影。只要播下种子，不用费心照料，任风吹雨打、雪霜欺压，只要春天一来，它们就会发疯似的长高，墨绿粗大的茎，肥大的叶，一串串密密的花朵就绽放在我们眼前。

我想念家乡的油菜花，更想念在灿烂的油菜花田中狂奔向前的逐光少年。家乡的油菜花和家乡的人一样，虽然平凡但拥有自己的精彩。油菜花努力开放，我们努力奔跑，就是想让大家看到平凡生命中不一样的精彩。我也时常忆起上初中时，傍晚放学后坐在村后的高坡上，静静地看着落日余晖中炊烟袅袅的村庄，透明的池塘，绿色的草，纵横交错的田埂，错落有致的农舍，还有那一大片温暖艳丽的明黄。每每忆起，我都禁不住眼眶湿润，那是多么美丽的画卷，那是大自然的杰作，也是家乡父辈用毕生的心血创作的宏伟画卷。

无论我离家乡多远，离开家乡多久，那一片金黄，那浓郁的芳香，早已刻在我心间，融入我的血液。每当春暖花开时，我都会在梦里化蝶飞向那片金黄，在那金色的波浪间翩翩起舞。

想念你，家乡的油菜花，愿你越开越灿烂！

母亲的双手

我母亲的双手，很丑！

我母亲没有纤纤细细、白嫩如葱、温润如玉的双手。她是农民的女儿，从小就开始干农活。嫁给父亲后，她更是成了地地道道的农村妇女。特别是田地分到户后，父亲去了乡镇企业上班，家里的农活全部都落在母亲肩上。她每天起早摸黑，洗衣做饭，喂猪放牛，忙完家里的就忙外面的。日晒雨淋，旱地水田，肩扛手提，脏的重的，母亲样样都要做。晚上，我们睡着了，母亲还要在昏暗的灯下，飞针走线，缝缝补补，为我们做鞋子、织毛衣。她没法拥有一双美丽的手。

我不记得母亲年轻时，她的双手是否水灵嫩滑，是否柔软如绵，是否温热如阳。我不记得，我摔倒后母亲用双手扶我起来的样子以及我蹒跚走路时母亲牵我手的感觉。我只知道，母亲现在的双手，又短又粗，又木又硬，长满老茧，干涩粗糙。手背看上去像枯树皮，暴露着条条青筋，手指像干树枝，手心像粗糙的砂纸。握着母亲的手，就像握着一把带刺的枯树枝。那刺，扎得我手疼心更疼。

母亲的双手每到冬天更是变得千沟万壑，那深深浅浅的口子有的呈黑色，有的呈灰色，有的呈红色。母亲为了不影响干活或是疼得受不了，就用胶布贴住那些粗糙的皮或裂口。

那年过年回家，我看到母亲裂开道道口子的双手，惊讶！心疼！问怎么会这样。母亲一边贴胶布一边云淡风轻地说："没事，这手一到冬天就会裂口子，过了冬天就好些。"她说这是以前生我们时，坐月子没休养好落下的病。

听了母亲的话，我的心又涩又酸，只能轻轻叹息。母亲生了我们兄妹五人，那时家里穷，奶奶身体不好，没法很好地照顾母亲坐月子。甚至，奶奶生病了，母亲还要照顾生病的奶奶和幼小的儿女。

母亲的手成年累月裸露在烈日寒风中，与土地亲吻。母亲的手比其他人的手丑得多、粗糙得多。

母亲的双手不但丑，而且笨！

母亲的双手不会弹奏美妙动听的音乐，不会描绘色彩缤纷的画作，不会剪栩栩如生的窗花，甚至写不出几个汉字。

母亲的双手又是勤劳灵巧的，有化腐朽为神奇的能力。

母亲的双手能把碎布头，变成我们脚上穿的又暖和又舒适又好看的布鞋。母亲的双手能把乱七八糟的毛线，织成款式新颖、图案别致的毛衣，让我们抵御寒冷。无论是老屋新家，母亲总能飞快地把家里收拾得整整齐齐，窗明几净。

母亲能把麦子变成面粉，能把面粉变成爽滑筋道的面条，能把大米磨成粉做成晶莹剔透、口齿留香的饺子粑，能熬制出透心甜的麦芽糖，能将猪头肉做成美味菜肴……在物资匮乏的年代，母亲能用仅有的食材，做出让我们吃得津津有味的各种美味食物。

母亲的双手能让贫瘠的土地长出绿油油的庄稼，结出丰硕的果实。母亲的双手让我们家的地，春夏秋冬，一年四季，不是绿意盎然生机勃勃，就是五彩缤纷瓜果飘香。母亲的汗水、母亲的韶华，随着母亲的指尖流到土里变成肥料，让地里的庄稼茁壮成长，地里的庄稼又让我们茁壮成长。

母亲的双手美丽又温暖。

记得我初三毕业没有考上中专，父亲不忍心母亲太辛苦，想让我留在家中帮母亲做些力所能及的事。母亲看出我很想读高中，就劝父亲："妞想继续读书就让她去读，农活是干不完的，今天没干完就明天干，我天天干都可以。但上学的时光失去了就没了。"

母亲说服了父亲。我上高中了。每次周末回到家，母亲总要想着法子做我喜欢吃的饭菜，嘘寒问暖。那年，我生病动手术，年迈的母亲在医院照顾我，用她又短又粗的手细心地喂我吃饭。看着母亲满是皱纹的脸，我的泪和着饭咽下。母亲用温暖的手为我擦眼泪，笑着说："没事，一切都会过去。"我将头埋在母亲温暖的手心。那是温暖的心灵港湾。

母亲的双手刻满岁月的沧桑，那千沟万壑里盛着对儿女满满的爱！母亲用她又丑又笨的手，和父亲一起，为我们兄妹擎起了一片灿烂的晴空！在我们心中，她的双手是世界上最美丽、最温暖，也是最伟大的手！

（本文荣获青年作家网 2022 年度优秀作品）

作者简介：吴燕婷，笔名海燕麦萌，珠海作家协会会员，青年作家网签约作家，豆瓣阅读网专栏签约作者。著有长篇小说《雨打梧桐风萧萧》《三色堇之爱》《激情后遗症》，另有多篇散文见报国内外报纸。

一个藏在北京山脚下的徽州古村落

俞旺忠

白云深处北京山，云海底下汉公坑。汉公坑村，又称汉川，坐落在北京山脚下，处于皖赣交界处、五龙山脉东北面，位于安徽省黄山市含金量最高的地方——黄山市休宁县山斗乡境内，距黄山市中心城区屯溪区30公里。古村始建于元末明初，距今已有700多年的悠久历史。村里只有俞、吴两姓，据说俞家是婺源东山石佛逃难而来，吴姓为浙江省开化县的璜源逃荒而来。整座村落无论是从选址、设计、布局、外形、水系、山林来看，还是从遵循“枕山、环水、面屏”的居住理念和“天人合一”的理想境界来看，无不呈现出“三最”特色，即最神秘、最独特、最原始。这里饱含较为厚重的风水文化、伦理文化、教育文化、宗法文化和民俗文化，成为在现代化发展进程中尚存不多的农村传统村落。2020年，汉公坑被列为中国传统古村落。传统村落被誉为中华民族的DNA，一栋建筑、一个传说，一段历史、一种文化，甚至一砖一瓦、一草一木，都是活着的民俗民情，是无形的文化遗存，寄托着人类对久远过去的追忆和想象，慰藉着迷茫的都市心灵，成为现代社会人们集体的精神家园。

汉公坑村四面环山，中间为洼地，房屋倚小溪傍山而筑，屋后青山山有竹，房前溪水水有鱼。潺潺流水声应和着短促的鸟鸣，合成了大自然美妙的清音。这里四季分明，气候温和湿润，雨量充沛，泉水叮咚，溪水潺潺，四周翠竹，林海环绕，风光旖旎。全村地势平缓，民居依溪而建，鱼塘临河而置，溪河交织成网，晒台高低错落。村庄从外面看上去，几乎看不见房屋，在选址上讲究隐蔽性，到水口了，游人才觉得豁然开朗，犹如世外桃源。

随着时代的车轮不断前行，百姓的生活环境和居住条件已然今非昔比，往日的瓦土房渐已换成了砖木楼，村中处处旧貌换新颜。村里百姓现居住的房屋大部分是20世纪五六十年代修建的，基本上是徽派砖木结构的，徽州传统古村落气息犹存。沿着窄窄的青石板，走进村庄，四面环山的村落就像是坐落在群山之中的小家碧玉，清雅秀丽、古朴端庄，眉目如画、待字闺中。进入农户家中，出门时抬头只见到山竹，低头定能看到溪水，溪水幽幽，翠竹掩映，整个村庄美丽又朦胧，晨光乍起，若隐若现。登上村中门前山，站在晒谷场上眺望，一群民居依溪而建，特别是每家屋前一座座进户桥，镶嵌在村中，又宛如一道彩虹，映照着这座古村落，写照着这里俞吴两氏族人的古往今来。

村头水口那些百年古树，历经风霜雨雪，如今依旧傲然挺立，苍劲挺拔。大树旁，是日夜流淌不息的汉川溪水，还有那建于明代的万胜桥、清澈的龙潭瀑，弯弯的河涧，涓涓的流水，流出了汉公坑的欣欣向荣，流出了汉公坑人的世代豪迈。在村落里随意走走停停，任取一处皆为景，让人陶醉其中，有明代梯田、唐代古道、高山菜地、深山茶园、十里峡谷、百口鱼塘、千年古槽、万亩竹海等。

汉公坑村值得永久传承和大力弘扬的还有其传统民俗文化。以往，村里人爱好舞龙灯、要狮子、唱小戏，逢年过节，大家聚在一起，热闹的气氛蔓延在四邻八乡。而踩石碓、碓米粉、做糍粑、烫豆粑、拉粉丝、打豆腐、编竹器、手工造纸、流水养鱼等传承了千年的民俗活计，在这里依然闪烁着民间艺术的光芒，留下了记忆，勾起了乡愁。

有人说，家乡的方向，是记忆深处最美的凝望。无论身在何方，故乡的一山一水，一草一木，甚至一抔黄土，都令人难以割舍。笔者生于斯、长于斯、关注于斯，每次回乡探亲，步行在古村旁的山间小路上，想起村头那吱吱呀呀的石碓声，望着已有些破旧的民居，村里族人家长里短的欢声笑语犹在眼前，回荡耳畔，仿佛回到从前。对于背井离乡的游子来说，只有看得见山望得见水才能留得住那一抹浅浅的乡愁。古树群、古驿道、古石桥的存在，寄托着我的乡思，映刻着汉公坑村的历史沧桑感和特有的烟火气息。古老的汉公坑，是挂在我心头的一轮明月，是藏在我记忆中的一首童谣，就算远在天涯海角，终有一日要落叶归根，魂归故里。

古树群。思古树之幽幽，发天地之感慨。一棵古树就是一段历史，一群古树就是一部历史。占地百余亩的古树林位于山坳入口处，系村民出村必经之地，林中尽是古、大、珍、奇之古树，安徽第一大泡桐树也生长其中，在村口迎宾的是树龄超过 700 年的并排矗立的红豆杉和银杏树。纵横千百年，能够用生命见证茫茫历史和世事沧桑的，唯有这些至今仍然绿意盎然的古树。

古驿道。汉公坑村深处燕源河尽头，大小燕岭共同呵护着这片净土。燕岭古道传为唐开元年间开凿，建成于明万历年间，为众多休婺古道之一。大燕岭古道从汉公坑村口开始到婺源县溪头乡青石村斗汰组，是古官道，石板厚约 12 厘米，长约 1.2 米。小燕岭古道从汉公坑村尾登山通往龙池汰止，是古民道。汉公坑村居吴、俞两姓，相传先有吴姓大户在村尾修建小燕岭山道，俞姓也不甘示弱，便从村头再建一条更高规格的大道。两条古道穿行在茫茫竹海中，虽相隔几座山峰，但起点、终点一致，成为燕岭双飞的独特景观，其形成的环形路线为广大户外徒步者所钟爱。

古石桥。汉公坑村依溪而建，村中大小桥有近百座，从村头至村尾，在山坳尽头，只见湍急的溪水从狭窄的山谷里奔涌而出，悬崖上方有座万胜桥，始建于嘉靖年间，距今近 500 年，传说古桥上建有菩萨庙，供人们祭拜求安。在万胜桥上立有一块高 1.5 米、宽 0.8 米的青石碑，上面详细记载着建万胜桥时人们捐款的情况。

古纸槽。据休宁县志记载，远在宋代汉公坑村就有手工纸坊。全村有近万亩竹园，但对外交通不便，全是山路，无法将竹子运下山，只得守着青山受穷。为增加生产队的收入，村里人想起了古法造纸。古法造纸工艺复杂，据说有 72 道工序，但主要有砍竹、沤竹、湿打、抄纸、松纸、烘纸等环节。20 世纪 50 年代，村里有手工造纸坊两个，大小纸槽近百个，几乎每家每户都有。纸槽用于造纸原材料的发酵，发挥基础性的功能。只可惜手工纸坊毁于 20 世纪 90 年代，如今遗迹可见，只能见证过往。

古寺院。燕岭寺坐落在汉公坑村大燕岭古道上，寺院历史久远，规模宏大，曾供过往的婺源商人和茶客休息，惜毁于火灾，今遗址尚存。寺院遗址周边有茂盛的竹林，参天大树也有很多，走进其中，树荫幽幽，人心中的烦恼仿佛可以一扫而空，传说寺院以前香火很旺，每到重要节日，就会有很多人来此烧香拜佛，祈求平安幸福。

社会飞速发展，生活蒸蒸日上。数百年来，一代又一代汉公坑人秉承着勤劳质朴、勤俭持家的精神，保持着温良恭俭、静谧安逸的品性，在时代的变迁中一如既往地安家立业，在生活的向往中不断追求着新的梦想和新的传奇，逐渐搬出这座原始村落，享受崭新的生活。以前全村近百户约 400 人，目前，村里居住的不过十来户人家，其余的都已在镇上、县城、市里打工置业，住上了宽敞的楼房，依靠自己勤劳的双手，书写着勤劳致富的现代传奇，村里留下来的都是一些老人、妇女和孩子，而这些留守者能坚持多久，还是个未知数。

幽幽百年古村落，珍藏诸多乡愁。这里没有城市的嘈杂，没有汽笛的刺耳，有的是漫山遍野的绿草和树木，有的是童年记忆和乡愁。家家有纸槽、户户有鱼塘、人人有竹园，燕岭双飞、南坑竹海、门前晒秋、草鱼圈养、竹器手编、手工造纸……这些也让人感受到了这座位于大山底下、溪水尽头、竹海深处的古村的生机与诗意。时光荏苒，岁月更迭，趁其还完好的时候，让我们去汉公坑古村看看吧！我想只要有缘，我们总会不期而遇。

（本文荣获青年作家网 2021 年度优秀作品）

作者简介：俞旺忠，中共党员，大学双学士学位。现为黄山市公共交通有限公司副总经理，黄山市新四军历史研究会常务理事、副秘书长，黄山市屯溪区新四军历史研究会副会长，《清风文学》副主编，青年作家网副主编兼黄山通联处主任，全球华人家文化论坛委员会成员。

朽屋札记

陶绍军

今天，雨一直飘个不停。我的心已飘得疲倦了，多想找一个安身的地方停下来歇一歇。哪里才是我歇脚的地方呢？回家。于是，我冒着细雨回到老家。

这是一个砖瓦石墙屋，位于黔西北乌蒙山深处的一个山沟里。前面是山，后面还是山。前面的山很陡，差不多是八十度的陡坡，后面的山稍缓，但坡度也在六十度左右。两山之间是一条沟，沟边就是老屋，屋里住着我孤独的父亲。因为母亲在去年腊月初一去世了。

父亲没有事干，吃了就睡在床上，闲着也没人陪他聊天。有时胡思乱想起来，便将往事数落一遍，有痛苦的事，也有开心的事；有正经的事，也有乱七八糟的事。可怜啊，我的父亲。一位空巢老人的晚年生活该如何才能幸福地度过呢？

我陪着父亲住在屋里，多想能为他减掉些许寂寞。我在外漂泊十年，十年后回来，看到眼前的情景——雨中朽屋，屋里空巢，老人孤独，难免也酸楚起来。我多么渴望能找到一份职业，有一个安身的地方，改变目前的贫穷。

老屋虽破，但可以像朱自清笔下的荷塘月色一样，让人寻到片刻的安宁。在安宁之中，我提起笔将这老屋连同老屋的故事再现，慰藉一下我寂寞的心灵。

目前的老屋，可谓朽矣。最左边一间是圈，曾关过猪、牛和马，现在垮了，紧挨着圈的一间老屋，前面的墙壁也被冲垮，不见了。屋顶上的瓦以及木梁已不见了一半，只剩下一面悬在空中，挺危险的。中间一节是正堂屋，前面一堵墙也被冲垮，大门已坏，顶上瓦片也悬在空中。后面屋顶上的瓦片已没了，有一个很大的窟窿。外面下着雨，雨就直接落到屋里来。正所谓上无片瓦，下无立锥之地。在堂屋的左边，还有一间，这一间前面窗户底下的砖墙也被冲垮，父亲捡了一些石头补上，大门也被冲坏，父亲也把它塞住了。父亲就住在这一间房屋里，进门出门都从堂屋里走。这个父亲安居的地方，头上瓦片漏雨，外面下大雨，屋里就下小雨。这就是我的老家，被洪水摧毁了的老家。老屋的命运多舛，但它依然屹立着，没有倒下。

老屋是什么时候遭此劫难的呢？那源自于 2006 年 6 月 17 日夜晚的一场倾盆大雨。

那时，我还在贵阳的一所私立学校教书。老屋遭难的时候，屋里只有父母双亲。那天傍晚，一场雨来了。雨不大不小下了整整一夜，第二天早晨才结束。随着那一场表面柔和的雨，山洪暴发了。洪水袭来，有大石头，有泥土，还有木棒和树根从两山被裹挟而来，在山沟里形成一股强大的泥石流，大有摧枯拉朽之势。如果沟渠畅通无阻的话，老屋就会躲过灾难，但偏偏时运不济。因为这大山肚子里有宝藏——煤矿，有人想挖掘宝藏发大财，于是在我家旁边打山洞淘宝。而原先很畅通的沟渠被填平，只从下面建了一个横截面积约三平方米的圆形涵洞。面对强大的泥石流，涵洞被堵塞了，水从煤窑老板填平的坝上漫下来。这还不要紧，最要紧的是煤窑上的那堆煤炭，还有斗车，连同泥石流一起向我家老屋冲击而来。右边的圈一挡，被冲毁了；紧挨着的房屋再挡，也被冲毁了；剩下的堂屋第三次还击，洪水被挡去了。现在剩下的这间已被沙土、煤石填得好深好深。那一夜，父亲和母亲就住在这一间屋里，真是危险啊！

本来那一夜，只有母亲一人守望着这座空寂的老屋，因为父亲神经错乱，几年了，每天晚上都不在家里睡，而是跑到山上去睡。不知是不是下大雨的缘故，父亲去了山上，雨下大了，他又回来了，和母亲一起守在这即将遭到洪水洗礼的老屋。

如今想来，父亲真的很可怜。三岁失去妈妈，七岁失去爸爸。落难到中华人民共和国成立初期，靠精耕细作才吃饱饭。还是党的农业政策好，他将一生都奉献给房前屋后的两座山坡上的土地。如今老了，一桩接一桩的不幸把父亲给逼疯了。作为朴实的农民，都怀着“家有千万，不如出一个硬汉”的思想，都希望孩子能出人头地。当我毕业分配时，父母都很高兴，希望我能过上幸福的日子。可是，我的命运和老屋的命运一样多灾多难，可谓一波三折。父母亲彻底失望了，我也曾灰心丧气起来。我的工作分配无着无落，当别人走上工作岗位，成家立业，我却一直漂泊不定。是因为我的父母都是老实巴交的农民吗？是因为我没有优越的背景吗？如今想来，我所拥有的就是这间风雨之中的老屋。要说背景，这就是我的背景。也许正因为如此，我才沦落到无职无业的地步。于是，我和我的父亲被辱骂一番，还被村霸拳打脚踢，连最亲的人都在我们父子脸上吐口水。正所谓“人善受人欺，马善受人欺”，父亲绝望了，绝望之中，只牵挂着毛主席，牵挂着党的好政策为我们农民着想……可怜啊，我的父亲。

母亲还在世的时候，父亲每天回家吃一顿饭，早晨太阳一出来，便提起一把杀猪刀往背后的山上走去，找片树林，一睡就是半天，中午再回到这破屋里，与母亲吃一顿饭，胡言乱语一番，太阳西下时，又提起拐杖往门前的山上爬，到树林里，走到岩石脚下睡一夜，第二天早晨才回来。父亲这种疯疯癫癫的生活大约有三年之久。洪水暴发的那一天，父亲已经这样一年多了。那一夜，父亲没有在山上睡，而是回到屋里来了。

洪水来了，房屋毁了，水流进屋里来，泥沙、煤炭也被卷进屋里来。母亲惊慌了，父亲也惊慌了，连忙叫母亲站在屋里的柜子上，他们期盼着这洪水快快退却。这时，邻居们也慌了，还以为我父母被大水冲走了。他们连忙跑来一看，前门没法进去，就从后窗里打。打开后窗，才从柜子上把我父母拉出来。俗话说：“远亲不如近邻。”最亲的孩子漂泊异乡，在大难临头时还得感谢近邻的帮助。

老屋经过这一劫，虽然破损，却依旧坚定地挺立在风雨之中。只是母亲老了，经过这一劫，就去了另一个世界；父亲经过这一劫，就无助地在风雨之中守望着这间老屋。而今，我回到老屋里，陪着父亲一起守住老屋。老屋昂然挺立，我也要昂然挺立，不再害怕外面的风风雨雨。

老屋经历的这次洪灾，对它来说也不是第一次劫难，三四十年前它还经历过一次更可怕的灾难。

那是1976年的秋收时节，那时我还没有出世，母亲怀着我，听说这房屋着火了，她还艰难地撑到窗户口瞭望。那时我家住在一座木屋里，离这里有三四百米远。那时过的是集体生活，大家一起种庄稼，一起收粮食，然后集中到这屋里来，再分发给社员。荞麦收割了，要背到这里来打；玉米收获了，要集中到这里来烘干；大豆收获了，也要集中到这里来烘干。那一年，这楼上放着大豆秸，下面烧柴火烘。一名社员不小心引燃了豆秸，火势旺盛，燃通房梁，结果一发不可收拾，楼上的粮食全毁了，木梁柱全烧成了黑木炭，顶上盖的茅草也灰飞烟灭。只剩下三间石墙屋和一间石圈守住百余平方米的阵地，但它却像岗哨一样顽强地挺立在这穷山沟里。此后几年，集体生活的日子宣告结束，改革开放的春风吹进这穷山沟里，老屋朽也，人们都各自忙碌在自家的土地上。这里的生活只留在了老一辈社员的记忆深处。年月久了，老人们一个个都走了，我们年轻的一代也渐渐老去。关于老屋的传说也消亡在这穷山沟，后人也因为没有历史的记载而无从知晓，无法考证。

因此，我在这篇散记里记述关于老屋的故事，关于老屋所印证的不平凡的历史，关于老屋在灾难面前坚定地挺立的精神。老屋是我的家，情真意切；老屋的精神，光辉灿烂，耀及后人，理应讴歌。

老屋之所以能临危不惧，巍然屹立，是因为它在建筑之初就根基牢固，它是由一批朴实的老实人建造的，不是什么豆腐渣工程。老实人是推动历史前进的顶梁柱，在这座不朽之屋里也可以窥见一斑。

这座老屋建造于集体生活的年代，那时的人们叫它公房，因为它是集体所有的财产，是供社员们聚集收粮分粮的场所。父亲曾告诉我们，这座公房修建的时候，地基是我家的土地，为了修房而调整了。修建时请了一位石匠来开山凿石，石匠打石修石，社员们为挣工分而搬运石头。据说对门张家有一个人因背一块两百多斤重的石头被压断了腰，最后瘫痪而死。而修建这座公房时，有一位叔叔也因背一块巨石把腰压坏了。那时人们的劳动真辛苦，机械化程度低，全靠人工去完成。社员们把开好的石头背回来后，石匠用錾子打凿，打凿好后就开始砌，全用石灰来凝固封口，不像现在用钢筋混凝土，也不像现在修高楼大厦有起重机。那时集体劳动的方式，显得古老，也显得别致。通过石匠的精心打磨和社员们的辛苦劳作，公房修成了。楼层用两尺左右粗的木棒横担着，上面铺上楼板，楼板有木板的，也有用竹子编好的。粮食就堆放在楼上，下面烧大火烘烤。房子顶上起尖，由房梁和檩子担在上面，挂上木条后，再用竹子横着用藤子编成网状，看上去有些像地球仪上的经纬网，然后用茅草在上面盖好。这座茅草屋就这样坐落在这深山沟里了。

那时，父亲担任生产队的队长，一切行动听指挥，个人服从集体。父亲吆喝一声，对门山顶寨子里的人们就集中到这里来，开会，安排工作。然后人们去两山的土地上劳作，从春耕到夏耘，再到秋收，集体生活，集体劳作。人们的行动受到极大约束，这座老屋在它的诞生之初就发挥着它的作用，每天，它成了人们的出发点，又是人们劳动完之后的归宿地。它是生产队的人们灵魂凝聚的地方。

老屋自从经历火灾之后，就开始孤独起来。农村实行家庭联产承包责任制以后，人们都在各自的土地上奔忙着。如果你勤劳，庄稼就好；如果你懒惰，庄稼就无收成。这就最大限度地调动了农民生产劳动的积极性。这时，集体的财产就开始分化，卖给个人。老屋当时就面临这样的命运。那时我家原先住的是木屋，是地主的房屋，土地承包以后，他们开始吵闹，要回了他们原来的家产，把我家的猪、牛从圈里赶了出来。在这样的情形下，我家就决定买下这座只剩下石墙的公房。那时已经是 20 世纪 80 年代中后期了。

老屋从生命力旺盛的婴幼儿时期，到经历火灾劫难后的衰退期；从集体所有的公房，蜕变为个人所有的私房，无不打上了历史变革时期的深深烙印。老屋的身世，火烧一通，何其惨烈；老屋的背景，两面荒山，何其荒凉。坐在老屋里，心情何等忧郁。但有一股子愚公移山的精神，老屋的命运也许会为之一振，正所谓大难不死，必有后福，但福无双至，祸不单行。

当公房被我家买下以后，我家就决定重新修整一番。老屋的生命从此获得了新生，老屋有了新主人，老屋的面貌焕然一新。

起初，我家先修好紧靠圈的一间来住。那是我哥哥在煤窑里挖煤时修的。那时，乡间的路还没有修通，砖要靠人背马驮。那砖是工人在窑里用泥巴烧制成的，而不是现代人用的水泥砖。父亲和哥哥把砖运回来以后，就开始动工，先拆去前面的一堵石墙，拿来做地基石，中间堂屋右边的一堵墙也换成了砖墙，将房屋面积扩大。请泥水工来砌，也请亲戚朋友帮忙。不久，一间房屋砌成了。哥哥就住在这间房屋里。屋顶盖的不再是原始的茅草，而是油膜毡。过了几年，父亲和哥哥又运来火砖，将剩下的堂屋和左边一间修建完成，顶上盖的也是油膜毡。然后，我们全家人都搬进这座新屋来住了。辛苦了大半辈子，父母总算亲手建造了属于自己的房屋。

老屋有了新主人，坐落在两山之间，灿烂地笑了。两山吹来的山风带来牧童嘹亮的歌声，我们在山沟里的老屋着实快活了一阵子，无忧无虑。正如一个人的童年，外面的世界虽精彩，但无法考虑，也不必考虑。

然而好景不长，大风起兮。那是1991年春天的故事了。那风狂吹猛打，将房屋顶上的油膜毡连同檩子一起卷走，老屋又经历了一次小小的灾难。作为房屋主人，父亲不可能坐视不管。他决定重新盖房屋，将油膜毡换去，改成水泥瓦，经过一段时间的整修，全部换成了水泥瓦。有了牢固的结构，再大的风也不怕。老屋就像一个人的经历一样，总是好事多磨。我们全家人和睦地住在这屋里，种庄稼，过着日出而作、日落而归的农家生活。不过，对老屋来说，大风吹算不了什么。当兄弟们都外出流浪去了，有的弄潮，有的打工，有的飘荡，但老屋还是守在这穷山沟里，连同我的父母一起守着大山深处的这份沉寂。

而今，我在外边漂了整整十年，还没有一个定居的地方。回家，老屋成了我灵魂寄托的地方，我的心也随之变得安宁。

老屋啊老屋，你就像一位老人走过了一段不平凡的历程。火烧烧不垮，风吹吹不倒，直到三年前的大水，也还没有完全倒塌。这种几经坎坷而不屈不挠的精神让我敬佩不已。我为此而愉悦，虽居破屋心却喜焉。

而今，走过20世纪后半叶的老屋，毅然决然地迈进了21世纪，新农村建设的步伐迈开了。老屋将会迎来欣欣向荣的春天。

老屋经历风风雨雨，依然昂首挺立在风雨之中。大山沉睡了，老屋沉睡了，我也跟着沉睡了。老屋，在我心中，就像一个人的人生一样，只有经受得起涅槃之痛，才配得上重生之美。

（此文于2009年夏创作于毕节老家，荣获2021·全国青年作家文学大赛散文组二等奖）

作者简介：陶绍军，贵州毕节人，青年作家网签约作家，百家号注册创作者，湖南省网络作家协会会员。

老张其人

张　雪

朋友打来电话："老张挂了！"我从床上坐起来，忙问："哪个老张？""还能有哪个老张？"朋友明显不耐烦，"张吉明呗！"我脑袋一蒙，身体后仰，咣的一声，头与床头碰了个结实。

老张祖籍山东烟台，早年就读于淮阴农学院，毕业后被分配到睢宁县农业局工作。他少言寡语，不善交际，鲜与人交流，偏他乡之人身处异地，不久就被安排到距县城有一定距离的高集乡政府主持农业技术推广工作。这一去，他便彻底与县城无缘，几乎在乡下一隅度完余生。

老张身材矮小，肤色黝黑，相貌平平，穿衣戴帽从不讲究，老气十足，单从相貌上往往会误判他的年龄。初到乡下，他不到三十岁，同事皆以"老张"呼之，他竟慨然应答，日子久了，"老张"便成了他的专用称谓。起初距乡政府大院不远的偌大社场上就他一人借住。这让附近的村民愤愤不平："凭什么乡长书记居住在乡政府大院，把一个外乡小青年安排在社场上，住那样简陋寒酸的茅舍，这不是欺负人吗？"每每听到这样的言论，老张总摇头不语，苦笑了之。村民中的智者仿佛看穿了时局："我打包票，老张是因为家庭成分太高，才被从城里下放到咱这乡下的！"猜测终归是猜测，老张也从不申辩。不过村民渐渐发现，这个其貌不扬、操异地口音的外乡小伙子平日话不多，竟是个深藏不露、货真价实的农学家。他教村民横着埋茎法栽山芋秧高产，教村民烟熏法授粉让黄瓜增产，教村民给番茄掐头打杈改善番茄品质，尤其他总结推广的玉米秸去缨法提高玉米单产更是老百姓多少辈人听都没听过的新鲜事。

老张成了香饽饽，成了村民最愿意接近的乡政府干部。

男人们找老张多是请教农业技术方面的问题，从农作物的育种、栽培、管理，到田间施肥、病虫防治，再到国外新兴农业动态，没有他不知道的。孩子不会写作业，父母不耐烦地说："找老张去！"李家老母猪产崽后不下奶，女人嚷她的男人："瞎琢磨什么呢，找老张去！"赵家崽儿房前屋后不见影："一准在社场上！"村民乐意问，老张也愿意讲。

老张无师自通，拉得一手好二胡。没事的时候，他便坐在社场上宿舍门前的小板凳上拉一曲，这在精神文化严重匮乏的年代，极为难得。三五里路的村民像赶庙会一般从四面八方云集，叼烟袋锅的老汉自不必说，纳鞋底的老奶奶也过来凑个热闹，单叽叽喳喳的小媳妇、姑娘家走了一拨又来了一拨。演奏者无意旁听者有情，一位本村的杨姓姑娘认定，老张那如泣如诉的皖南民歌《摘石榴》就是专门为她拉的。在自由恋爱还只是传说的偏远农村，杨姑娘情窦初开，勇敢地迈出第一步，向这个来自异地他乡的小伙子抛出绣球，成就了老张一生的初恋，并成功收获了老张懵懂的爱情，老张兴奋得如坠云雾，几乎在半推半就中被拥进了洞房。

结了婚之后，杨姑娘暗自庆幸，自己捡了个天大的漏儿。老张是名牌大学毕业的高才生，吃公家饭端的是铁饭碗，每月除了固定工资，还有定量的米面粮油，光粮票、布票老张存的就有一大沓。在那个吃了上顿下顿就没有着落的年月，这些可都是稀罕物件，那些曾在老张门前说笑的姑娘家看杨姑娘与老张成双成对地出入，赶集、走亲戚，嫉妒羡慕恨兼而有之，为自己的瞻前顾后肠子都悔青了。

也许是山东人的秉性，也许是老张恃才傲物，也许是老张的小家庭万事不求人，老张向来不把头头脑脑放在眼里，平日里只管做好自己的本职工作，享受业余爱好带来的乐趣，甚至家庭的日常运行也全交给杨姑娘打理，自己懒得去沾染烟熏火燎的气息和柴米油盐的烦琐。

老张二胡的旋律依旧悠扬绵长，只是断了心思的姑娘们只在自己门前纳鞋底，媳妇们也不再去凑热闹，不过聊天的内容还是绕不开老张这个公众人物。日出日落，日复一日，老张在村民持续的关注中迎来了儿子的诞生。看着躺在自己怀里肉嘟嘟的儿子，杨姑娘乐得整宿睡不着觉。老张自然视杨姑娘为家中第一大功臣，给儿子起名张心水，取"心静如水"之意。只是孩子入学时，老师不以为然："什么薪水不薪水的，老张这个农学院的高才生竟然这么俗气！改个名吧，张水心！"儿子回到家，转述了老师的话，原本就是随和之人的老张，听后禁不住哈哈大笑，自己处心积虑为孩子起个名没叫成，心水成了水心，反倒让孩子老师抢了先机。

乡政府易地搬迁，乡机关科室日益健全，农业技术推广站成立，源于老张是从局里下来的老人，资格老、学历硬，也是得益于村民的口碑，老张当了乡农业技术推广站站长！不过，同事、村民见了他，称张站长的寥寥无几，仍多是称其“老张”，就连书记、乡长也不例外。老张自己并不觉得委屈，乐呵呵地应着。

自从官至单位一把手，老张少不了要参加乡政府高层领导会议，知道了许多原先不知道的内幕，回到家中，便破口大骂：“共产党的每一本好经到了基层都让那些歪嘴和尚念歪了！”杨姑娘这会儿已成了杨大妈，每每都会用手去捂老张的嘴，唯恐别人听见去告密，把他这个外乡人拉了去批斗，她和孩子这会儿根据政策已经享受到农转非的待遇，彻底告别了面朝黄土背朝天的农村生活，她可不想因为丈夫的几句牢骚，惹上麻烦，影响到自己的幸福小日月。

我行我素惯了，老张是家里是不折不扣的顶门杠，向来说一不二，即便在乡政府大院，他什么话都敢说，谁也奈何不了他。书记、乡长走马灯似的换，对老张都另眼相看。

二胡送走了如歌的岁月，留下的是饱经风霜的容颜，老张成为真的老张了。乡党委找老张谈话，让他初步拟定一个副站长的名额，落实人选。这让老张着实为难了好一阵子，他手下有仲姓、邱姓两个小伙子，青年才俊，同学历、同资质，孰轻孰重难以甄别，老张权衡利弊、反复掂量，最终与杨大妈沾亲的邱姓青年落选，仲姓青年胜出，成为副站长。

仲姓青年从老家带回两只小公鸡，一只自己宰了，一只送给老张“尝尝鲜”。事后杨大妈叫苦不迭：“老张从来不收礼，这回吃了人家一只鸡，还是一只瘟鸡，把我辛辛苦苦养大的几只蛋鸡祸害完了！”

老张退休后，水心在镇江成家立业，杨大妈有心两头兼顾，只恨分身乏术。一家人多次商议后达成共识：为了张家后人，老张让步，与杨大妈移居镇江，与家人团聚，安度晚年。起身之际，秋雨绵绵，杨柳依依，亲朋好友及附近村民送行者众，要离开生活四十多年的工作地，老张两眼含泪，说不清的不舍与惆怅如一口老酒涌上心头，杂陈五味，欲说还休。

镇江城里，定没有高集乡农业技术推广站的农家小院，老张会坐在高层住宅楼前的小板凳上拉上一曲吗？二胡那悠扬的旋律还会吸引居民围观吗？还有人去听老张特有的招牌式的慷慨陈词吗？

老张瘦削清逸的面容仿佛浮现在我的眼前。

（本文荣获 2021 年“花开四季杯”青年作家网散文写作大赛一等奖）

作者简介：张雪，曾用名彭向东，江苏省睢宁中等专业学校教师，中国现代作家协会会员，青年作家网签约作家。

走过，才会认识

申依灵

安娜·昆德兰说：“人很难在青春时认识青春，只有走过了青春，才能认识青春。”此时的我只是站在青春的路口，看着前方未知的道路，多少有些犹豫，多少有些彷徨。这一路上会有欢声笑语吧，这一路上会有荆棘密布吧，这一路上会有信任和背叛吧，这一路上会有进步和搁浅吧。此时的我当然不能领悟，也无法预知，也许只有走过了，才能真正了解，才会有更清晰的认识。那时的我或许会向即将走过青春的后辈提出建议，虽然明知道这些建议不会被他们认同多少，一如现在的我。

其实，无论成功或失败都会让我们学到很多。成功时的欣喜和失败时的沮丧都只会停留在那个时刻。你不会因为一次的成功而永远走对路，也不会因为一次的失败而永远抬不起头。真正走过了才发现，其实那时斤斤计较的都是多么平常的事。那时的惊喜于现在而言已再无豪情，那时的抑郁于此刻而言已再无波澜。以往不能接受的一些想法会在不知不觉中认同，以往不能接受的人也许现在你正与他淡然相处。

在路上行走的我们最容易忽略的就是眼前。我们常常会把回忆和憧憬挂在嘴边，却忘记了珍惜眼前。“眼前”似乎是母亲最爱说的，也许就是因为她曾经“走过”。在我眼里，母亲每年都会安排姥姥和姥爷出去旅游，不在乎能走多远的地方，就只是想让他们出去看看；母亲经常会买很多好吃的，不在乎他们能吃多少，就只是让他们都尝尝。她总说：“孝顺不是挂在嘴边的，尽孝不是等到身后的，现在就给他们我们能给的一切，以后才不会说后悔。”我似乎记住了，又似乎不太明白。

在路上行走的我们要与朋友相互陪伴吧。安娜·昆德兰说：“一个懂你泪水的朋友，胜过一群只懂你欢笑的过客。”在我们生命的不同阶段，会有各种各样的朋友：可能会是陪你一生的朋友，可能会是一旦超越你就远离你的朋友，可能会是因时间和距离渐渐走失的朋友。怎样算是真正的朋友，如何成为真正的朋友，什么时候给出逆耳的忠言，什么时候说出善意的谎言，这一切的一切都需要我们去经历，去领悟，去接受。那时，也许我会对我的朋友说一声：谢谢你给我的力量，谢谢你的不离不弃。

在路上行走的时候不是每件事都是你想做的。也许你会被安排，你会被迫接受，你会被拒绝说不。或许这就是一种经历吧。随着年龄的增长，总是会有一种不幸被迫降临，我们渐渐地不再随心所欲，对未知的事情因为害怕受挫折而选择随波逐流。但是只要你有足够的勇气，敢于面对，敢于质疑，敢于打破常规，你就会知道自己该选择什么，该放弃什么。然后，你便成了别人效仿的对象，你就成了新的常规。生活原本就不是我们想象中的那么简单，而我们就是要把简单的思想复杂化，把复杂的事情简单化，然后，就这么周而复始。

成长这条路只能靠自己，没有人能代替你走，有人牵引固然是好的，遇到挫折也不用刻意绕行。生活就是这样存在着偶然性，不是你想驾驭就能驾驭的。也许，你正在经历的生活不是最理想的，你当初的选择不是最完美的，要知道，人生的道路不是一开始就能规划好的，愿望是美好的，现实是残酷的。时代在前进，思想在进步，一路走，一路会面临选择，你迈出了步子，做出了选择，你就是最棒的！因为，这就是成长。

人们常说：青春时不懂青春，懂青春时已不再青春。我们照镜子是为了看青春带来的悸动，我们的父母照镜子是为了看岁月留下的痕迹。谁不想留住美好！在美好之外，他们还有太多的担心，太多的焦虑，因为他们已经走过青春，已经走过大半的人生，他们不希望自己的孩子再走弯路，总是会把我们的人生和他们的过往进行对比，而我们终究还是懵懵懂懂。人生在继续，路途还很遥远，太多的未知在等待着我们去解锁，太多的陌生在等待着我们去认识。

去吧，走过才会认识；走过，才会懂得。

（本文荣获 2021 • 全国青年作家文学大赛散文组一等奖）

作者简介：申依灵，笔名语晴，青年作家网签约作家。作品入选《岁月之歌》《花开四季》等书籍，出版有个人作品集《晨露暮雪》。

难以忘却的峥嵘岁月（节选）

王世远

一

三十多年前，我在自选诗集《浪花集》的跋中写道：“我庆幸自己选择了一条人生最难走的道路——在严酷斗争中自觉磨炼自己，为使自己不断为成为一个真正的革命者而努力。”我马上就满七十周岁了。回想从1968年十七岁要求入党，到1986年7月入党，党组织整整考验了我十八个年头。此后，我在党组织的直接培养教育下，先后做过教育科科长、党委宣传部部长、销售部部长、销售副总经理。到2011年退休，又从事风机销售七年时间，直到2018年底才正式离岗。这期间整整有五十个年头，以人生百年为计，工作年限已经是很多人的半百人生了。

近两年，我经常坐在书房的沙发上，看看书，或者浏览下名家字画，享受着退休的时光。对于劳作大半辈子，一生都在笃志于奋斗的人来说，这种休闲带来了焦虑和苦闷。我烦躁地转头四顾，春风从外面进来，轻轻拂拭我的脸庞。我不愉快的心情好像立马消失了。我确实是老了，已经退休在家，我再也用不着走南闯北和用户洽谈业务了。我挚爱的营销工作已经画上了圆满的句号。

人在老的时候，喜欢怀旧，喜欢回顾自己的一生。我反复剖析自己，反思自己。我的头脑中常常出现幻觉，总仿佛有两个人在打架。一个人说：“你前行的人生坐标一直是璀璨鲜红的，你心弦跳动的每一秒都是为党为公的，你前行的每段航程都是波澜壮阔的。”可这时，我头脑中又有另一种声音在声嘶力竭地喊：“你说得不对，你还有许多缺点和错误，虽然这些毛病不是你工作的主流，但是，你要正视它，克服它，那才是一个完备的革命者。”有人说我“羊群里跑出个骆驼——特”，有人说我“不蒸包子争口气——犟”；但是，多数人说我工作是把好手，红牛黑牛，能拉犁的都是好牛。好在人的历史是不能篡改的，是非曲直自有公论。那么，就让我和我的朋友们一起翻开我五十年的历史——从1968年下乡开始一直到2018年底，我所经历的工作中的千辛万苦和各种磨难，看看我的那些年是怎样走过的；我所做过的事情，是否都符合党的要求、人民的意愿。

二

先从 1968 年说起，申请入党是我的追求、我的信仰、我的理想。晚秋十月的一个晚上，上山下乡刚一个多月。在梅家大队党支部办公室里，我向支部书记交上了第一份入党申请书。我记得当时我的心情无比激动。我的手颤抖着，我知道我各方面都做得不太好，但我有决心克服缺点，迎接考验，争取入党。书记接过我的申请书，对我说："好啊，你们年轻人到农村来，只要不怕吃苦，好好劳动，就会有光明的前途，党组织大门对你们一直是敞开的。"后来，我才知道，党支部书记是位回乡务农的老干部，五十多岁了，原来是县文化局的副局长。由于身体原因，他坚决要求回乡务农，就这样成了公社唯一拿工资的大队干部。党支部书记文化水平很高，说话一套一套的，平时给小青年一种不怒自威的感觉。此后，我严格要求自己，但是不久在大队开展清理阶级队伍运动中，自己混淆了两类不同性质的矛盾，对一名同志采用唯心论的"先验论"，代替唯物论的"反映论"。事后，支部书记找到我对我说："你勇于开展批评和自我批评是对的。但是，不能扩大打击面，不能把同志当作敌人。"听完书记语重心长的批评，我暗暗地责备自己，我真的太莽撞了。

从那以后，我对自己要求更严了。不久，大队开展整建团，吸收我为整建团领导小组成员。我对这一工作投入百分之百的精力，我找团员开会，找青年谈话。我认真负责地工作，受到党支部的表扬。之后，大队知识青年点，在头一年办点"黄"了之后，应全体知青强烈要求急需筹备建点。这个建点带头人可不好找，党支部书记犹豫了很长时间。一天，我对书记说："书记，您看我行不行？"书记一听乐了，说："你有把握把青年点办起来？"他着重将"把握"两个字强调了一下。"只要大队支持我，就一定会办起来。"书记听了我的表态，立马高兴地站起来。他通过了解我在整建团中的表现，表示相信我的能力，一定会把青年点建起来。就这样，我带领同学们经过两个月的奋战，选聘了炊事员，侍弄了园田地，养了猪。青年点在我带领下，终于建立起来了。

为了保证青年点有人管理，领导又将我调入毗邻青年点的磨米厂。磨米厂工作异常劳累，虽然定员两个人，但另一人的家距离较远。每天天刚亮，就有人敲门找我加工粮食。有时农民早上没时间来，就晚上来找我，磨米厂成了全天候为社员服务的工作站了。我曾经统计过，1971 年 4 月的一天，早晨我为老刘家磨玉米面两百斤，六点为老胡家磨高粱米三百斤，而晚上八点钟我又为头道沟大队的社员加工小米。

由于磨米厂急农民之所急，适应了农民干农活无常态、加工粮食找农闲时间的需求，因此磨米厂多次受到公社的表扬。1971 年 5 月，我参加了全公社大会。在会上，我结合实际狠批了唯心论的“先验论”。会后，大队书记找我谈话。他对我说：“你这近一年的表现很突出，无论是整建团还是筹建青年点，组织上很满意。特别是在磨米厂工作时不叫苦、不喊累，大家伙反映你随用随到，空闲时间还管理青年点。工作闲暇时积极写通讯报道，经常把大队的好人好事写成报道给公社送稿件，你真是要文有文，要武有武。”书记这时欲言又止，过了一会儿接着说，“你父亲在 1943 年日本福昌公司那段历史好像还没查清，说有……”书记说到这儿，又马上不说了。

我听了心情很沉重，我分析出书记没说的话，他似乎觉得话太重，担心我受不了。我沉默了一会儿对书记说：“没关系，书记，我父亲的事早晚会查清的，我会接受考验的。”书记听后笑吟吟地说：“对，良马不念秣，烈士不苟营，好好干吧。”1971 年 7 月上旬，知识青年第一次大批抽调开始了，本次抽调一共六人，我和另外两名炊事员首先当选。7 月 10 日这天，正值酷热难耐的三伏天，我加工完三个人的粮食，抽出时间到知青点的园田安排知青起土豆，并让大家将起完的土豆运送到仓库里。由于起土豆需要镢头和土篮子，青年都没有这些工具。我又去了一些老乡家，将这些工具借到青年点。这时，磨米厂有人喊我，说是有人要磨米，叫我马上回磨米厂。

可是，我才刚刚跑到青年点，就被同学小徐拦住，要求换饭票，我只得又回到青年点，将饭票交给他，然后又返回磨米厂。我开动机器后，发现机器出糠口堵塞，机器杂音挺大，便用左手伸进排糠口考虑排除机器杂质。突然，我感觉手好像被什么东西咬了一下，巨大的深入骨髓的疼痛袭遍全身。我用右手盖着满是血迹的左手，疼得在加工厂地上来回踱步。这时，有同学发现我出事了，连忙喊人，找赤脚医生给我打破伤风针，组织人抬担架。这时我的脸色煞白，我对围观的同学说：“记得将借老乡的土篮子和镬头，用完了还回去。”因为这些工具都是我经手借的。由于我身兼数职，忘我地工作，这次终因不慎，左手伤残两指。过后我听人说，老书记当天晚上一宿没睡，他想的更多的是，这孩子还不到二十岁，这么年轻，他还没有对象没有结婚，这可坑了他后半生啊。他惭愧呀，为什么给他安排这么多的工作。可他又一想，谁叫这孩子能力强呢？坦白说，他的能力和水平在全大队也是首屈一指的，拿筹建青年点来说，去年让排长主抓这事，结果办了两个月就黄了，还报废了两百多斤粮食。

他回想我在大队的一幕幕往事：在月光下用心写板报，往公社送广播稿，说个话、写首诗提笔就来，在大坝工地热火朝天地劳动，在公社大会上振聋发聩地发言。想到我在磨米厂没黑没白地工作，从不讲价钱。想到没有青年点时，青年们一盘散沙，都不安心劳动；成立青年点之后，青年们走入正轨，都安心了。这一切都是我的功劳。此刻他又想到我由于家庭原因，组织问题一直没有解决。他辗转反侧：这孩子伤得这么重，怎么向他的家长交代呢？好在抽调已解决，还有一个多月就回沈阳报到了，明天安排人代替他体检吧。

老书记从内心来说，非常喜欢我这个年轻人，热爱劳动，能说会道，由于书读得多，非常早熟，又很有才华，是个好青年，真是天不假年呀。第二天，为了让我抽调回城一路顺风，他亲自写了两页我的鉴定书。他围绕六个方面全面介绍我的事迹，他首先定性：我是我大队优秀下乡知识青年，确定我为大队党的积极分子。在镇郊公社补充鉴定上，公社知青办负责人王池也写道：“为了排除机器中的杂质，由于忘我地工作，不慎将左手绞伤，但不叫苦不叫疼，仍坚持工作，为知识青年树立了榜样。”

（本文荣获第三届“中国青年作家杯”征文大赛散文组一等奖）

作者简介：王世远，1951 年 11 月生， 1979 年考入辽宁大学中文系汉语言文学专业，先后在企业当过工人、企业职工教育教师、秘书、教育科长、党委宣传部部长。主持过《沈风报》，任厂报总编辑。

父 亲

奉远明

“千古江山，英雄无觅孙仲谋处。舞榭歌台，风流总被雨打风吹去……”在我儿时的记忆里，父亲喜爱诗词和练字，这首词他常练写，贴于卧室的墙壁。有时父亲偏爱将它贴在靠床的墙面，不高不低，我上床就能摸着，一不小心，作品就被我损坏了。然而，父亲并不恼怒，瞅一眼残缺的作品，便将其取下，揉作一团，扔进火炉里，顿时火炉中升腾起一团明亮的火焰。隔不久，新的作品又来了，还是贴于原处，崭新的白纸上，散着墨香的字迹工整地排列着，似乎比之前的更多更深刻了，我睁大了双眼，也认不出几个字来，我望而生畏，渐渐地小心起来。

父亲是乡村小学老师，他曾在自村教学，那时，我们姐弟三人都上学念书，渐渐多了家用。因此，父亲一边教书一边耕种田地，每年春季，父亲是忙碌的，一放学便奔忙于田间地头。家乡的三月爱下雨，几场大雨过后，继而细雨绵绵，时而阳光明媚，忽又雾气笼罩，乡间小路泥泞湿滑。母亲荷锄，父亲挑担，平地里一路小跑，急促的脚步颠着担子不停地吱吱响。下坡时，他们放慢脚步小心试探，比着距离艰难前行，脸上的汗水也流淌下来。父亲不抽烟，喜欢喝点儿酒，去镇上赶集的时候，总不忘带一壶酒回来。盛夏的傍晚，虫鸣蠡越，村落里炊烟袅袅，父亲拣一把干柴生起炉火，母亲择一盆鲜嫩的青菜洗净，煮满一锅，香气四溢，满屋飘散。饭后，父亲打开收音机，静静地听着播报的新闻：“……大兴安岭……伊朗，伊拉克，美国，油田……”我们也喜欢安静地听着，仿佛在聆听老师讲述有趣的故事，也仿佛是隐约听见了在世界远方的人们，有些许的不平和争闹。新闻的末了，每周一曲的歌声里，京剧咿咿呀呀地唱着，难舍难分、惆怅缠绵的情愫，终使我难忘。

闲暇时，父亲在教室的课桌上练字。学校是砖砌的瓦房，石灰的墙面显着淡淡的白净，木制的窗户透进亮光，映照着几行陈旧的桌椅。教室的地面是泥土，凹凸不平，被一群顽皮的孩子匆忙打扫过，也有几分干净。一根笔直的横梁从教室中间穿过，挑起上面所有的木板瓦片，我时常不由得担心起它的安危。父亲选了一张较为平整的桌子，摇一摇觉着合适，便将四脚垫平摆稳，然后他深呼吸向着桌面吹几口气，除去了灰尘，小心翼翼地展开白纸铺于桌上，移正抚平，才微笑着坐下来，提笔蘸墨全神贯注地写起字来："风雨送春归，飞雪迎春到，已是悬崖百丈冰，犹有花枝俏……"

记得那时，每年寒假，我总要跟随父母回外婆家。寒冬腊月，雪花飘舞，山岭银装素裹，路面上厚厚的积雪，草木冰晶联结，许多雪枝横在路中，蜿蜒小路崎岖难行。父亲挑着行李走在前面，推开拦路的枝条，松动的冰块不时在他面前掉落。父亲的担子并不轻省，载着我们的衣物、笔墨、书籍，还有手电筒和一台收音机。

回外婆家有三十余里，我们在路上几次歇脚，有一处名叫石凹头的地方，我们选择在那里小憩，那里有一片小草坪和一块平整的石头。父亲放下担子，脱了外衣，用手拭去额上的汗水，迎风而立，微笑着似乎很清爽，而我们觉着困乏饥饿时，母亲便拿出糖果来，分给我们。有时候，我的手指冻僵了，拿捏不住，心中闷闷不乐，父亲瞧见了，便走过来屈膝蹲下，伸出他的双手紧捂着我的手，暖暖的，一股热流沿着手臂直涌入我的心房，好似春天里的小草沐浴着阳光，舒展了身子，充满着无限生机和力量。

在那里，我们遥望外婆家的方向：皑皑白雪，渺无人迹；想要见着村舍，需再努力越过前方那道山梁。起身离开石凹头，父亲将担子举上肩膀，领路前行，母亲一面鼓励我们，一面说笑，任它雪雨飘洒，我们迈开脚步坚定地向前方走去。

"……四十三年，望中犹记，烽火扬州路。可堪回首，佛狸祠下，一片神鸦社鼓。凭谁问：廉颇老矣，尚能饭否？"深刻记得，爷爷年老的时候，父亲因工作调动，去了别处教书，为了看顾他，十几里路风雨中来回奔走，颇费了精力。光阴荏苒，似水流年，不觉间许多年已经过去，父亲年逾花甲，满头白发。年轻时，他有力的肩膀挑起家庭重担，带领我们走过那段苦涩的岁月，养育我们成长；年老了，在幸福时代里，他仍不愿闲着，勤劳节俭，自给自足，屋旁的一块小园地，几行萝卜，几行白菜，被浇灌得郁郁葱葱。

我们每次回家，父亲都喜不自胜，烧茶煮酒，忙着张罗；起身离开，说起同样的话：叮嘱我们照顾好自己，不必为他牵挂。临别时，父亲来到门外，脸上洋溢着那熟悉的微笑，挥手间，我的心中不禁生起愧疚和淡淡哀愁。

（本文荣获 2021 • 全国青年作家文学大赛二等奖）

作者简介：奉远明，笔名青山，1979 年 10 月 12 日生，广西桂林全州东山瑶族乡人，喜欢诗词，爱好文学创作。

暗（外三则）

车宣缇

你在黑暗里朦胧的美感让我泛起冲动，渴望触碰你身上散发的光彩。

我不屑与他们为伍，不屑于归于庸俗。我想轻轻地为你念一首波德莱尔的诗。

人们爱你的高贵典雅，我却偏爱你的香水和脂粉，还有我擦去你眼角泪水时不小心沾染的廉价口红。

你将爱情称为游戏，但由于你置身事外，所以你从未成为赢家。

你说你从未真诚对人，我却觉得是你的可悲，只有内心空洞的人才会毫无勇气应对感情。

我又一次呼唤你的名字，声音又一次在黑夜里消失殆尽。

可惜我真诚有趣的灵魂，不值得你俗气美丽的目光多逗留个几秒。

就是没必要拼命减肥

我十七岁的时候参加了一场比赛，在台上评委问我：“你现在年纪还很小，但你大了之后就会容易变胖，那个时候你会放弃喜欢吃的东西吗？”

聚光灯打在我头上，我在一众美女姐姐聚集的舞台上笑容灿烂，闪闪发光。

但我那时候也是真的幸运，别人形容我的时候都会说：“啊，她是真的很漂亮。”

那种漂亮让我轻松又艰难地活了很多年，以至于当我二十一岁的时候胖了之后，我反而觉得很平静。平凡带给我的安全感让我觉得很幸福，也让我收获了相对来讲比较纯粹的友谊和爱情。

我刚去洛杉矶的时候在一个比较偏僻的地方上学，那个城市叫 Lancaster，在沙漠里。要说吃的东西是真的没有什么，当时也没有比较好的中餐馆。我是真的爱吃饭，所以不久之后我就发现了一家很好吃的韩国烤肉店，老板是一对上了年纪的韩国夫妇。那个爷爷长得很像我姥爷，非常像，眉眼弯弯的，笑起来很慈祥。异国他乡，在一个韩国人身上，我感受到了家的气氛。夫妻俩都很善良，也很喜欢我们这群孩子，那个爷爷每次都会塞韩国的饼干给我吃，看我来了总是会翻箱倒柜地找点儿零食拿给我，奶奶看我们东西点得多，总是着急地在一边说："够了够了，这些就可以了。"

大麦茶的香味很好闻，他们家的食物确实很好吃，当时我身边的朋友，也都善良又单纯。我们刚到陌生的国家，英语都还说不好，冒着油滋滋作响的烤肉是我最大的心理慰藉。那对夫妇的笑容也一直刻在我心里最柔软的地方。

我当时的住家对我很好，说实话他们确实不太会做饭，他们可能也知道我吃不惯。我住家的爸爸就会带着我和两个妹妹一起在傍晚去吃冰激凌，冰激凌是真的很好吃，甜甜的，上面撒满了我喜欢吃的东西。那时候我总觉得心里很空，很想家，吃到冰激凌的时候就会好很多。

我在那里吃的每一顿饭对我来说都是特别的记忆，常去的每家餐厅都装载着我和朋友长大的过程片段，包括每次周日在华人教堂的聚餐，大家都会带自己做的东西，然后我们聚在一起祷告，为了兄弟姐妹，也带着对生活的期盼。

回国之后，家里人更不会饿着我，好吃的东西更多了。但我最喜欢在家吃饭。我最爱吃的那几道菜，我妈妈做得都很好。说实话，她做得不好吃的菜占大多数，不过她是聪明的女人，所以做什么事情都学得快。还有我老姑父，我没出国之前基本算是吃他做的菜长大的。每次只要我去吃饭，他一定会添一道我爱吃的菜。我大娘也陪我住了一段时间，我很喜欢我姐姐，也很喜欢我大娘的性格，她没有管过我别的事情，也不会对我的生活随意评价，但是她会用心地记住我吃饭的喜好，真的，如果你没吃过她用细肉丝炒的饭，那一定是种遗憾。

还有我爸爸，虽然是男人，但是确实在做饭上有天分。我在沈阳念大学的时候他总是来看我，因为我一直都不让人省心。我在大学的时候有个很好的朋友叫楠楠，我们一直住在一起。我爸爸来的时候我们俩每天到家都是洗手等着吃饭，两个人完全懒懒散散，一下子从生活的压力里解放出来。在我不大的出租屋里，饭菜的香味都快溢出来了，在杏色的灯光下每一道菜看着都那么漂亮。

我最怀念的是什么味道呢？是带着煳味的洋葱炒鸡蛋。那时候我跟我姥爷在一起生活，我姥爷是个很帅气的人，从来不管闲事，也不会生气，性格温和，喜欢历史和电视剧《飞虎神鹰》。他不太会做饭，跟我一起生活的时候身体已经很不好了，但他有时候也会炒菜，然后我们两个人一起吃，这种情况一般都是因为我哭着喊着说自己饿了。每次那道洋葱炒鸡蛋都会煳，但每次我都觉得好吃，那是我觉得世界上最好吃的东西，不过，现在我再也吃不到了。我的姥爷永远留在了我出国的那个夏天。我后来学了很多菜式，自己试着做了很多菜，但是唯独洋葱炒鸡蛋，我甚至没有勇气去做，因为洋葱啊，确实是太辣眼睛了。

每一样我喜欢吃的东西对我来说都是很特别的回忆，每一种味道都很深刻地被我记住了，不仅仅是记在舌头上。如果有机会再见到那个评委，我会告诉他，我确实是胖了，跟十七岁的时候比胖了四十斤，我也是人，年纪上来了当然会胖啊。但是呢，我没有办法这样生活下去，世界上有很多好看的人，我没有那么好看也没关系。但是对我来说，能吃过这么多好吃的东西是一件非常幸福的事情，这些深深的爱意，跟别人觉得我瘦的时候好看比起来，远远重要得多。

很多女孩子都在拼命地节食，因为体重焦虑。胖就像是一种原罪，只要胖就会被打上不自律的标签。人们的善意好像不会给胖的孩子，总有大把的人可以轻易地说出伤害别人的话，然后拿开玩笑的语气掩饰过去，他们不觉得自己错了，你也不会觉得自己没有错，多可笑。

如果一个人只喜欢我的漂亮，那他喜欢的是漂亮，不是我。世界上大部分的人都喜欢追求美好的东西，包括精致的外表，这是无可厚非的，但是我们总会变老,再好看的脸看得多了也会腻,那个能从一开始就看得到你外表下的可爱的人，尤其珍贵。

我们不能相爱，但我会陪在你身边

我的一位老师曾经说，世上纯粹的爱情都是痛苦的。她疯狂地爱着莎士比亚的戏剧。

人们总是因为暧昧关系的心动、捉摸不定的情感、热恋期的激情而选择开始一段感情，然后过了最美好的那段时间又会觉得腻，互相觉得不顺眼。激情退去后的两个人相互折磨，若即若离，最后分道扬镳。

温情和美满短暂却深刻，两个人当然不能相依相伴，伟大的爱情往往都是悲剧。那些平淡着携手走过一生的人，大多是因为另一半是最适合自己的人，人性的可怕就是你越想拥有的就越得不到，越得不到的就越想拥有。

所以，人很奇怪，爱情也很奇怪，我很奇怪，你也很奇怪。

我参加酒局过后打专车，西装革履的司机师傅给我讲了他自己的故事。我自认为一直是很好的听众。那天晚上的风很舒服，二十三点的北方城市也因为没有了喧嚣让人觉得格外平静。车里是个奇怪的空间，总能让陌生人产生想要倾诉的欲望。

司机师傅讲的故事，关于缘分。

司机师傅初中的时候就认识了那个女孩，梳马尾，齐刘海，脸上有点婴儿肥，作业做不明白，考试也考不明白，零花钱不多，放学却一定要在学校不远处的巷子里吃新疆羊肉串。烤羊肉串的新疆人长得很好看，年纪也很小，鼻梁高高的，总是叼着根烟。有的时候女孩零花钱多一点儿就再加一个馍，她会因为吃到了这个加的烤馍开心一晚上，连走路都开始蹦蹦跶跶，好像从学校到家的路会踩一下亮一下。她书包上挂着的小毛绒钥匙链也一晃一晃的，那时候他嫉妒这个高鼻梁的新疆男孩每天都能跟她讲话，他甚至有点儿嫉妒这个普通的钥匙链，他开始有点儿希望自己也能挂在她的书包上，每天跟着女孩一起上学放学，那应该会是件幸福的事。

他喜欢她没什么特别的原因，也不知道是从什么时候开始的，喜欢一个人的可怕之处就在于感情的不可控性。他没有表白，可能在别人眼里那是再平常不过的一个女孩，在他眼里却像是耀眼的太阳，不能靠近，连直视都会被灼伤眼睛。

他喜欢了女孩子三年，却从来没主动跟她讲一句话，因为他家太穷了，学习也不好，连请女孩子吃一顿饭都请不起，他穷到没有一分多余的钱。父母把所有时间都用在了应付生活上，总是入不敷出。终于有一天贫穷压垮了他，彻彻底底地。灵魂因为物资匮乏变得越来越轻，他的喜欢也因为贫穷变得卑微，所以整整三年，他并没有跟女孩子讲过话。这并不奇怪，因为他唯一一件白衬衫上，缺了一颗纽扣。

但故事总是有转折，按司机师傅自己的话说，他觉得神送了他一份他梦寐以求的缘分，这份缘分很特别。

缘分是幸福的,缘分也是捉弄人的,他们后来考到了一个高中的同一个班级。女孩长高了，女孩交了新朋友，女孩有了喜欢的乐队，女孩有了喜欢的作家。她在长大，他也在长大，可是卑微的自尊心就像一个嗜血的小恶魔，他在长大的过程中小恶魔也会长大，会一直跳跃在他的身体里和脑袋里，会折磨他，会逼他看清现实，会让他早早地对美好的未来不抱一丝希望。

他好穷，他觉得这样的人不会变得多好。学习不好的他早早辍学打工，生活让他四处碰壁，还不忘给他越来越多的责任和压力。

于是他看着她毕业，看着她结婚，看着她可爱的娃娃脸逐渐干瘪。她变成了温和又平凡的妈妈，隔年又生了第二个孩子。她的丈夫是个平凡善良的男人，总是亲切地对待每一个人，总是早起在小区里转悠一圈。他们还养了一条很可爱的狗，女孩小时候很想养，但因为父母不同意也就一直没有养。她的丈夫很喜欢那条狗，到哪里都要带着，到哪里都要跟人聊上两句，夸一夸这狗有多聪明。所以他想着，他对狗狗都那么好，应该对她也很好吧。

她过得很好，如果跟着自己应该不会过得这样好。

他们是邻居，他们在同一个唱诗班。

她从女孩变成了女人，又从女人变成了母亲，手里的书包变成了菜篮子，头发也盘了起来。岁月让她变得平淡,可在他眼里她却还是那个梳着马尾辫的女孩。她开始为柴米油盐操心，开始为孩子的学习操心，她在教堂里专注唱歌的样子依然像以前一样可爱。他自己也老了,从一个平凡的男人变成了一个平凡的老男人，失眠的日子越来越多，索性晚上做起了专车司机，也算贴补家用。

最开始他觉得自己穿西装的样子很滑稽，但后来渐渐适应了。有一次她下班回家看到他要出车，笑着夸他穿西服的样子精神极了，像电视上的播音员。从此之后他爱上了那套西装，每天都洗得干干净净的，还专程买了个小熨斗，把衬衫熨得十分平整。

女人的眼角已经有细纹了，所以她后来都不大笑，但他愿意看她笑，他是很笨的人，如果她不笑就会觉得她今天不开心，他希望她每一天都开开心心的。

可怕的缘分折磨了他半生，他就像受了诅咒一样永远逃离不开这个女人，她永远会出现在他身边，每天在他眼前晃来晃去。他是个过于平凡的人，身上压着繁重的工作，一家老小需要他养活，他是一个麻木得不能再麻木的中年男人。可是缘分就是这样，他亲眼看着自己最喜欢的人每天出现在自己眼前，随着时间的推移他们从同学变成朋友，变成邻居，变成挚友，变成教会的兄弟姐妹，他们有了越来越多的关系。

可这些关系都不是他想要的，但他也不想和她恋爱，不想娶她，因为在他眼里，那个像太阳一样耀眼的女孩子值得幸福美满的生活，他只不过是一个再普通不过的男人，没法给她幸福的生活。可他没问过女孩子想要什么，他不敢问，他在她身边的每一天，自卑感从来没放过他。缘分让他们纠缠了半生，让他们彼此靠近，却又在他们中间画了一条线，让他们保持着距离，不能拥抱。

司机师傅回头看看，轻轻地笑了一下，眼里闪烁着些许温柔。他说有一天教会活动结束，他看到她一个人跑去偷吃羊肉串，提着菜篮子，还要偷偷看看周围有没有熟悉的人，他偷看了半天，还是走到摊子前，他没说多余的话，只是默默地给她加了一个馍。她愣了一下，但很快就抬起头看着他。两个人什么都没说，冲着对方傻笑了半天。他没告诉过她，她笑起来有多好看。

这半辈子他都喜欢她，这半辈子他都没说。这可能，就是爱情吧。

我希望你过得好，所以我陪着你，但我不会告诉你我爱你。每天我都会感谢神让我在你身边，我不是你的另一半，所以我永远都不会伤害到你。真好。

喜欢上留学生的普通女孩

他把尊严放在我面前，红着眼眶，问我为什么会变成这样。

他把自己视若珍宝的爱意和真诚摆在我面前，求我怜悯他，我不知道我怎么办，我告诉他他能给我的东西我根本不需要。

爱是什么呢？是你看似坚硬闪耀像珠宝一样美好，但是实际碾在手指里轻而易举就能变成粉末的东西。我要什么呢？我要快乐，要很多安全感，要自在的生活，要高高在上，要毫不在意。这些，别人给得并不踏实。

反正就是有那样的某个人，在世界上的一个小角落里过着自己的生活，他一点儿都不平凡，走到哪里都发着光，梳着最流行的发型，保持着好看的身材，旅行中在芬兰看极光，是中国人，但可以讲一口流利的英语，写一篇又一篇的英语论文。所有人都羡慕他，他的父母给了他良好的物质生活和帅气的外貌，在他身边绕着的都是同样的孩子。

后来他不去上学，每天不是在夜店就是在朋友家开家庭聚会，他每天都伴随着宿醉之后的头疼睡醒，身边的女孩一直在变。但是所有的人还是爱他，哪怕他堕落到底，人们也还是爱他。

后来他回国了，变胖了，换了很普通的发型，甚至戴了有框眼镜。他隐藏在人群里，开始还会和回国的留学生朋友喝喝酒，到后来门也不想出。他不属于这里，他也不再属于他的洛杉矶。学习吗？重新开始吗？好像有点儿难。老天爷可以轻而易举地给他一切，也可以轻而易举地剥夺他的一切，他没了爸妈的副卡，没了自由自在的生活。他艰难地重新开始，努力生活，在最艰难的时候又遇人不淑，被骗了几次后也学乖了，再也不敢敞开真心对人。

当然，他也不再想见人了。

你说这个人，即使不再光鲜，还是有那种傻瓜不自觉地去心疼他，想给他爱，想拥抱他，哪怕脚下踩着荆棘。但是他不需要你的爱，他是很孤单，但是他不需要认真，认真对他来说是一种负担，他只想这样熬到大一点儿，娶一个家里介绍的门当户对的姑娘，接手家里的生意，在婚礼结束拿份子钱买跑车。

我就是想不明白，你又漂亮人又好，有爱你的父母、合得来的朋友和可爱的猫，但是你就要在一个每天降维打击你的男人那里卑微地求他爱你，即使他把你的尊严按在地上，即使他认为他在夜店看了一眼的女孩子都比你重要。

他心里住着洛杉矶，是棕榈树的影子洒在他的超跑上，引擎的轰鸣声和风的声音在他耳边响起，路上的行人都对他投来羡慕的目光。

他不爱你，他不爱任何人，你就是一个普通家庭的普通女孩。

你的温柔善良、善解人意和没底线的忍让也不会让他爱你，因为现在的他身处地狱，不是国内不好，是他的一切都没有了，未来也看不到了。你不能跟他感同身受，永远都不能。

他可能会在一片漆黑的沼泽里沉沦，但他需要的光，不是你能给的廉价又带着同情的喜欢。他要的是靠自己重新站起来，再以新的骨骼、新的躯体活一遍。

他要太阳。

（本文荣获青年作家网 2022 年度优秀作品）

作者简介：车宣缇，女，青年作家网签约作家，哈尔滨作家协会会员。旅居美国洛杉矶，擅长英语、文学、油画、摄影与击剑。

双亲的爱在无声里飞扬

邓　琳

双亲的爱——一个古老而又普通得不能再普通的话题。当然我拼尽全力去写，也无法超越朱自清先生的《背影》，但还是情不自禁地要写，也算自己作为父母进入朝枝之年的一个纪念吧。

我很幸运，因为从小父母便对我们姐妹照顾有加。母亲温柔体贴，父亲勇于担当，而这些在日后的磨难中，更加突显出来。否则你怎么知道父母的爱到底有多深？！

20世纪80年代末，我考入大学，因为不正之风，510分却没有进京。又因报志愿报得不好，被一表二志愿地方院校要去，而且是日语专业——我初中到高中可是学英语的。日语专业也许才是祸根吧？为什么这么说？且听我慢慢讲来。自从上了大学，不得志的我就开始有出国的打算。那时的国人也都认为外国的月亮比中国圆。大学毕业后，果然马上出去了。谁想到自费留学，生活费、学费都要自己承担，苦不堪言，加上在国内我的身体已有潜在问题，去日两年后，劳累、压力之下，疾病终于爆发了。而之前没有医学常识的我，怕家里担心，一直瞒着，也不知道是大毛病。

当我生病的消息传到家中，当晚父亲接电话时，由于太过突然，又因我在国外鞭长莫及，父亲当时额头青筋暴起，母亲心脏病发作，小妹只有在一旁默默垂泪。好在有在日的老家邻居姐姐帮忙，跟学校联系，在大家的共同努力下，我不久便回国休学。回去之前的那10天，光电话费就花掉千元。要知道那可是20世纪90年代呀！不光是金钱，父母日日都如在地狱之中煎熬。想想自从去日，因为日本物价昂贵，为了省钱，什么都让家里邮寄，不知给父母添了多少麻烦？！再加上每次探亲，家里都会花钱买一大堆东西让我带回去。留学已花掉父母毕生积蓄，之后又是各种折腾，细细琢磨一下，我真是个无用的人呀！可父母从没发过一句怨言，皱过一次眉头。他们时刻担心着我。不来电话，惦记；来电话，又怕有坏消息。父母的心可谓操碎了！如果我有儿女，我应该更能深切地体会到。

虽然最终我学成回国了，但身体还是不太好，也一直没结婚。父亲一改从前，开始变得异常节省，似乎是为了我的晚年着想，当然也由于母亲总是生病。实际上我们的经济状况也不是那么糟糕。只能说是可怜天下父母心吧！当年留学时，家里花钱从不吝惜。可如今的父亲仿佛变成了另一个人，不仅一辈子不好穿衣，其他生活花销也很少，腿脚方便时一直坚持去市场买菜。后来等我接手去超市买菜，他就会碎碎念，说超市怎么怎么贵。他不晓得钱好用吗？父母的深意，我怎能不懂？！母亲也是心有所想。有一次她不舒服，给她倒水吃药，她靠在床头，无力地看着我，说："你老了，你妹也老了，你要是难受了，没人倒水，咋整？"我只是微微一笑："车到山前必有路，没事。"就是这样，不管何时，他们第一时间牵挂的总是自己的孩子。

父母的爱也体现在日常小事中。没从家里搬出来时，有一次也不知道吃什么，我让父亲吃，他却说："我想留给你。"我当时就乐了，对其他人说："你说他都快80岁了，还想着我？！自己吃吧！"我已是50多岁的人了，父亲还惦记着我有没有吃到，仿佛我是小孩子。虽然是笑着说的，可我心里一阵酸楚。再就是搬家后，每次回家，他都会问我缺啥，要不就说："多唠唠嗑吧！见一面少一面了。"说话时，看我的眼光也是充满了慈爱。每当临走时，他就向我挥挥手，嘱咐我让我多回去，弄得我在回去的路上，在公交车上，频频落泪。妈妈也是如此。一起住时，有时候偶尔反胃吐了，大半夜的，她也嘘寒问暖，到处给我找药。他们是细节上也留意挂心的父母。

父母给予了我们他们所有的，而我们又能回报多少？仅仅是一个血脉就让他们倾尽一生，几乎是为了儿女而活，但只是小小的回报就会让他们欣喜不已。前几天电话里问父亲："我网购的衣服合身吗？"听筒那边马上传来父亲高兴的声音："合身，合身，不错！"我们无非是做了一点儿小事，他们就那么知足。还记得我当年生病时，父亲八尺男儿在医生面前不停落泪，母亲为了我眼睛哭出了毛病。休学回国时，母亲腰椎间盘突出，不顾病痛，歪着个胯，去机场接我，引得旁人纷纷侧目。这一切的一切让我实在是无以回报啊！我们做的还太少、太少。新冠肺炎疫情时期，父亲病逝，无法回去，只能面向家乡的方向长跪不起。父母恩，永生难忘啊！天下的孩子也是一样的心情。爸爸妈妈，这一生我的确欠你们太多。比起妹妹，我太让你们操心。

为什么我写的这个主题千古不变？因为只要人类存在，就会有亲情存在，就像对于爱情一样，永远有人吟唱、歌颂。人类的基本感情就是这些，然而双亲的爱朴实无华，大爱无声，他们不求回报，永远在默默付出。我偶尔设想，如果父母有一天真的走了，我会怎样？父亲温暖的目光、母亲和蔼的笑容只有在梦里才可以看到，那我会如何？只是想到这里，我就已是泪千行。父母不是天下最完美的父母，但是他们拼尽了全力，守护他们的孩子，这就已经足够了！父母在，人生尚有来处；父母不在，人生只剩归途。来世，但愿我们还能相遇！那时换我来保护你们。

父亲母亲，谢谢你们！你们一直不离不弃，为我遮风挡雨。做你们的孩子，我很快乐！

（本文荣获 2022·全国青年作家文学大赛散文组优秀奖）

作者简介：邓琳，笔名流光似水，黑龙江大学、日本东京外国语大学学士，留日多年，专业为日本语言文学。曾做过日语教师，教授日语。翻译过一些文章。对日本文学略知一二。从小热爱文字，喜欢写作。尤其对散文、游记情有独钟。

春天的幸福

杨惠玲

想起幸福的时候我在南方，享受幸福的时候我在春天。

“六曲阑干偎碧树，杨柳风轻，展尽黄金缕。谁把钿筝移玉柱，穿帘海燕双飞去。”北宋婉约派词作家晏殊描写的这一阕惜春之情，无不触及我们敏感而脆弱的神经，引发我们对春天无限的神往之情，无穷的艳羡之意。

清明时节，小城一反往日的氤氲朦胧，逐渐清朗起来。慵懒的大地，阳光赤裸地暴晒，春风肆意地遍吹！又是一年春好时，探春寻春正当时。邀约三五好友，徒步乡间小道，亲近自然，回归本真。沐浴春光，尽享诗意，在蔚蓝的当下开始一段曼妙的幸福之旅。

在这个标致的春天，春光明媚，春意盎然，又恰逢踏青时节，带上行囊，整理好心情，轻松愉悦奔走，让路——无中生有，让欢乐——境由心生。一路的笑谈，一路的狂奔，幸福，密集叠加。

一路走来，原野山花竞相怒放，青青杨柳亭亭玉立。随风而来的，是花香弥漫，是草尖青翠。这个正午，我们不是过客，我们不是游子。左邻右舍，我们相约而聚；堂前屋后，我们一路向前。与时光共享人生，与岁月畅谈未来。在暖春，淋漓尽致地书写我们矢志不渝的初心，坚如磐石。

走过寒冬腊月，迎来姹紫嫣红。岁月从指间悄悄溜走，成长从四面八方来袭。在这个欣欣向荣的时代，科技日新月异，生活愈发美好。然而，城市的喧嚣与嘈杂，使我们过多地迷失在为梦想拼搏、为生活奔波的路上。快节奏的旋律，紧张的工作氛围，忙不完的生活琐碎，压得我们逼近生命的边缘地带。

钩心斗角，人情淡漠。焦虑抑郁，形容枯槁。徘徊不前，焦灼难耐！甚至黯然神伤……恍如隔世！几多欢喜几多愁！拐角处的人生需要一个停泊的港湾。休憩，舒缓，栖居，于庸扰中宣泄，于从容中淡定。

天地造化万物，春天孕育美好。从乡间这一头，快乐小跑前进，哼着动听的乐曲，奏响曼妙的乐章，穿过乡里人家，遍布村里村落。

春天是美好的，咏春需及时。一年之计在于春，惜春正在进行时。

春姑娘迈着轻盈的脚步，张开纤细的双手，顷刻的工夫，耕织了大地的气象万千，勾勒出生命的婀娜多姿。太平盛世，国泰民安，车水马龙，生生不息。是历史的演进，是季节的轮回，是人类的伟大奉献。幸福源于辛勤的人们，幸福有感于天地的恩赐。

随意的漫游，幸福驻足凝望。小城纷扰，晴空妩媚。四月的蔷薇，眉清目秀，语笑嫣然，攀爬着一路向上，缭绕起满园春色。潮流浩浩荡荡，款款步入深深的巷陌。“庭院深深深几许”，天上人间。光阴的捕捉，仿佛夜下的霓虹，扑朔迷离，转瞬间消失殆尽。广袤的原野，纵横交错，值此青绿，带领我们踏上新的征程。

四月天的温煦，润泽万物，惠及苍生。此时此刻的我，在午后的原野，在花开的瞬间，怀念幸福的一腔甜蜜。和煦的春风迎面而来，闯进我们的每一个日日夜夜，用柔情为我们铺路。岁月缄默不语，风采依旧继续。小城欣喜若狂，春雨不约而至。一阵痛快的淅沥过后，彩虹在云端探出了额头，微微一笑，百媚横生。循着光影，阳春轻踏而来，正向我们敞开温情的怀抱，天涯近在咫尺，幸福触手可及。

年轻的梦幻，把酒问青天。青年的担当，把义务一一履行。草木纷飞，莺歌燕舞。山涧的小溪，叮叮咚咚，潺潺流淌，纯洁透明得像一位和蔼的长者，分秒不忘播撒和平的福祉。溪水两岸，山石相会，山明水秀。石缝里的一米阳光，点点滴滴，欣欣然笑弯了腰，折射出春天笑靥如花的喜悦。天那边，夕阳西下，晚霞如火。

山水迢迢，大路遥遥，和风细雨中，微尘阡陌间，小城揽上了灯红酒绿，山村镌刻了烟波浩渺。好一派旖旎风姿，好一道亮丽的风景。俄国作家列夫·托尔斯泰曾言，“有生活的时候就有幸福”，“心灵纯洁的人，生活充满甜蜜和喜悦”。心灵的存储，时间无限，空间无限，幸福跳跃着感动。

跨过似水流年，走过紫陌红尘，生活有太多东西，生命承载不了，人生驮不动，我们耗不起。远去的时光，曲径通幽，偏安一隅。莞尔一笑，真水无香。隔轩听雨，且听风吟。闲看庭前花开花落，笑望天边云卷云舒，这是自然常态，这是人生富态。大自然的馈赠，不应闲置。生命的所属，不该搁浅。

人类智慧的头脑和勤劳的双手，缔造了中华民族悠久的文明历史，也一并书写了泱泱大国的幸福之态。全面建成小康社会，为实现中华民族伟大复兴的中国梦不懈奋斗，新时期我们迎来了百花齐放的春天。中共十九大的波澜壮阔还在我们眼前回荡，二十大的嘹亮号角已经在这个春天吹响，举国共襄盛举，擘画未来。

尊重自然，尊重人类，用心去体味幸福，用劳动去创造幸福。捎上春的希望，携满夏的果实，装载丰硕的秋，在凛冽的寒冬备份。在这个别样的春天，我们风雨无阻，奋进新征程！春天的幸福永不谢幕!

（本文荣获 2022 • 全国青年作家文学大赛散文组二等奖）

作者简介：杨惠玲，笔名木叶，女，云南人，文学爱好者，中学一级教师。爱好看书、写作、画画、摄影、旅游、锻炼。喜欢“用文学点亮梦想”，还有诗人海子的 “面朝大海，春暖花开！” 简单朴实，却情真意切。喜欢用文字记录生活，抒写真情实感。

大杂院逸事

郝玉芳

闲时整理相册，一张破旧的照片映入眼帘，这是居住了二十几年的大杂院动迁时留下的不舍的念想。时过境迁，已有近四十年的光景，如今这里高楼林立，成为金廊工程的一道亮丽的风景线。

小小的照片拉开了童年的回忆……

我曾经生活过的大杂院，虽然不是庭院深深的四合院，没有“云开阊阖三千丈，雾暗楼台百万家”的诗情画意，却在烟火平淡的日子里，因为邻里之间的情缘而令人难以忘怀。

那时，我们大院住着八户人家，方正的院落，南北各四间屋，西边有一棵桃树和葡萄架，三伏天坐在那里喝着茶水，哼着小曲乘凉，真的很惬意！东边种的牡丹、芍药、夜来香、牵牛、凤仙等花草，点缀着庭院，使院子更加生机勃勃。

每当吃晚饭的时候，家家户户就将饭桌搁在院里，看谁家做点儿好吃的，就互相盛上一碗。不懂事的小孩子就会来回跑看谁家的饭菜可口，甚至不客气地坐下就吃，丝毫不把自己当外人，惹得大人们哈哈大笑，互相调侃。

饭后，男人们会沏上一壶茶，下象棋的、侃大山的，有时会争得脸红脖子粗的，没一刻工夫便烟消云散了。

女人们则坐在一起，手拿针线活，有说有笑唠家常。谁家有个愁事难事的，只要在这儿一坐，就会有圆满的答案。

我们大院邻里之间和睦融洽，即使吵架拌嘴，没多久也会“破涕而笑”。

住在我家隔壁的梁姨是地方评剧团的演员，说白了就是跑龙套的。梁姨长相洋气，描眉涂唇，装束时髦。快言快语，说起话来特逗，一口的天津味。每天早上，她都会准时在院里吊嗓子，她就是大院的时间表，如果某一天她没有吊嗓子，院里人准有人会上班迟到。梁叔是工厂的宣传干事，很有才华，为人热情。两个人虽没有小孩，但感情很好，他们每次拌嘴，只要梁姨一开嗓，梁叔立马认输。

据说俩人后来去孤儿院领养了个女儿，全家去支援三线，从此失去了联系。

梁叔家的隔壁是韩姓人家，与梁叔是远亲。佟叔常年在外做地质勘查工作，佟婶带着三个儿子过日子。她家里每天“热闹非凡”，总会传出“鸡飞狗跳”的大动作。

佟婶有气管炎，每当儿子们犯了错，她便气得扯开沙哑的嗓音，追着打骂，累得气喘吁吁。记得他的小儿子淘气，和别人打赌，在大街上抢了人家的军帽，被派出所关了三天，气得佟婶大病一场，吓得儿子们再也不敢造次了。

不过，后来听说佟婶的三个儿子都很有出息，佟婶晚年生活很惬意。

单身男人吴姓住户，我叫他吴叔。他为人和蔼友善，有儒雅气质。他说有家眷，但是人们从来没有见过，他都是独来独往。他的住房虽然只有十二平方米，但大半都是书籍。听大人说吴叔好像是搞科研的。他从不邀人去他家，下班回来，房门紧闭。有一次，妈妈带我去他家收水费和卫生费。当敲开他的屋门，看见一屋的书籍，我好惊讶！我家的书就够多了，他家比我家还多。直到有一天，来了一帮人，把他带走。他还心疼地大声哀求说：“千万要小心点儿啊！别弄坏了我的书……”

从此，他仿佛人间蒸发了。

说起书来，我家中医古书比较多，是很有名望的中医大夫姥爷留下的，其次是老爸厚厚一摞创作的小说稿件及绘画书籍。

依稀记得大概我四五岁时，有一天从托儿所回来，姥爷拖着病弱的身体，见我的头发有点儿乱，要给我梳头。我坐在窗户台，顺手拿过姥爷的古医书，看到上面的小人上密密麻麻的文字，就好奇地问姥爷这是什么。姥爷说：“这是给人治病的人体针灸图。人啊，有病就照上面的图扎针就好了。”说着拿过针灸针让我看，看到细细的针和扎屁股针不一样，我天真地问道：“姥爷，您不是有病吗？那用这个扎扎不就好了？”姥爷苦笑道：“姥爷的病治不了……”

“姥爷，不怕，等我长大了，我就用这根针给您治病。”姥爷疼爱地抚摸我的头，说：“好，姥爷等着。”不久姥爷就仙逝了，后来我才知道姥爷患的是膀胱癌。

不知道怎么回事，从那时起，我就对小小的银针充满了兴趣和好奇，“拼命”研究针灸的秘诀，我钟爱针灸至今，姥爷的这本书也被我珍藏了六十多年。

再有就是罗锅丁婶家，户主丁叔起早贪黑地蹬三轮车养家糊口，他家有四个孩子。

丁婶的脊梁上永远背着一个罗锅，她常操着一口浓郁的山东话："这宝囊是陪俺一起出生的。"丁婶一年到头总穿斜襟黑蓝粗布褂，放开的三寸金莲走起路来，一点儿不受罗锅的影响。她持家能干，买煤打煤坯、扛黄土、挑水担柴、缝缝补补都不在话下。她还很会摊煎饼，摊的煎饼焦黄焦黄的，很好吃，除了自己家吃，还会往外卖，贴补家用。每到饭点，家人就熟练地在煎饼上抹点儿自己家的大酱，放上根葱，香喷喷的一顿饭就这样简单地完成了。

丁婶的大女儿，我叫她坤姐姐，她个性十足，像个假小子。一次，班里有个男生淘气故意撩她，她气势汹汹地将男生推倒在地，骑在身上一顿乱捶，打得人家鬼哭狼嚎连连讨饶。她对我很好，经常给我编小辫。

她刚上初二时，就风风火火地上山下乡了。几年后的夏天，一天傍晚，她神色有些慌张，拎个旅行袋冲进了院，我瞧见她好高兴，刚张口："坤姐……"她好似没听见，一头钻进了屋里。

不一会儿，只听见丁婶惊叫一声："俺的娘啊！这……咋回事？"随即传来一声婴儿的啼哭。

后来我才知道，原来坤姐姐在农村处了一个对象，是回乡青年，俩人偷吃禁果，怀孕了都不知道，还照样下地干活。快临产了，突然肚子疼得厉害，找赤脚医生一看，孩子的头都要露出来了，小孩生下来像个小猫崽，不到三斤，吓得坤姐姐不知所措，匆忙将孩子装进旅行袋拎回了家，幸好小孩命大，才没有出差错。后来为了孩子和名声，坤姐姐嫁给了那个回乡青年。

多年后，听说丁婶的罗锅到医院做了手术，当医生划开后背时，一个滚圆的肉球掉落下来，与皮肤完全是脱离的，令人惊奇不已。

再有姚姨，她是个很有气质的独居中年女人，面容姣好，皮肤白皙，说话温和，衣着干净利索，她的衣襟上总是别着一块手绢，脑后绾着漂亮的发髻，没有一丝乱发。

我那时才五岁，爱上她家玩，特喜欢她家那种说不出的氛围。她很喜欢我，管我叫小。她的厨艺很好，会做各种各样的小点心。每次做完，姚姨都会叫我：

“小闺女，上姚姨家来。”我高兴地跑到她家，她家收拾得干净整洁，鱼缸里不知名的鱼儿，拖着漂亮的尾巴缓慢游动。她养的花草鲜艳夺目，惹人喜爱。古旧的暗红橱柜上陈放着一台老式收音机，现在想起来，应该是民国时期的产物，一台旧式铜制的钟表，不知是什么年代制造的，还有几件古老的瓶罐，被擦得锃光瓦亮，非常雅致。

面对各种花样的小点心，我垂涎欲滴，不忍下咽。这时，姚姨就会母爱泛滥，开心地一笑。

她很少和人交往，街坊邻居背后嘀咕，觉得她好似风尘女子。

她听到这些传言，淡淡一笑了之。不过有一天，她突然消失得无影无踪，不知何时搬走了。我好怀念这位姚姨。

对面是姓邱的邻居，不知道他家有几个孩子，反正都是成年人了。

他家有个盲人姐姐，一对漂亮的大眼睛，睫毛很长，可惜就是看不见。她耳朵很灵敏，好像天生就有耳听八方的特异功能。邱姐姐很聪明，眼睛看不见，也不拄棍，摸索走路从不乱撞。她心灵手巧，绣的花鸟宛如真的一样，我常常纳闷她是怎么绣出来的。她织出的毛衣花样繁多，织的毛袜和手套合适好看，正常人也不见得能织得如此精美。我很佩服她。后来我跟她学织袜子，给爷爷织的袜子结果一只大一只小，我有些恼火，爷爷却高兴了好一阵儿。

我们一直相处得很好，不久她家搬到离我家不远的独院，我也免不了去看她。

后来，听说家人把她嫁到很远的农村了，我担心她，不知她过得好不好。

多年后，我们学校去农村支农，得知邱姐姐居住的村子离我住的村子有二十多里路，于是我和同学一路打听，终于见到了她。

我不忍看她了，一个地地道道的村妇，凌乱的头发上夹杂着几根草棍，黝黑的脸庞添了不少皱纹，曾经的大眼睛更显空洞了。她用粗糙的手拉着我们坐下，嘘寒问暖，唯有这种暖意没有变，其余让我吃惊不小：简陋的家，凌乱堆放的袋子、下地工具、锅碗瓢盆，炕上还有一个嗷嗷待哺的小孩。她已经是三个孩子的妈妈，眼睛让她失去了本能，成就了她的随缘而安。

看看时间不早了，我们要赶回居住地，临别时，我掏出仅有的二百元钱偷放在桌上。

邱姐姐家搬走，很快又搬来一家，寡妇艾姨带着两个女儿。

艾姨是个精致的女人，她三十多岁，长得眉清目秀，略带羊毛卷的短发，衣饰纤尘不染，颇有风情万种的气质。

她喜欢穿红色或蓝色的旗袍，脖子围一条雪白的长围巾，靓丽光鲜的身后总会投来异样的眼光。

艾姨喜欢串门，不管走到哪里，以她那爽朗的笑声和具有文艺细胞的“音符”，再哼上几句戏曲，直接开启了“KTV”模式。

那时候，学校领着我们看了电影《烈火中永生》，我们被江姐、许云峰等老一辈共产党员坚贞不屈的精神深深感动，数度落泪。电影中江姐穿着红色旗袍、蓝色外套，佩戴一条雪白的围巾，气质优雅高贵。

恰巧，艾姨正是这样的打扮，我不由得对她产生几许好感。

艾姨说，以前她是单位的文艺骨干，性格开朗，个性十足，在事业风光得意之时，嫁给了一位处长。可好景不长，生下女儿不久，她丈夫出轨，俩人便离了婚。后来，她嫁给一位开长途的司机，又生了一个女儿，生活也算不错。可惜，她丈夫在一次长途运输中，不幸车毁人亡。

艾姨擦干眼泪，靠做临时工带着两个女儿继续生活。日子虽然苦点儿、累点儿，但她的脸上总是光线十足。

寡妇门前是非多，时间一长，左邻右舍难免不在背后对她各种猜测，但这丝毫没有影响她的情绪，艾姨依然我行我素。

我们这个大杂院，各家有异，友爱尤佳，可谓光鲜。

那年冬天的一个早晨，艾姨家的火炕由于烧得过热，炕面崩塌了，娘仨掉进炕洞里，是大院的邻居们第一时间出现，将被煤烟染黑的娘仨从炕洞里拽了出来，帮忙清洗、帮忙修炕，及时让她们又住上了热乎炕，这让艾姨感动得直掉眼泪。

艾姨的女儿和我们家姊妹年龄相仿，因此，我们经常在一起玩耍。

有一天，我家的集邮册不见了，这是老爸辛苦多年积攒的心爱之物。老爸生气地质问我们，我们摇头说不知道。我们家从来不锁门，根本不知道是谁拿走的，这让老爸恼火了好一阵儿。

一天晚上，我上艾姨家玩，刚要敲门，听见她大女儿的哭声及艾姨的呵斥。

我扒开门缝往里瞧，只见艾姨怒睁圆眼，恶狠狠地举起炉钩子，照她女儿的头上打了几下，血丝顺着额头流了下来。她咬牙切齿地骂道："小小年纪不学好，还敢偷东西，看我怎么收拾你。"

我的三观彻底凌乱了，我被艾姨的疯狂举动吓着了。

隔天，老爸的集邮册不知怎么又回到原处，只是有些脏了。

不久的一天，艾姨突然被剃了个阴阳头，脖子挂一双破鞋，到处游街。我茫然了，不知发生了什么事。

后来，艾姨回到家号啕大哭了许久，失去了以往的光彩。再后来，艾姨一家被下放到农村。

这就是当年我们大院的闲杂旧事，虽物是人非，却耐人寻味。

如今生活的节奏加快了，人们住在高楼大厦，独门独户，与左邻右舍少了交往，人情世故淡薄，我想，总有一天人与人之间的魅力会重新被唤醒。

（本文荣获2022·全国青年作家文学大赛散文组二等奖）

作者简介：郝玉芳，沈阳市人，网名会飞的鱼，中共党员，青年作家网签约作家，辽宁省作家协会会员，沈阳市作家协会会员，辽宁散文学会会员，中华知青学会理事，辽宁诗词研究会会员，沈阳楹联诗词会会员，《大渡河》杂志编辑等。作品散见《当代文学》《传奇故事》《中国地名》《精短小说》《大渡河》等报刊及网络平台，有作品曾获首届全国知青作家杯二等奖。

体　面

轻度清

电梯停在五楼，我们一同出了电梯。

我欲同他继续向病房走去。

可在拐向病房长长走廊的入口处，他停住脚步，转身对我说：“留步吧！”

声音虽轻、弱，但坚决。

我轻轻点了下头，把手里的水果、补品等看望病人的常规礼品递给了他。

然后静静立在那长廊一端，默然目视着两手提着沉沉礼品的他慢慢移步，朝那狭长幽深的长廊的另一端缓缓走去。

那孱弱的背影、迟缓而沉沉的脚步，令我心痛。

并让人深深怀疑，这还是不久前叱咤商场的我们的那个老大吗？

老大是我老板，五十岁左右，已生病住院半月有余，病种不详，只含糊告知我们是肠道问题，需手术。

今日下午，我们公司管理层的几个人相约一同来医院探望他，顺便想向他汇报一下公司这段时日的运转情况。

快到医院时，我提前给他打了电话，他让我们在医院一楼的休闲茶座等他。

当他像平时在公司时那样穿戴齐整地出现在我们的面前时，那一瞬间，我还是没能掩饰住自己异常的惊愕——

没了往日成功人士那风度翩翩、神采奕奕的模样，他已瘦成我们几乎快认不出的严重脱相的虚弱样子了。

肤色蜡黄的他尽管在强打精神，可深深的疲累感还是直直朝我们满是惊讶的眼窝里扑来。

这十几天的时间，很难想象老板的身心到底经历了什么，不应该仅仅是身体病痛的折磨吧？

他许是察觉到了我们过于明显的惊愕感，边坐下边苦笑着半认真半调侃地解释说："医院真不是正常人该待的地方，所以就没让你们去病房了，咱们就在这里敞开聊聊吧。"

我们几人互相快速瞟了几眼，都不知该如何说话。

直面老板这样的状态，实话实说，实在心有不忍。

公司资金已近枯竭，好几个项目分分钟面临烂尾，想必老板早也心有定数。

只是他不知道的是，来公司要账的人这两天已经把地铺铺在了公司的办公大厅里。

这些更无法向他如实诉说。

最终，我们无一人提及公司的这些糟心事儿。他也没有主动提及。

大家都心照不宣地散散漫漫聊了会儿天。

见他实在疲倦得很，我们都委婉地催促他尽快回病房休息。

病房在五楼，他拿不了我们带来的那些礼品，于是他让我帮忙拿着礼品陪他上楼。

尽管离病房还有些距离，尽管他提着那些礼品极度负重，可他还是坚决让我止步于病房长长走廊的入口。

他是不想让我见到他在医院的被动和无助吧？

老大的不屈和体面一直都在！

（本文荣获 2022 • 全国青年作家文学大赛散文组三等奖）

作者简介：轻度清，本名吴宗琴，安徽合肥人，国家中级社会工作师/心理咨询师，目前供职于 4A 社工机构；业余写作，简书网签约创作者，同时运营个人微信公众号"壹明 JR"。爱好爬山、阅读、电影、音乐和做梦。

红星照耀下的遵义

刘江冰

谈到遵义，它不仅仅是养育我的地方，更是一座红色之城、转折之城。它历经百年沧桑岁月的洗礼，尽管今非昔时，但它所留下的长征精神，那种吃苦耐劳、敢于拼搏的干劲却从未曾离开。1935 年，著名的“遵义会议”让它的名字传遍了神州大地。从此共产党人扛起的红色旗帜，巍然屹立在世界的东方。

我热爱红色文化，特别是遵义长征史，在遵义会议纪念馆中我切身地感受到老一辈无产阶级革命者的浴血荣光。1935 年 1 月 7 日，中国共产党领导的中国工农红军红一军团第六团智取了遵义城，红军进入城区后，严格遵守纪律，对老百姓秋毫无犯，与王家烈的溃兵抢劫民财形成巨大的反差，受到人民群众的尊重和欢迎。同年 1 月 15 日，在刚刚攻克的贵州遵义，中共中央召开了政治局扩大会议，史称“遵义会议”。遵义会议改组最高军事指挥机构，毛泽东重返军事指挥岗位，又当选政治局常委。遵义会议通过的《中央关于反对敌人五次“围剿”的总结的决议》系统地阐述了中国革命战争的战略战术，凝聚了开创根据地的老一辈革命家的集体智慧，是毛泽东思想发展的光辉里程碑。

正是这样一支纪律严明的红色队伍，在遵义发展壮大，在这片广袤的土地上散播了深厚的红色文化。正如伟大领袖毛主席所说：“长征是历史记录上的第一次，长征是宣言书，长征是宣传队，长征是播种机。”不管是那时英勇善战的红军战士还是现在保家卫国的解放军指战员、武警部队、民兵预备役人员，一茬又一茬的人民子弟兵接续传承着红色基因，誓言担当起强国强军的重任。他们的性质和宗旨告诉世人，这是一支为人民服务的军队，是一支忠诚为国为民的军队，是一支听党指挥、能打胜仗、作风优良的人民军队。

2015 年 6 月，习近平总书记来贵州考察，首站就是遵义，这是他第三次来遵义。此次之行总书记的两句话尤其值得注意：一是在参观遵义会议陈列馆时说，“告诉大家我们党是怎么走过来的”；二是在考察花茂村时说，“党中央制定的政策好不好，要看乡亲们是哭还是笑”。在考察期间，总书记作出“传承红色基因、讲好遵义故事”的殷殷嘱托，八百万老区人民同舟共济，万众一心。领导干部和党员带头向贫困宣战，为发展尽心，为民生尽责，给幸福增色，各项事业蒸蒸日上，群众生活安居乐业，走过了遵义发展史上极不平凡、波澜壮阔的奋斗历程，交出了一份不负人民期待、不负时代召唤的遵义答卷。

近年来，我见证着遵义的发展变化。从烂泥路到柏油路，从穷山沟到旅游开发村，从“瘪袋子”到“鼓袋子”，一个个“惊喜”在悄无声息地发生着。党的十八大以来，在脱贫攻坚这个没有硝烟的战场上，市委、市政府坚持把易地扶贫搬迁作为脱贫攻坚的重中之重和“头号工程”，坚决扛起脱贫攻坚重大政治责任，以脱贫攻坚统揽经济社会发展全局，聚焦解决“两不愁三保障”突出问题，深入实施大扶贫战略行动，全力打好脱贫攻坚“四场硬仗”，举全市之力，集全民之智，尽锐出战，务求精准，向绝对贫困发起总攻。2020 年 3 月 3 日，遵义最后一个贫困县正安县正式脱贫摘帽。这标志着，困扰遵义千百年来的绝对贫困问题，历史性地画上了句号。

长征路上种下的红色基因，造就了红城儿女迎难而上、敢战必胜的信心和勇气。正如同当年五千黔北子弟跟随红军北上，他们全力的支持和配合。这在抗疫战斗中仍然发挥着重要作用，那股昂扬向上的奋斗姿态依旧那么清晰、明亮……

如今，第一个百年奋斗目标已经实现，第二个百年奋斗目标也已提上日程。作为红城遵义的一分子，我们要不断弘扬传承伟大的长征精神，在新的奋斗征程上，为实现中华民族伟大复兴的中国梦，为红星照耀下的革命老区建设，贡献自己一份绵薄的力量！

作者简介：刘江冰，笔名黔安，遵义湄潭人，中国教育学会会员，中国乡村人才库认证作家，中国新时代诗人档案库会员，中国诗歌网会员，贵州省青年文学研究会会员，青年作家网签约作家。多篇诗歌散文入编《中国诗文百家》《2022中国优秀诗人作品选(第一卷)》《中国新时代诗人档案库典藏（第二卷)》等诗集文选。

绿肥红瘦的故乡（外二则）

邵凤英

我的故乡在鲁西南一个不起眼的村落里，记忆中的故乡总是充满了很多童趣和好玩的地方。

村里有个很大的池塘，每年池塘里都会种很多莲藕，养一些草鱼鲤鱼。夏日里荷花一开，整个池塘如梦似幻，令村落多了一份娴静优美。我们这些孩童一放学便到池塘里游泳、采莲蓬、打水仗，池塘就是我们儿时的欢乐场。

有一年暑假，我带孩子们回故乡，孩子们不但迷上了游泳，还喜欢上了钓鱼。一日下雨，孩子们嚷嚷着去池塘钓鱼。父亲为了满足他们的愿望，待雨刚停，便带着他们出发了。母亲不放心孩子的安全，喊我一起到河边看顾着他们。

为了增加钓鱼的仪式感，父亲先编了一个柳条帽给孩子戴在头上，然后弄好鱼饵、支好鱼竿，一切准备就绪后，爷孙俩蹲坐在柳树下，一起享受垂钓的乐趣。

我远远地站在岸边，听着蝉鸣蛙叫，看着他们爷孙的背影，内心满满的幸福。我觉得最好的当下不过如此：父母安康，孩子活泼可爱，一年四季，一日三餐，简衣素食，安之若素。

多年来村里人有吃知了猴的饮食习惯，我们家也不例外。傍晚时分，我和母亲带着孩子们，拿着手电筒，去树林里找知了猴。当孩子们发现第一只知了猴，欢呼雀跃地喊道："外婆，外婆，我找到了，我找到了！" 那模样比考试得了一百分还要兴奋。

第二天，母亲把这些知了猴用油煎成了金灿灿的金蝉，装了一小盘端在桌上。两个孩子你看看我，我瞅瞅你，竟然发挥了有史以来孔融让梨的精神，谁都不愿先尝第一口。

最后，在我的鼓励下，哥哥先夹了一个，把蝉放在嘴巴里，微闭着眼轻轻咀嚼了一下，然后皱着眉头像吃药一样咽了下去。弟弟目不转睛地看着哥哥的表情，似乎欣赏到一场好戏，看到哥哥不爽的表情，他"哈哈哈"地大笑起来。正处于换牙期的他，两颗门牙的缺失令他笑起来比哭还难看。我见此情景，忍俊不禁。

孩子的世界，快乐总是很简单，有时可以是一朵花、一株草。村子里从来不缺少野花野草，我闲暇时常带着孩子们去“寻花问草”。那些红的花、绿的草在房前屋后，在瓦砾柴堆里，在路边河沟处，随处可见，有喇叭花、夜来香、牵牛花、野菊花、太阳花、蒲公英等。每一个小生命都是那么勇敢积极阳光，即使在最低矮的尘埃里也能开出最美的花来。

看完野花，孩子们似乎对狗尾草更感兴趣。他们笑着用狗尾草毛茸茸的小穗子挠对方痒痒。孩子们相互逗乐嬉戏的笑容是那么干净明亮，让人忘却了所有的烦恼。

我离开故乡多年，随着年龄的增长，关于故乡的记忆却愈发清晰。故乡开着的荷花，蝉鸣中垂钓的池塘，小巷瓦砾中红的花绿的草，老屋内父母与孩子的欢笑，这份来自故乡夏天里绿肥红瘦的回忆时常萦绕心头，挥之不去。

信耶稣的奶奶

“耶稣，保佑我的儿女子孙都平安健康，孩子们学习都能进步，将来考上个好大学，有份好工作……”奶奶每天跪拜在耶稣的面像前祷告着，这些话一念就是几十年。

奶奶四十来岁便开始守寡，一个人含辛茹苦将五个孩子抚养长大。她每天穿着深蓝色粗布斜襟大褂，迈着裹脚小步在田间劳作，即使七十岁了，一刻也舍不得闲着。

我一直以为奶奶会健康长寿活到一百岁。初三那年冬天，我从寄宿学校回到家，走进奶奶屋里后发现奶奶的基督教友都来了，爸妈和叔叔、伯伯、二姑都在，就连远嫁十多年的大姑也从东北回来了，一种不祥的感觉袭上心头。

我走近奶奶床边，看见她脸色苍白，呼吸困难。我呼喊奶奶，她动了动嘴唇，说不出话来。

医生将我爸叫到外面小声地讲：“肺结石晚期，看样子撑不过今晚了，准备后事吧。”爸爸听到后眼泪顷刻滚落下来。我呆若木鸡，无法接受亲爱的奶奶即将要离我而去的事实！

奶奶的基督教友提议要一起唱唱诗把病魔给驱走，让耶稣真主带领她走向光明。她们连续唱了一个多小时，奶奶突然喘气厉害、咳嗽加剧，姑姑给她拍打着后背。只听哇的一声，奶奶吐出一块看起来像黑煤块似的东西。过了一会儿，奶奶竟奇迹般地呼吸顺畅了，能说话了，还吃了些粥，大家面面相觑，以为是回光返照。令人意想不到的是，奶奶真的奇迹般地好起来了。

后来，大家都传一定是奶奶人好心善，耶稣显灵救了她。大伯一家三口正因为见证了这个用科学无法解释的现象，自此成了虔诚的基督教徒。

大病一场后，奶奶的身子骨明显差了许多。她试图照常除草种菜，只是稍微一活动便气喘出虚汗。爸妈只要看到奶奶干活就会劝她回去歇着。她坐在椅子上，精神萎靡了许多，常常坐着坐着就犯困。我理解跟泥土打了一辈子交道的她，土地如同生命一般重要，只有辛勤的劳动才能赋予她生命的鲜活。

我大二寒假回到家的第二天，奶奶仿佛睡着一般安详，永远地离开了人世，那一年她八十三岁。

奶奶离开后，我常常梦见她在梦里给我暖手，拿蒲扇给我扇风，给我做手擀面，陪我看牛郎织女星，带我去听讲教……

每次回家走到村口，仿佛还能看见她迎着夕阳等着我回来。走进她曾经居住的屋子里，屋里静悄悄的、空荡荡的，只有我的脚步声在回响，猛然间看见墙上那幅基督像，再也控制不住地潸然泪下……

奶奶已离开我二十年了，我始终没能成为基督教徒，因为在我心中奶奶才是守护我的耶稣，她带领我一次又一次走向光明。

回家过年散记

自从我远嫁南方后，回老家过年的次数屈指可数，印象最深的是 2014 年春节。

那一年，我带着孩子在年前回到老家，第二天便赶上一场大雪。多年没有见到雪的我，像个孩子一般开心，堆雪人、拍雪景，玩得不亦乐乎。看着雪，看着这个祖祖辈辈生活的村庄，一种久违的安宁和静谧袭上心头，内心被一种喜悦和幸福包裹、填满。

对于村子里的人来说，冬天你下不下雪，他都在这里，不悲不喜。正如宋朝无门慧开禅师所讲：“春有百花秋有月，夏有凉风冬有雪，若无闲事挂心头，便是人间好时节。”正因为冬雪一来，春天就不远了。而年关将至，谁还有心思发愁呢？大家伙儿得忙碌起来为过年准备吃食呢。

村子里上百年来的过年习俗一辈辈传承下来，过年时家家户户要准备的必备食物有花糕、油炸丸子、鱼、大锅肉、包子、水饺等。我最喜欢帮母亲打下手，和她一起做花糕。这项手艺称得上艺术创作。

每逢过年，村中的主妇们个个大显身手。一团面和几颗红枣，在她们的手中变成了一个个栩栩如生的艺术品，面团被她们捏成牡丹、桃花、猫、狗、兔子、老虎等各种花朵和小动物的模样。这些花糕经过大火蒸煮后，常常因为过于精美而让人不忍下口。

大年初二，妹妹带着老公和孩子也回来了。每当全家人能这么齐整地聚在一起时，父母总是从早到晚地忙着准备一家大小十几口人的饭菜。他们的身影在厨房间忙碌穿梭，聊天时眉开眼笑的，仿佛一下子年轻了好几岁。

过年时拿钱给父母，他们转手又给了孩子，嘴上念叨着：“我们啥都不缺，只要你们好好地过日子就行。”每次听到母亲的这番话，内心总是一阵感动。养儿方知父母恩，在这个世界上，父母的爱总能穿越寒冬，带给我们温暖，一想到这个世界上有人还爱着自己，即使处于生活的低谷，经历生命的磨难，内心也充满了对抗生活的勇气和力量。

年过完了，离别的时刻也到来了。由于我和妹妹回家坐的火车班次不同，母亲送妹妹时一路上默默擦眼泪，直到人进了车站看不见人影才慢慢离去。第二天送我时，母亲又是如此这般模样。

母亲这些年的脾气越来越温软，再也不像我们小时候那样打骂我们了。孩童时因为她的打骂，我一直觉得我们母女虽然距离很近，可心却很远。当我成为母亲后，我和母亲心里越来越近，可距离却越来越远了。

看着母亲哭红的眼睛，我不敢在母亲面前流眼泪，等车子启动看不到母亲时，再也忍不住地泪流满面。

儿子看着我哭，不解地问："妈妈，你和外婆为什么会哭呀？"是啊，我为什么会哭呢？因为当我真正读懂母亲时，我也是个母亲了。

作者简介：安落汐，本名邵凤英，现居深圳。中国散文学会会员，深圳市作家协会会员，青年作家网签约作家，豆瓣阅读专栏签约作者，掌阅签约作者。

小说世界

醒 悟

杨玥琤

十一月下旬，古城到处寒气袭人。周五早晨，天空昏暗，雾霾浓浓。杨童和他的同班同学李明以及他在古城秦岭中学上初一的弟弟李松，戴着防霾口罩去上学。他们刚走出小区大门，就隐隐约约看见一个农民打扮模样的伯伯，穿着一件脏兮兮的破旧黄大衣，蹲在屋檐下。中午放学回来，那个伯伯还在那儿……

“哦，那个伯伯怎么还蹲在那儿呀？他就不嫌冷吗？”李明惊讶地问杨童。

“详细情况我也不清楚，只是听我爸爸说，好像他是找他们老板讨要工钱呢！保安不让进去，就蹲在那儿等他们老板呢！”

“唉！这老板咋这么狠心呢？都入冬啦！怎么还不给人家发工钱呀？”李松疑惑地反问道。

一

下午，上作文课的时候，语文老师对大家说：“最近，《古城晚报》正在举办关于治理雾霾、改善环境主题的作文竞赛，体裁不限，题目自拟。请同学们积极参加哟！”

“李明，你写的作文往往都是咱们班上最棒的，只要参加，我想一定会获奖！”放学后，走在回家的路上，杨童笑嘻嘻地鼓励李明说。

“我也想参加，不过那是全市大赛，我怕我不行呀！”

“明明哥，我看你能行，你就参加吧！一会儿回去，如果那个伯伯还在咱们小区大门口的话，他不怕雾霾，不怕寒冷，你采访他一下，说不定对你写好这篇作文还会有帮助呢！”李松把头一挠说。

恰巧那个伯伯还在那个地方，抱着头，无奈地等着他们的老板。

“伯伯，天这么冷，雾霾这么大，你不分白天黑夜蹲在这个地方干什么呀？”李明弯腰问道。

“好娃哩！你看，我的脚都被冻得伤成这个样子了，有什么办法哩！我带了我们村子二十几个人，给老板干了十个月的活儿，至今还没领到工钱。天冷了，家里人缺吃少穿的，都没法过冬呀！已经有两个年轻工友生肺病住了院，现在医院还不断地催交住院费呢！”那个伯伯眼含泪花说。

“你们那儿是什么工地，离这儿远不远？”李明急切地问。

“我们干活的地方是梨花商城工地，离这儿也不远，坐20路公交车到梨花商城站下车，半个钟头就到了。”

“那你就不要等了，明天是星期六，不上学。我们几个一块去你们工地，帮你们去找老板讨要工钱。好不？”李明说。

“好啊，那就太谢谢你们了，小朋友！”

二

周六，天还是那么冷，雾霾还是那么大。李明、李松和杨童一大早乘坐20路公交车，八点半左右就赶到了那个伯伯干活的工地上。那位伯伯和其他叔叔们都已经在顶着严寒，呼吸着雾霾干活了。

“哎呀！难怪有两个人都得肺病住院了。你们看！那里到处都是建筑垃圾，那堆积如山的土堆也不遮盖，做饭烧水用的仍是烧煤锅炉，有的人还点燃废木材和刨花在取暖……整个工地看上去都是灰蒙蒙的，那些建筑物竟是那么的模糊，五米开外几乎什么都看不清……”李明气愤地说。

“就是，雾霾这么大，刺鼻得很，这里的管理水平也实在是太差了！”李松也责怪着这里的管理人员。

“约定的时间快到啦，咱们赶快去找那个伯伯吧！”杨童提议。

他们三个刚走下土堆，远远就看见那个伯伯向这边走来了。

“哎呀，不好！我们老板今天又躲了，人不在！怎么办呀？”那个伯伯焦急地说。

“走！那咱们去一下医院，先看看那两个住院的叔叔！”李明边摆手边果断地说道。

到了古城中心医院，他们先去医生办公室打听那两个叔叔的病情。听主治医生说，刚刚已对他们会过诊。一个姓白的叔叔病情比较轻，是肺炎，而另一个姓吴的叔叔病情就比较严重，已发展成为肺癌，得动手术。看到这种情况，李明对杨童和他弟弟的李松说："你们看这样行不行，咱们先把每个人要给学校交的两百元暖气费给伯伯和叔叔们留下，让他们应急。然后，我想就以这个工地的情况为素材，写一篇参赛作文，争取让《古城晚报》帮助解决这一问题。好吗？""好！"杨童和李松异口同声地说。那个伯伯挠了挠头说："那这样吧！我同意你说的。不过，钱是你们给学校交的暖气费，你们就交给学校吧……""你把钱拿上吧，暖气费我们再另想办法！"李明一边说，一边把六百元钱收到一块，硬装进了那个伯伯的上衣口袋里。

随后，他们在那个伯伯的带领下，到病房去看望白叔叔和吴叔叔。

"这是秦岭中学的三名少先队员，来看你们啦！"那个伯伯一走进病房，就对那两位叔叔微笑着说。

"谢、谢谢！"两个叔叔一边起身，一边用微弱的声音表示感谢。

"你们躺着，你们躺着！"李明和杨童不约而同地说。

"他们可都是好学生呀！准备写作文参加比赛，让《古城晚报》帮助咱们解决这个问题哩！"

李明他们跟两位叔叔说了一些安慰的话后，就和他们告别了。

三

周日的天气仍是"霾深深，雾蒙蒙，眼前一片灰茫茫"。李明没有出去，坐在书桌旁，认真写着自己的参赛作文。经过一个上午的周密思考，中午饭前终于完稿。下午，他把杨童和他弟弟叫到一块，让他们分别看了看。

"请你们提提意见，我再进一步修改修改！"李明笑眯眯地说。

"哦！难怪老师经常表扬你，竟然写得这么活灵活现，很好！很好！"杨童啧啧赞叹。

"总体上来说是很不错的，但我觉得应该把雾霾对社会经济发展的危害性和拖欠工资对农村务工人员造成的影响，写得再细一点儿、活一点儿，就更好了！"李松手拿着文稿边比画边说。

“好，你提得太好了！我再琢磨琢磨……”

周一，李明按照语文老师的要求，把修改过的参赛作文投递给了《古城晚报》。后来，这篇作品被评为一等奖，并见诸报端！

市环保部门的领导看到这篇作文后，立即带人去查看了梨花商城的施工现场，还慰问了住院的白叔叔和吴叔叔，并对施工单位进行了罚款。市劳动仲裁委员会又责成施工单位，在一周内必须付清拖欠农村务工人员的全部工资，还责成施工单位负责支付白叔叔和吴叔叔的医药费。

四

一天上午，雪花从玉宇苍穹中飘落下来，纷纷扬扬，飘飘洒洒，罩在古城上空的雾霾慢慢散去……李明、李松和杨童放学后边玩边向家走。站在李明家楼门口的李爸爸，不知怎的，面红耳赤，发现李明他们从学校回来了，便不管三七二十一，一把揪住李明的耳朵向他们的楼内走，李明疼得直喊：“爸！你这是干什么呀？疼死了……”当时杨童觉得他和李明是好朋友，李明有难处了，他不能不帮李明呀！于是，就和李松跟在李明后边，也上楼进了他们的家门……

“我叫你再管闲事，今天我要打死你这个爱管闲事的东西！”李明的爸爸气愤地一边说，一边操起笤帚要打李明的屁股。

“你说清楚，我管啥闲事啦？”受委屈的李明边擦眼泪边反问。

“你还嘴硬，我都查清楚啦，就是你在参赛作文中说，我们工地管理不善的……”李明的爸爸说道。

这下杨童才弄清楚李明的爸爸打李明的原因，急忙上前把李明的爸爸挡住说：“哦，叔叔！梨花商城原来是你们的工地，我和李明、李松都不知道啊！是《古城晚报》举办治理雾霾、改善环境话题的作文竞赛，我们看到那个伯伯讨要拖欠工资，又说他们两个工友住院没钱看病，我们几个想做好事，就想着帮他们讨要工钱。到工地一看，你们工地的烟囱黑烟滚滚，到处尘土飞扬，李明才以此为素材写参赛作文的呀……”

“不说我不知道这是你们的工地。就是知道，也要写！你不说你们工地违反《国家大气污染防治法》，随意制造雾霾，破坏环境，反而说我写参赛作文反映此事是管闲事，真是不讲道理！”李明生气地大声谴责着爸爸。“就是呀！”李松低着头，也小声责怪爸爸。

“都是你的错，还拿娃娃们出气哩！”在医院当护士的李明的妈妈，也大声责怪李明的爸爸。

“难道让环保部门罚了钱，又要支付几十万元工钱，还要承担那两个人的住院费，给公司造成这么大的损失，你们就不心疼吗？”李明的爸爸强词夺理地说。

“这些都是公司应该支付的费用，你怎么能说是损失呢？”李明瞪着两个铜铃般的眼睛反问道。

“那我还不是为了咱们这个家，想多挣点儿钱吗？”

“爸爸，你这是损人利己、损公肥私呀？”李松也大胆地说道。

李明的爸爸再没说什么，只是叹了一口气，然后进了他的房间，客厅里紧张的空气也慢慢散去……

五

下过雪，空气清新了不长时间，到处又是浓雾茫茫，真乃“千里朦胧，万里尘飘”啊！李松的妈妈正在给病人输液，李松的班主任突然打来电话说：“李松今天上课时，突然发高烧，还恶心、呕吐，打寒战……”刹那间，李松的妈妈急得满头大汗，她赶紧叫上医院的救护车，到学校把李松拉到医院，送到呼吸科进行检查。医生检查和会诊后，主治大夫说：“由于李松身体瘦弱，扛不住这冬季雾霾的侵袭，上呼吸道和肺部严重发炎，所以需要住院治疗。”

“老李，李松患了急性肺炎，住在我们医院呼吸科，你过来一下！”李松的妈妈为李松办完住院手续后，就急忙给李松的爸爸打电话。

“哦，我马上就过来！”李松的爸爸一听说李松住院了，放下手头的工作，就急急忙忙开车来到医院。

李松的爸爸心急火燎地跑进病房问李松的妈妈：“这到底是怎么一回事，怎么会患上急性肺炎呢？”“你还问哩，还不都是你们这些黑心老板惹的祸！只图赚钱，不注意环保，制造了这么多雾霾，使不少人都患上了支气管炎和肺炎。这不，连你儿子都没逃过……”“唉，都怪我！自从环保部门罚了钱，前几天你和两个儿子又对我批评后，这几天我也在反思自己，到底应该怎么去做。今天李松又因雾霾患上了急性肺炎，这下我就全明白了。再不能像过去那样了，一定要舍得投资，防止产生雾霾，保护环境……”李松的爸爸明白后，激动地说道。“好！我爸爸已经觉悟了。”下课后，李明和杨童到医院去看李松，进病房门时听到了这一席话，李明十分高兴地说道。看到李明的爸爸终于醒悟，李明的话音刚落，杨童就和李明的妈妈兴奋地给他们父子俩鼓起了掌！挂着吊瓶的李松也因为爸爸思想的转变，睁开眼睛笑了……

李明的爸爸醒悟后，很快为务工人员付清了工资，并亲自到医院去看望白叔叔和吴叔叔，为他俩支付了住院费。在医生的精心治疗和李明爸爸的积极关心、帮助下，一个礼拜后，李松和白叔叔均痊愈出院，医院给吴叔叔安排了肺部肿瘤的切除手术……

六

李明的参赛作文中反映的问题，引起了政府有关部门的高度重视，全市将“既要金山银山，又要青山绿水”作为社会经济发展的基本原则，大力实行建筑市场整顿、拆除烧煤锅炉、汽车限行等措施。李明的爸爸吸取教训后，积极响应政府的号召，事事都走在前面，对他们的工地进行了全面全整顿，清理了建筑垃圾，及时给道路洒水，用防尘网苫盖了土堆，将烧煤锅炉改为电加热锅炉……各项工作进行得井井有条。不久，古城的市容市貌就发生了很大的改变，太阳也露出了笑脸，把金色的光芒洒向大地，天蓝了，空气清新了。虽然气温还比较低，可大街上人潮涌动，个个喜气洋洋，大家都在为一年一度的春节忙着准备年货哩！

李明一家也忙得不亦乐乎，既在准备年货，又在为刚做过手术的吴叔叔跑前跑后……

“他妈，我看他吴叔叔不太想吃医院灶上的饭，你最近就根据他的口味在外边买些饭或在家里做些饭，给他送过去，让他吃好喝好，使他的身体尽快康复！好吗？”李明的爸爸着急地说。

“行！”李明的妈妈斩钉截铁地回答。

大年初一那天，李明的爸爸开着车，拉着李明的妈妈、李明、李松和杨童去医院给吴叔叔送饺子。吴叔叔术后恢复得很好，红光满面的，脸上露出了灿烂的笑容，对众人不断地说着："谢谢！谢谢！"他们的笑声和说话声，一直在病房的上空萦绕……

（本文荣获第三届"中国青年作家杯"征文大赛一等奖）

作者简介：杨玥琤，男，1995 年 9 月生于陕西西安。现为中国青年作家学会副主席、中国小说学会会员、中国散文学会会员、陕西省作家协会会员。已发表作品 64 万字，出版《吉他王子》《迎春花》等个人作品集 9 部，曾有 32 篇作品和 5 部个人作品集在全国竞赛活动中获奖，其中，金奖、特等奖、一等奖 28 个，还被授予"中国百名青年作家"、全国"青年小说十佳"等荣誉称号。

天 谴

姚志顺

泗水湖里的狼，小于犬，形如豺，恶似狼。生性凶残，狡黠如狐。湖区的百姓都叫它豺狗子。村妇们常用“狼来了”吓唬撒泼哭闹的孩子，足见民众对湖狼的憎恨和恐惧。

民国三十四年正月十七的夜里，一场大火，把泗水湖北边的尤家大院烧了个精光。这个建于明初百公里内最大的庄园，整整烧了三天三夜。一家老小，连家匠带仆人，近五十口，全部命丧火海。唯大小姐尤芸，生不见人死不见尸。她远在省城教书的哥哥尤忠义也幸免于难。

尤忠义过完元宵节，于两天前刚回到学校。惊闻噩耗，几度昏死。当晚拖着病体，奔回已成一堆灰烬的家。看着眼前的惨状，他再次昏厥过去。

醒来时，尤忠义已躺在郎中赵先生家里。先生慈眉善目，为人仗义坦荡。他的住处，离尤家大院不到一里地，算是尤家的邻居。

通过药物调理和心理疏导，眼见尤忠义渐渐好转后，赵先生才敢把多日来在行医中听得的消息告诉尤忠义。

“这伤天害理、泯灭人性的恶行，想必大少爷已猜出是谁所为。”赵先生一边喂着尤忠义汤药，一边说。

“湖狼……咳咳咳，”尤忠义虚弱地盯着赵先生说道，“一定是那个畜生。”

“是的，听说你妹妹也被他掳了，囚在湖心岛上。”赵先生几乎同时对着尤忠义喷着寒光的眼睛，点点头。

湖狼是湖匪头子张五的绰号。此人心狠手辣，凶残如狼。拉了百余号匪徒，长期盘踞于泗水湖中的湖心岛上。要说这小岛面积并不大，方圆不足十公里。可它进可攻，退可守，从清朝到民国，官府数次重兵围剿，也未能将其消灭。

湖狼共兄弟五个，他四个死掉的哥哥中，有三个都是因为抢尤家大院时，被尤家护院的家丁用冷枪打死的。如今只剩下他，这个残暴冷血、多疑狡黠的湖狼张五。他不止一次在心里发誓：不把尤家斩尽杀绝，誓不为人。

尤忠义听说妹妹尤芸被湖狼抢去了岛上，不禁猛咳不止。一口鲜血脱口喷出，床头的土墙上随即一片猩红。

“忠义少爷要保重呀！只有保住了命，才有报仇的机会啊！”赵先生拍着尤忠义的后背劝道。

“谢谢先生，不杀湖狼，我死不瞑目。”尤忠义大口地喘气道，“不仅为报家仇，更是为民除害，忠义定会振作起来。只求先生以后别喊我……少爷了，您看如今的我……”尤忠义抓住赵先生的手，两行泪珠如豆粒似的从镜片后滚到嘴角。

“好吧，以后就叫你忠义。忠义，你把这个带上，或许有用。”赵先生点头应允，把一个纸包塞到尤忠义的手里说，“报仇的事情，要多动脑子。你是硬拼不过那豺狗湖狼的，得智取才行啊！”

“我记着呢，先生保重！”尤忠义攥紧手里的纸包，向赵先生坚定地保证道。是的，他一个教书先生，本就手无缚鸡之力。要杀湖狼，非智取才行啊！

一个月后，泗水湖的芦苇半人多高时，尤忠义坐着小渔船，驶向湖心岛的匪窝。他被小匪蒙了眼睛，带上岛时已是傍晚。血一样的残阳，烧红了西边的大半个天空。

天幕沉沉地黑下来时，被割断了脚筋的尤忠义，由两个小匪拖到匪首湖狼的厅堂里，脱下眼罩。

“这是谁干的？是谁把我的大舅哥弄成这样的？”湖狼阴着脸号叫道，犹如鬼哭。

颤巍巍跪下两个小匪，叩头如捣蒜地支支吾吾道：“是二当家的叫我们……”

“老二？”湖狼狰狞着连鬓胡子的脸，问二当家的。

“大哥，我只叫……可没让他们这么干。”他对湖狼挤眉弄眼道，“您的大舅哥，我怎能……大哥千万别信这俩小的胡诌。”

“把他俩的爪子给我砍了。”湖狼怒吼着，又转而命令道，“传我的话，快去找郎中来，把我大舅哥的腿脚医好。”

话音未落，俩小匪的左手就被砍掉。尤忠义心里明白，残忍的湖狼，这是在杀鸡儆猴，演戏给他看。

尤忠义的脚筋接上一个多月后，才能靠双拐下地，艰难地挪步。只是双腿从此不能伸直，双脚也使不上劲了。他已离不开拐棍，他成了残疾人。

见到妹妹尤芸，已是农历四月底，在那个电闪雷鸣、急风暴雨后的傍晚。尤忠义在那棵被雷电劈坏了半边身子，仍然屹立不倒的松树下，终于见到了他可怜的妹妹。十七岁的尤芸，正值青春妙龄，本该天真烂漫如花绽放。而眼前的她，却如沧桑的农妇，面容憔悴，神情恍惚。微微隆起的小腹，像在诉说着她曾遭受的不幸和苦难。

尤忠义悲痛欲绝地呼喊道："小妹！……"便哽咽得泣不成声。

"哥……"尤芸哭喊着扑进哥哥的怀里。她抚摸着哥哥残疾的双腿，急切地小声问，"有杀掉那畜牲的法子吗？"

"有，你把这个放进他的饮水或饭食里便可。"尤忠义搀扶着妹妹，坐到松树下的一块石头上。看着眼前热浪翻滚的温泉，迅速把赵先生给他的毒药塞到妹妹手中。

尤芸看了看身后盯梢的小匪，慌忙把药包收进袖子里，说："湖狼那畜生鬼精得很，自从把我抓上岛后。他吃饭喝水，都让随从先试着吃喝后才放心吃呢。"她紧锁着眉头说道，"哥，马上就端午节了。我想把这药粉倒进那坛酒里，把这大小恶魔一锅端了！"

"只能如此，这是个好机会。"尤忠义思考道，"只怕那一大坛的酒，这药……量就小了。"他顾虑重重地说。目光在松树的残身和咕嘟嘟向上冒热气的泉水上来回游移，若有所思。

布谷催收，麦穗变黄时，端午节如期而至。果不其然，湖狼和他的喽啰们，虽然喝下药酒，却因为药量太小，并未丧命，只是产生了过敏性的皮肤瘙痒。他们一个个赤身裸体，抓耳挠腮，如群魔乱舞，丑态百出。

尤忠义趁这乱糟糟的空当，拿上早已备好的铁条、老虎钳等工具，拖着瘸腿，在温泉和老松树下，忙忙碌碌了大半天。终于在风雨欲来的天黑前，把缠绕树身的铁丝的另一头，埋进了温泉的石头下面。一切就绪后，他回到湖狼身边，明知故问道："这是怎么回事？痒痒？"

"不知怎么回事，正要派小的去岸上，请赵先生来看个究竟。"湖狼狐疑地盯着尤忠义，摸着满脸的连鬓胡子说道，“喝酒之后，就成这样了，浑身奇痒。难道这酒……”

“与酒无关，我并未沾半滴酒，身上也常痒痒。”尤忠义忽听外面一声闷雷炸响，心中暗喜，他不露声色道，“与这阴雨潮湿的天气有关。大当家不必去请郎中，岛上便有止痒的良方。”

“哦？说来听听。”湖狼伸长脖子道。

“老松树下的那眼温泉便是，我嗅到那泉水中有硫黄的味道，便试洗了几回，效果很好，如今我的瘙痒已痊愈。”

“有这般神奇？”湖狼溜溜地转着阴森的眼珠子问，稍后又一拍脑门说道，“看我这记性，差点儿忘了。大舅哥可是上通天文下知地理的秀才啊，自然有大智慧的。哈哈哈！小的们，还等什么？洗澡去啦！”

远处的天空忽然雷电交加，由远及近，像要撕破黑沉沉的天幕。

百十号为非作歹、恶贯满盈的湖匪，扑通扑通地跳进温泉水塘里。

突然，一道闪电，犹如一柄利剑，掠过高大的松树树冠，亮闪闪地刺进温泉，在池水里，似银蛇般摆动着长长的身躯。紧接着，一个巨雷在树梢炸响，地动山摇。松树的枝叶嗞嗞作响，在暴风骤雨中，燃起蓝幽幽的火苗。整塘的泉水，瞬间变成了巨大的电磁场。水中的湖狼和他的喽啰们，来不及鬼哭狼嚎，还不知道怎么回事，便一个个龇牙咧嘴，惊恐而亡。站岗放哨的两个喽啰，当即仓皇而逃。他们知道自己作恶多端，罪孽深重。这是遭了天谴，遭了报应，是上苍对他们的惩罚。

天亮的时候，雨停了。天空如洗过了一样纯净。一行白鹭欢唱着飞过青青的芦苇荡，盘旋在清澈见底的湖面上。尤忠义带着妹妹尤芸，坐上郎中赵先生撑来的一叶小舟，迎着初升的朝阳，向省城方向驶去。

（本文荣获青年作家网2022年度优秀作品）

作者简介：姚志顺，网名字顺文从，笔名半瓶子志醋。江苏淮阴人。青年作家网签约作家。

土豆先生和苦瓜小姐

如 月

听说，没有谈过恋爱的大学是不完整的。谁没有在大学里谈过恋爱，似乎就显得不那么“主流”。但是总有一些“另类”，他们直到大四了还没有谈过恋爱，至少没人见过他们用行动证明他们追求过谁或被谁追求过。

比如，在这所北方的大学里，来自航海学院的“土豆先生”和来自外语系的“苦瓜小姐”。

之所以被称为“土豆先生”，是因为这个男孩经常吃土豆。不管是食堂最便宜的醋熘土豆丝，还是学生街小饭馆的干锅土豆片，都是他的常点菜肴。这可是在北方啊，再也没有比土豆更加平常的菜了吧，他居然常年吃不腻，真是个怪人。

另外一个对普通蔬菜也有执念的女同学则来自外语系，她被戏称为“苦瓜小姐”。这个南方来的小姑娘，最经常吃的就是苦瓜炒鸡蛋、苦瓜炒牛肉、苦瓜酿南瓜等。照理说，一般女孩子都喜欢吃甜品，很少有听说爱吃苦瓜的。所以，她也是一个另类。

本来每个人都有一些对食物的偏好，这很正常。自古以来，关于中国饮食口味有句俗语，叫作“南甜北咸东辣西酸”。有研究发现，南方人普遍喜欢吃甜，而北方人更喜欢吃咸。比如在每年吃粽子的季节，甜咸粽子之争也注定会成为端午节关注的热点。但是土豆先生对土豆以及苦瓜小姐对苦瓜的偏好，却有些特别。南方来的苦瓜小姐似乎不爱吃甜食，北方长大的土豆先生也不怎么吃咸食。

航海学院是这所大学里最大的院系。在校学生加起来上千名，而且全部是男生，被戏称为“航海寺”。而其他专业的女生比例也不高。在这样“狼多肉少”的环境下，航海学院的男生想找到女朋友并不容易。他们要面临的竞争对手不仅来自本专业，还有这所万人大学的其他专业以及其他周边大学的男生。所以，土豆先生没有女朋友或没有主动积极找女朋友的这个事实，也是情有可原的。

但是，只有土豆先生自己知道，他没恋爱，是因为家里太穷了。虽然在学校里找女朋友，还不需要像进入社会的人那样考虑买房买车，但是看个电影、下个馆子、再时不时送点儿节日礼物什么的，这些都是必需的吧，但是哪一项不需要花钱呢？事实上，他也不是那么爱吃土豆。毕竟从小出生在东北，吃惯了土豆，也吃腻了土豆。要不是因为土豆最便宜，他也想吃点儿荤菜啊。

但是，年轻人特有的自尊心让他三缄其口，他宁愿顶一个奇奇怪怪的“土豆先生”的绰号，也从不跟身边人透露他总吃土豆以及不谈恋爱的真相。

没找女朋友或者找不到女朋友，不等于男生不会去想异性啊。毕竟正值十八九岁的年纪，都处在青春期，荷尔蒙旺盛的男生在熄灯失眠的时候，也经常会八卦隔壁外语系女生的花边新闻。比如谁的身材好、谁的颜值高，谁参加了大学生模特比赛，还有谁和辅导员看起来有点儿暧昧，等等。其实大家和那些传说中的女生并不熟，但是这些故事总是被传得有鼻子有眼的，好像真的一样。

据说苦瓜小姐长得也不赖，脸蛋圆乎乎的，非常可爱，但是听说她经常和外教老师在一起，还听说她将来是要留学并最终移民到美国定居。总之，也不知道是不是吃不到葡萄说葡萄酸的心理作用，这些男生谈到她的时候，总是一脸鄙视和愤怒，好像她给中国女性丢脸了似的。

到了大四，航海学院的学生陆续被各大海运船运公司提前预约，毕竟这是一个供不应求的专业。眼看着饭碗捧稳了，本着“不谈一次恋爱枉上一回大学”的想法以及想着为自己存留一份大学恋爱的美好回忆，还没有找女朋友的男生纷纷开始积极谈起恋爱来了。

仲夏的某一天，男生们又开始谈论隔壁楼的女生。不知道谁说了一句“中国的女孩只有我们中国的男孩可以追”，然后，大家就怂恿着土豆先生去追求苦瓜小姐。这帮无聊的舍友还打赌，说如果他追到了苦瓜小姐，大家就请他去本市的五星级酒店吃一顿自助餐，而且他们还信誓旦旦地保证会出谋划策，帮助土豆先生“搞定”这个艰巨的任务。

为什么大家推举土豆先生呢？因为全宿舍只剩下他一个真正的“光棍”了，其他人至少都已经在行动和实践了。在舍友们平时有意无意地“炫耀”自己女朋友的时候，土豆先生的内心其实也是有些波澜的，再怎么说他长得也不差，更何况那段时间，土豆先生也如愿以偿地和南方一家的公司签约了。如果没有什么意外的话，他毕业后就可以顺利成为一名跨国远洋船员。

闲着也是闲着，这都要毕业了还没有谈过恋爱，也确实有些怪丢脸的。想着这个赌约，不仅可以“为国争光”，还能从平素抠门的舍友这里赢得一顿自助餐，怎么说也是一门划算的买卖。

于是他拍拍胸脯，信心满满地说：“没问题，这个光荣的任务，我接了！”

虽然土豆先生没有谈过恋爱，也不懂如何接近和认识苦瓜小姐，但是他的舍友们个个足智多谋又经验丰富，于是他们精心安排了各种“巧合”，让他们俩在食堂、自习室和图书馆多次偶遇，为其制造“好巧啊，又碰到你了”的缘分。

终于有一天，他们俩“碰巧”在一家学生街小餐厅见面了。其实那个时候，土豆先生已经吃饱了，但他还是假装来找吃的。他大声地点了一份苦瓜炒蛋，然后坐在苦瓜小姐的隔壁桌。

按照剧情发展，他会主动分享苦瓜给苦瓜小姐，然后把气氛活跃开来。不料，这次苦瓜小姐主动打招呼：“咦，你怎么不吃土豆了？”

原来，苦瓜小姐也听说过他，知道他经常吃土豆。窃喜之下，他滔滔不绝地讲起了土豆的好处。比如他家就是靠种土豆走上农业致富的道路，比如土豆里含有丰富的钾，钾是人体需要的重要离子，所以吃土豆能够补充钾，从而保护人的心脏，等等。他说得极其精彩，把苦瓜小姐给逗乐了。

其实这是土豆先生提前打好的草稿。接下来，他假装好奇地问道：“这位美女同学，请问你最喜欢的蔬菜是什么？”

按照剧情发展，她会说是苦瓜，然后他会背诵起提前准备好的台词。比如苦瓜的确是一个好东西，营养成分极为丰富，常吃苦瓜能增强皮层活力，使皮肤变得细嫩健美，等等。

可是，没想到苦瓜小姐却直视着他，笑眯眯地说：“其实，我不怎么爱吃蔬菜，我更喜欢吃肉。”

土豆先生一下子愣住了。怎么回事？难道情报有误吗？

还好他也算机灵，不露痕迹地接上话说：“肉类固然有营养，但是蔬菜对身体更好啊。比如苦瓜就是一个看起来其貌不扬却营养丰富的家伙，就像我。”说完这句俏皮话，土豆先生憨憨地笑了起来，他没想到自己居然还挺机智和幽默。

苦瓜小姐幽幽地看了他一眼，然后低下头开始扒饭。过了一会儿，她抬起头来，似乎鼓足勇气要做自我介绍一样。她说："其实，我的绰号就是苦瓜小姐，因为我经常吃苦瓜。"

"不过，我并不爱吃苦瓜，只是它太苦了，可以降低食欲，能让我少吃点儿。毕竟我太胖了，这点让我很自卑。" 她犹豫了一下，接着又说，"中国男生都喜欢苗条的姑娘。可能我以后只有出国，才能找到欣赏我的男朋友吧，呵呵。"

说完这段话，她还自嘲地笑了两声。可是，她又似乎感觉自己说得有点儿多了，有点儿尴尬。于是她站起来，剩下的饭菜也不吃了，转身离开了饭馆。

她是那么的坦诚和天真，把隐瞒了多年的秘密就这样毫无预兆地和盘托出。就像一个闷葫芦摆在角落里多年，大家一直在猜想里面是不是装着什么秘密，或者怀疑这个葫芦本身是否有什么见不得人的毛病，没承想人家里面只是装着清清白白的井水而已。

这让土豆先生蒙了。

原来，是有这样的误会啊！

原来，苦瓜小姐并不爱吃苦瓜，她只是过不了自己肥胖的心理关。

原来，土豆先生并不爱吃土豆，他只是吃不起其他高价格的美食。

所以，苦瓜小姐一边吃着苦瓜，一边畅想着毕业之后赶快去国外过留学生活。

所以，土豆先生一边吃着土豆，一边幻想着毕业之后马上能收获高薪工作去赚钱。

有多少人的秘密啊，其实就是那么的简单。事实上，这两个年轻人，并不是不想找对象，他们也是正值青春年华的男女。但是，在这个阶段里，体重和金钱却像是压在心头的两座大山，逼着他们宁愿被误会多年，也没有勇气去面对自己的心。

不管怎么说，这个真相让土豆先生似乎一下子失去了方向。没有男朋友，意味着她和男外教暧昧的传闻也是捕风捉影的，那他还追求她干吗？不算"为国争光"，也不算"抢回中国的女孩"了，那他这个"任务"还要继续执行下去吗？

那天晚上回到宿舍，土豆先生内心纠结了好一阵子，要不要终止这个行动呢？他想到白天苦瓜小姐坦诚的目光时，内心的某个角落，似乎有根弦被春天的微风拨动了一下。

反正闲着也是闲着，谈谈恋爱也不碍事。谁知道她说的是不是真的呢。再说马上就大学毕业了，以后她要出国求学，他要去海上漂，各走各的路，即使现在成功谈恋爱了，到时候毕业即失恋，也是客观环境迫不得已的事情。

土豆先生这样想着，决定暂时不告诉舍友们这个“误会”。

于是，“任务”继续进行。“偶遇”再次降临的时候，土豆先生拿出了智囊团给的“搭讪”技巧，夸奖苦瓜小姐长得可爱和健康，让她慢慢对自己的身体和容貌产生了自信。

他说：“不想吃苦瓜就别再吃了。你根本不胖，这样刚刚好。那些瘦得跟竹竿似的女生，一看就不健康，我才不稀罕呢。在我看来，你本来的模样就很美。”

这样哄人的话，也不知道为什么就能产生那么大的魔力。但是苦瓜小姐信了。她第一次听到的时候，是有些感动的。后来他们在一起吃饭的时候，面对着土豆先生夹过来的红烧肉，她也终于决定敞开胃口，大快朵颐起来。

这样的感觉真美妙。苦瓜小姐终于没有负罪感地吃起了自己喜欢的肥肉。而土豆先生也不再吃土豆了。因为舍友们为了帮助他，每周都会适当赞助他一些“恋爱经费”，这样他也有足够的约会资金，时不时可以邀请苦瓜小姐去尝遍学生街的美食了。

原本就不笨的土豆先生在舍友们的助攻下，很快就掌握了追求女生的一些基本技巧和话术。而单纯的没有谈过恋爱的苦瓜小姐，也很快就在从未有过的异性关怀和各种夸赞中彻底地沦陷了。

过了不久，他们俩成功地谈起了恋爱。

舍友们也说到做到，热热闹闹地请土豆先生去当地最好的餐厅吃了一顿自助餐。吃饱喝足之后，他们问：“你是怎么打败外教的？”

土豆先生说：“中国不是有句老话嘛，三个臭皮匠赛过诸葛亮，你们成天在背后给我出谋划策，我能不赢吗？”

舍友们得意地大笑起来。他们接着问：“接下来你打算怎么做？”

土豆先生潇洒地回答：“任务完成了，也快到上船实习的日子了。过几天我就跟她摊牌，好聚好散。毕业即失恋，不是很正常嘛。”

当土豆先生在一次约会中，不小心透露了之前频繁“偶遇”是源自舍友们的大力支持时，被蒙在鼓里的苦瓜小姐还十分感动。她动情地说：“那咱得好好感谢你的舍友们啊。等将来我们结婚的时候，可一定要邀请他们来参加婚礼呀！”

结婚？土豆先生又愣住了。他可从来没有想到这一层。

苦瓜小姐不好吗？恋情不甜蜜吗？

不，相反。这段时间，是土豆先生在大学四年最开心的日子了。她是他的初恋，她是那么的温柔，那么的天真，又是那么的可爱。他们在短短的数月里，做过了所有大学生们谈恋爱都会做的事情。他们在海边逐日嬉戏，在小公园里牵手拥抱，也在浪漫的月光下献出了彼此的初吻。

那些心跳的欢乐时光，那些一想到对方嘴角就忍不住上扬的时刻，都是最甜蜜的回忆啊。可是，这样的感情是真实的吗？他们的结局不是应该早早就能预见的吗？

土豆先生在夜深人静的时候，开始失眠。他的脑海中有两个小人在打架。一个说：“这么好的姑娘，求婚吧。”一个说：“这段感情一开始就是个骗局，也没有未来，趁早跟人家摊牌说清楚，早分早轻松。”

可是，不知道是因为自私地贪恋每次约会的快乐时光，还是因为幻想着截止时间还远着，土豆先生迟迟没有做出决定。

有一次，他似乎终于下了决心。他说：“对不起，我有件事情需要跟你坦白。”

“什么事？”苦瓜小姐抬起头笑眯眯地问。接着，她自然而然地给他嘴里塞了一口西瓜。

她还是那么胖，一到夏天就狂爱吃西瓜，可是她已经不再自卑了，因为眼前的这个男朋友，无条件地接受她，真诚地爱着她，而且为人不浮夸，让她感觉总是那么安心和可靠。

吃着甜甜的西瓜，土豆先生又犹豫了。其实，他需要跟她坦白的事情何止一件啊。

常吃土豆的真正原因其实是家境贫穷，多次巧遇她的缘分其实是故意跟踪的，追求她的真正目的是赢得赌约，毕业后的去向是至少三年内不能回陆地。这些都是他必须跟她坦白的事情。

但是，话到嘴边，他又硬生生地给吞了下去。她的痴情，她的温柔，她带给他这辈子从未有过的甜蜜而快乐的心情，都让他没办法说出来。他害怕，一旦说出来，她可能不会原谅他，他们将马上面临分手的结局。

于是，他就继续拖着，和时间耗着。怀着那种说不出是愧疚还是不得不放弃的复杂心情，土豆先生一边享受着恋爱的快乐，一边继续在舍友和苦瓜小姐面前继续隐瞒着真相。他现在盼望的，就是日子过得慢一些，再慢一些，好让他与苦瓜小姐厮守的美好时光停留在这个短暂的毕业季里。

可是，恋爱的快乐时光总是那么短暂，很快土豆先生就要准备离校了。根据就业协议，过几天他就要去船上实习，然后去各个国家漂流，三年之内都不能回来陆地。这对单身汉来说是无所谓的，但是对于正在恋爱甜蜜期的年轻人来说，未免残忍了些。

但是苦瓜小姐还太年轻，她完全高估了自己对异地恋的忍耐程度。在一个艳阳高照的日子，她穿上一条美丽的碎花裙子，真诚而坚定地表白："亲爱的，你去吧，我等你。等你从海上回来，我们就结婚。好吗？"

这是她第二次主动提结婚了。事到如今，土豆先生知道再也不能拖下去了。于是，他紧紧地抱了一下苦瓜小姐，然后说："其实，我有件事情一直没有告诉你。而现在，是时候了。"

他闭上眼睛，叹了一口气，说出了在脑海里已经演习过无数次的那句话："其实，我从来没有喜欢过你。我追求你，只是为了赢得与舍友们的一个赌约而已。"

说完，他毅然而然地转身走了。

可是，苦瓜小姐怎么会相信呢。她心想，一定是土豆先生害怕她吃不了异地恋的苦才这样骗她的。

毕业离校之前，苦瓜小姐没想到土豆先生的舍友们主动找她承认了错误。他们请她原谅这个恶作剧的玩笑，还试图说些"他其实没有你以为的那么好"的混账话，以为这样可以安慰到她。

可是，她还是不相信。为了和土豆先生结婚，她已经放弃了出国留学，也做好了当海嫂的心理准备。他怎么可能骗她呢？他们在一起时那么甜蜜，那么和谐，那么开心，难道这一切都是假的吗？

苦瓜小姐决定等土豆先生回来。

接下来的三年里，苦瓜小姐没有再谈恋爱，但是她也从来没有收到过他的音信。似乎，他真的从这个世界上消失了。

可是，她还是在等他。虽然他的手机永远打不通，但是她安慰自己说是国外信号不好；虽然他从来没有联系她，她还是在QQ和微信坚持写日记，大都是“部分可见”仅开放给他的那种。她分享了大大小小的重要日子及心情，比如面试了多少家单位的辛酸，比如进入了心仪的公司的喜悦，比如被家人催婚的无奈，更多的是思念他的痛苦。

可是，她不知道的是，那天分手以后，土豆先生为了更加坚定自己分手的决心，也为了让她确信自己说过的话，当天就删除了她的所有联系方式，还换了新的手机号和微信号。

苦瓜小姐一直痴痴地等待着土豆先生回来，在无数失眠的思念的夜晚里，她叠了一只又一只千纸鹤。她幻想着，等到她和土豆先生结婚的时候，千纸鹤挂满婚房，见证他们最真挚的爱情。直到有一天，她在大学校友聚会中亲耳听到土豆先生已经回国了，甚至已经结了婚，而且就在她所在的那个城市里。

这个城市很大，可是苦瓜小姐还是顺藤摸瓜找到了土豆先生。

原来，在海上漂泊不久，北方旱鸭子的土豆先生实在受不了晕船的苦，主动联系了以前的同学、老师和朋友，想尽办法要调回陆地工作。最后有人给他指出了一条明路，就是和某海事局局长亲戚的女儿结婚。

这一招果然有用。土豆先生最终通过这样的方式，成功地返回了陆地，还碰巧在苦瓜小姐所在的城市找到了一份老婆亲戚介绍的事业单位工作。

当苦瓜小姐得知这一切之后，她彻底伤心了。悲戚戚地哭了几天几夜之后，她把曾经在无数个失眠的夜晚里叠的千纸鹤全部烧毁，然后在家人的帮助下，很快移民去了国外。

而土豆先生得知苦瓜小姐傻等了他那么多年之后，再次陷入了痛苦的旋涡。

事实上，过去这些年，无论是在单调无聊的甲板上，还是在热闹喧哗的异地街头，在无数失眠的夜晚里，他总是忍不住深深地思念着陆地上的苦瓜小姐。

他想念家乡的时候，就会忍不住想：苦瓜小姐会喜欢上我家的土豆吧？他想念母校的时候，也会忍不住想：苦瓜小姐还记得我们约会的那个操场吗？甚至他晕船的时候，他也会想：如果苦瓜小姐在身边，一定会温柔地递上温暖的毛巾吧？

他不知不觉中发现自己已经爱上了苦瓜小姐，可是欺骗她的人是他，提出分手的人也是他，他有什么脸面再去想她，再去打扰她的平静人生呢？

在纠结的几个月里，土豆先生找回了曾经的 QQ 和微信账号。在阅读着这些年苦瓜小姐特地给他留下的日记时，他忍不住一次次唏嘘落泪。

原来，他曾经如此深地伤害了一个真爱他的姑娘；原来，那一段赌约似的玩笑恋情，不仅改变了她的人生轨迹，也深深地植入了他的生命。

终于有一天，土豆先生决定听从内心的声音，离开这段只有利益没有真爱的婚姻，回去寻找苦瓜小姐，却发现这一回，轮到苦瓜小姐彻底离开了他所有的圈子。她出国以后，和曾经的他一样，换了手机号码，也删除了所有曾经和他有关的信息。她，这一次是真的离开了。

从那以后，土豆先生也从熟人的圈子里消失了。听说他后来也去了国外，还开了一间中餐厅，名字就叫“土豆先生与苦瓜小姐”。听说，他没有见到苦瓜小姐，也没有和任何人结婚。只是，不知道他是否会后悔当初答应了那个玩笑似的赌约。

那个时候他还年轻，不知道把爱情当赌局，自己才是最终输的人。

那个时候，他更不知道，拼命想摆脱吃土豆命运的他，最后会天天在餐厅里做土豆。

（本文荣获 2021 年青年作家网“爱情征文大赛”全国十佳作品奖）

作者简介：如月，本名吕丽娟。福建省漳州人，现住厦门市，在某外企担任高管。系青年作家网签约作家、厦门市作家协会会员。业余爱好是文学写作和公益教学等。文学作品散发在各大杂志报纸。其中，《用尽洪荒之力去爱你》在 2020 · 全国青年作家文学大赛中获散文组一等奖。

信仰（外一则）

白云强

古子晨没有想到，自己作为支教先进个人代表参加了全省的表彰大会，还在会上发了言。更让他没有想到是，自己不久又作为全省对口支援工作小组的成员被派到数千里之外的西部扶贫。

这些年古子晨一直在想，那年他放弃回到大城市，拒绝父亲让他到古家集团继承家业，最后跑到一个离家很远的偏僻小山村，当了一名大学生村官，这样的选择，究竟是为了什么？

当年和古子晨一起下乡的校友也曾问过他同样的问题，他的回答是走自己的路。他自然知道这个回答是虚的，真正的原因，就连他做出决定的时候都没有想明白——说一时冲动吧，有点儿；说追求名利吧，有点儿；说实现自我价值吧，有点儿。究竟是什么呢！

古子晨的童年，和绝大多数同龄的孩子不一样，他出生在一个很富有的家庭。他的父亲在他还没有出生的时候就投入轰轰烈烈的改革大潮中，数十年起起落落，最终成为当地的商界精英。

现在，他站在黄土高坡上，望着脚下纵横的弯沟曲壑，耳边响起粗犷的信天游时，眼前再一次浮现出那个人的身影——长河落日下，瘦长的身影被晚霞镀上了金边，仿佛一枚勋章，闪烁着英雄的荣耀。

“爷爷，您的荣耀，就是我的信仰！”古子晨在心中默默地念道。

爷爷的身影越来越清晰，那饱经风霜的脸庞在夕阳映衬的光环中就像一幅镌刻着历史的画作，诉说着他的过往——国家的荣耀，就是我的信仰。

古子晨的爷爷是一位老红军战士，参加过长征。在那个战火纷飞的年代，一个贫苦人家的孩子，义无反顾地踏上了革命的道路，在枪林弹雨中成长。中华人民共和国成立后，他回到家乡，收起英雄的勋章，默默地耕耘着属于他的土地。没有人知道他的过去，他也从来没有提过自己的过去，直到那一年他的名字出现在共和国的英雄榜上，他才被大家知道。原来他们身边这个普普通通的老农民，是国家的英雄。

古子晨没有见过爷爷，但爷爷留给他一份珍贵的遗产—— 抗日战争和解放战争时期的军功章和国家勋章，还有一段从父亲口中听到的关于爷爷的故事。

长征路上，爷爷在一次战斗中负了重伤，留在当地一个农户家养伤。在那里，他遇到了奶奶。

奶奶说："好男儿志在四方，只有打倒反动派，我们穷人才能过上好日子！"这是奶奶留给爷爷的最后一句话。

当爷爷带着胜利的喜悦和对新生活的向往回到奶奶家，他见到的只有一个已经长满草的坟头。村里人说，爷爷离开后没多长时间，反动派就找到奶奶家，说他们"窝藏共匪"，把全家人都抓进了监狱。半年后奶奶一个人回来了，很快生下一个男孩，就是我的父亲。

"那奶奶是怎么死的？"古子晨曾经问过父亲。"你爷爷很少提起她，"父亲说，"那时候我刚出生，也早忘了你奶奶的模样。"他的声音略显低沉，神情漠然，好像并不愿意回忆曾经的过往。

爷爷带着吃百家饭的父亲回到了自己的家乡，当爹做娘，一把屎一把尿地把他拉扯大。那年爷爷带着父亲回到奶奶的家，在她的坟头旁，他将奶奶的过去告诉了父亲。

村里人说，奶奶生下父亲后的第二年就把他托付给村里人，自己跟着红军走了，说是去找爷爷。不久在一次攻打县城的战斗中，她为了掩护战友壮烈牺牲。其实村里很多人都知道，奶奶很早就参加了革命，是共产党员。

古子晨后来才明白，父亲对奶奶还是有些记恨的——抛下尚在襁褓中的孩子去参加革命，这好像不是一个母亲应该做的事。

改革开放初期，古子晨的父亲不顾爷爷的坚决反对，离开家乡去了深圳。按照他的说法，爷爷原本可以靠着战功过上更好的日子，却轻易地放弃了，回家当了一个老实巴交的农民。对爷爷自己来说，这是奉献，是本心，但父亲因此吃了不少的苦头，他没有读过什么书，也没有什么大本事。

古子晨其实挺理解父亲的想法。父亲在外打拼多年，最后也还是回到了家乡，帮助乡亲们共同致富。他这样做的原因，古子晨听父亲说过，一个人的荣耀只是个人的荣耀，家乡的荣耀、国家的荣耀才是值得全身心付出的，这不仅仅是情结，更是信仰——这是爷爷说的。

“子晨，我知道你的选择是对的……”他清楚地记得那年离开家的前一晚和父亲的对话，“当年我并不理解你爷爷的选择，但这些年我在商海闯荡，也经历了很多事，慢慢地懂得了什么是一个人一生要坚守的。”

现在，古子晨也明白了——他和父亲的对话，其实是爷爷和父亲那场对话的延续，不仅仅决定了他对未来的选择，更成为其人生信仰的基石。而这一切，最终来源于爷爷用一生的初心和坚守传承给他的最大影响，还有支撑自己坚持走下去的最大动力。

（本文荣获第三届“中国青年作家杯”征文大赛小说组一等奖）

逃跑的婆姨

左想水的家在陕北的黄土塬上。

他家所在的村子叫苦水沟。看名字就知道那里一年到头缺水，水是村里的命根子，是全村人的命。

打记事起，左想水就看到他大整天愁眉苦脸的。黄粑粑的脸上，一道道的皮褶子就像村口外的沟壑，枯涸干裂，没有一丁点儿水色。他永远不会忘记，他大直到临死前也没能喝饱个水。

左想水想不明白，村子里没水，但为什么祖祖辈辈都死守在这块贫瘠的土塬上，面朝黄土背朝天，上百年没有挪过窝。

天还没黑，左想水正趴在炕上想女子，听见屋外有人喊他：“想水，想水……”听声音，是左吃水。

左吃水是想水的堂哥，俩人差了二十多岁。吃水是个老光棍，早年曾说过一门亲，女子是几十里外塬上旮旯村的，家里苦的只有两间土疙瘩窑，挤着老老少少十口人。

吃水的大掏空了家底，又东拼西借凑了几十块钱的彩礼，撵着村里的媒婆子抢着把亲事说定下了。到了接亲的前一天，女子突然不见了。娘家人说娃跑了，找遍了十里八乡，活没见人、死没见尸，就这样没了。

吃水的大气得直接吐了血，很快就咽了气，不久吃水的妈也没声息地跑了。等村里人看到吃水的时候，他已经有点儿疯癫了，碰到人就说自己的妈是和没过门的婆姨一起跑的。村里人当然不信，添油加醋地讥笑了大半年，便再也没有人提起。

“干甚咧嘛？”左想水没好气地呛道。他正在想的女子叫莲花，她是村主任左天气家的女子，今年十八岁，长得跟仙女下凡一般，方圆几十里地的年轻后生们没事就跑到村头，扯着嗓子卖力地唱着信天游里的“亲妹妹”。

莲花被气得不敢出门，她的大看上去倒开心，有空就在村口蹲着，叼着个烟杆，眼睛贼溜溜地扫过这帮后生，时不时地咧嘴笑笑，露出黑黄黑黄的牙齿。

“我带你去个地方，”左吃水敲着窗户催促道，“快着点儿，赶不及咧！”

“我不去！饿着咧！”左想水回道，满脑子还是莲花的身影——一身大红的花棉袄，扎着长长的辫子，就像戏里的喜儿。他念过几天书，读过《白毛女》，知道喜儿和自己都是穷苦人家。但莲花不是，莲花是村主任家的；村主任家不穷，五孔全是青石箍的窑洞，就三个人住。

听村里人说，村主任家祖上几代以前是走西口的，攒下了不少钱，在塬上塬下置了几百亩地，还有一排子的石窑。到了村主任的太爷爷，没有再走西口，去了趟黄浦滩（上海滩），没两年吸上了鸦片，家业很快败落下来。

村主任的大小时候过过几天好日子，刚懂点儿事，家里只剩下三间原来拴羊的破窑洞了。他大的妈是家里的丫头，当家的走西口死在沙漠里，她带着两个儿子，靠仅有的几亩旱地过活。

村主任的大跟着他妈在黄土里劳作刨食，却把弟弟送去了私塾学文化。当时闹革命，村主任的二大跟着部队走了。中华人民共和国成立后部队上来人，说是他二大在解放上海时牺牲了，给村主任他大家送来了烈士证书，还有抚恤金。

左想水是饿。天没亮他就出了门，晌午在地里啃了两个黄馍馍，又干了一下午的活，饿得前胸贴后背，心里却还在想着莲花。

“是我婆姨……”“又是你婆姨……”想水嘀咕着，不想再理他。“额婆姨在，在……莲花家咧！”左吃水急得话都说不利落了，隔着窗户纸都能听到他流着哈喇子的声音。

“你说甚！”想水一骨碌地爬起来，一把推开了窗户。一阵冷风嗖地窜进屋里，他哆嗦了一下，紧跟着打了个大喷嚏，差点儿把自己跌在炕上。

“去呢嘛！”左吃水撸起脏兮兮的袖子抹了抹嘴，眼睛里冒出两道光，仿佛两把大刀，要把脑袋里的那个人给劈成两半，再剁碎了。

这个人就是村主任。

村主任的大知道弟弟为革命牺牲后，一改往日里的憨厚老实，到处说家里的老二在战场上是如何英勇地杀敌，他家是塬上最光荣的烈属。村里人刚开始都夸大拇指，敬重得不行。村支书还说服大家，让他当了村里的贫管会主任。

过了几年，村主任的大娶了塬下前水村村主任家瘸了腿的女娃。在老丈人的帮衬下，他在村子西头的土凹里打了三孔窑，过起了日子。

左吃水和左天气差不多大，小的时候光屁股一起耍。后来村主任家的日子越过越好，左吃水还是吃了上顿没下顿，两个人慢慢地就生分了。大了以后，左天气娶了邻村的一个漂亮女子，还当上了村主任，在村里吃香的喝辣的，左吃水的日子却过成了烂包。日子长了，他对村主任恨之入骨，天天咒他不得好死。

左想水蹭下炕，提了提裤腰的布带子，肚子里又发出咕咕的声音。他瞅了瞅四周，除了一床破被子和炕头灶台上的几个豁了口的瓷碗，什么都没有。

“碎娃子，”左吃水在外面喊，“干甚呢，麻利点儿！”“来了，来了，急嘛急嘛！”想水咽了咽口水，扒拉开门走了出去，看见左吃水穿着件单褂子，腰间系着根麻绳，别着旱烟杆。头上围着羊肚子，灰白灰白的。人还没靠近，就闻到了他身上一股子结了痂的汗臭味。

“到底甚嘛事？”想水也有点儿瞧不起这个堂哥。村里人背地里都笑他是个傻子，愣说自己的妈把他的婆姨拐走了。

“我看见我婆姨了！”左吃水龇咧着嘴，嘴角挂着口水，一副饥渴的样子。“你再说一遍！”想水恶狠狠地说道，真想揍他——莲花是他的婆姨，谁敢抢，他就和谁拼命。

“不，不是莲花，是额婆姨！”左吃水说。“你有啥子个婆姨嘛！”想水知道他又犯魔怔了。“是，是咧嘛！”吃水看上去很亢奋，声音都抖起来了，眼睛里冒着两道光。

看到左吃水一副汉子想婆姨的模样儿，想水实在是想笑，心里突然咯噔了一下，想起了年前的事来。

腊月里，广袤的黄土高原进入了一年里最冷的日子，到处是天寒地冻的。在苦水村，一场大雪把村子变成了白花花的世界。全村人拾掇出大大小小的罐子盆子，装上满满的雪，等着天晴化成水，这可是春节里全家人洗个过年澡的大盼头。

左想水窝在炕上一动不动地想着心事。他不敢起来，怕饿。即使他肯吃苦，一年到头地在地里忙活，也收不了几袋麦子，交了公粮后连个缸底都盖不住。眼下天又冷，田里没事做，他只能待在家里熬日子，等着村里年底分个半袋子玉米过年。

想水是个苦娃。打十几年前他大走了以后，他成了没人疼的孩子。好在他机灵，见到村里的老人就叫“额爷”“婆”，要不就跟在大人身后喊“二大”“二妈”，把个人叫得心里暖暖的，知道他可怜，你家一口我家一顿的，也被拉扯大了。

想水没见过自己的妈。他记得小时候问过大，大没有告诉他。后来他在村里成了孤儿，有人欺负他，说他妈跟别的汉子跑了，也有人说他妈是个疯子，后来跑掉找不着了。他受不了，但也只能和他们干上一架，时间长了，他也不去想了。

左想水睡了大半天，临近晌午时醒了，他正寻思着起来找点儿吃的，听见院子门咯吱咯吱地响了——有人来了。他伸手摸到窗户想看看是谁，就传来一个女子的声音：“有人在家呢嘛？”

左想水顿时愣住了，这不是莲花咧嘛！他的心扑通一下，全身打了个冷战，脑袋瓜子瞬间就像爆米花似的炸开了——这不是在做梦吧？仙女真的下凡了？

“左想水……左想水……”莲花蹑手蹑脚地走到窑洞前左右瞧了瞧，压着嗓子喊了两声。

她是村主任家的女儿，这年头村里很多人家的日子不好过，但她从小住的是青砖箍的窑洞，吃的是白面馍馍，没受过苦，慢慢地养成了心高气傲的性子。这两年塬上坡下十里八乡的媒婆把村主任家的门槛都踩烂了，也没说下一桩婚事。时间一长，就有乱嚼舌根的人编出好些闲话来，村主任被气得半死，便不让媒婆子再进家门，自己给女娃张罗上了。

村主任看中了左想水。

左天气和左想水的大也是从小一起玩的。早年左天气家里因为他二大为革命牺牲了，他大先是当上了村里的干部，后来又当了生产队的副队长，慢慢地把家里的光景过起来了。而左想水的大一家从年头忙到年尾，日子越过越凄惶。

那年左天气娶婆姨，席面办得十分的风光。想水的大气不过，借着酒劲大闹了一场，第二天就不见了人影。几年后，有人说在黄河边见到了正在拉纤的他，身上还背着个婴儿。

莲花是被她大逼着到左想水家里来的。一提到左想水，她就来气——自从前年夏天遇到他之后，这个家伙整天在她眼前蹦来蹦去的，赶都赶不走。

那天她从公社的学校回家，刚走到坡上的邻村外就遇到了村里的几个小混混，围着她一个劲地流口水。莲花吓坏了，东躲西闪地不敢说话，眼泪水都流了出来。

"你们干甚呢嘛!"

就在莲花六神无主，不知道该怎么办的时候，一声大叫声从身后传来。她赶忙回头看了一眼，是本村的左想水，心里咯噔了一下，不知道是该高兴还是想哭。

莲花记得七八岁的时候，有一天家里来了两个陌生人，一个和自己的大差不多年纪，穿着一身破衣褂，胡子拉碴的。他的身后跟着个小男孩，浑身脏兮兮的，像是刚从泥沟里被拉上来似的。他靠在门边上，面黄肌瘦的脸上一双大眼睛直勾勾地盯着炕灶上的白馍馍，发出饿狼一般的光，把莲花吓得躲进她大的怀里大哭起来。

这个中年男人就是左想水的大。

"不行就回来嘛!"左天气给左想水的大倒了半碗酒，劝道，"你个大男人咋个带娃呢嘛!""我不是回来了嘛!"左想水的大端起酒碗，仰起脖子咕噜两口喝了个底朝天，扯过袖子抹了抹嘴，犟气地说道。

"娃他妈呢？"左天气瞅了瞅蹲在炕沿正狼吞虎咽地啃着馍馍的左想水，好奇地问道。"跑了嘞!"左想水的大抓过炕桌上的酒瓶塞进嘴里灌了几口，硬狠狠地回道，似是有股怨气憋在心里发泄不出来。

当年左想水的大听了左天气的话，说他婆姨家有个远房表妹，家里也穷，不要彩礼。他一冲动，趁着酒劲去了黄河滩，结果人家表妹没找到，碰到了一个要饭的女子晕倒在路边。他好心救了她，两个苦命的人就在黄河边上过起了日子。没想到，孩子出生后不久，他的婆姨突然跑了，此后就没了踪影。

几个二溜子见是左想水，有点儿发怵。他们认识他，知道他在这沟里沟外不是个傻瓜，干起活来像头牛，打起架来就是塬上出没的野狼，狠着呢！

“么，么……么事……”一个瘦瘦的二愣子连连说道，朝身边的同伙挤了挤眼睛，一起颠颠地跑了。

莲花见左想水帮她赶走了二溜子，正想说声谢谢，话刚到嘴边，就见他一脸坏笑地说道：“莲花，你哭起来忒好看咧……”“你，你……你给额……额……闭嘴！”莲花气得直跺脚，眼睛里都冒出了火。“莫生气嘛！莫生气嘛！”左想水还是一副嬉皮笑脸的样子，看上去和刚才的二混子没什么两样。“你，你……”莲花气得转过身朝自家的方向跑了。左想水站在路边望着莲花的背影，脸上的笑容没了，露出一副失落的神情。

“想水，想水……”左吃水瞅着想水傻傻地杵在门口，也不说话，两眼发呆，不知道咋的了，伸手捅了捅他的胳膊。“干甚呢！”想水缓过神来，不耐烦地问道：“么啥，么啥！”左吃水见想水回过劲来，继续说道：“不是说带你去看额婆姨嘛！”“你真的瓜皮了啊！”想水摆了摆手，准备回屋。“是真的嘞！就在莲花家呢！”

“真的在莲花家？！”左想水还是不敢相信，死死地盯着左吃水，见他不像是在说瞎话。“是的咧！”吃水又说了一遍，眼睛里露出很少见到的悲戚。

“那放快点儿嘞！”左想水没再取笑他，两个人急急地出了院子，趁着天还没黑，踉踉跄跄地朝村主任家跑去。

村主任家。左天气蹲在门口，歪着头吧嗒吧嗒地抽着旱烟，不时地咳上两声。他的气色看上去不错，但一脸的古板，弯曲的皱褶子都被挤成了坡下的干沟子。过了好一阵子，他猛地吸了几口烟，把黄铜的锅头朝青石板的墙根上敲了敲，起身掀开门帘子进了屋。

炕沿上坐着一个女人，四十多岁的年纪，穿着一件紫色的外套，下身是蓝色的裤子，脚上是一双平跟的圆头皮鞋。她抬头环视着房间四周，感觉一副很新奇的样子。

“我说妹子，这突然回来，你咋个事呢嘛！” 左天气说完，长叹了一口气，借着屋里昏暗的灯光，能够看到他满脸的褶子都紧成了毛毛虫。

“哥，这么长时间没回来，回来看看。”女人笑着说道，似乎并不在意左天气的态度。“那你也看到了，都好得很嘛！早点儿回去嘞！”“我明天就回去。”女人笑道，“这老家的话我都不会说了！”“你这是忘本！”左天气还是没好气地说道。“当年我要是不跑，现在还不知道是咋个活法呢！”女人说道。

“对了嘛，那个叫左吃水的活得咋个样了？”她好奇地问道。“活得咋样，成了瓜皮嘛！”左天气摇了摇头。“你看嘛，要是不走，就成了傻婆姨了！”女人似是玩笑地说道。左天气瞅了瞅她，没说话。

这个女人的确是那年左吃水的大给他说下的婆姨。她是左天气的表妹。当年家里穷，刚到嫁人的年龄，家里就给她说了亲事，她不愿意，跑了。没有人知道她去了哪里，直到几年前左天气收到一封信，是从遥远的大上海寄来的，打开一看，居然是跑了的表妹。信中说她不想一辈子待在穷山沟里，一年到头连口水都喝不饱。后来她在上海找了个男人，还是个厂子里的小干部，日子过得蛮好的。

左吃水怎么也没有想到，他在村主任家里看到的那个女人居然是自己未过门的婆姨。

他原本是准备去镇上看戏的，经过村主任家时看到左天气蹲在自家窑洞门口抽闷烟，脸色阴沉，猜着应该是遇到了什么事。左吃水觉得很解气，戏也不看了，偷偷地爬到村主任家的院子后，看见一个女人坐在村主任家的炕上，年纪不小了，但穿得很洋气，不像是附近村里的婆姨，也不是说媒的婆子。

左想水可不是跟着左吃水去看他说的婆姨的，他想到了莲花曾和他说的事，就和这个正在村主任家的女人有关。大半年了，总算是等到她来了。

左想水听到莲花叫他，一激灵地从炕上爬起来，连破袄子都没顾得上穿，推开窗户探出脑袋，笑嘻嘻地说道：“哟！这不是莲花妹子咧嘛！”莲花原本对他就气不打一处来，转身就要走。“咋呢嘛！还生气了嘞！”左想水连忙安慰道，跳下土炕，奔出屋子，转眼跳到了莲花的跟前。

莲花被他吓了一跳，跺着脚气嘟嘟地说道："你干甚呢嘛！""么干甚！么干甚！"左想水直了直身子，傻乎乎地挠了挠后脑勺，又把莲花给逗乐了。

"找我干甚呢？"左想水想到莲花到自己家里来应该是有什么要紧事，也不再玩笑，正正经经地问道。"我大说叫你去家里吃饭……"莲花还是没好气地说道，眼睛朝跟前的院子望了望，心里突然难受起来。她知道他是个孤儿，从小吃百家饭、穿百家衣长大，聪明能吃苦，但日子还是过得很恓惶。

"你大叫我去吃饭？"想水被莲花的话搞蒙了，像是在问自己。"我咋知道呢嘛！"莲花回呛道，转身就走。"等等我！等等我！"左想水弯腰提上破胶鞋，跌跌撞撞地跟在莲花身后出了门。

左想水做梦也没有想到，莲花她大竟然看中了他，要把莲花嫁给他，但有个条件，就是当上门女婿。听到这儿，他刚刚烧得滚烫的心还没有暖和了又冷又饿的身子，就被一桶冰冷冰冷的水从头浇到了脚。

他是孤儿，穷得叮当响。在村主任看来，能当他家的女婿已是祖上积了阴德，坟头冒了青烟了。更何况没有父母在世，当上门女婿也是顺理成章的。

但左想水不愿意。他是喜欢莲花，但他从来没有想过给人家当上门女婿。他是黄土塬上的后生，能干活、能吃苦，他一直想着把莲花娶回家让她过好光景的。虽然他现在一无所有，连个像样的家都没有，但他有力气、有干劲。他在等。他的心里总有个想头，那就是村子里的日子不会永远这么穷，自己的光景不会永远这么烂包，就像他始终有个想法——让苦水村永远不再缺水。

他有这个想法已经很长时间了。有一个人知道他的想法，就是莲花。他想莲花时，就会想到自己的这个梦想；想到自己的梦想，他就会想到莲花。莲花就是他的梦想——莲花是绽放在水里的美丽的花朵。

左想水等着村主任把话说完，端起炕桌上的酒瓶，仰起脖子一口气地灌进了大半瓶，然后伸手抓起碗里一块冒着热气的羊肉，塞进嘴里嚼着，撸起袖子擦了擦油光光的嘴巴，跳下炕头，朝左天气鞠了个躬，嘴里鼓囊囊地说道："叔，额走咧！"

村主任望着左想水摇摇晃晃的背影，愣住了，手里的酒碗掉在地上，哐当一声碎了。

左想水晕晕乎乎地往家里走，脑子里一会儿是莲花，一会儿是村里人围着村头的储水池开心地敲着腰鼓、扭着秧歌。他的脸红通通的，带着自我满足的微笑。

“想水哥，想水哥……”

他的耳边传来了莲花的声音。他停下来，回头看见莲花朝他急匆匆地跑来，一身红色的花衣裳在阳光下就像一朵盛开的莲花，绽放在波光粼粼的水面上。

“想水哥，想水哥……”

莲花站在想水的跟前，一双清澈明亮的大眼睛直直地盯着他，脸颊绯红。她从口袋里掏出一张纸条塞到想水的手里，转身跑了。

左想水低头瞅了瞅手上的纸条，上面写着一行字：再等半年，我和你一起走。逃跑的婆姨！

他顿时傻了，抬起头望着已经跑远的莲花，心头瞬间热了起来，就像又灌进去小半瓶酒，辣辣的，但很满足。

二十世纪八十年代初。在黄土高原上，漫长的严冬已经过去。放眼望去，明媚的阳光照在塬上坡下，不远处传来了老汉信天游的歌声，激昂奔放，在山沟沟里久久地回荡。

（本文荣获 2022·全国青年作家文学大赛小说组一等奖）

作者简介：白云强，江苏南京人。青年作家网签约作家，文学创作爱好者，摄文作者（摄影与文学创作者的简称）。荣获第三届中国青年作家杯征文大赛小说组一等奖，为青年作家网 2021 年度优秀作家、写作之星。早年曾担任知名门户网站和 IT 行业杂志特约编辑。近年来创作了两部长篇小说和一部短篇作品集。在多家纯文学平台和部分刊物发表了数十篇短篇小说和散文。

小鱼艾奇

廖永高

我是小鱼艾奇，是一个漂亮勇敢的鱼孩。

水晶宫不是我的家，我很难爱上它。

美鱼玛丽是我的邻居，他们一家三口也住在珊瑚礁附近，闻其名就能知道玛丽美丽贤惠，就像大家说的一样：金鱼眼，蜘蛛腰，尾鳍娇娆。

孔雀鱼是最后入住水晶宫的，兄弟姐妹挺多，整天在门前游来游去，像一支庞大的秧歌队，花枝招展。

我清晰地记得，自己离开妈妈都近八个月了，快经历了一个四季轮回。日子长流，妈妈又老了许多，我很想念他们，不知道哥哥姐姐，是不是和我一样也都寄养在别人家的鱼缸。那种迷茫中的孤独会让人绝望厌世，信念磨灭，难以让自己振奋而起。

拨开晨雾，透过厚重的玻璃墙，我看到四周没有一扇窗，如果撞上就会被反弹掉落至地板，窒息而亡。我的主人叫小帅，他把我安置在珊瑚岛上，一扇大门迎送来访宾客，两扇明窗吸纳一米阳光，不难看出小帅待我情谊深沉，但我还是难以适应这样的环境。

水里的漂白剂辣得我睁不开眼，你叫我白眉侠也不为过，它们让我失去了美鱼应有的端庄和超脱的形象。

午休中音符的跳动，仿佛电流短路爆炸，一场浩劫后的余存。邻居换了一茬又一茬，亡的亡溜的溜，没有一个撑到最后，唯独玛丽一家是新生代居民，依然健在。

水晶宫很辽阔，庞大的水域内水草萎靡不见生机。死亡之域的“百慕大”凶相毕露生杀予夺，水晶宫到处险象环生。刚来到这里时，玛丽是这样告诉我的：“这儿天空很灰很灰，空气稀薄阴湿，他们用粪便糊墙，用尸骨做屏障，珊瑚岛上的居民挺多，可是晚上不敢开灯，在岛上就能看见北山脚下那对鱼兽：龙鱼夫妇。修长的身段，两眼发出绿光，如钟馗一样。你们都说她的条纹漂亮如画，不就是披上一身油彩道袍？一对触角测探声呐信号。这个该死的幽灵，抢走我们的食物，杀了我的孩子，还把他……”

玛丽哽咽着没有勇气往下说，便细泣有声地在我模糊的双眼中游离。我不寒而栗，哆嗦了一下，口中吐出泡泡一串串……作孽呀！真是丧心病狂。

住进水晶宫本不是我的意愿，我就是土生土长的红尾鲫瓜子，游走的野性，才是我族的传承。妈妈让我穿上一件金鱼外套，混淆了人类的视听，一次意外走散，我被小帅收养。在这格格不入的水族里，我曾多次逃离，想回到自己的世界，我也向小帅多次提出抗议，不是我活不下去，是总不能把我和龙鱼混杂一起吧。

我迷茫郁结地揉着双眼，用鳍掀起沉沙，激烈地摇头摆尾，搅得天地昏暗，浑浊不清。水晶宫下起了沙尘暴，这绝对是历史上的第一次，沙波漫过了礁石，落下来掩盖了玛丽家的屋檐。玛丽抖落尘埃，探出脑袋冲着那一片乌压压的水域放声高喊：“好妹妹呀，慢慢过吧！日子会一点儿一点儿好起来的，你爱吃的食物我在家里找了点儿，我给你送过去……”

岛上的居民开始心惊胆战，大家议论纷纷：“该死的鱼孩，你该见龙王了，快去见鬼吧！龙鱼多长时间没来光顾珊瑚岛了，刚得一时安宁又来节外生枝。本以为天下太平，鱼界一家亲。”

大家的谴责，玛丽的疏导，我也有点儿愧疚了。我不能因为自己这点儿情绪，给岛上的居民带来灭顶之灾，但是每条生命都不得掉以轻心，龙鱼也不会大发慈悲，难道龙鱼不去毁坏你的家园？难道龙鱼不会撕裂你那娇嫩的肉体？每一场灾难与灾难重建，难道岛民还不能觉醒吗？毁了建，建了毁，我们是在苟且偷安。我竭力呐喊，先让自己生存下来，就要大家劲往一块使，扯住小帅放下的护鲨网一点儿一点儿逼近龙鱼，把他们搁浅到北山沙滩上，让其自生自灭。再说混乱越大，主人小帅关注越多，他才会果断地请走龙鱼夫妻，到那时水晶宫就像传说里的一样：碧潭深渊，绿波潋滟，芳草萋萋依礁恋。

一幅建岛蓝图，在我心中绘就，美好的心愿撞出了相同的心声。让人难以想到的是第一个拥护的竟是初来乍到的孔雀鱼家族，呼啦啦一片，门客不下二十位，堪称雷霆万钧。

孔雀鱼家长提高嗓门，一副三军将帅老成持重的样子："年轻的跟我冲锋在前，年幼的在阵后组成啦啦队，虽说生命弱小，但是我们孔雀鱼美丽，谁会亵渎神灵？我们的肉是'金刚鹦鹉麝香味'，很难吃的，龙鱼吃不了各位的。"

诚恳的发言，令孔雀鱼振奋不已，只可惜"蜀中无大将"，区区我一女流之辈巾帼不让须眉。玛丽的男人和儿子也踊跃报了名，还把几个"清道夫"也编入了队伍，大家按照我的吩咐一一就位，准备临水而战。时间就定在五月二十日，也就是到水晶宫第一个月，大战只有一个目的：无条件地赶走龙鱼夫妻。

打开通道，岛民全线撤离，这是"清道夫"在工作中意外发现的一条连接外面天空的玄幻走廊，通道的出口在龙鱼的居所附近。还有就是让主人小帅关注水族弱肉强食的现状，坚决放弃鱼龙混杂圈养。

五月的东北，三点钟天就亮了，这是我在珊瑚岛上透过玻璃墙看到的。但是水晶宫仍旧在混沌之中，灰蒙蒙一片。我计划在小帅上班之前结束战斗，争取速战速决，避免更大的伤亡。大部队悄无声息压境，龙鱼的哨岗毫不知情，进展十分顺利。

我手势一挥，孔雀鱼家长带着其族兄隐于东边，玛丽的老公和儿子站在西侧，数名"清道夫"仍做地下工作，匍匐前进深入敌营，找好契机打开通道机关，孔雀鱼兄妹擂鼓助威，让最漂亮的两条孔雀鱼，舞动妖娆的身体，"一张笑靥才回面，十万精兵尽倒戈"。

玻璃墙外的天，一点儿一点儿亮起来，龙鱼还未来得及补充能量之时，我一声令下，擂鼓喧天，厮杀声四起，孔雀鱼摇旗呐喊："杀入龙宫，再造乾坤。"

汹涌的波涛，溅起了血色浪花，水晶宫一片狼藉，龙鱼夫妻还在睡眼惺忪之中，中军来报："拦鲨网已逼入大帐。"眼看就要全军覆没，龙鱼将为网中之囚，这对魔鬼夫妻进行了最后的挣扎，激烈地摆着头，卷曲长尾，做了三百六十度大摔，锋利的尾刀划开了铁网，水花飞起十丈高，落到小帅家的地板上。玛丽的老公与孔雀鱼兄弟死死压住大网，就算鱼死网破也要龙鱼垫背。这边是至死不渝的誓言，龙鱼那边却是咬破渔网下北山，两股劲敌难以共存。龙鱼用利牙快刀猛刺突袭大军，孔雀鱼伤亡许多又补充了许多，轮番作战也没挡住龙鱼。大战接近一个小时，我仍旧没有收到前线捷报，通道出口也杳无音信，龙鱼由突围演变成反攻，情况对我方十分不利。

在这千钧一发之际，我果断下令："后方勤务人员马上缩减，由玛丽组成突击小分队，替换前线的家人和孔雀鱼兄弟。"新生的力量格外勇猛，龙鱼夫妇几乎破防，疯狂拍打着水面，掀起的巨浪盖过突击队员的头顶。

战斗紧张持续着，"清道夫"也有了新的进展，枯枝遮挡了通道出口，一叶障目让大家找得好辛苦。鱼多力量大，很快通道机关显露，"清道夫"用圆吸排成一圈，随着口令："一，二，三！"通道的封堵设施并同鱼群缓缓升起，仿佛直升机起降，向战斗阵地投放工事一般，声势浩大。封堵设施离开地面的瞬间，水流排山倒海，流向地板，穿过门缝淌到小帅的拖鞋里。

此时的水晶宫天翻地覆，巨大的漩涡在水面形成八级气流，珊瑚礁在颤抖，北山的主峰在往鱼群掉落石头，水族再次骚乱一片，惊叫声、哀号声，响彻云霄，我组织三军有序撤退，朝珊瑚礁浅滩坑塘避难。

"可恨的蠢货，那是地狱之门，不是通天之道……"龙鱼夫妻扯破了嗓门向"清道夫"以示尊严，一切无济于事，溃败中失去了龙威。龙宫的水位急速下降，直线无拐点，很快供氧机断电，龙鱼的背鳍尾鳍露出水面，龙鱼张开大嘴鼓起腮帮，再也无法动弹，只能拼命吸氧延续死期。

战争结束在早晨七点钟，厮杀声惊醒了主人小帅，他早早就开始收拾残局。后勤部向我报告了伤亡数字，点名到玛丽的家人时，哇的一声，玛丽号啕大哭，指着北山骂起龙鱼夫妇，可恶的飓风掀起石块砸死了她的丈夫，所有的人都在玛丽沉痛的悼词中落泪沉思。

"好姐姐，一切都会好起来的。"我向玛丽深深鞠了一躬。

玛丽因战争消瘦许多，从此卷着尾鳍不再梳妆，嘴里念叨着我听不懂的语言，更不会招人待客了，可怜的美鱼疯了。至于重建水晶宫，对她来说也无济于事。

珊瑚礁的水草长势挺快，水质改善了许多，播下的种子半月时间就绿茵茵铺满房前屋后，绿色长廊里的海葵花开了，海棠树也快挂果了……

清晨的阳光，穿过玻璃墙落入草丛里，暖洋洋地披在我身上，像极了妈妈的目光，柔柔的……有很长一段时间，我没看见妈妈了。

妈妈曾对我说："鱼生，有时相遇，有时走散，最终都会失去彼此，各自回到自己想去的地方，在那里我们将不会记住对方。”妈妈是不是不要我了？是不是，妈妈在失散中找寻得痛不欲生？

爱一个人，不妨攀一座山，我要离开水晶宫去找妈妈，去找我的家人。

又过了几个月，玛丽仍旧没有康复，谵妄不休，母子不离不弃相依为命，对此我也感动不已。

珊瑚礁上的岛民又增加许多，孔雀鱼一群又一群涌现，大量繁殖。我也接到了好消息，春节一过，天气转暖，小帅要结婚出门旅游，因无法照管我，要把我放养至郊外小河。总算盼来这一天，听说要放养我回家，我几度失眠。

东北的隆冬，屋子里还是温暖的，水晶宫没有一丝寒冷，珊瑚礁的居民都在为春节置办年货，我也为玛丽的家人送去了许多食物，大街上的灯笼早就喜庆跳跃了，人们在喜气洋洋里举杯欢庆。我站在玻璃墙的角落，看到小帅家的大厅里的客人欢聚一堂，浅酌清唱。纵情欢乐的欢声笑语回荡在水晶宫的天空，我在孤独中低泣，也在默默静待春暖花开……

（本文荣获 2021·全国青年作家文学大赛小说组二等奖）

作者简介：廖永高，安徽安庆人，笔名焦赛月光，喜爱文学。青年作家网签约作家，青年作家网文学会员，安庆作家协会会员。作品散见《清风文学》《文学月报》，获“花开四季”全国征文三等奖，第三届中国青年作家杯一等奖，中国散文网全国文学大赛银奖。

高考那年

宋伏初

1978年的寒假对于汪旭阳来说并不轻松自在，除了要帮父母干活，还要抓紧复习学过的知识，即使在冰冷的方桌前和忽明忽暗的煤油灯下，他也毫不松懈。

汪旭阳的父亲汪和平、母亲徐秀丽自然知道儿子的辛苦，也十分心疼这个家中的长子，所以就把家中唯一的老母鸡下的蛋积攒下来，隔三岔五地煮了给他补脑子，这在当时的生活条件下，可算得上是奢侈了。

汪和平和徐秀丽是村里公认的严父慈母，汪和平读过几年书，也算是村里有点儿文化的人，徐秀丽则只是参加过一段时间的扫盲班学习，勉勉强强认识几个字。他们对四个孩子特别是老大汪旭阳寄予了厚望，把除了维持家庭生计所必需的支出之外的部分都用在汪旭阳的学习上。尽管如此，家里每学期还得向学校申请减免一些学费。老二、老三和老四都是女儿，为了维持这个家，作为父母也只能狠狠心，让小小年纪的她们早早地辍了学，参加力所能及的劳动。

作为一家之主的汪和平，本来也就打算全力以赴让汪旭阳读完高中，有个高中毕业文凭，也算是不错的学历了，说不定有机会参加招工，就能脱离繁重的劳动。没料想就在去年年底，国家恢复了高考，忽然之间就有了更高的希望，既然恢复了高考，那就无论如何也要让他参加。尽管高考录取率可能很低，但总还是有成功的可能性，毕竟旭阳聪明好学，从小学到高中一直都是好学生。再说，对农村孩子来讲，要想走出贫穷的村庄，不再面朝黄土背朝天地过一辈子，也只有读书这条路了，那么多年村里唯一走出去的只有邻居家的汪和文，1958年就考取了大学，毕业后就一直在省城工作，现在已经是不小的领导了。

汪和平和徐秀丽商量后立马就决定了，汪旭阳当然高兴还来不及，哪有不愿意的呢，只是多少还是有点儿担心，因为之前压根儿就没想过高考这个事，以为读完高中就回家种田了，所以平时下课回家，书包一扔就帮着父母干活了，有空也只是去玩一玩，从来没有看书复习的习惯，顶多也就是考试之前抱一下佛脚而已，更别说放假了，所有的书本都被束之高阁，没有再去碰过。

所以这个寒假无疑跟以前所有的假期都大不一样，再加上临近春节，家里的事情也多，想想离高考的时间满打满算也就一个学期，汪旭阳不免有些心急。母亲看在眼里，免不了一番安慰和鼓励，偶尔也会乘父亲不在，让汪旭阳出去玩一会儿，放松一下心情，毕竟农村长大的孩子，野在外面惯了，一下子收得太紧有点儿不太适应。

说来也巧，大年初三，邻家的汪和文回家来探望父母及兄弟姊妹，顺便也到隔壁汪旭阳家来问候。汪和文和汪和平的父亲是堂兄弟，算起来也是隔代堂兄弟，汪和文在家里排行老二，比汪和平年长，所以汪旭阳就称他二伯。听说汪旭阳还有一学期就要高中毕业了，汪和文嘱咐汪和平一定要让他去参加高考，说这是千载难逢的机会，并取下别在胸前衣袋里的钢笔，递给汪旭阳作为好好学习的礼物。虽说只是一支钢笔，一份随意的礼物，但它象征的却是一份美好的祝愿，更代表着文化和知识，大家都明白它的寓意。对于汪旭阳来说，那分明就是好运的开端，无形之中让他增添了几分信心。

这个寒冷的冬季似乎并不比以往短暂，可汪旭阳却是有生以来第一次感到一点儿都不漫长。很快春节过完了，就连每年春节的压轴戏舞龙灯也在每家每户的门口亮过相了，寒假随之结束了。汪旭阳早早地做好了开学的准备，也整理好了自己的心情。此时的他深深地吸了口气，仿佛接下来就要冲刺一般。

北岸中学位于长江北岸，是当年北岸公社唯一一所只有高中的中学，学校是在北岸寺的旧址上建造的，寺内原有的建筑基本上都被毁坏了，仅存的大雄宝殿已经被改建成学校的食堂，另外就是几棵经历了几度香火盛衰的松柏，还在残存的大雄宝殿两侧，一遍又一遍地聆听校园的琅琅书声和欢声笑语，一遍又一遍地凝视操场上走过的年轻身影。

汪旭阳和辖区内的其他高中生一样，就读于北岸中学。高中二年级共有三个班，学生都是按成绩高低分班的，一班属于尖子班，汪旭阳不仅在一班，而且在班里的成绩也算是名列前茅的，所以深得老师特别是班主任李瑞芳的喜爱。

汪旭阳所在的汪家圩离学校较远，足有一个半小时的路程。为了节省时间，他每天都得抄近路，近路都是田间的田埂，天好的时候还好走，一到下雨天或者道路解冻可就苦不堪言了，道路泥泞不堪不说，鞋底粘的泥巴越来越厚，脚步变得越来越重，根本就无法走得快，所以他只得比平时更早出门。有一次气温回升，原本冻结的道路解冻了，汪旭阳穿着母亲用蒲草和芦花混在一起编织的蒲鞋去上学，走着走着就走不动了，幸好出门时拿了一根树枝，于是他停下来用树枝剔去蒲鞋上的烂泥，然后再继续走。当他走到一条比较宽的水沟边上时，双腿几乎迈不动了，一时竟然忘了停下来用树枝剔除一下鞋底的烂泥，而是下意识地拼足了力气抬腿一甩，本想把鞋上的烂泥甩掉，结果连鞋子一起甩到了水沟里，他只得光着一只脚，一瘸一拐地往回走。到家的时候那只脚已经冻僵了，摸上去只剩麻木的感觉。幸亏母亲还没出门，赶忙去烧了热水，老半天才把他的脚焐热。汪旭阳换了一双鞋才去上学，等他到学校的时候已经迟到了两节课。

新学期开始了，尽管开学的第一天只是报到，但汪旭阳还是和正常上课一样，早早地就踏进了校门，交了学费，报了到，领了各科的新书。回家后，除了像以往那样用报纸精心地包好书皮，他还翻看起语文书来，认认真真地预习课文，也算是有个良好的开端。

正式开学后，学生们热情高涨，都想最后努力一把，争取考出好成绩。老师们也不甘落后，都希望自己教的课不拖后腿。

班主任李瑞芳是上海人，一家人都住在学校宿舍，她教语文，她老公刘栋梁教数学，女儿刘海宁十七岁，比汪旭阳小一岁，也在一班读书，不仅成绩顶呱呱，人长得也漂亮，称她为校花一点儿也不为过。其实汪旭阳这个小伙子，尽管过早地经历了田野之间的风吹日晒，皮肤略带了小麦色，人还是挺帅气的，也很阳光，加上他成绩优异，尤其是语文和数学成绩一直排在第一，所以李瑞芳和刘栋梁对他特别有好感，有意无意地对他另眼相看起来，时不时地要他留下来，和刘海宁一起开小灶，他们认为两个优秀的学生在一起，可以互相鼓励和激励，无形之中对对方也是一种鞭策。

相对于住校的刘海宁以及其他家离学校近的同学来说，汪旭阳要辛苦多了，再加上每天只是用饭盒带了米放在食堂里蒸点儿饭，基本上没有什么菜，顶多饭里面放点儿咸肉，已算是可口的饭菜了。这样一来，成绩是更上了一层楼，人却瘦了下来。别说父母舍不得，就连李老师也觉得于心不忍，所以时不时地把他叫到家里一起吃饭。这令汪旭阳很感动，父母知道了也觉得实在不好意思，有时候就让汪旭阳带点儿自家种的蔬菜瓜果给李老师。

转眼之间就到了四月，国家正式通知，高考继续举行。之前一段时间的努力没有白费，家长、老师和学生们一直悬着的心总算落了地。

春天一转眼就过去了，天气也渐渐热起来。如果说冬天的寒冷令读书人感到不安的话，那夏天的火热同样使人心情烦躁，夜晚更有饥饿的蚊子不停地围攻。所以，对汪旭阳来说，他不仅要面对高考临近的心理压力，还要克服来自外界的干扰。

母亲徐秀丽买来纱布，自己动手缝了一顶小蚊帐，父亲则砍了一棵屋后的泡桐树，做了一张小方桌，晚上在门口的碾场上支起蚊帐，把小方桌放在蚊帐里，这样汪旭阳就可以就着微弱的光亮看书复习了。这倒是个不错的专用设施，虽然灯光引来更多的蚊子和其他昆虫，但也只是在蚊帐外面飞来飞去，无奈地发出叫声。偶尔还会有微风吹进蚊帐，为汪旭阳送上些许的凉意，也会有好奇的萤火虫飞来，一闪一闪地不忍离去，仿佛要为这样的挑灯夜读增添一点儿亮度。

汪旭阳高考报名选的是理科，照他的想法是和刘海宁一样考文科，可父亲认为考理科好，还用“学会数理化，走遍天下都不怕”来说服他，汪旭阳也就不再坚持，反正都是大学，考什么都一样。

离考试的日子愈加近了，学校允许学生回家进行最后的冲刺，当然留在学校也可以。汪旭阳在征得老师的同意后，先在学校和刘海宁一起复习了几天，之后便回到家里，一边抓紧最后的时间，把所有的重点过一遍，一边整理心情，调整心态。

1078 年 7 月 20 日高考那天，全家人一大早就都起来忙活了。早饭后，汪旭阳整理好要带的准考证、书本和文具，总觉得不放心，又反复检查了两三遍，这才背起书包出发。父亲、母亲以及三个妹妹跟在后面，父亲边走边叮嘱汪旭阳不要紧张，一定要看清题目再动笔。到了村口他们才停住脚步，目送汪旭阳踏上改变命运的高考之路，直到他走远了，才收回目光。

汪旭阳像往常一样走进校门，远远地就看到已经有家长在考场附近的走廊里，陪自己的孩子进行最后的复习。汪旭阳见离进考场还有点儿时间，也找了个僻静的地方，想把即将开考的政治课本里画线的内容，从头到尾过一遍。

进考场的铃声终于响彻整个校园，越过围墙，奔向寂静的原野，惊起枝头鸦雀无数。

汪旭阳带着难以言表的心情走进考场，走向一个对农村的孩子来说至关重要的开始。他努力使自己镇定下来，以从未有过的姿态坐在属于他的位置上，等待着在决定人生命运的第一张考卷上，庄重地写上自己的名字。

照理说政治考试对汪旭阳来讲并不太难，可他偏偏过于注重一字一句的对错，以至于速度明显变慢，时间变得仓促起来，最后的两道题他只能稍加思索，勉勉强强地作答，也没来得及考虑正确与否，就匆忙地交了卷。

经过首场政治考试，汪旭阳反思了一下，认为自己在正确率跟速度之间需要有个合理的平衡。也正是这样的调整，使得汪旭阳在接下来的几场考试中赢得了时间，从而能够定下神来对之前不确定的答题进行审视，对错误之处加以修正。

三天的考试对人的一生来讲是非常短暂的，但影响却是巨大的，也是长远的。汪旭阳在经历高考之后，总算如释重负，纵有千万次懊悔和苦楚也只能暂时埋在心中，心想如果真有金榜题名的那一天，就是对自己最大的慰藉。

八月的天气依然酷热难当，似乎延续了七月那场高考的火热，躲在门前那棵高大的刺槐深处的知了，不停地叫着，更增添了几分热烈。

汪旭阳端着饭碗坐在树荫下，一边吃饭，一边望着不远处池塘里一群光着身子玩水的村童，想想自己跟他们差不多大的时候也是如此。前两天汪旭阳已经拿到考试成绩通知单了，虽然不是特别理想，但也没有想得那么糟糕。汪旭阳还特地去了一趟李老师家，获知了这次考试的情况，全校参加高考的一百五十几名学生，达到分数线的仅仅八人，都是一班的学生，理科汪旭阳考得最好，文科则是刘海宁第一。汪旭阳的分数虽说只比分数线高了二十几分，却已是全校的佼佼者，全家人的心情比挂在天空的太阳还灿烂。

要说之前的等待是不安的，那么此时的等待则是充满信心的，更何况汪旭阳也没往高里填写志愿，所以也就静静地等待着录取通知书，最后等来的正是所填第一志愿的江南工学院的录取通知书。

全家人左盼右盼，终于盼来了这个天大的喜讯，恨不得立马告诉村里的父老乡亲。父亲去镇上买了几斤糖果回来，挨家挨户去分享这份快乐。乡亲们也都高兴不已，交口称赞，眼中充满了羡慕。

汪旭阳在去向李老师报喜的同时，得知刘海宁也如愿以偿被江州师范学院录取了。

李老师对汪旭阳和刘海宁说："以后你们都一个人在外面，父母不在身边，一切都要靠自己了。既要努力学习进步，也要学会照顾自己，有什么困难及时给家里写信。你们俩的学校都在省城里，旭阳星期天要多去看看海宁。女孩子比较弱势，在外面也需要有人关心照顾。"

汪旭阳正要开口答应，刘海宁赶忙接了话茬说："到时候谁关心照顾谁还不知道呢，你看他羞羞答答的样子，呆头呆脑的。"

汪旭阳摸了一下自己的头，望了刘海宁一眼，然后鼓足勇气地说了一句："老师放心，我听您的。"说完一转身就离开了，生怕被她们看到自己涨红了的脸。

很快就到了前往学校报到的日子，汪旭阳背起母亲为他准备好的行囊，依依不舍地跟母亲和三个妹妹道了别，在乡亲们的目光里，随送行的父亲前往最近的西桥车站。

汪旭阳最后告别父亲，登上了开往省城的汽车。汽车缓缓启动，驶向前方。他透过车窗，看着站在原地的父亲，越来越远，越来越远。

汪旭阳就这样带着父母的寄托，带着家乡泥土的芳香，踏上了通往美好未来的路途。

（本文荣获 2021 • 全国青年作家文学大赛小说组二等奖）

作者简介：宋伏初，祖籍南京，现居苏州。曾在《苏州日报》《姑苏晚报》等发表过诗歌、散文及小说。现为青年作家网签约作家、多家网络平台创作者，先后发表 100 多篇文学作品。

花落雨夜

宋东涛

唐元一病不起。

病榻上，他一会儿大汗淋漓，一会儿满嘴胡话，吓得家人不知如何是好。幸有母亲和弟弟轮流精心伺候，月余，已可由人扶着起身下地。只是，想起崔小姐，眼泪就扑簌簌流下来，心似刀割一般的痛。

“崔小姐是个好姑娘！唉，命呀！”母亲惋惜着叹道。

去年上元节，唐元携弟去表兄家贺喜，表兄自中进士后，一路亨通，这次回乡实在威风。唐元此次一来道贺，二来取经。眼看春闱就在眼下，唐元甚是期待。

途中，经过一石桥，唐元远远被闺中女子的说笑声吸引，不由得多看了几眼。桥旁有一株桃树，桃树下站着几位少女。只见其中一位梳着双髻、身着水月色青竹云锦对襟袄，一条水红锦缎石榴裙，手执团扇遮掩的半张脸虽看不真切，但见那如葱尖般的玉指白皙修长，煞是好看！唐元心头一暖，想必扇下的粉嫩脸庞可与枝上的桃花媲美，那眼神中有些许期盼，竟然愣愣地望着。

这时，几位少女稍有察觉，说笑声小了，等他们走近时都不言语。突然传来一声：“元哥哥，显哥哥。”一个十三四岁的小姑娘朝他们招手，原来是小表妹。

唐元心中一喜，转头侧视，将女子看了个真切。这不看则已，看过则不能忘。女子生得肤白唇红，娇羞妩媚，光彩照人。而这女子也不怯生，迎着他的目光轻轻一瞥，眼见陌生少年眉清目秀，又有如此含情的眼神，不觉两团红云浮上面颊，正好与枝上的桃花交相辉映。唐元忙欠身，施礼离去。

见到表兄，一阵寒暄之后，唐元立即打听起方才见到的女子。

女子是崔姓家小女，唤作小桃，年方十七。其父经商多年，家中殷实富足，此女天资聪颖，识文断字，通晓琴棋书画，甚为父母疼惜。因此难免心高气傲，性情刚强。听闻媒婆踏破门槛，也未有其中意之人。小表妹补充道：“小桃姐说，她要嫁的郎君必须是出口成章的谦谦君子。”

唐元大喜，由表妹领至女子家门外，大声吟诗。女子忽闻有人吟诗，便倚在窗前侧耳倾听，独自正惊叹，是何人所为。思量间，小表妹款款而至，将原委一并道来，并将表哥的亲笔情诗交于崔小姐。

女子当时回屋，取出一个自己曾题诗的丝帕，说："小妹，请将此帕转交唐公子。"

唐元手捧丝帕，大声回复道："崔小姐，唐元与母亲商议求婚之事，十日内回信。等我！"

唐元回到家中，还未来得及与母亲商议此事，父亲已安排好他进京赶考的行程。他心里惦记着崔小姐，又怕远在长安的父亲生气，带上家丁急急忙忙上马，一路披星戴月，总算在第三日赶到长安城。唐元这一路，前思后想，父亲对他寄予殷切的期望，希望他能够高中；自己也苦读寒窗多年，今年科考若不参加，于情于理都讲不通；可是自己与那崔小姐已经互表爱慕，十日内无交代，崔小姐是否会就此放弃。

同窗也陆陆续续到达长安，眼看着十日期限已至，唐元还是一筹莫展，无计可施。罢了，回去再解释。放弃功名，崔小姐会看轻他；挣得一点功名，崔小姐自然也是欢喜。

直到发榜日，唐元满心欢喜。无奈，从头看到尾，从尾看到头，也没有他唐元的大名。

他落榜了。

父亲很是生气，在长安城郊找了一处偏僻书院，让他潜心读书，准备迎接来年大考。唐元自是心急如焚，他向父亲提起爱慕崔家小姐，只是未敢说明已私订终身。父亲未等他说完，大怒，甩下一句："婚姻乃父母所定，况大丈夫应以功名为重！"

唐元虽心中惦念崔小姐，可自己眼下这副模样，有何颜面去见崔小姐。同窗劝慰，待功成名就，风风光光赔罪，崔小姐也能接受。

自此唐元放下相思，苦读功名。

话说崔小姐，自唐公子离开后，日日盼着如意郎君前来提亲。十日未见，小表妹家传来消息：表哥考得功名就来提亲，到时双喜临门。崔小姐自此天天站在桥头张望。

暑往寒来。忽一日，在桥头碰见衣衫褴褛的家丁，方知出了大事。原来崔家老爷出门行船，遇大风，连人带货物被卷入水底，唯此家丁略识水性，被人救起。“只可惜老爷……”家丁说到这里，号啕大哭，跪地不起。

崔小姐有两个哥哥，已经娶妻生子，生意之事自然比不得崔老爷上心。二人生性凉薄，各顾自己的小家，吵吵嚷嚷着要分家。崔母不堪其扰，抑郁成疾，不久就归西了。

崔小姐是方圆十里公认的绝色女子，仰慕她的人很多。每日乡里提亲的一拨又一拨，崔小姐告诫两位哥哥不要理会，说自己已有心上人。

一日，乡里一大户野蛮提亲，竟要纳崔小姐为妾。哥哥们明知有辱妹妹，但贪图重礼，竟满口答应。可怜崔家小妹既无父亲的庇护，又无母亲的疼爱，纵是刚烈不从，无奈一介弱女子又能如何？

她便日日站在桥头等，又一次一次地失望而归。

唐元收到表妹托人带来的口信时，不顾父亲的阻拦，急忙往回赶。三天的行程，漫长而难熬。一路如坐针毡，想着心上人站在桥头等他，便泪如泉涌。

一路上，他捶胸顿足，后悔不已，他多么渴望见到思慕的人呀！

可终归晚了一步。崔小姐在大婚前夜，从石桥上纵身一跃，消失在湍急的河流里。

翌日，石桥旁的桃树被风雨拦腰截断，枝落一地，好不凄凉。

（本文荣获“遇见爱情：写出你与TA的故事”征文大赛三等奖）

作者简介：宋东涛，笔名东风无痕，陕西西安人。中学语文教师，西安市作家协会会员，青年作家网签约作家。喜欢用笔记录平凡的质朴人生。

吝大户没落记

张晓敏

从前有个地主，姓吝，人家都叫他吝老财，更多的人则喜欢根据他的家业称他为“吝大户”。

这个吝老财呀，年方五十，身体健康，家有良田百顷，娇妻出身高贵，美妾不下十个。正妻还给他生了两个宝贝儿子，再加上小妾们给他生的五个女儿、三个儿子，可谓儿女双全，且衣食丰足，正是人生得意时。

然而人心哪有知足的？银子有十两想百两，有百两还望着千两，即便是真有千两白银万担粮食，又思量着那银子都变成黄金才好哩。这个吝老财也不例外，虽然享受着荣华富贵，却整天唉声叹气，愁眉不展。

吝老财手下有三个管家，一个姓全，一个姓仈，还有一个姓皮。俗话说得好：“三个臭皮匠，顶个诸葛亮。”吝老财能有今天这火炭红的日子，绝对离不开他这三个管家的功劳。全管家见主子整天闷闷不乐，于是就问：“敢问老爷可有什么不顺心的地方吗？说出来也好让奴才为您分忧。”

只听得吝老财叹了口气，说道：“俗话常说‘家有金山银山，还望着好开采’哩，你老爷我虽有良田百顷，较那些普通的人家，确实高出一大截，但是较那些家财万贯的员外老爷，似乎还差好些。只说那粮食囤子，比邻村柳员外家差得可不止一点半点哩。”

“这事好说，”一听老爷是为这个叹气，全管家立马接口道，“奴才刚得了一个好消息，正准备回禀老爷您呢——听说咱们隔壁宋老夫人因年事已高，行动不便，她的举人儿子不日正准备接她去任上养老。举人老爷在南方已经做了数载知府，早把他乡当故乡，已是不准备回来了。老爷何不趁此机会使些银子把她那千顷良田买下，自家耕种，还愁没有万担粮食吗？”

“买下她家土地这主意不错，可是银子出少了人家如何肯卖？出多了你老爷我也没有呀！”

“这个也好办，老爷您就放一百个心，都包在奴才身上了，到时候您只管拿地契收粮食就完事了。”

“哈哈，亏得有你，那老爷我也就不操心了，全凭你周旋。事成之后，自然少不了你的好处。”吝老财坐在太师椅上，阴沉数日的脸总算放了晴，此刻笑眯眯地翘着胡子，拍了拍矮着身子在他面前献媚的全管家的肩膀。

全管家一挺胸脯，道声：“老爷尽管等着听我的好消息便是。”然后带上些银两并一个跟班，出了府门，来到举人娘的家里，用了许多溜须捧胜的词，说了一通阿谀奉承的话，直哄得举人的娘眉开眼笑。举人的娘思量着自己这一走，有生之年横竖再回不来了，自己的儿子又争气，官只会越做越大，银子只会越来越多，家大业大，区区家业也就不放在心上。于是合不多少两银子，便把这大片田产给变卖了。

话说吝老财在全管家的周旋下得了大片田地，自是乐得合不拢嘴。而全管家帮他办成了这大笔买卖，所得好处也自不必说。

春天刚回暖，大地始复苏，吝老财便打发自家长工开始规整土地，播种耕耘。可惜的是人少地多，长工们从清早起来，一整天都长在地里。就连吃饭都是打发人送到山上，连日来还是有如“老虎吃天”般进展不大，照这样下去，眼看千顷良田就要荒废在那里。倘若良田荒废了，自己使的那么多白花花的银子不是全打了水漂？等着收万担粮简直就是做梦了。一想起这些，吝老财就急得像热锅上的蚂蚁，揪着胡子在房间里满地打转。

全管家见状，再次献言道：“老爷，想不让土地荒芜也好办，咱们家长工究竟人手有限，便是抽了他们的筋、扒了他们的皮，区区几只蚂蚁如何能撼得动大树？老爷您只需再拿出些银子，多买百十个长工，到时候还愁这千顷土地侍弄不过来吗？”吝老财虽心疼钱，但是为了大局着想，到底还是听了全管家的建议，咬着牙花了百十两银子从周边又买来七八十个长工。

长工买来后，这侍弄土地的事总算有了着落，从舒垄铺粪到播种，到黄嫩嫩、绿油油的小苗钻出地面，再到幼苗茁壮生长，逐渐覆盖地面，最后秀穗结实，其间除草、施肥、收割，一年到头，吝老财恨不得自己整个人都长到地里。每天早晨睁开眼睛，先去各处地里转上两圈；每天日落西山，还不舍得回家。眼巴巴地只盼着到秋天家里所有的粮仓都“大仓满，小仓流”。功夫不负有心人，这一年下来，还真获得了大丰收，千顷土地打了近万担粮食，把个吝老财笑得眉眼弯弯，腰板都直了数寸。

然而当他静下心来一扒拉算盘珠子，仔细核对下来，吝老财的脸上就没了多少笑容，又只剩下唉声叹气的分儿了——算算家里养着百十号人，买来的千顷土地并非自家原有，这笔亏空不知何时才能赚回来。而且平均每个长工实际上一年才不过侍弄几十亩田，这不是摆明着浪费资源吗？他正跟夫人唠叨起长工多了，就有偷奸耍滑的，晚起早睡，下地也不好好干活，整天就知道混工吃饭。看得见的还好说，可以直接撵走，看不见的不晓得浪费了他多少粮食哩。刚好他的话尾被前来回话的仈二管家听见了，便问：“老爷何事不快？可否说与奴才听听，看看能不能帮您分担一二。”

“唉，你老爷我今年进了千顷土地，按理说这粮食也该收入若干。只可惜这些长工忒懒惰，每天太阳都晒屁股了才去上工，天刚一擦黑早早就回来。误了多少雨水农时！荒了多少肥田沃土！否则那收入肯定比现在翻倍还不止。可惜了！可惜……”

“老爷何须烦恼，在奴才看来，这事也简单得很。长工们所以懒散，不过是没有动力罢了。往年里十数个人收拾百亩良田，也挣得一日餐食，一年斗米。如今这人手虽然有所增加，可土地也多了数倍，依然只挣一日餐食，一年斗米。试想一下，长工们能不怨声载道，该偷懒就偷懒吗？依奴才看来，老爷您只消如此如此，这般这般，奴才敢保证您明年的收入肯定会翻番。”

吝老财听他说得有点儿意思，便指了指旁边的一把椅子道：“这主意听起来不错，你且坐下来慢慢说。”

主子面前，仈二管家哪敢坐下，依然恭恭敬敬地侍立一旁：“老爷您来年开春雇一些佃农——就是由您出面把土地承包给自愿耕种的长工，这些承包土地的人家叫‘佃户’，每家耕种承包地的长工称为‘佃农’。长工转佃农的好处就是从此以后，他们可以拥有自己的收入，依靠劳动获得粮食，多劳多得，上不封顶。这样一来，相信您消息发出去后肯定有很多长工乐意干。而老爷您所得好处则更多：第一，同等条件下用的人少了，粮米就省得多了；第二，因为大家是靠劳动吃饭，土地分包到各人手中，就等于他们自己家的一样，春天不好好干活，到秋季自然收不到粮食，所以他们不但会干，而且还会比着干；第三，只要大家都比着干，地只愁越来越少，没有人会抱怨自己活干得比别人多……不过有一个前提，种地者必须身体结实，吃苦耐劳。由老爷您提供土地和粪水，佃农们只需本分耕种便好。秋收后三七分成，老爷分七成、佃农得三成。想那些长工，一年到头都未必能见到斗粮升米，如今听说有这么好的条件，到时候肯定得挤破了脑袋，那时老爷您还愁空有土地无人耕种吗？您甚至连看着他们都省了，把土地和佃农绑在一起，种得不好，没有收入，一年的累白受；侍弄得好，自己也有油水可拿，还愁他们不会尽心尽力？再说老爷您完全可以和他们讲好条件，签好佣工契约，各自按上手印，只要佃农们不肯卖力干活，老爷您只管拿着契约说话，秋后不分给他们粮食便是了。”

“嗯，你这个主意不错！就照你说的办吧。”听了仈二管家的话，吝老财虽然因为要白拿出一些粮食给佃农而心里不太舒服，但那只是一瞬间，到底还是觉得办法可行，所以就捋着胡子点头应了下来。说办就办，次日吝老财就叫仈二管家召集家里所有的长工开了一个会，把七条八款都列得清清楚楚。仈二管家猜得果然没错，那些穷苦长工一年到头没有两件衣服遮羞，没有几粒米饱腹，吃草根啃树皮度日，穿破烂不堪的衣服蔽体，现在一听说有田种有粮食分，不少人都跃跃欲试。

吝老财让下人设了桌案，然后把现有的所有长工叫来逐一面试，身强力壮的男人和健康结实的妇女才可入选。面黄肌瘦、老弱病残一律不用。经过层层筛选，最后剩下几十个壮劳力，管家们又给土地划分好界线，按人头分下去，并且把其中的利害关系给他们讲了一遍，然后只等来年耕种。

光阴荏苒，转眼间到了第二年。大地回春，佃农们心里有了盼望，地就收拾得格外仔细，为了让属于自己的那块土地多收点儿粮食，根本不用谁看管督促，每天起早贪黑下地，除草捉虫，别提多细心了，生怕到了秋天叫别人给比下去。真是“春种一粒粟，秋收万颗子”。秋收时节，吝老财的千顷良田在佃户们的精心侍弄下获得了大丰收。眼看着黄灿灿的玉米、红澄澄的高粱、白花花的稻子由佃农们一家家交上来，吝老财别提多高兴了。只用了不到上年三分之二的长工，家里吃饭的人少了，种出来的粮食却多了一倍还不止。

俗话说“大河有水小河满”，吝老财的大粮仓满了，佃农们的小笸箩里也难得有少许用于救急解馋的存粮。因为上年尝到了甜头，下一年就更加卖力耕种，回报也就更多。当然最受益的还是吝老财，由于管理土地的方法得当，吝家的收入越来越好，这几年可谓富甲一方了！吝老财的大儿子也一天天长大，眼看着到了该娶亲的年纪，前来说媒的络绎不绝。挑来选去，吝老财看中了柳员外家的小姐柳轻絮，这个柳小姐正值二八年华，豆蔻梢头，据说不但貌美如花，而且才高八斗。若自己的儿子能够娶如此娇妻，岂不是人间美事？想到这里，吝老财赶紧派媒婆上门提亲。不料正巧赶上柳员外出门游山玩水，倒是柳娘子一听是富得流油的吝家前来提亲，心下自然中意万分，只是苦于老爷不在，妇道人家不好做主，于是只好安抚媒婆说等老爷回来一定第一时间转告。

吝老财听说柳家娘子也中意他的宝贝儿子，知道这门亲事“板上钉钉——没跑了”，自是高兴万分。然而欣喜之余，一想到今年的收成还要分给每个佃农一些，又有点儿心有不甘。茶余饭后，他像《西游记》里偷了唐僧袈裟的那个老住持那样，一把鼻涕一把泪地跟几个管家诉苦道：“唉！要不是为了多打一点儿粮食才出此下策，分给佃农们的那些粮食就全都是老爷我的。可是如今，眼看着一升升一斗斗的粮米白叫佃农们拿了去，老爷我肉疼、肝疼、心疼啊！”

皮三管家一听，立刻安慰道：“老爷您先别着急，想要颗粒归仓还不容易吗？掷骰子定输赢，老爷您才是庄家，决定权掌握在老爷您手里，还不是您想怎样就怎样？只要老爷喜欢，明年您跟佃农二八分成，后年就改一九分成，钝刀割肉，给佃农一个接受的过程，免得一下子分太少了这些佃农起来造反。到时候只需出少少的粮，使佃农们不至于饿死，就可以牢牢锁住这些壮劳力为您所用了。”

“嗯，好！好主意！”吝老财一听这话，心里的愁云惨雾总算是散了，着人摆上酒菜，美滋滋地喝了一口小酒，大嘴片子吧唧吧唧地嚼着肥嫩鲜香的红烧肉，满面红光地对着皮三管家竖起大拇指。

到了次年，吝老财果然按照皮管家说的那样，也不管佃农们同不同意，直接下了“圣旨”：“土地是老爷我的，你们种地的肥也是老爷我出的，你们这些佃农不过出些力气罢了，所以老爷我决定今年收入就改二八分成了！”而佃农们呢，虽然明知道这样一来秋天得到的收成少些，但是和长工那会儿比，也算是比上不足比下有余，所以一些人尽管心里腹诽、私下议论，终归是敢怒不敢言，嘟嘟囔囔地领了粮食各回各家去了。

然而，有消息灵通的佃农听说明年比今年分到的还少，据说是一九分成，比做长工还不如，干脆撂挑子不干了。他们觉得做长工最起码只要上一天工，就有人给送一天的吃食，管他好歹，横竖能填饱肚子。到了秋天，不管东家收多少总还能分得一瓢米、几升粗糠，而且用不着这样起早贪黑、劳心劳力。现在倒好，人越来越累，粮却越得越少了，所以即便是留下来的佃农，因为心里有怨气，也不再像以前那样尽心尽力了，大家觉得即便秋天收成再好，分到自己手里的也没多少，又何必累死累活地干呢？

吝老财是见过佃农们拼命干活的，而如今再下地一看，好嘛，三个一群五个一伙，抽旱烟的、唠闲嗑的，大家谁也不拿除草杀虫当回事了。吝老财这个气呀，回去当即命人把三个管家全部找来商量对策。全大管家一听就来了气：”这样下去怎么行？老爷又不是开善堂，什么人都能来混吃喝！”

仈二管家说：“这是我的错，光想到让佃农们有积极性，却忘了他们本就是老爷的奴才，磨道上的驴，‘牵着不走打着倒退’，肉皮子贱着哩，对他们太宽松了反而不美。”眼珠一转就出了个馊主意，“老爷您从明天开始，雇几个打手看着这帮刁民，谁上工晚了，打！谁回来早了，打！谁在田里不干活，照样打！”

“对，就是这样，”皮三管家接着说道，“总之，谁的田里多长一棵草、谁的田里少了一株苗、谁的田里多生一条虫，不用给他们留情面，统统都要打！只管皮鞭子抽下去，看这些贱皮骨以后谁还敢不好好干活！”

就这样又过去了三五年。如果说长工们之前是因为吝家给开的条件优越，所以十里八村但凡有一点儿门道的都趋之若鹜，现如今，这些仅剩的佃农都恨不得多生两条腿，赶紧拍屁股跑路。毕竟一年比一年吃不饱穿不暖不说，活计没完没了，人却越来越少。

大家天天累得七死八活的还挨着饿，像坐牢似的整天搁人看着，挨着打。这还不算，两年前尽管是一九分成，但是到秋天总归还能分斗把的粮米，最近两年，不知又是哪个管家给吝老财出的馊主意，秋天粮食进仓的时候，把佃农们好不容易收入的粮米给租赁出去，然后等人家来还米时，再交付佃农的收成。这样地主老爷不仅自己的那一份粮省下来，半点儿也不用担收不回来的风险，还能利滚利，真是赚大了。而佃农们呢，明明是第一年的收入，结果要等到第二年甚至第三年才能拿到手，到最后，自己辛辛苦苦劳动换来的粮食能不能拿到都成了未知数。大家越想越没有干劲，有的人干脆等不到秋收，连分成也不要，瞅个空子脚底抹油——开溜了，而那些走不了、逃不掉的只好拖着一身病痛继续干活。

这不，前几年原本身强力壮的王大婶眼下身体日渐衰弱，又因为活没干好，被饿了五六天。加上头顶的太阳火辣辣地晒着，又没日没夜地干活，不觉两眼一黑，累晕在田里。在她背后一直看着佃农干活的打手“二狗子”见王大婶倒在地上，不仅不同情，还一口一个“懒鬼”地骂着，拿着皮鞭子没头没脑地往死里抽。四下里劳作的佃农看见王大婶被打得死去活来，心疼得不得了，推己及人，感觉那皮鞭子比抽在自己身上还要痛，大家平日里积攒的怨气一下子发作起来，全部起来造反了。

人多力量大，数十个佃农齐心协力将那区区十几个打手全部抓住按在地上好一顿踹，打够了以后活也不干了，还不到申时就下了工，回到吝老财家冲他要当初的契约以及他这两年欠佃农们的粮米。吝老财当然不肯给，不仅不给，几个管家还指着鼻子数落这些佃农没良心，端着老爷赏的饭碗不好好给老爷干活。但是佃农们这回坚决不妥协，知道上告的话很有可能会官官相护告不赢，就干脆大家一起绝食。任怎么打怎么骂，即便杀了一个两个也不管用，一定要拿到契约及粮食不可。吝老财一看实在没办法，觉得这些佃农脑壳够硬，只好辞了他们再雇别人来，便叫管家把佃农们按了手印的契约拿出来甩给他们，不过欠他们的粮食连一粒也没给，就把人给连推带搡地轰走了。

俗话说：“屋漏偏逢连夜雨，船破倒遇顶头风。”佃户们刚撂挑子不久，媒婆又上门来告诉吝老财，说柳员外出游归来了。这本是好事，无奈他家小姐宁死不嫁吝公子。

原来吝老财家的所作所为，左邻右舍都看在眼里，一传十，十传百，十里八乡都传遍了，当然也传到柳小姐的耳朵里。媒婆上门提亲，不知情的柳员外本想答应这门亲事，可是柳小姐却当场拒绝道：“女儿不嫁，女儿坚决不嫁吝公子！”

柳员外诧异道："为何？"

"爹爹这两年不在家，自是不知那个吝老爷吝啬刻薄得很，雇佃农只管打骂，工钱都不肯给，甚至打死的都有。此等伤天理的人家，女儿如何能进？且那吝家大公子空有一副好皮囊，整日里只会寻花问柳、提笼架鸟，岂是能托付终身之人？"

"放着煊煊赫赫的吝家不嫁，那你要嫁个甚样人家？"听了女儿的话，柳员外觉得这些年未免对女儿娇纵了一些，不觉心下不快，拉长脸问。

"女儿要嫁的人啊，不说'学富五车'至少也要'才高八斗'，并且仁义善良、胸襟开阔才成哩！"

"呵呵，吾儿说这话未免太痴了，你说的这样的人，为父都未听过，若真个没有，难道你还要在家做永不出嫁的老姑娘不成？"

"女儿不管，反正爹爹若不依女儿，女儿情愿一死谢二老的养育之恩……"

且说这吝老财家，好媳妇没说成，且自从佃农们解散之后，田里的草长得比人还高也没人去除，小苗干巴巴、黄蔫蔫的无人去管，虫子把庄稼吃了个干净也找不到三两个长工可用。出去雇人吧，都知道吝老财为人抠门，属铁公鸡的，一毛不拔，出高价都没人肯来。吝老财眼看着满地荒芜无计可施，盛怒之下劈头盖脸把三个管家和那几个打手一通臭骂："都是你们这些奴才，老爷我好吃好喝地养着你们，你们倒好，人事不干，整天就知道拿着个皮鞭子耀武扬威、狗仗人势。佃农们咋啦？佃农们也是人生父母养的，也是血肉之躯，能搁得住你们往死里打？还有你们三个，全管家、仉管家、皮管家，整天出些馊主意，什么二八分成、一九分成，没有利可图，谁肯白白给你干活？就是把那些佃农全都扒了皮，又能做几顿下酒菜哩？现在倒好，连种地的都没有了，还指望收成？从明天开始，干脆你们全都给老爷我下地，当牛做马去！"他这话可不是嘴上说说就完了，第二天一大早，吝老财就把十几个打手连同三个管家都赶到了田里。管家和打手表面上不敢顶嘴，背地里却腹诽道："说什么都是我们出的馊主意，当初要不是老爷你死抠死抠的，连一点儿粮食都舍不得给佃农，我们何至于会想出这样的馊主意？你又何至于沦落到今天空有良田无人耕种的地步？"

只可怜三个管家以前一人之下，百人之上，养尊处优惯了，从来没干过粗活，如今下地连草和苗都分不清；打手们之前只顾着打别人，从来没想过自己也有今天，不劳动惯了，懒腰难伸，也干不了多少农活。到头来千顷良田真正能耕种出来的连几十亩都不到，一大家子数十口人只靠粮仓里往年的屯粮过活，最后，吝家这个近几年远近闻名的大户到底还是没落了。

话说那些佃农出了吝老财家，本以为走投无路，可是老天保佑，让他们找到了另一个大户人家。其实这个大户人家也才兴起来不久，正好田里缺少劳动力，又听说过这些佃农都是干活的能手，就好吃好喝把他们都留下了。秋后，等主家仁老爷拿出契约与众人分红，大家才发现，仁老爷用的正是几年前全管家给吝老财出的“三七分成”的主意，只不过是仁家比较讲信用，说给多少就给多少，一毫一厘都不会差。后来在佃农们的辛勤劳作下，这名不见经传的仁老爷家反而富甲一方，变得无人不知、无人不晓、无人不夸啦！

转眼仁家的二公子也到了说亲的年龄，柳老爷禁不住女儿的央求，上赶着找媒婆来提亲。提起这个，还有一段英雄救美的桥段呢。不过咱们这次不提，下回再表。且说这仁二公子抱得美人归，远亲近邻以及家里的佃农们全都前来祝贺，大家推杯换盏好不热闹。婚后小夫妻恩爱和睦，夫唱妇随，更是羡煞众人。

正所谓：仁者得人心，吝者失人心。失人心者失家业，得人心者得大福报！

（本文荣获 2021 • 全国青年作家文学大赛小说组一等奖）

作者简介：张晓敏，女，笔名烟雨江南、金华烟雨，青年作家网签约作家。有诗歌、散文、小说发表在各网络平台。获江山文学网十二周年庆征文优秀奖、《鬼故事》征文三等奖；青年作家网举办的“谁从谁的全世界走过，谁又是谁的全世界”征文“十佳作品”奖。

我所坚持着的（中篇小说节选）

潘幸泉

我“恰巧”可以去一所四川的高等职业技术学院读书，我们学校“恰巧”离许晴鸢的大学很近，从我宿舍的窗口望去，还能看见她学校的操场。我想在学习之余再找份工作，可惜想从事计算机这个行业，就我目前的学历来说是行不通的。

跟我妈说的那些计划，并不是我突然想到的，我的确有所构想。学历的确限制了我的职业选择，但是并没有说学历低的人不允许创业啊。

大概在四川待了一个月后，我逐渐适应了这里的环境和生活节奏。我开始学着吃辣，在四川到处都是喷香的辣味小吃和招牌菜，吃不了辣还真是会吃大亏。学校一般上午满课，下午两节课后大多是自习。课余时间，我在许晴鸢所在大学的校门口跟着小吃摊学了门手艺，等我师傅搬走，我就顺理成章地接下了他的地盘，和他的另一个徒弟小古一起经营这家小店。这一切都已经是一年后的事情了。

小古是个充满热情的大男孩，大我三岁，整天皮得跟初中生似的。我倒蛮喜欢他的性格，他每天研究新调料、新菜品特别来劲。有他这样富有创造力的老板，再加上我这样挺老实认真的员工，我们的生意倒也不错。

许晴鸢不经常出校门，就算出了校门也不经常往校门口的小吃街转。我老远就能看见她秀发披肩，背着个黑色的小背包，穿着白色的小裙子，踏着米色的小高跟鞋，独自一人去校门口的公交车站等3路车。有次我悄悄地跟着她上了公交车，她在市图书馆下了车，和几个相似打扮的姑娘一起手拉着手进了图书馆。

许晴鸢一直到将近一年半后才知道我就在她学校附近。当时她不情愿地被她的同学拖着来到我们的店里，小高跟鞋踏着地板，声音十分悦耳。看到我后，她惊呼了一声：“张志轩，你怎么在这儿？”

小古哈哈大笑：“小张，你可别是为了这姑娘才大老远跑到四川来的吧！”

许晴鸢没有太在意，我沉默着瞥了一眼小古，许晴鸢咯咯地笑出声来：“张志轩，你这眼神和以前可真是一模一样！”

后来，过了一阵子我才知道小古这句话还真不是纯粹的调侃。

“老往学校那边瞅，一看就知道学校里有认识的人啊。”他一边小心翼翼地倒着米醋，一边用不经意的语气告诉我，“你来这里也有一年半了，这还是头一回碰见认识你的人，那姑娘气质又不错，怎么看也像是个‘嫌疑人’啊！”

既然如此，我也就没必要遮遮掩掩了。事实上我本来就没要在他面前遮掩什么，认为他就是个爱好美食且近乎狂野的阳光大男孩而已，没想到还有八卦的一面。我突然意识到他好像没有对象。

“我嘛，嘿嘿。”他忽地脸红起来，“我有喜欢的女孩子啊，可是我面对她的时候，连正常说话都做不到。高中认识的，我都不知道为什么我表现得那么明显，是个人都能看出来我对她有意思。现在她有男朋友了，我也就不再往她跟前凑了。”

“是这个大学里的吗？”我问。

“对呀。别看我说四川话说得挺溜，其实我也不是本地人，就是为了跟她见面我才到这里来的。所以当时跟师傅学手艺的时候看见你，我就想到了曾经的我，虽然咱俩性格差异挺大。”

“你喜欢的女孩子是什么样的人？”

“嗯……很善良、很可爱的女孩子。”

他正说着，从门口跑进来一只小白狗，蹲在地上冲我们摇尾巴。

“小白！”小古洗了洗手，一把把小白抱进怀里。我从桌子上拿了根火腿肠放在手心，小白把嘴探过来叼住火腿肠，搞得我手心里痒痒的。

“其实小白和大黑都是她喂过的流浪动物，我们一起照顾的。后来她毕业了，这俩活宝就成咱店里的老客户了。”

“大黑去哪儿了？”

“神出鬼没的，不知道。”

小古开始逗小白玩，小白把头凑近小古的脖颈，腻腻歪歪地蹭起来。

我做了两个肉夹馍，包起来出了门，小白立刻从小古的怀里跳出来，欢叫着奔到我面前拦住我的去路，又撒娇一般坐到地上，把前腿翘起来，尾巴都快摇出残影了。

“回来！等会儿叫你小张哥哥再给你做，这肉夹馍可不是给你的。”

小白乖乖地听了小古的话，从我身边绕了过去。

我大步流星地走过长达五十米的小吃街，拐到一旁有点儿破旧的小巷里。小巷的最深处是危楼，里面住着一位不会说话的老人。

我敲了敲敞开的门，走进楼里，看见老人正在逗一只黑猫，定睛一看，正是大黑。

大黑一瞅见我，立刻撒了欢似的奔向我，跳起来拍打我手里装着肉夹馍的塑料袋。

“老人家，我给您送吃的来了。”

老人家穿得很破旧，蓬头垢面，眼睛却是炯炯地发着光，看上去比年轻人还有精神。老人家发不出声音，不管春夏秋冬都把自己裹得严严实实，所以我至今也没有看出这老人家到底是老爷爷还是老奶奶。

老人家接过我手里的肉夹馍，攥住我的胳膊，好一会儿才松开。我微笑着冲老人挥手告别。

大黑不满地叫了一声，想跟着我走。我把大黑抱到老人家身边，揉了揉它的颈下，离开危楼到店里拿了根火腿肠，然后跑到危楼把火腿肠放到大黑身边。

再回到店里的时候小白已经走了。小古把手好好地洗了洗，又开始琢磨起调料了。

“大黑在呢？”

“嗯。我出去了。”

“路上小心啊。”

春夜，风舒畅了不少，逆着风走，心境也晴朗起来。我走进许晴鸢的学校，一个人坐到操场上，看着眼前这栋教学楼。

四层一共十二扇窗户，每天都是从右数第三、第四个窗户里的灯先灭掉，其次是左数第一、第二个。许晴鸢教室的窗户是最中间的两个，每次都是最晚灭的。从下课开始半个小时以内，整个教学楼的人差不多走光了，灯光陆续熄灭。唯有许晴鸢的教室还是亮堂着的。平常等她离开的时候，天基本黑尽了，我坐在操场上，她不会看清我。但是我总能看清她，穿行在夜色之中，小高跟鞋的声音由近及远，像小鹿似的，轻盈地拐过一栋教学楼，不见了人影。

今天有点儿不一样。最后从教室里出来的除了许晴鸢，还有一个男生，高了许晴鸢将近一头。他们两个人结伴而行，一同拐过那栋教学楼。

后来连续几天我都在操场上坐上半个多小时，许晴鸢和那个男生一直结伴而行，许晴鸢在教室里待多晚，那个男生就等她多晚。

小古问我："最近怎么了？你好像没有食欲。"

我没说话，勺子一圈又一圈地搅着小米粥。

"难道是那个姑娘有男朋友啦？"

"不知道那个是不是她男朋友啊……"

"如果每天一块走，那基本上就可以确定了。"

"噢……"

"小古怎么啥事都猜得那么准……"我心里嘀嘀咕咕。

"唉！我以前也是这么把我喜欢的女孩弄丢的。你说当时我要真的付诸行动去追她，那她可能还真是我的囊中之物呢……"

"囊中之物……什么鬼用词……"

"没毛病啊！"

我没再说话，他也识趣地没再问我什么。

第二天，我还是去了许晴鸢的学校，在操场上看见她和那个男生一起走。他一只手搭在许晴鸢的肩上，说笑着走过我身边，根本没看我。

我向后一仰，躺在操场上，突然发现满天星辰，看上去一清二楚。之前只是觉得每天晚上灯火璀璨，以至于亮得遮住了天上的星星，我都没怎么见过这些奇妙的小玩意儿。在这里，我还是第一次见到这么多星星，真的会眨眼，真的能看到勺子状的北斗七星以及那颗最闪耀、最夺目的北极星。

作者简介：潘幸泉，女，2003 年出生，现就读于河南大学文学院，中国作家协会会员，中国散文学会会员，中国少年作家学会副主席，河北省作家协会第七次作代会代表，石家庄市作协理事，青年作家网和燕赵文学院签约作家。

7 岁开始发文，已在《中国青年报》《中国青年》《中国校园文学》《长城》《鸭绿江》《美文》《戏剧之家》《小小说月刊》等报刊发文 300 余篇；出版个人作品集

《记忆的颜色》《心有天堂》《与逆》《渡钟》，合集28部；荣获北大培文之星、《中学时代》文学之星、“叶圣陶杯”全国十佳小作家、“文心雕龙杯”全国十佳校园小作家等荣誉称号。作品曾获世界华人学生作文大赛一等奖、“中国少年作家杯”全国征文大赛一等奖、第三届“中国青年作家杯”全国征文大赛小说组二等奖、石家庄市首届贾大山文学奖新人奖、石家庄文联大报大刊奖等。还曾荣获全国最美中学生标兵、宋庆龄奖学金获得者、河北省首批新时代好少年、河北省优秀学生干部、河北省省会榜样雷锋等称号，其先进事迹被中央电视台、《中国青年报》《河北日报》及中国文明网等媒体宣传报道。

盆地恐龙

高　翔

一

空气里弥漫着潮湿的气息，整个盆地都被一股热浪给包裹着。未被乔木吸收的微弱光线透过叶隙照到密密麻麻的苔藓上，枯枝败叶层层叠叠铺满地面。

一只变色龙匍匐在茎秆表面，皮肤由深褐色一点儿一点儿变得浅淡起来，逐渐成为一片“叶子”。

野蜗牛在树皮上缓缓滑动，所到之处留下一条黏稠的痕迹。捕蝇草烦闷地张开了大嘴，一只果蝇挑衅似的在它的头顶来回飞旋。

长着长毛的蜘蛛躺在亮晶晶的“网床”上，一动不动地等待着什么。

“你刚才认真看当地人的‘仪式’了吗？”麦克教授擦了擦头上的汗珠。

“真是十分有意思，我感觉这里的祭祀活动总有一种魔幻感。”记者大口呼吸着新鲜的空气。

“这应该是第三处标记了，村主任说沿着这条土路能找到第五个标记，之后就要靠运气了。”教授指了指树上绑着的红绳子。

“教授，你真的相信有活着的恐龙吗？”

“这就好比你是否相信有外星人一样。你在没有看到之前是永远不会相信的，只有亲身经历了你才能知道，没有东西可以欺骗你的眼睛。”

“这我认为很有道理，就像我来盆地之前并不特别喜欢这种祭祀活动，但自从我目睹了‘仪式’，我才发现，我真正迷上了这里的文化风俗。”

“听说过‘A–C–B’理论吗？”

“没有，您请讲！”

“据我所知，一些人在对理论体系进行判定真伪时，习惯使用‘A–C–B’的思维。‘A’和‘B’都是指可以让人信服的证据，‘A’用以佐证‘B’，或者‘A’的存在与‘B’有着一定联系；‘C’指的是联系‘A’与‘B’的理论桥梁。这样，

‘A–C–B’就形成了一个可以让人接受的理论体系。不过，这么说可能有些抽象。”

“不如举个例子？”

“好的。比如‘鸟会飞是因为鸟有翅膀’，那么在这个‘命题’中，‘A’就是‘鸟有翅膀’这一客观事实，它用以解释‘B’‘鸟会飞’这另一可以让人信服的客观事实，或者说这两者之间存在一定联系；而联系‘A’和‘B’的理论桥梁‘C’，这里的‘C’你可以简单理解为生物学和物理学等的理论结合。”

“那么，我突然想到，比如古代的人或许会认为‘打雷是天神在击鼓’，那么在这个‘命题’中，‘A’就是‘天神在击鼓’这一‘证据’，虽然这‘证据’并不是客观事实，但它用以解释‘打雷’这一客观事实；而联系‘A’和‘B’的理论桥梁似乎可以理解为是关于神的神话传说。那么，在现代人看来，这个‘命题’中的‘A’证据并不是可以让人信服的客观事实，所以这个理论体系并不正确。可我想说，古人为何对神的存在似乎持有赞同的态度呢？”

“我刚才忘了补充一点，‘A–B–C’模式的判断还受到人们所处的时代文化环境以及思维方式的影响。古代的人更相信神的存在，因此在现代人认为的不是客观事实的‘A’证据，也就是‘天神在击鼓’，古人却更愿意去接受其可信度。另外，一个复杂的理论体系不仅仅只包含‘A’和‘B’这两个有联系的证据，可能还有更多更为复杂的证据联系网络。不过，当我们把问题抽象化，就可以看成‘A–C–B’的理论体系正确性的判断模式了。”

二

麦克教授和记者沿着土路走上了一个小坡，小坡的尽头是一片茂盛的灌木丛，清晨的“眼泪”还挂在宽大的叶片上。麦克教授挥手砍断了挡住前路的灌木。

小径变得越来越模糊，路两边开始充满泥泞和杂草，枯枝败叶越来越多，地上还有蜈蚣和千足虫在爬着，看着令人十分反胃。

“这种讨厌的虫子在我们那儿的地质公园里面的山路上到处都是。”

“我小时候会踮起脚，避开它们！”

“真不知道为什么，造物主要创造出这样的东西。”

“记者先生，我认为造物主在创造众生的时候抱着平等的思想，不会为了眷顾人类而刻意地不造出令人恶心的东西，也许在这些虫子的眼睛里，我们也是令人作呕的双足兽呢！”

眼前是一汪浑浊的池水，粗糙的碎石坡上栖息着几十条鳄鱼。这些庞大的家伙一动不动，享受着令骨头酥软的阳光浴。

“我想我们不应该打扰他们的美梦！”麦克教授悄悄示意记者。

“不过这壮观的场面足以上头条了！”记者忍不住拿出相机，咔嚓咔嚓地拍起来。

一条鳄鱼突然活动起来，它似乎听到了动静，一点儿一点儿地爬过来，先是缓缓的步子，随即一点儿一点儿加速，像小跑一样冲过来。

“救命！”

教授一把拉过记者，两个人顺着小路飞也似的奔了回去，他们呼哧呼哧地大口喘着粗气，也不顾脚上踩到了蜈蚣和千足虫，他们的脑子中只有一个念头：要么被吃掉，要么就逃跑！

不知跑出去多远，两个人的腿脚实在累得动弹不得了，原地倒了下来。他们靠在一棵粗壮的大树上。

“我感觉我平生从来没有跑过这么快！”

话音刚落，一张血盆大口突然从灌木丛里冲了出来，麦克教授和记者吓得浑身酥软，在地上动弹不得。突然，鳄鱼的嘴巴被灌木丛的枝干给卡住了。

两个人又疯了似的跑了起来，但没跑出去几步，迈克教授又瘫软在地上。

迈克教授的身体发生了痉挛，无论记者如何拉他，他都浑身颤抖，毫无反应，而远处灌木丛里鳄鱼的大嘴又开始挣扎，就像一颗没有发射成功的炮弹被重新装上了炮膛。

记者试图背起教授，但他此时双腿发软，背起教授走了几步又倒在地上。

记者望望教授，又看看远处挣扎的鳄鱼的大嘴，汗水打湿了他的面孔。

灌木丛突然有些松动。记者在地上来回踱步，转了几圈后，记者痛苦地瞥了教授最后一眼，踉踉跄跄地向远处跑去。

不知过了多久，教授清醒了过来。他缓缓地从地上站起来，观察着四周。

没有鳄鱼！他再次确认了一遍。

他突然意识到记者不见了踪影。

“杰克，你在哪里？杰克！”麦克教授扯着嗓子喊道。

回应他的只有声波碰到树干的回声，悲伤和沮丧瞬间涌上教授的心头。他走了几步，又停了下来，试图在地上找到脚印。

迈克教授忽然发现，东南方向的小径上脚印在泥泞的土地上清晰可见。麦克教授有一丝激动，他顺着脚印往密林深处走去。

脚印蜿蜿蜒蜒一直伸向前方，在一处小溪前消失了踪迹。

麦克教授开始沿着小溪行走，两岸的视线渐渐变得开阔起来，高大的乔木逐渐退去，取而代之的是低矮的灌木丛和蕨类植物。

突然间，麦克教授看到了一些庞然大物，它们的四肢状如大象，脖子有几十米长，是长颈鹿的好几倍。它们的皮肤干燥如犀牛，泛着淡淡的绿色。

它们在悠闲自在地吃着树上新鲜翠绿的叶子，有几头停下来，朝着天空嚎叫了几声。

“盆地恐龙！”教授兴奋地冲上前去，“活的恐龙！天哪！我看见了活的恐龙！迈克，你敢相信吗？这竟然不是梦！眼睛是不会欺骗人的！”

三

一家咖啡馆里。

“汤姆，你看了今天报纸的头条吗？”

“你说的是“‘盆地恐龙’闹剧”的事吗？”

“那真是太有意思了，我记得报纸的标题是《虚拟现实欺骗古生物教授之眼》。不过我想说，这家科技公司的水平真是高，他们竟然能够用盆地丛林的全息影像骗过一位古生物学教授的眼睛！”

“你看了那篇《人心的考验》的报道文章吗？”

“是那个记者吗？他真是够残忍的，竟然撇下教授一个人逃走了。幸好那些鳄鱼只是全息影像，我可不会成为这样的人！”

“另外，你看到科技公司偷拍的教授和记者在‘探险’过程中的对话视频了吗？教授提到了一种奇特的判断理论体系真伪的模式理论：‘A-C-B’。”

“什么理论？讲到这个理论时候的视频字幕截图你保存了吗？或者发我一个视频链接？”

（本文节选自高翔的长篇小说《囫囵吞枣》，《囫囵吞枣》荣获2021·全国青年作家文学大赛小说组二等奖）

作者简介：高翔，男，“00后”青年写手。现为青年作家网签约作家、浙江省青少年作家协会会员。热爱文学，擅长小说、诗歌、散文创作，曾多次获得征文类奖项。代表作有《湖怪》《作坊》《黑尘与雪天使》等。

靠山屯的曙光（中篇小说节选）

唐明达

新建酒厂的大院，此时摆满了庆典餐桌。这是新娘子秋红用知青邝大海给她的一万元钱置办的酒席，一来庆祝酒厂建成，二来请乡亲们喝自己和邝大海的新婚喜酒，三来犒劳为建设酒厂义务出工的乡亲们。

邝大海进了酒厂大院，径直走向竣工的酒厂大楼。正在等候邝厂长的施工监理，把邝大海领进了楼里。

邝大海系统地察看了生产流程的车间，制曲、踩曲、堆积、馏酒、润粮、上甑、下窖、下曲等生产环节，比老酒厂设计得更先进、更科学、更合理，他的脸上挂满了笑容。

这时，贺红梅一队知青也走进了酒厂大楼，知青们看着眼前气派的新楼，一个个赞不绝口。

贺红梅转向身边的吴嫂，欣喜地问道："喜欢这酒厂吗？"

"当然喜欢啦！它可给俺靠山屯提了气啦！"吴嫂掩饰不住心中的喜悦，"莫说在靠山屯，就是在西峰县也是数得着的啊！"转而脸上又现出了难色，"就怕俺和村里人不会干这楼里的活儿呀。"

"吴嫂不用担心，我们教你，靠山屯的知青会带乡亲们一起干的。"贺红梅笑着对吴嫂说道。

"真的？"吴嫂睁大眼睛，喜上眉梢地说，"那敢情好啦！俺和乡亲们那得怎么感谢你们知青啊？"

"感谢什么呀？"甄玲在一旁说道，"刚下乡接受贫下中农再教育那会儿，你们不也是教我们、带我们了嘛！"

"噢，明白了，现在的说法得改喽，该叫俺们接受知青再培养了，对吧！"吴嫂风趣地笑道。

吴嫂的话引得大家哈哈地笑了起来。

邝大海循声走了过来，看到贺红梅笑着问道："一转身你们就没影儿了，都上哪儿去啦？"

"我们跟着秋红看你的新房去了，可漂亮啦！"贺红梅笑着应道。

"哟，眼馋啦？"鲁大力俏皮地对贺红梅说道。

"你这狗嘴，是真吐不出象牙来，还有点儿正经的没有？"贺红梅狠狠捶了鲁大力一拳斥道。

邝大海冲鲁大力说道："大力，我给你点儿正经事，你和铁柱把停在桥头的车，赶紧开到酒厂来，再把车上的十箱白酒摆到餐桌上。"

正说着，邝大海看见秋红和卢晓丽搀着孙大娘上了楼，他赶紧走上前去，担忧地说道："孙大娘，你这腿脚咋还上楼了呢？我一会儿就过去看你呢。"

"大海呀，你让靠山屯过上好日子了，上楼算个啥？俺还想上山呢！俺越活越有劲儿啦。"孙大娘乐道。

新娘子秋红换了便装，也显得特别精神，搀着孙大娘笑着说道："大娘，没听电视里唱的嘛，再活五百年。"

孙大娘摆手说："那都是瞎话，俺再活五年都中啊！"

卢晓丽不由得想起了许大叔，向孙大娘问道："孙大娘，许大叔从医院回来后，眼睛怎么样了？"

孙大娘笑着说："哦，老许头啊，你们不用替他操心了，回来后两眼睁得像灯泡似的，哪儿有事就去哪儿。这不，他在楼下食堂帮着添柴火呢。"

"是吗？那可太好啦！"邝大海听了非常欣慰，着急地对秋红说，"我们看看许大叔去。"

秋红对邝大海说："你们先看许大叔去吧，俺和吴嫂得照顾外面的席面去啦。"

邝大海回道："那你们忙去吧。"说完领着知青们下楼找许大叔去了。

在楼下食堂里，许大叔正烟熏火燎地往灶坑里添着柴火，看到邝大海和知青们来了，赶紧把灶外的散柴塞进了灶里，站起身，笑着迎了过来。

邝大海端详着许大叔，认真地问道："您的眼睛恢复了吗？咋还干上活儿啦？"

许大叔开心地说道："好啦，好啦！在医院摘下眼罩就好啦！大海呀！你又给了大叔一双眼睛啊！这情啊，我这个老头子这辈子怕是没法还啦！"。

“大海，大海！”大刚和二刚一前一后，从外面跑进了食堂，气喘吁吁地说道，“大海，到处找你呢！县委书记和县长都落座了，就等你们知青开席啦！”

许大叔急忙推着邝大海的胳膊说：“赶紧去吧，别耽误了大伙儿的事！俺再添把柴火，这锅肉就炖熟了，俺再找你们去。”

邝大海和知青们走出酒厂大楼，看见大院几十张桌前已经坐满了人，几个孩童在过道来回追逐着。

村主任看见知青们都过来了，赶紧让到了前面的座位，和县领导挨着坐。

县委书记冲邝大海招着手，让邝大海坐在了自己的身边，还亲自给他斟满了酒。邝大海急忙回敬，给县委书记、县长和副镇长逐个儿斟满了酒，然后指着酒瓶笑着说道：“这是我特意带来的新出品的酒，打算做靠山屯酒厂的龙头产品，大家品一品，希望多提宝贵意见呐。”

县长瞅着一桌人笑了，说道：“我们喝的可是任务酒啦，大家一定要好好品一品喽！”

村主任走到台前，拿起麦克风，叫停了锣鼓，止住了鞭炮声，激动地宣布：“现在靠山屯的酒会开始啦！先请县领导给俺们讲话！”

会场上，许多人你瞅瞅我，我瞅瞅你，好像空气都画着问号，咋还弄出个酒会了呢？

县委书记笑着推了一把身边的县长，说道：“安民告示，应该县长说话嘛，赶紧上去吧。”

县长走到台前，环视了一下会场，笑着说：“刚才村主任说我们现在开个酒会，这个名头是我起的。因为今天既有大桥通车的剪彩，有新郎和新娘的婚庆，又有新建酒厂的庆典，还有新娘秋红犒劳村民的意愿，刚才新郎邝大海又告诉我，今天桌上的酒是靠山屯酒厂以后的龙头产品，请大家品酒，要征求意见。哈哈，今天会场的内容多不多呀？”

随着县长的话音，台下的人都乐了起来……

县长收回了话头，继续说道：“今天大家喝的是喜酒、祝福酒、庆功酒！一切的欢庆和恭喜都在酒里，所以就叫作酒会吧。刚才说了那么多可喜可贺的事，这都是靠山屯的知青给我们带来的福音啊。今天知青邝大海对靠山屯投资的义举，让靠山屯有了脱贫的希望。”说到这里，县长意味深长地加重了语气，“大家都知道，邝大海的酒厂不是非得建在靠山屯不可，交通便利、条件好的地方多得是，为啥建在靠山屯？还要投资一百万修座桥，舍近求远，舍易求难？就是因为靠山屯的知青，对靠山屯人有一份爱！有一份情！他们没有忘了第二故乡，把我们当成了一家人！”

县长说的话，得到了台下人们的认同，许多村民的心里感动着，眼窝潮湿着。

县长接着说道：“我再一次代表县委、县政府，代表靠山屯的父老乡亲，谢谢邝大海！谢谢我们的知青！在这里，我也宣布一个好消息：县里决定全力支持靠山屯新建的酒厂，三年企业税、各项行政收费全免！总之，县委、县政府要为知青在西峰县的扶贫企业保驾护航，让扶贫企业的发展一路绿灯，畅通无阻！”

县长的讲话，让村主任、老队长、吴嫂和知青们都激动得站了起来，随后全场响起了雷鸣般的掌声。

邝大海激动地走到台前，他深深地向县委书记、县长鞠了一躬，然后向全场的村民鞠了一躬。他双手相合，诚挚地说道：“谢谢县委、县政府对我们的欢迎和大力支持！在这里一家人不说两家话，告诉大家实底儿，在靠山屯新建的酒厂享受的免税额应该是靠山屯的，我要把这免税额和靠乡亲们帮助建起来的酒厂化作资金，全部作为靠山屯村的股份，让乡亲们共享酒厂的红利！”

邝大海的话讲得掷地有声，实实在在，会场一下子静了下来。朴实的靠山屯人好像不相信自己的耳朵，就连村主任也认为，在村里建酒厂，村民能在村里打工就够了，怎么还有了股份，分起了红？

邝大海继续说道：“眼下靠山屯修了桥，铺了路，打了电水井，包括建这个酒厂，只是刚刚迈开腿，抬起了脚。我们的目标还太小。”他说着，指了指酒厂大楼外一片荒弃的河滩地，说道，“我们还应该进一步利用靠山屯水资源充足的优势，再建一个矿泉水厂。靠山屯的水甜远近闻名，农夫山泉能打下天下，我们为什么不能？现在有了这座桥，我们走的路要更远，奔的目标要更大。”

村主任听到邝大海说到这里，兴奋地说道：“那敢情好了，谁挣钱害怕咬手啊！可是再开个厂，人手可不够啦。”

邝大海笑了，接着说道：“那就用十里八村的剩余劳力，厂子也可以向城里一样，用通勤大客车接送远途的工人！这样不仅我们扩大了再生产，邻村的农民也挣到了钱，同时还减轻了县里的负担。”

听到这里，县委书记激动地站起身来，端起酒杯，感慨地说道：“大家听一听，这就是我们知青的大胸怀、大智慧、大战略！来！大家共同举杯，敬我们的知青！敬我们的扶贫带头人邝大海！”

全场的人们共同举起了酒杯，一饮而尽。

那场景，不知是会场感动了邝大海，还是邝大海感动了会场。所有人都被感动着，被激励着，被鼓舞着……

今天喝得最兴奋的当数许大叔了。他端着酒杯的手有些抖，万分感慨地说道：“大海呀，你不仅帮俺治好了眼睛，还让俺看到了靠山屯的好日子。”

“许大叔，更好的日子还在后头呢！”邝大海笑着说道

孙大娘在一旁关切地问道：“以后还有啥好日子，俺老太太还能赶上不？”

“孙大娘，开了酒厂，村里有了资金收入，村民挣到了工资，不出三年，家家都会盖上新房子，您老一定会赶上的。”邝大海信心满满地告诉老人。

“看着靠山屯过上了好日子，俺老太太活不够呀！”孙大娘喜极而泣，抹着老泪笑道。

邝大海回头对着支持他在靠山屯建酒厂的知青们，郑重地宣布：“靠山屯发展的目标，不仅让村民盖上新房子，还要盖知青养老公寓。在第二故乡，每个知青都会分到一套独立的全功能的养老房！靠山屯的酒厂要设立知青养老基金！”

邝大海的话，让所有在场的知青睁大了眼睛，张大了嘴巴，惊得说不出话。

甄玲最先蹦了起来，喊道：“哎呀！我最愁的就是养老了，大家能在一起养老，那可太好啦！”

“哈哈，我说的扎根靠山屯干革命没错吧。在靠山屯我们有家啦！”鲁大力开心极了。

贺红梅激动地说道：“晚年养老，靠山屯是我们最放心的地方。这里山亲、水亲、人更亲！”

“你们知青把青春交给了靠山屯，晚年的余热又献给了靠山屯。知青在靠山屯养老，天经地义！”村主任斩钉截铁地说道，“我们要把知青在靠山屯养老的问

题，纳入村规里。知青的晚年生活，俺靠山屯包啦。”

知青们听了邝大海和村主任的话，无不精神振奋，兴高采烈，激动万分，大家竟然抬起了村主任和邝大海……

靠山屯的傍晚，彩霞满天，好像七仙女撒下的帷幔，映在了山岗，照在了田间，落在了河面上。

邝大海和秋红亲密地手挽手，沿着河边开满鲜花的小路，回到了自己的新房。

邝大海看着秋红精心布置的新房里，一切东西都是崭新的、陌生的。可是窗户上贴的一对鸳鸯的纸花，却看着眼熟。他想起来了……禁不住用手轻轻地抚摸起来。

秋红走到邝大海跟前，问道：“你还认得这对鸳鸯吗？”

邝大海点了点头，说：“认得，认得。你没少让我看，这是你妈临终前，为咱俩剪的最后一个窗花。”

“娘病重的时候一心盼着咱俩成亲，剪了这对象征忠贞爱情的鸳鸯，哪想到四十年后才贴上。”秋红说到这里，眼泪一下子从眼眶涌了出来。

邝大海看着痴情的爱人，想着两个人四十年的离别之苦，他紧紧地把秋红搂在了怀里……

夜幕完全降了下来，山区的夜空格外清亮，清亮得可以数出星星的个数。弯弯的月牙儿挂在房前的树梢，柔和的月光透过窗棂，洒在了新郎和新娘的脸上，调皮地窥视着洞房里的新人。

大地万籁俱寂，悄无声息，好像怕打扰这对新人似的，出奇的静，静得新郎和新娘的低语，窗外都可以听到。

云雨过后的新郎新娘，相互满足地看着对方。秋红用手擦着邝大海额头上的汗珠，嘴角儿挂着甜甜的笑容。

邝大海幸福满满地问道：“媳妇，你今天一直都在笑。是不是特高兴？”

秋红笑道：“那当然！你说俺最高兴的是啥?”

“最高兴的是啥呀？我想听，告诉我呗。”邝大海看着秋红调皮的眼神儿，近乎央求道。

秋红摇摇头，撒娇地说道：“俺自己知道就中啦。”

“那可不行！俺俩是夫妻了，一切都应该共有。”秋红的神秘状，让邝大海越加想知道让妻子最高兴的秘密。他把秋红抱得都脸儿贴脸儿了。

秋红求饶了，说道：“快松开俺，俺要郑重其事地跟你说。”说着，秋红坐起了身。

邝大海看着秋红，笑道：“咋还这正规？”

“因为这是俺发自心底的话。”秋红一本正经地说道，“俺最高兴的是，四十年后老天爷还能还给俺一点儿没变样的邝大海。”

“一点儿没变样是啥样啊？”邝大海好奇地问。

“还是那样的善良、正直，有情有义。”秋红说到这儿，又加了一句，“还是个有理想、有抱负的邝大海！”

“媳妇真的这样看老公吗？”邝大海笑着问道。

秋红抚摸着邝大海的脸，认真地点了点头，说道：“俺的男人，不仅让俺过上了好生活，还让靠山屯改变了模样。”

邝大海也认真地看着秋红，深情地说道：“你是我的亲人，靠山屯是我的家，这是我感情的归宿。”说到这儿，他松开抱着秋红的手，将两手垫在枕头上，意味深长地说道，“我没有太大的奢求，只想让你和靠山屯人的日子越过越好！”

“你现在已经做得足够好了。这次老队长和村主任，还有村里人都要在大桥上刻上你的名字，叫邝大海桥。是俺拦住了他们，知道你不会同意的，俺给起了连心桥的桥名，觉得更有意义。”

邝大海听了秋红的话，禁不住又把秋红揽在怀里，高兴地说道：“媳妇真好！不仅爱老公，还懂老公。”

“要不咋说，不是一家人，不入一家门呢。”秋红撒娇地晃着脑袋。

“我还有一个想法。”邝大海神秘而自信地说道。

“啥想法？说给俺听听！”秋红急切地问道。

“我打算在靠山屯建一所小学校，聘请最好的老师，让孩子们都能免费上学，都能读上书，让靠山屯的子孙后代将来有能力把自己的家乡建设得更好。”邝大海说道。

听了邝大海的话，秋红一下子坐了起来，兴奋地说道：“你给靠山屯建学校！

靠山屯的父老乡亲可真得给你树碑立传！你不仅让靠山屯人过上了好日子，还给了靠山屯希望的……”秋红竟想不起来合适的词了，激动地将头贴在了邝大海的胸前。

“咯——咯咯！”窗外突然传来了公鸡的啼鸣声，秋红抬起头来，诧异道：“这一宿怎么过得这么快？”

她不相信地下了地，掀开窗帘，看到了远处山峦一抹晨曦发出的光亮，惊喜地说道：“俺找着了刚才接不上的词啦！邝大海，你快来看！”

邝大海被秋红的情绪感染了，也穿鞋下地凑到了窗口，看到了那抹晨曦，太阳冉冉升起来了。邝大海冲秋红笑道：“你刚才要说的是曙光吧。”

“对对！”秋红抓着邝大海的肩头，喜悦地说道：“靠山屯有了学校，孩子们读上了书，靠山屯就如同有了升起的旭日，看到曙光啦！”

邝大海听了秋红的话，深深地点了点头，说道：“媳妇，这才是我最大的心愿，让乡亲们看到靠山屯的曙光！”

（本文荣获第三届“中国青年作家杯”征文大赛小说组二等奖）

作者简介：唐明达，1953 年 12 月生，1971 年 12 月在沈阳第四十一中学初中毕业，下乡到辽宁盘锦地区东郭苇场。1978 年 12 月抽调回沈阳市，被分配到沈阳市房产管理处工人村供暖管理所。1979 年 8 月通过企业考试招干，被分配到沈阳第二住宅建筑公司做工会工作。其间，在辽宁大学函授学习 4 年，获得辽宁大学中文系大学毕业证书。1984 年 12 月通过市政府人才考试，考入沈阳电台东陵记者站。1987 年 6 月调入沈阳市工商局东陵分局做文秘，直至 2013 年 12 月退休。退休后，在辽宁人民出版社出版了长篇小说《五味人生》，在华夏文学出版社出版了长篇小说《小芳的爱情》。电影文学剧本《昨日不了情》荣获中国知青作家杯征文一等奖。在中华知青作家学会第一届代表大会当选为理事会理事。2020 年入选辽宁省作家协会会员、沈阳市作家协会会员。

美国打工十四年，回归故里亲友赞

谢淑坤

芬的丈夫姓王，大家都喊他老王。我认识芬有十年光景，可一周前我才见到她的丈夫。五十五岁的老王，中等身材，脸上洋溢着一种幸福满足的微笑。

老王终于回国了！得知这个消息，我非常高兴，专程从沈阳赶回铁岭看望这位离开祖国、离开家乡、离开亲人长达十四年的丈夫、父亲。

“芬姐她家老王回来，我家老公特地派他的专车到机场迎接。”芬的同学金荣对我说。金荣的丈夫是市某局的领导干部，他能用那台宝马车迎接老王回国，足见老王在众人心目中是有分量的。

芬和老王于 1976 年下乡当知青，返城后，老王在土杂公司工作。他们有一个男孩。工资虽不高，但夫妻感情融洽，家庭生活是幸福的。天有不测风云，20 世纪 90 年代末，大多数工厂重组，芬和老王也买断工龄下岗，俩人买断工资加一起还不到两万元。养育孩子需要钱，后半生的生活需要钱。怎么办？他俩曾在国内打过工，做过生意，但始终不能脱贫致富。

芬个头不高，长得娇小，虽然是个工人，但她喜欢学习，爱读书。古今中外名著芬几乎全部读过。她为人豁达，头脑聪明。受出国打工大潮的影响，芬和丈夫商量打算出国打工。最后，夫妻俩决定由老王出国打工。办理出国手续需要很多钱，芬的亲属纷纷拿钱来凑，他们又向朋友借了点儿，终于在 1997 年 11 月 1 日，一个初冬雪花飘舞的日子，老王踏上了去美国打工的征程。

从此，芬和老王天各一方。芬在家守望，把儿子一天天带大。老王出国打工第七年时，儿子结婚，老王为了不耽误挣钱没有回国，只是把辛苦打工赚来的钱每月按时寄给芬。老王出国打工第八年时，小孙子出生了，此时本打算回国的老王在长途电话里对芬说：“为了小孙子，我再干两年。”谁知这一干，竟是六年，这样老王在美国的一家餐馆干了整整十四年。

十四年，人生有几个十四年？我曾劝芬：“太久了，该让老王回来啦！你们夫妻分别这么久，彼此还能接受吗？”有一次，我们几个女友在她家闲聊起来，女友王友丽情不自禁地说：“你说，老王这不成和尚了吗？”芬笑着回答：“赚钱不容易，能干一年是一年吧！”

也许是缘分，我去芬那里购买安利产品时（她用老王出国打工赚的钱做担保，在铁岭做了一段时间的安利产品代理，以补贴家里生活和还债）认识了她。因为我也有当知青的经历。我们聊了很多，我想这个娇小玲珑的女子真是不简单，是什么让她撑起她和老王这样的家呢？他们经历了学业中断、下岗失业、举步维艰、出国打工、挣钱还债，但芬给人的感觉是乐观的。

芬的身边总是围着一些女友，这些女友多半是她的知青好友和上学时的同学，大家到她家，非常随便，打麻将，侃大山，聚餐。芬很会交朋友，也很有头脑。她把老王寄来的钱在珠海买了一套房子。2008年，芬带着儿孙举家迁至珠海定居，和她一起到珠海定居的还有她的女友辉等人。现在芬和女友辉在珠海的一个大学城里卖凉茶和冰激凌，生意还不错。每年她们都利用学校放暑假的时间回故乡铁岭休整一段时间。

2009年，我曾专门到珠海芬的家中生活了一个月。我感到珠海是个好地方，它是粤港澳大湾区重要节点城市，有“百岛之市”之称，这里如花园一样美丽。我看到芬在珠海生活得很好，我被她的头脑折服，更为她的生活状态感到放心。

我一直为芬和老王长期分居担心，但是，当我见到老王那一刻，我的疑虑顿时全部打消了。

芬这次回铁岭主要是迎接老王，并和他一起祭扫了祖先和父母的坟墓。那些天，老王像个凯旋的英雄，请他喝酒吃饭的人都得排队。为了感谢多年来朋友们对他们一家的支持和帮助，8月16日，芬和老王在铁岭的一家酒店招待大家。席间，芬说：“十四年来，我和老王在大家的帮助、支持和鼓励下走到今天，真是不容易……”讲到动情处，一向开朗的芬流下了泪水。我第一次见到芬流泪，我的鼻子酸酸的，眼里也溢出了泪水。大家纷纷举杯，祝贺芬和老王团聚！祝福芬一家人幸福！我说：“芬，你找了个好老公！你是有福之人。”“你和老王是好样的！男人女人都应该向你俩学习！”芬说：“过奖了！我们不过是平常之人。”老王对我说：“虽然生活所迫，我出国打工，但是夫妻之间首要的是信任。我相信她，我心里有她，有家。”老王说的是真心话，也是实话，我有切身的感受。那次我在珠海旅居时，我和芬、辉、王友丽、于金凤几个姐妹（她们都是芬的同学，都当过知青）一起去澳门一日游时，当我们旅游完办理入境手续返回坐在公交车上时，芬忽然接到了老王从美国打来的越洋长途电话。老王问她：“到珠海去旅游啦？”我只听芬说：“我和谢姐、辉几个人一起来的……我让王松（芬的儿子）接王鸿飞（芬和老王的上幼儿园的小孙子）……”

原来是老王的侄女与老王通电话时顺嘴说了芬去澳门游玩的事，老王立刻打来电话询问。我们几人全笑了，说老王虽然远在美国，可却实实在在关心着芬的行动呢，这件小事，足见夫妻俩的心是紧密相连的。老王时刻惦记着小孙子。他的小孙子王鸿飞也非常会说话，当小家伙学会说话时，让他跟爷爷说句话，他虽然出生以来没见过爷爷，可小嘴却甜甜地冲着电话说：“爷爷，我可想你啦！你啥时候回来啊？”这真是血亲啊，老王的心瞬间被小孙子的问候融化了，他情愿为小孙子再坚持几年打工生活。

老王是个不善言谈的人，他在美国餐馆打工十四年，他说，他整天不闲着，不停地干活，刷碗、择菜、洗菜、打扫卫生，忙时也上过灶，什么杂活都干过。最初干活是为了还债，挣了点儿钱是为了以后生活好一点儿，有了小孙子就想为小孙子打下好的生活基础，一年一年就坚持了下来。老王的表现得到了老板一家人的好评，尤其他的耐力博得了老板的赏识。老王临回国时，老板特地给芬和老王的小孙子包了一个大红包，老板八十多岁的老父亲特地给老王买了两瓶酒送给他。芬说，老王当年能在美国平安着陆，后又平安返回，是因为他们的根在中国，无论在哪里，他都心系祖国，心系家！

老王是个普普通通的中国男人，在他身上我看到了不寻常之处。他对我说：“我从 1997 年 11 月 1 日离开中国到今天 2011 年 8 月 16 日，十四年里我仅休息过二十一天。”这足以说明老王的耐力。

改革开放成就了一批有想法、敢于实践的人。芬和老王都是普通的中国人，他们身上有着热爱家庭、忠于婚姻、吃苦耐劳的传统美德。他们的故事也许很平凡，但我和朋友们在他们身上感受了中国人勤劳、忠厚、忍耐、智慧的美德。老王为小家背井离乡，夫妻分居长达十四年，这对知青夫妇曾经是中国底层人物，要想改变命运，往往需要几代人的努力，无论在哪里，他们都一直努力奋斗，脚踏实地生活，他们值得世人尊敬！

（本文获第三届“中国青年作家杯”征文大赛小说组一等奖）

作者简介：谢淑坤，铁岭市公安局退休干部，青年作家网签约作家，中华诗词学会会员，铁岭市作家协会会员，铁岭老文艺家协会会员，中国知青作家学会理事。著有文集《岁月偶拾》《带孙子的快乐时光》。有诗歌散文散见于国内各级报刊，参加国内外各种征文比赛获大小奖项十余次。

天鹅与雪凰姐妹

赵美蓉

上古时期，天地之间的鸟类由百凤之母后玄鸟统治。玄鸟有两个女儿——雪凰和蓝凰。

这对姐妹花是玄鸟之骄傲。

有一年春天，玄鸟要派雪凰去天地间巡查，看看凡间的鸟儿们有什么困难，如有需求，就尽其所能地帮助鸟儿们。

“妈妈，我也去！”蓝凰向妈妈请求，想跟着姐姐一起去。

玄鸟看看小女儿那天真的样子，又想想平时都将她们留在身边宠着，这次不妨让雪凰带着妹妹去凡间体验一下。她相信雪凰。

“妈妈，您就答应妹妹吧！”玄鸟犹豫的时候，雪凰央求道，“放心，我会照顾好妹妹的。”

“行，你要看护好妹妹，注意安全哦！”玄鸟思考了片刻，答应了姐妹俩的请求。

这一天，恰好下起了春雪。雪凰在巡查期间听到远处有一些吵闹声，于是就和妹妹蓝凰化作春雪融入其中隐藏起来，慢慢靠近，想听听他们在聊些什么。

“我是最厉害的！”雪凰听见那只站在最前面的天鹅说，“那只老玄鸟和那两个小丫头片子有什么能耐！”天鹅拍拍双翅，昂着头更是神气十足。

“她们哪知道，本小姐才是全世界最厉害、最漂亮的鸟呢！”天鹅还转了两圈，张开双翅，抬起一条腿翘了翘，做了一个展翅高飞的动作，“看，你们当中有哪一个能做得了我这个高难度动作呢？”

“你们再看看——”，天鹅又抖了抖，“我这洁白无瑕、银光四射的羽毛，你们有吗？”

蓝凰妹妹早就忍耐不住，不想再听下去，急着想出去与天鹅比试比试。

“妹妹，别，别着急——咱俩再观察观察。”雪凰制止了妹妹。与此同时，众鸟的反响也很大。

刚开始，鸟儿们还耐着性子，静听天鹅夸大其词、津津有味地演说。可是，后来就慢慢地骚动起来，并悄悄议论。

燕子三姐说：“哎呀，天鹅真是狂妄自大，简直就是不知天高地厚！”

咔嚓咔嚓，她抖动着剪刀似的尾巴生气地剪了两刀，表示对天鹅的不满，“还管公主殿下叫小丫头片子？”燕子三姐越说越来气。

喜鹊三兄弟也觉得天鹅这么说，确实有些过分了，直言不讳道：“王后殿下和公主殿下知道后一定会重重处罚这只愚蠢的天鹅！”

这时，一直在旁观望的杜鹃妈妈也对自己的三个孩子说：“你们以后千万别像天鹅那样目中无人啊！听说，她平时还叫鸭先生帮她拉车，让水鸟叔叔捉鱼、捉泥鳅给她吃呢！哼，她在人间作恶不少，可恶得很！”

“妈妈，我们都记住您说的话了。”杜鹃妈妈的三个孩子齐声回答。

杜鹃妈妈舒心地笑了，她感到非常欣慰。

雪凰听到这儿，带着妹妹立马化作一缕春风飞去。到了天界，她赶紧把天鹅在众鸟中自我吹嘘并说了一些特别过分的话等事情禀报给了母后玄鸟。

“孩子，你去通知一下那个自称是最厉害的天鹅！”母后玄鸟说，“我得去会会，看她究竟想干什么。”

玄鸟说完，雪凰就出发了。

这一次，蓝凰留在宫里，讲在凡间遇到的新鲜趣事给母后玄鸟听，如凡间挺热闹呀，鸟儿多，有玩伴，自由自在好开心呀……说着说着，蓝凰睡着了。

玄鸟知道女儿累了，心疼地给小女儿身上盖了一床薄薄的羽毛被子。

雪凰再次来到凡间。

“天鹅，我母后叫你去她那里，走吧！”雪凰严肃地只说了一句话，就向天界飞去。

于是，天鹅随着雪凰飞向天界——

到了宫廷门前，雪凰对天鹅说：“你在宫门这里等候，我先去禀报母后。”

雪凰来到宫里，禀报道：“母后，天鹅来了。”

“召她进来！”玄鸟说。

“是！”雪凰应声而答。

雪凰走出宫门，对那只天鹅说：“我母后叫你进去。”于是，天鹅就大摇大摆，一路哼着不成调的小曲，屁颠屁颠地进了宫廷。

“老婆子，叫我啥事呀！”天鹅阴阳怪气、矫揉造作地说。

“我召你来是有事！”玄鸟心平气和地说道。

“老婆子，你能有啥事？”天鹅还是那么骄横傲慢，“是有求于我吧？”

玄鸟冷冷一笑：“天鹅，你呀——你有叫我女儿们小丫头片子吗？”接着又说，“方才还叫我老婆子是吗？”

天鹅开始心头一惊，不过很快又镇定下来，理直气壮地说：“那又怎样？”

天鹅虽然内心有些发虚，可是嘴上的功夫硬着呢！

“我叫你女儿们小丫头片子，算是好的啰！”天鹅似乎更加不可理喻了，“到时候惹怒了我，就叫你女儿小丫鬟啰！”

这时的玄鸟，听了也并不生气，还是心平气和地耐着性子说：“如果你听不进我的话，明天咱们就来一场比法术的大赛。你看如何？”

“好啊！老婆子，你就等着让你女儿变成小丫鬟吧！”天鹅发出一阵得意的叫声。

“如果你输了就必须要变成我的奴仆，必须给我做饭哦！”玄鸟非常严肃，郑重其事地对天鹅说。

“一言为定！”天鹅自信满满。

第二天，玄鸟领着雪凰和蓝凰准时来到比赛场地。天鹅也按时赴约。

玄鸟对天鹅说：“我派出自己的女儿与你对战，你就等着接招吧！”

其实，天鹅还不知道雪凰的威力！

天鹅遇到过许多这样的对手。譬如，有些鸟儿叫鲲鹏，五行属木。

而天鹅五行属火。所以，天鹅战胜了鲲鹏。因为雪凰是白色的。她名字中的“雪”字只是个幌子。所以，天鹅误认为雪凰五行属金。

天鹅五行属火，善用火攻。她认为“火克金”，确定自己能把“小丫头片子”打败，变成她想象中的“小丫鬟”。

“哦哦哦——”天鹅狂喜得发出一阵阵叫声。天鹅在心里美美地想着，嘴里轻轻地嚷着："比就比，哼！谁怕谁呢！"

"比武开始啦！"众鸟都兴奋不已。虽然天鹅有多次火攻，但是雪凰一动不动地站在那儿，毫发无损，没有被烧伤，更没有被融化的迹象。

最后一刻，雪凰发怒了。她调集喜马拉雅山上的雪，开始水攻。雪凰吐气飘雪，吸气冰封，有吐一口气下雪、吞一口气冰封的高强本领！

顷刻间，喜马拉雅山上的雪被雪凰调集了一大半。看，赛场上立刻堆成了一座很大很高的雪山，直插云天。

一不做，二不休，一鼓作气。

只见雪凰张开嘴，大大吞了一口气。

瞬间，雪山上的雪被一阵狂风吹了下来。

这还没完呢！

只听，雪凰一声尖啸，顿时所有的雪就像瀑布一样，飞流直下。

在一旁的蓝凰一个劲儿地拍手，鼓掌大喊："姐姐加油！加油！"

众鸟也齐声呐喊："公主殿下，加油——加油啊！"

天鹅听到众鸟为雪凰加油助威的一阵阵呐喊声，内心十分恐惧，在极度慌乱中再次想用火攻，可是为时已晚！因为现在的赛场全都是水元素，一点儿火的迹象都没有！天鹅虚张声势、外强中干的那点儿能耐全都被崩塌下来的雪灭得无影无踪。

天鹅被雪堆覆没了。当她被在场的兄弟姐妹从雪中刨出来的时候，已经奄奄一息。天鹅的眼泪慢慢融化了嵌在双眼上的冰雪。当她眨眨被雪冻伤、被泪水浸得红红的双眼时，发现雪凰已消除了怒气，正站在她身旁。

虽然，地面上湿漉漉的，但是天鹅双翅硬撑着，勉强让自己站起来，羞红着脸，惭愧地说："雪凰姐姐，我错了，再也不敢叫你小丫鬟了。"天鹅咽了咽口水，"以后每天我都会给你的母后大人，给你和蓝凰小妹妹做美味的饭菜！"

"不用了！"雪凰手一摆，铿锵有力，掷地有声，"其实，我只是想让你认识认识自己而已。"

之后不久，雪凰就带着蓝凰和天鹅在母后玄鸟面前结拜为姐妹了。

从此以后，天鹅再也不逞能自大，不胆大妄为。她与雪凰、蓝凰姐妹俩及其他鸟儿，在玄鸟的统治、关爱、呵护下，相互关心，相互扶持，分担忧愁，分享快乐，建设平等、和谐安定的鸟类族群！

（本文荣获青年作家网2021年度优秀作品奖）

作者简介：赵美蓉，笔名安容。女，汉族，1959年7月生，祖籍江苏东台。中国共产党党员，毕业于江西师范大学，中小学高级语文教师（已退休），曾担任江西省银山垦殖场“恩美楼”中小学党支部书记兼校长。江西省作家协会会员，深圳市作协会员，中国散文学会会员，青年作家网签约作家。

失　忆

李沛花

一

“谭局出车祸了！”

这一不幸的消息，迅速在粮食局内部传开了。

谭局正在手术室抢救。好多人聚在手术室门口焦急地等待。两名交警寸步不离守在门口。不知什么时候，又来了两名刑警。

四个多小时后，手术室的大门终于打开了。

医生告知，谭局度过了危险期，但仍在昏迷之中，什么时候能醒过来还不好判断。

大家总算松了口气，陆续回家休息。

谭局昏迷一周了。

每天都有两名警察轮流守在病房外。

刚开始一两天，同事们利用休息时间，成群结队自发来医院探视。人心惶惶，议论纷纷。

“这个节骨眼儿上，谭局怎么会出车祸呢？太蹊跷了！”

“谭局不会是被人谋害的吧？看，警察每天都守着呢！”

“谭局调来咱们局才三年多，局里的变化简直太大了！咱们老百姓刚看到点儿希望……谭局这一出事，万一有个三长两短，恐怕……唉！”

……

这天一大早，粮食局副局长王明辉来到党支部书记吉严的办公室，他靠在沙发上，双手理了理大背头，清清嗓子，语气沉重地说：“吉书记，您看啊，谭局出事了！但局里的工作要正常推进啊！我这个副局长责无旁贷应该挑起重担了！当务之急，有件很重要的事情要和您通个气！”

下午，局里召开了中层以上干部会议，由副局长王明辉亲自主持。

会上宣布，为了维持局里的正常工作，同时保证谭局有个安静的休养环境，每天安排两名职工代表大家全天候地在医院陪护，其他人就不用有事没事往医院跑了！

会议现场下发了陪护表。排在前面的是马尚道、薛明等人。

第八天，陪护的人传来消息，谭局苏醒了。

但是，谭局失忆了，精神也好像出了问题。

大家不再遵守王副局长定下的规定，纷纷赶往医院探望。

王副局长第一个冲进病房，扑到病床边，连声道：“谭局，我是王明辉啊！您终于醒过来了！感觉如何啊？”

谭局瘦削的身躯陷进白色的被单里，缠着厚厚纱布的右胳膊露在被单外，左手背扎着输液器，黑框眼镜挂在鼻梁上，脸色苍白，脸颊深陷，目光呆滞，面无表情，喃喃道：“谭局是谁？你是谁？”

转业军人出身的吉书记豪爽耿直，见状一把拽开王副局长，深深弯下高大魁梧的身板，凑到谭局耳边，摇晃着谭局的肩膀，声音洪亮地大喊：“老谭，我是老吉啊。还认得我吗？”

好像谭局有问题的不是脑子，而是耳朵。

谭局被摇晃得黑框眼镜快滑到鼻尖上了，仍在机械地重复：“谭局是谁？你是谁？”

王副局长急得直跺脚，大背头凌乱了，几缕头发垂到额头也顾不上整理，拉着吉书记拨开众人直奔院长办公室，双手紧紧握住院长李锐的手，眼含热泪动情地说：“李院长，无论花多大代价，一定要尽快治好我们谭局啊！”

李院长扶了扶金丝边眼镜，轮流看着眼前的两个人。见他们眼神急切地频频点头，果断地说：“好，好！王副局长、吉书记，我这就联系北京的专家。”

市医院请来北京有名的神经科和精神科专家会诊，得出如下结论：谭局右臂骨折，多处软组织损伤，但头部、内脏器官没有遭受致命重创，身体各项指标正在逐步恢复！

谭局失忆和精神不正常，被初步诊断为应激性记忆失调和创伤后应激障碍，只能慢慢调养。能不能康复主要看病人自身的意志。

王副局长握着谭局长的妻子的手，难过地说：“嫂子，看样子，谭局需要调养一些时日才能恢复。局里出钱请个护工照顾谭局吧！”

谭局长的妻子抹着泪婉言谢绝：“谢谢王副局长，老谭有我照顾呢。王副局长您日理万机，就不要再操心这些小事了。老谭出了车祸，不能继续工作为局里做贡献，哪能再给局里添麻烦呢！”

“嫂子，您就不要再推辞了。谭局是我们的领导，按照规定，这也是谭局应该享受的待遇啊。”

盛情难却，谭局长的妻子只得答应。但她坚持亲自挑选护工，自己也请了长假陪护。几天过去，谭局长的妻子丰腴的身子消瘦了不少。

不时有警察来病房。有人猜测，看来，交通事故还在调查之中。

一个月过去了，谭局仍不见好转。

局里正值多事之秋。

最后一批福利分房的名单悬而未决，新建办公楼的招标问题箭在弦上。

好些人私下找王副局长和吉书记提意见：谭局出事了，但这些迫在眉睫的工作不能耽误啊。

组织部派人来局里调查摸底。两天后发了文，任命副局长王明辉代理局长一职，主持日常工作。

工作和生活还得继续，不是吗？

二

这天深夜，谭局长的妻子前脚刚离开病房，有人后脚就到。

来人就是马尚道。

这马尚道长得矮小精瘦，小眼睛，尖嘴猴腮，两条麻秆罗圈腿尤为显眼。人送外号“马屁精”。这人才调来粮食局一年多，就坐上了计划科科长的位子。

“马屁精”蹑手蹑脚走进病房，对着靠在椅背上打瞌睡的矮胖护工的耳朵叫了声：“谢大姐！”

谢大姐惊醒了。一看来人，笑了：“是马科长啊！您又来了？”

“是啊，谢大姐。你辛苦啦。我陪谭局一会儿，你出去透透气吧！”

谢大姐眼光一闪，旋即堆起笑脸，起身捶捶腰，看看睡着的谭局，小声说：

“好啊，好啊，马科长。像您这样有情有义的人，不多了啊！你们单位好久都没人来喽，谢谢您啊。我下楼溜达几圈就回来。”说着人已到了门外。

“马屁精”谦虚地笑着跟到门口：“谢大姐过奖了。这是我应该做的。谭局是我们的好领导，对我也特别照顾呢。”

“马屁精”看着谢大姐的背影消失在走廊拐角，脸立刻拉得一尺长。回身关紧房门，整理了一下衣领，盯住病床上的人，皮笑肉不笑地说：“谭局，我是马尚道啊。您想起我了吗？”

谭局的黑框眼镜吊在胸前，喉咙里发出轻微鼾声，睡得正香。

门外人影一闪，有个穿病号服的瘦高个子目光如炬，正透过门玻璃密切关注着病房内的动静，随时准备破门而入。

“马屁精”往床前凑了凑，大声说：“谭局，现在没别人，您就不要再装了！”

谭局被吵醒了，没戴眼镜的双眼茫然盯着面前的人。那目光没有焦点，虚无缥缈，仿佛透过来人的身体，落在了不可企及的远处。

“马屁精”突然收起笑脸，可怜兮兮地说：“谭局！您收了我十万块钱，答应给我分房子的！可您现在这样子，怎么办啊！您再这样装下去，恐怕黄花菜都要凉了！”

谭局木然地嘀咕道：“谭局是谁？你是谁？”

“马屁精”仔细观察着谭局的反应，眼珠子一转，哭丧着脸说道：“谭局，我家里经济条件不好！您事情办不了，把十万块钱退给我吧。对，我有证据！要不，我去找嫂子要吧！”

“马屁精”看谭局依然无动于衷，反倒笑了。然后哼着小曲一溜烟跑了。

第二天上午，有个西装革履、大背头梳理得油光水滑的人来到医院，此人正是代理局长王明辉。

他站在病房外，透过门上的玻璃观察了谭局很久、很久，嘴角浮出不易觉察的冷笑，转身就要离开。

谭局长的妻子正好出门去打水，王副局长赶紧揉了揉眼睛，说：“嫂子，我抽空来看看谭局。唉……看来，谭局还是老样子啊。我还是不进去了，免得触景伤情！”

下午五点多，谭局长的妻子提着饭盒风风火火赶回医院，坐在丈夫床边哭成了泪人：“老谭，你们局里那个叫马尚道的，下午莫名其妙跑到家里找我要钱，还给我看了一段视频，说你收了他十万块钱，答应给他分房子！究竟怎么回事啊，老谭？你赶紧醒过来啊！呜呜呜……”

谭局呆呆地看着妻子，机械地重复道：“老谭是谁？你是谁？”边说边挣扎着要起床，护工扶着他摇摇晃晃进了卫生间。

此时，有个人正鬼鬼祟祟贴在门外偷听，正是那个“马屁精”。

那个穿病号服的瘦高个子，慢腾腾走过来，用眼睛的余光警觉地盯着“马屁精”的一举一动。

“马屁精”迈着麻秆罗圈腿兴高采烈地跑出医院，边跑边打电话：“王局，按照您的指示，我去谭家找他老婆要钱，他老婆好像什么都不知道，这会儿正在病床边哭着问姓谭的呢！

“那姓谭的无论怎么刺激，都是老样子！看来，他是真的失忆了，傻了，没救了。对咱们应该没了威胁！即使他以后清醒过来，手里也没有任何证据！咱们还有办法对付他，不是吗？您就放心吧！

“不过，王局，我想不通，那十万块钱究竟去哪儿了呢？……嗯，嗯，对，您分析得对，估计是车祸现场被人顺走了！您说找不到就算了？以后再说？好，好，听您的！对，对，破财免灾，破财免灾！”

半个月后，又有人来看谭局。谭局长的妻子和谢大姐认得他，这人先后来过四五次了。

来人是粮食局大楼的门卫老冯。

满脸皱纹、头发花白的老冯还是提着那个大大的多层保温饭盒，里面装着喷香的饭菜和浓浓的鸡汤。

他执意要亲自喂谭局吃饭，边取饭菜边高兴地说：“谭局啊，我代表局里的大多数人谢谢您啊！我在粮食局干了一辈子了，快退休了，总算分到新房子了！听吉书记说，是按照您出事之前定的名单分的房子！大伙儿可高兴了！还有，局里出大事了，副局长王明辉、计划科科长马尚道、财务科科长薛明等几个人都被公安局的人带走了！具体啥情况我也不清楚。谭局啊，您快点儿好起来吧，大伙儿都盼着您呢！”

谭局盯住老冯，眼睛湿润了，小声说：“老冯，谢谢！谢谢大伙儿！”

老冯惊得眼睛瞪得鸡蛋大，瞬间反应过来，满脸褶子笑成了菊花，笑出了泪珠，转头对谭局长的妻子喊：“嫂子！嫂子！谭局说话了！”又急忙回头握住谭局的手，贴在脸颊上，喜极而泣，“谭局！您、您终于好了！可把我们担心坏了！呜呜呜……”

谭局长的妻子和谢大姐对视一眼，泪水模糊了双眼。万般滋味，涌上心头！

“谭局清醒了！”

消息很快传开了。来探望谭局的人，从早到晚络绎不绝。

有一天，知情人说，谭局以静心休养为由，打了退休报告。

病房里又逐渐恢复了难得的清净。

三

这天，病房里来了一高一矮两名警察。

一会儿，吉严书记和李锐院长也来了。

矮个子警察手脚麻利地拆下安装在灯箱边的微型摄像头。

另一个浓眉大眼的高个帅警察，正是市刑警队队长雷丰。

假扮护工的矮胖警官谢兰和假扮病人的瘦高个子警官马力也来了。

两个人换上了警服，精神焕发，神采飞扬。

雷队长等大家围着病床坐定，浓眉上扬，大眼含笑，轻松地说：“终于可以和大家坐在一起，好好聊一聊案情了！谭局，王明辉几个都交代了！他们发现您在收集他们以权谋私、收贿受贿、买官卖官的证据，制定了一条连环毒计：贿赂你不成就诬陷您、害死您！”

“哎哟！天哪！太可怕了！”谭局长的妻子心疼地看着丈夫，捏了捏他的胳膊，心有余悸。

“那车祸就是他们安排人干的吗？”吉书记问。

“还真不是！我们当初也判断车祸是人为制造的。但经过调查，发现那场车祸纯属意外。那晚，王明辉一伙本来就计划好要谋害谭局。但是，还没来得及下手，谭局就被车撞了。车祸发生后，他们高兴极了，以为老天都在帮他们，省得他们亲自动手了！”

雷队长转向谭局，接着说：“谭局，那天晚上八点多，被王明辉安排偷偷监视您的马尚道，见您在办公室整理他们的犯罪证据呢，赶紧汇报给王明辉。王明辉认为夜深人静机会难得，决定当晚就下手。他指使财务科科长薛明拿了十万块钱，让马尚道去您办公室贿赂您。您很气愤，把马尚道赶了出去。但他们把过程偷偷录了视频，准备剪辑成陷害您的资料，并对您下毒手。

“马尚道走后不久，您整理好笔记本、证据材料、手机等，装进公文包，出门去上卫生间。您以为楼里没别人了，也是一时疏忽，所以没锁办公室门。真是，善良之人总会低估丑恶之徒的阴险和歹毒啊！

“那马尚道又偷偷溜进办公室，偷了您公文包里的笔记本和所有证据材料，把十万块钱塞了进去。您上完卫生间就直接拎着公文包出了门，结果在门口的十字路口被车撞了！肇事者是酒驾，车子刚过十字路口，速度很慢。那个醉汉，无意之中也算救了谭局您呢！”

在场的人都被深深吸引了。谭局长的妻子气愤地拍着床沿：“天哪！真是不怕贼偷，就怕贼惦记！日防夜防，家贼难防！雷队，那车祸明明伤了我们家老谭，您怎么说救了老谭呢？快说来听听！”

“谭局，嫂子，您二位听了肯定会后怕的！王明辉安排人买通一个混社会的毒虫，在您家附近那个僻静的地下通道，也是您回家的必经之路，揣着刀子等着您呢！如果您走过去，后果不堪设想啊！那些毒虫，为了钱，可是什么事情都做得出来的！您看，谭局在那场车祸中受了点儿轻伤，但无大碍。车祸阻止谭局遇到那个极度危险的毒虫！您说是不是反倒救了谭局？”

“是啊，是啊！没想到啊，真是太可怕了！简直跟听故事似的，因祸得福！因祸得福！”谭局不禁打了个寒战，连声附和。

谭局长的妻子紧紧握住丈夫的左手，忍不住颤抖，嘴里骂道：“天哪，这伙人真是道貌岸然、人面兽心，太恐怖了。听得我脊背发凉，浑身直起鸡皮疙瘩！”

吉书记拍拍谭局的腿，长叹一声，气愤地说：“哎呀呀！好险啊，我的老伙计！那伙人，简直是畜生！丧心病狂！”

雷队点点头，接着说：“是啊！有些人啊，被金钱、权力迷了心窍，好比猪油蒙了心，是没有道德、良心可讲的！不过，邪不压正！他们最终只会落得个‘机关算尽太聪明，反误了卿卿性命’！哈哈哈！

“不过话说回来，谭局您真是好人好报，福大命大啊！那晚，还发生了更离奇的事呢！马尚道塞进您公文包陷害您的十万块钱，也救了您老的命！这又是那伙人做梦都想不到的结果！”

“哦？是吗？那钱可是用来陷害我的啊！怎么反倒救了我的命？雷队快讲！快讲！”谭局挺了挺身子，笑着催促道。

“好的，谭局。从车祸现场的交通监管视频中看得很清楚，车子撞向您的一瞬间，您本能地拿包挡了一下，那厚厚的一沓钱，缓解了车子冲撞的力道，您倒地的时候，头恰好又落在了公文包上！所以您只是伤了胳膊，内脏器官和头部都没事！”

李院长摘下眼镜按了按眼睛，双手合十在鼻尖前比画了几下：“太惊险了！太惊险了！真是不幸中的万幸啊！谭局真是吉人天相，好人好报！”

大家感叹、议论了一番。

吉书记又问：“雷队长，谭局苏醒后，您暗中召集我们几个，安排我们和谢警官、马警官一起配合演戏的时候，那王明辉派来的人时刻盯着呢！没机会详细交流情况。再说，案件正在调查中，您说不便透露案情！现在可以满足一下我们的好奇心了吧？你们刑警队怎么会介入调查的？哈哈哈！”

“哈哈哈，现在当然可以了！是这样，十字路口的交警第一时间赶到谭局身边，叫了救护车，收拾了谭局的公文包。救护车上，交警打开了公文包找线索联系家属，找到了谭局的手机，给嫂子打了电话。还发现包里有十万块钱，钱中间夹着一张字条，写了一句话：谭局，这是十万块钱，感谢您答应给我分房子。落款为马尚道。交警在公文包夹层发现了一个U盘。到医院后，交警找李院长借了电脑打开U盘一看，是谭局搜集的证据材料的扫描件以及谭局自己分析、总结的录音等。那马尚道百密一疏，匆忙中没有搜公文包夹层，才给我们留下了宝贵的证据！要不然，我们还真会怀疑谭局您一阵子呢！

“当时，交警觉得很奇怪，包里的这两样东西自相矛盾啊，直觉车祸不一般，于是给刑警队通报了情况，我们立刻派人介入调查。我和嫂子说明了我们的怀疑后，直接把那公文包秘密封存保管起来，并对外完全封锁了消息。

“我们在李院长的大力支持下，请医院里的医生假扮北京的专家，给那伙人吃了颗定心丸。在这病房里安装了摄像头，二十四小时监视来探病的人，安排同事二十四小时监视医院所有的监控。并派谢兰警官假扮护工、马力警官假装病人，一明一暗贴身保护您。我们的同志从医院的监控中一旦发现那伙人的影子，就立刻通知谢警官和马警官做好准备，谭局和嫂子配合演戏给他们看。还给王明辉、马尚道、薛明等几个怀疑对象的手机上了手段。请吉书记负责和纪委领导及粮食局里的可靠群众秘密联络，里应外合，推波助澜，引那伙人上钩。

“马尚道三番五次来医院，偷偷拉拢假扮护工的谢警官给他们当眼线，送钱送卡的，可是下了血本呢，呵呵呵！我们将计就计，让他们认为得逞了。这才有了马尚道深夜来病房要钱那出戏。

“那出戏一箭三雕。一是故意刺激、试探谭局，二是找那十万块钱，第三点，他又一次偷偷拍了视频！如果谭局清醒了，就用来要挟、诬陷谭局！必要的时候还会起用那个毒虫！狡猾的家伙，一刻都没松懈在准备后手呢！

“当初，我们让谭局您装失忆，装傻，一是为了保护您，二是为了配合我们调查取证，让王明辉一伙以为您不会再对他们构成威胁。您手里没有他们犯罪的任何证据，您才会安全。而他们，才会放心大胆地胡作非为，加速暴露。”

“是啊！那王明辉一伙果然中计，以为可以一手遮天了。他们接收巨额贿赂，把新建办公楼的工程项目高价包给了一家工程公司。还放出风，想要分到福利房，必须经他这个代理局长研究研究！互相打电话时也肆无忌惮了，终于被同志们监听到了买凶害谭局的阴谋！

“真是：上天让谁灭亡，必先使其疯狂！正义或许会迟到，但永远不会缺席！大快人心！大快人心啊！哈哈哈！”吉书记拍着大腿大笑，洪亮的笑声振奋人心。

谭局长的妻子眼含热泪，伸手理了理丈夫的头发，摇头苦笑：“老谭！真没想到啊！这段时间的经历，跟做梦似的！简直比狗血电视剧还要离奇、惊险、精彩！

“咱们几个，还过了一把演戏的瘾呢！不过，我们毕竟是业余的，好几次都差点儿露馅、穿帮了！幸亏那伙人做贼心虚没发现，哈哈哈哈！”说到后面这一段，谭局长的妻子又爽朗地笑了。

谢警官也捂着嘴笑得喘不过气来：“雷队，还真是的，看着马尚道那滑稽的样子，我好几次都差点儿绷不住笑出来呢！”

大家你一言我一语，回顾着这段难忘的经历，病房里充满了欢声笑语。

雷队等大家说笑够了，拍拍巴掌，站起来，严肃地说：“现在，都结束了！罪犯都落网了！等待他们的将是法律的严惩！谭局、嫂子、吉书记、李院长，感谢几位领导的全力配合！大家辛苦了！谭局，您就安心休养吧！谢谢大家！”

雷队说完，和其他三名警官一起，齐刷刷给大家敬了个礼。

吉书记、谭局长的妻子、李院长使劲鼓起掌来，谭局竖起左手大拇指点赞。大家心潮澎湃，含泪而笑！

那是发自内心的酣畅淋漓的笑，是胜利者的笑！

吉书记握住雷队长的手，爽朗地说：“谢谢雷队！谢谢警察同志们！为我们局、为社会挖出了一颗大毒瘤！辛苦了！”

说完，他又回身攥住谭局的左手：“老谭！嫂子最近可辛苦坏了！不过也因祸得福，减肥成功！“”变得更年轻、漂亮啦！您还不赶紧养好身体多陪陪她！哈哈哈！最主要的是，局里还等着您主持大局呢！”

（本文荣获第三届“中国青年作家杯”征文大赛小说组一等奖）

作者简介：李沛花，笔名沐芷鲤。甘肃省作家协会会员，湖南省网络作家协会会员，青年作家网签约作家，《文学百花苑》杂志社签约作家，《奔流》杂志社签约作家。已签约出版《迷城》《第三只眼》《谁是凶手》《我的刑侦手记》等 4 部电子书。先后在报纸、杂志上发表短篇小说、小小说 20 多篇，其中有几篇获得全国性文学大奖赛一、二等奖。

子　苗

马冬雪

一

时令快到清明，单位大院里的白玉兰盛开得像爷爷家碗橱里舍不得扔掉的碎瓷片，柳树新抽的嫩芽，仿若刚长成的半大姑娘样，不好意思似的扭动着柔软的腰肢。

我从堆满待处理文件的深红色办公桌上直起腰身来，望着满园的春色发呆。再过几日就是清明假期了，疫情又忽地严重起来。我不安地戳开单位通知群，看看有没有允许放假出京的消息。见最新一条仍是通知节前最后一天下午进行青年小组理论学习，我不由得叹了一口气。

唉，我是什么时候开始学会的叹气？我明明才过三十周岁几个月，为什么觉得自己陡然老了许多？那衰老不只是容颜上，还有内心，那像被酱油腌渍透了的胡萝卜的内心。

办公电话尖锐的铃声打断了我的思绪。“骆雪，来我办公室一趟，你给领导准备的下午上会的参考材料，我有不同的意见。”处长周眉在电话那头用客气又带着威严的口气说道。我的大脑飞速地回忆起参考材料的结构，以便对答周眉的“质询”。在去往周眉办公室的那条低矮的过道里，灯昏暗暗的。每次走在这条过道里，我都想不太明白，单位大厅那么庄严和堂皇，为什么楼道这么幽暗和低矮，步行其中，整个人的气质都会变得屈服和顺从，难道这就是这栋大楼设计者的本意吗？

我屏住呼吸，侧着身子听周眉的办公室里有没有人，蜷起三根手指准备轻叩门的同时，手机响了，是育儿嫂英姐。

上大学时我最怕接辅导员的电话，接起来大概率是开会，组织同学听讲座。研究生期间怕接导师的电话，不是帮忙查找资料，就是修改论文。参加工作后，最怕接周眉的电话，因为我年龄最小，资历最浅，节假日加班，或者临时的特急件，周眉最先想到的永远是我。现在，有了孩子后，我最害怕接的电话居然是育儿嫂打来的。

“英姐，是孩子有什么事吗”？我焦急地问道。

“不是孩子，是阿姨！”英姐焦急又带着些哭音从电话那头喊道。

“啊？我婆婆怎么了？”

“阿姨刚刚弯腰帮孩子换纸尿裤来着，起猛了，一下瘫倒在地上了。”

“你快回来吧，小雪，我抱着孩子，不知道该怎么办。”从英姐焦虑的声音的间隙，我似乎隐隐约约听到了婆婆轻微的呻吟声。

我径直敲开了周眉的门，这次直接用的是五根手指握成的拳头。

“下午上会的材料，第二点合法性审核意见方面，你需要改一下。”

“不好意思，周处，我得跟您请个假回家一趟，我婆婆摔倒了，在地上起不来。我爱人出差去了，不在北京。”

“那你的第二点怎么办？”

“周处，第二点上午刚刚根据您的意见，做了调整。”

英姐的电话又急急地打了过来，我犹豫着挂掉还是接起的同时，用恳求的目光看着周眉。

“去吧。”周眉冷冷地说。

我退出周眉的办公室，准备轻轻地关门的那一刹那，听到周眉用不知是自言自语还是故意说给我听似的音量说道：“结了婚生了孩子的女人真要不得。”

二

婆婆是20世纪60年代初的中国语言文学系大学生，退休前是大学老师。此刻，她穿着白色棉麻短袖，外面罩着的是一件质感很好的灰色针织开衫，优雅地边坐在沙发上看书，边用牙签扎切好的苹果吃。

“妈，您没事吧？刚英姐说您起猛了，坐在地上起不来。”

“没事了，我缓了一会儿就好了。”

我松了口气，将挎包扔在了茶几上，准备看看孩子后，再折回单位上班。

英姐正坐在床上，慢悠悠地晃着孩子，哄他入睡，看到我进来了，将手指放在嘴唇边，又指了指孩子，轻声地说："孩子睡着了，阿姨也好些了。"

我轻轻地亲了口孩子比剥了壳的鸡蛋还鲜嫩的小脸蛋，便退出了婴儿房，将门轻轻带上。去茶几上拿包时，发现包已经被挂在了衣架上。

"妈，您确定您没事吗？我还是带您去医院看看吧。爸和李愚也不在家。"

"没事的，小雪，我刚刚就是有点儿低血糖，缓一会儿就好啦。"

"您没有吃早饭吗？"

"英子从外边买的油条太油了，不健康，还容易胖，我没吃。你也不要吃太多，对身体不好。"

手机响起，是周眉。

"妈，那您注意休息，我还得赶回去处理一个特急件。"

"孩子，你们单位允不允许你清明节出京啊？不允许的话，咱们一家几口就在京内公园转一转吧。"

关门的声音，将婆婆的假期打算也关在了门内。

三

爷爷是 2020 年 2 月 18 日，正月二十五，疫情防控期间去世的。因为种种原因，我已经一年多没有回过老家了，即使我的家乡在离北京自驾车程四小时，高铁不过一个半小时的秦市。

是的，秦市，那座美丽的海滨小城，《青春之歌》中余永泽在弯月、海浪间对林道静朗诵海涅《宣告》的城市。可是我在十八岁之前从来没有见过大海，我的老家在东省秦市筱村——一个早年间满族人牧马的草场。

放假的前一天，单位终于确定了可以申请审批离京。我急急忙忙地给李愚打去电话。

"单位允许出京了，清明节咱们带上孩子，回我老家给我爷爷上坟，再看看我爸妈吧。"

"我妈不是说要带着孩子，在北京的公园里转悠转悠就行了吗？再说孩子还那么小……"

我的胸中升腾着火焰，想对着电话嘶吼，但我的教养和我接受的教育不允许我这样做，更何况这是在单位的楼梯间。有时候，等不到电梯，走楼梯跑上跑下，经常意外遇到在楼梯间打电话的同事们，他们或高兴地对着电话眉飞色舞，或压低嗓子以期减缓自己的愤怒。见到有人来，总是语调和语序都变得不再自然。这小小的楼梯间呵，偷偷承担了同事们的多少隐私秘密，多少喜怒哀乐。

“可是我爸妈也一年多没见过他们的外孙了。”

“你忍心把孩子置于危险的环境里啊？”

果真中国人起名都有自己的小心思，明明想让孩子聪明绝顶，却叫“致庸”，明明“但愿孩儿愚且鲁”，却想无忧无虑到“公卿”。

“你妈真的没白给你起名叫‘李愚’。”

“你说啥？”能感觉到老公虽然不解我为什么说这句话，但他也明确听出了我的揶揄。

“孩子不去也行，那咱们俩去吧。”我平息着心中的怒火。

“我不想跟你回去。”

“为什么？”

“你不生气，我就说。”

“我不生气，你说吧。”

“我不太喜欢去你家住，你爸妈太热情了，我有点儿不习惯。”

我的愤怒再也压抑不住，我像合上他的嘴巴一样，狠狠地按断了电话。我再也不跟任何人商量，回到工位上，果断地定好了回老家的高铁票。

回到家收拾好行李，装好给奶奶和爸爸妈妈准备的礼物后，我赌气地睡了。

李愚在我的身后，用手像安抚我一样摩挲我的后背。

“你生气了吗？”

我没有回答，或者说是在用一动不动的后背沉默地反抗和对峙着。

“妈也是为了孩子好，而且我也是个有自由意志的人，你不能老用你的意志迫使我低头吧，你不是向来主张人格平等和自由吗？”

我再也忍受不了了，这就是我精挑细选的比我大八岁的老公，以为他善解人意体贴人的，生在高知家庭的老公！

我猛地坐了起来：“你是受过高等教育的知识分子，不知道什么是将心比心吗？你若是处在我的位置，你的父母一年多没见孙子，想看看孩子，我不允许，你作何感想，你的父母作何感想？你说为了安全，我退了一步，你作为我的爱人，却连陪我祭奠祖父、看望爸妈也不愿意，还说他们太热情，他们热情不是因为你是他们的女婿吗？怎么，你要他们对你冷冰冰的才好啊？还是你瞧不起他们是农民？我怎么从来没说过你爸妈的不好，你妈因为早上不想吃英姐买的油条，低血糖了，我上着班被领导言语讽刺也要请假，你呢，你做了什么？”

我不知道为什么，每次虽然生气，但逻辑却那么清晰，总是能很准确地表达自己的观点。

“你看你，我就说两句，你总是要说这一大箩筐。怪不得人家说，娶老婆不要娶学法律的，说不过她。”

“你现在换也来得及！”

“你看你，我又没说要换。”

我使了全身的力气，将他盖的那半部分被子也扯了过来。

四

坐火车时，我特别喜欢坐在靠窗的位置。窗外倒退的树木和村庄就像我逝去的青春时光一样，一幕幕地闯入又退去。

我想到了小时候站在高台阶上，对着庄稼地里一排排有高有短的玉蜀黍练习演讲。后来对着班里几十个人，在学校的礼堂里对着上千人，再后来参加工作后被派去给省部级领导讲解，我几乎没有害怕和怯场过，看着他们，我的脑海里就是我小时候站在庄稼地里看到的一排排的玉蜀黍。它们耐心地聆听我的演讲，随着风像是听懂了似的摇头晃脑。

哥哥早早地等在了火车站门口。四月的秦市和北京俨然两个节气，在北京穿了牛仔单裤、单外套的我，刚出站就被哥哥套上了件羊绒大衣。

“穿上吧，妈说你肯定穿得很少。”

想到了我那美丽优雅的婆婆，早上看我穿平时上班的一件衣服，礼貌克制，又带着长辈的期盼对我说：“小雪，把我上次给你买的那件白色外套穿上吧，那个质地很好的，珍珠纽扣也很别致。好容易回趟家，一定要打扮得漂漂亮亮的。”

我想到了王熙凤细心打扮要回娘家的袭人那段，脑子里又冒出了“烧煳的卷子”。

“妈，我就穿这个吧，这个也挺好。再说我是回家，见自己的爸爸妈妈，又不是见别人。”

“你就听妈的吧。”李愚在一旁帮腔。

我白了一眼李愚。

“小雪，你在想什么？”

“没什么，爸妈和奶都还好吧？”

“都挺好的，就是很长时间没见你，挺想你的。”

已经在城里上学、工作、结婚生子多年的哥哥开着车，略显生疏地在我们从小长大的盘山公路里，小心翼翼地转弯，通过按喇叭探寻着一个个拐弯处是否有迎面来的车辆。这是我从上中学起就每天走的盘山公路啊。

我们的家在山脚下，乡镇中学在山的那边。每天上学我都和我从小到大最好的玩伴子苗，一起推着自行车，用半个小时从山脚走到山顶，这期间经过六道弯、一间养蜂房，还有一棵标记路程过半的可以躲雨的大核桃树。再花半个小时从山顶脚不蹬车地一路冲到学校。七点早自习，秋冬春夏。

深冬的早晨五点，我坐在餐桌上静悄悄地吃妈妈准备好的加荷包蛋的面条，就着咸菜和蒜蓉辣酱吃。就在整个村庄还一片黑暗的时候，我推着车到子苗家的门口，子苗在黑暗中推着车等我，我们默契得一句话也不说，相约推着车向山顶走去。前面和后面也是三三两两相约上学的本村的同学，他们都欢快极了，只有十四五岁的年纪，多苦的生活都不觉得苦。

寒风凛冽，我和子苗都带着棉耳包、挂脖手套、棉口罩，厚厚的眼镜因为寒气被呼得白花花的。每走一段盘山公路，我都要摘掉口罩，把眼镜摘下放到衣袖上蹭蹭。眼睛一向很好，没有近视的子苗，每每这个时候都半倚着自行车，嘲笑似的看着我。

开始暖和的春天，天亮得也早了。我和子苗推着车从山脚走到山顶，学途不再寂寞。走到视野开阔地时，整个山坳白花花的一片，漫山遍野的杏花开了。暖洋洋、麻酥酥的春风吹在我和子苗的脸上，毛茸茸的，那种奇妙的心理感受，后来在城里只有和李愚刚谈恋爱时才有。但是那种感受不知什么时候消失了，虽然我们才结婚三年。

我和子苗就这样每天像西西弗斯推石上山一样，度过了我们三年的中学时光。

当车开到山顶上时，我兴奋地跟哥哥讲子苗是怎么洒脱地大撒把地只用脚控制自行车，惊喜得哇哇叫，又怎么连人带车地摔到了旁边的地里，吓得我哇哇哭，子苗抹了抹脸上的血，酷酷地对我说："哭什么，我又没死。"接着用有点儿凶的口气警告我，"不许告诉我爸妈！"

"子苗怎么样了，听妈说她结婚了？"

车开到了那片开阔地，整个山坳处还是白花花的一片，那久违的白花花的一片，和单位大院里病恹恹的白玉兰对比，它们是多么的野性和充满生命力啊。

车子驶进了村庄，因为不是农忙时节，坐在桥头和大坝上的乡亲们都懒洋洋地靠着墙根晒太阳，他们注视着我们的驶近。

天啊，那不是子苗吗？坐在树根上，撩开上衣给孩子喂奶的不是子苗吗？！她在家！

村庄不大，我还没来得及把惊喜讲完，哥哥已经将车开到了家门口。

爸妈听到了车的响动，脸上和身体都带着喜悦地从院子里走了出来。这一年没见，爸妈都有些老了，尤其是爸，他的鬓角和头发白了好多。

"孩子和李愚咋没来？"

爸妈看到从车上下来的只有我们两个，有些失望地问道。

"孩子有些感冒，不方便走这么远，李愚被我安排在家照看孩子。"我把早就准备好的说辞一股脑地背了出来。

"高帅和孩子也回娘家去了，好久没回家了，就让孩子跟他妈一起去了。"哥哥也在我的后面接声说。

爸妈只好不再说什么，从后备箱往外拿我的行李以及我和哥哥各自给他们准备的礼物。

妈一边拿一边说："都说了不让你买，家里啥也不缺，大老远的，往家拿啥？尤其是你，骆雪！"

"妈，我在村口看到子苗了。"

我的脑海里全是她撩开衣襟，在公共场合给孩子喂奶的情景。

“她离婚了。”妈妈平淡中带着些许遗憾地说。

“啊，她结婚不才两年？”

我的脑海里开始冒出鲁迅的闰土，冒出莫言的小姑“个眼暖”，冒出“之所以新鲜，因为残忍”之类的话。

“听说她对象（老公的意思，在我的家乡无论结婚多久，都称呼对象）一天跟她说不上几句话，两个人过不到一起去，子苗就非要离婚，谁劝也不行。”

我想到了那个受过高等教育，一天也说不上几句话，不让我强迫他自由意志，不跟我回娘家的李思。

“听说她离婚后，回来就把她爸的小养殖场扩大了，毛利润得有上百万……”哥哥接声道。

我脑海里的闰土、祥林嫂、小姑暖的形象一下消散了，替子苗感到开心的同时还带着一丝不易察觉的妒意。

五

我和子苗大概是五岁时认识的，或许更早，但那时我还没有记忆。子苗大我六个月，是庄稼地里的种子正破土成苗的时候生的，所以她爸妈给她取名叫“子苗”。我是十一月生的，生的时候赶上小雪这个节气，就叫雪。

子苗家在我们小时候是村子里最有钱的人家，地多，果树栗树都多，她家承包了很多荒山，还养猪，在土改前估计要划到地主的成分里。所以每年到初夏，给庄稼除草施肥的季节，子苗她爸都会雇很多乡亲，给他家帮忙。

大概是我五岁的时候，还没到上学的年龄，我跟爸妈一起去子苗家锄草。当然是他们锄，我在旁边玩。快到中午的时候，子苗她爸从冰柜里拿出来镇好的北冰洋，发给大家喝。如果人生有某些时刻，人和人之间有某些时刻，那我们之间的故事就在那时那刻发生了。

子苗爸也递给我一瓶北冰洋，我正要伸手去接的时候，比我高半个头的子苗走了过来，拉住她爸爸的衣袖，很大声地说：“不能给她喝，她又没给咱家干活。”五岁的我已经有了朦胧意识里的尊严之类的东西，但小时候的我的尊严很奇怪，我没有果断豪迈地扔掉那瓶北冰洋，而是想着抢了过来，用比子苗还大的声音说："凭什么不给我喝？"

周遭是大人们的笑声。

再后来，我和子苗就成了形影不离的好朋友。我们手拉手一起去地里挖野菜，她经常指着野草告诉我那是野菜，等我挖到篮子里，她就调皮地哈哈大笑。

有一次，村头那平整的"大块儿地"里，一辆卡车栽了进去。司机逃出来后，搭车走了，准备第二天再想办法"营救"它。那辆卡车的大车灯、小车灯全部打开了，田地里亮堂堂的，这对于天黑就进入黑暗的村庄来说，对于精力旺盛的我和子苗来说，简直像过年一样兴奋。我们各自挎着小篮子，拿着小号的锄头，去"大块儿地"里挖野菜，挖得小篮子满满当当的。

那春夜里和煦的暖风，村头亮着灯的田地，还有那香得痛痛快快的紫丁香、空马子、油碟儿，回家后向爸妈骄傲地展示满满的战利品的喜悦的心情，到现在还会偶尔出现我的梦境里。

还有个明确的时间记忆，那是 2005 年的一整个暑假，我上小学五年级。我去子苗家跟她一起看《超级女声》，她喜欢那个假小子似的李宇春，我喜欢更像姑娘一点儿的张靓颖。我们整天为谁能夺冠争吵。

"春春能赢，我可是个老玉米（李宇春粉丝的名字叫玉米）。"

"不，我觉得张靓颖能赢。"

"像女孩子有什么好，像女孩子多吃亏。"

"反正张靓颖能赢，我们凉粉（张靓颖粉丝的名字）能赢。"

"略略略……"子苗指了指我有些发育的身体，冲我扮起鬼脸来。我觉得受到了羞辱，哭了起来。子苗带着有些抱歉的神情走开了。

子苗又回来了，她从她家后院的菜园子里，掰了两根茄子，把其中的一根递给了我。

"茄子能生吃？"我抹了抹眼泪，对着茄子研究起来。

"不知道的还以为你是城市里来的娇小姐，茄子有什么不能吃的？你瞧。"说着，她就从厨房里找出菜刀，将茄子皮削掉，对着茄子啃了起来。

"你也吃，甜丝丝的。"

生茄子居然是能吃的，生茄子居然是甜丝丝的。那年的冠军是李宇春。

那个暑假，我们村里既是省道又是国道的一条主干道，铺起了柏油马路。一吃过晌午饭，整个村庄静悄悄的，除了叫得超级大声的蝉，大人们都陷入了劳动过后心安理得的梦乡中。小时候的我很少午睡，也很纳闷：为什么明明是大白天，爸爸妈妈和其他大人就像被施了魔法一样，都睡起了觉？

参加工作后，一过十二点，整个楼道里静悄悄的，各处室关门闭户，都午睡了起来，本就低矮的楼道，发出昏惨惨的灯光。不知道别人能不能理解铁凝女士《玫瑰门》里关于女主和妈妈去北京姥姥家，疑惑妈妈和姥姥午睡的习惯的描写，反正我非常能理解。

大人们熟睡的时候，我和子苗便在静悄悄的村落的主干道上撒欢似的跑了起来。门口的柏油路刚铺好不久，没有干透，我的凉鞋被粘在了上面。

“你们是谁家的野孩子，谁让你们跑的，坏了你们赔吗？”修路工人跑过来严厉地指责我们，并扬言要找家长。

我在努力地往外拔鞋，被修路工人的话吓得哭了起来。子苗挡在了我的前面。

“野孩子有家吗？再说你是不是觉得我们是小孩子，就欺负我们啊。她的鞋子为什么会粘在上面啊，就是你们的路铺得太薄了，这么多天还浮着，你们这是偷工减料！”

我被子苗庄严的表情震撼到了，被她使用“偷工减料”这样我以前不知道的词汇震撼到了。

“快跑啊，还愣着干什么？”子苗使劲地帮我拔出凉鞋，拉着我在“一望无际”，在阳光照耀下的柏油马路上飞奔起来。空寂的村落里，留下的是铺路工人的叫骂声、蝉噪声以及我和子苗的笑声。

后来那条路果真像子苗说的那样，因为偷工减料，加之经常被超载卡车碾压，不到一年便变得坑坑洼洼，经常有养路工人对其小修小补。那些年也正是国家经济腾飞上行的年头。

六

清明节终于到了，不到五点半，我就被妈妈叫起来，跟着爸爸和哥哥去给爷爷填坟。“填坟”就是将新土盖到坟头上，以防逝去的亲人的棺木被雨水冲刷，还要在坟前烧纸，给故去的亲人寄钱。

天上的启明星还亮着，月亮还是个小芽状。爸爸拿着镐和木筐，筐里装着母亲一早起来做好的猪头肉、宽粉条、炸丸子，掺了新打小米的白酒，还有两根爆竹。哥哥拿着一把大铁锹，又从车的后备箱里拿出一把侄子在海滩挖沙子的小铁锹递给了我。朦胧的清晨，我和爸爸看着那把玩具铁锹，笑了起来。

爸爸在前面领头走着，我和哥哥跟在后面。我脱下婆婆买的珍珠纽扣的白色夹克，套上了母亲翻箱倒柜找出来的父亲的军大衣和妈妈的棉鞋，扛着小铁锹出发了。

爷爷的坟在一座平缓的山梁上，我们顺着平缓的大道爬上了梁头。我累得有些气喘吁吁，爸爸和哥哥在前面走着，时不时回头看我一眼。我们穿过满是荆棘丛的小路，爸爸在前面用镐将荆棘拨在一边，待我和哥哥走过去才松手。

四月时节，山坡上的梨花全开了，一股股幽香扑到鼻孔。大概过了二十分钟，我们来到了爷爷的坟前。

爸爸让我和哥哥先给爷爷磕了个头，给从小疼爱我们的爷爷。

磕头的刹那，我想到了戴望舒写给萧红的诗：

走了六个小时寂寞的长途，
到你的头边放一束红山茶，
我等待着，长夜漫漫，
你却卧听海涛闲话。

爸爸开始用镐将周边山上松软的红土刨了下来，哥哥用大锹将土从地上翻到坟台上，我负责用小锹给爷爷的坟修修补补。

天开始慢慢亮起来，地上的丁香花、远处的杨柳树条都渐渐明晰起来。

坟填好了，爸爸将妈妈做好的给爷爷的祭品放到了坟前的石台上，哥哥将酒均匀地洒在坟前，我从远处折来一枝梨花放到爷爷的头边。

天大亮了，“填坟”的人渐渐多起来，爸爸和隔壁同村的叔叔聊了起来，聊谁家发了财，谁家倒了霉，谁家的坟填得最气派，谁家的坟没了后人整修……

我坐在山脚，觉得好奇怪，回来一天多，我居然没想起来李愚和孩子，好像我从来不属于那个城市，我还是那个从小挖野菜的乡下丫头。

“快看谁来了。”

哥哥从远处扔过来一个土坷垃，想引起我的注意。

“是子苗！”

子苗胖了些许，但气色很好，挎了个篮子，可能因为路远，不知从哪个路边拾到一根不长不短的棍子，拄着。

“子苗太姥姥的坟也埋在这儿。”哥哥小声地提醒我。

子苗和爸爸弟弟一起完成填坟仪式后，向我走来。我挪了挪地方，子苗在我旁边的地上坐下了。

我们谁也没说话，不知道是因为不知道说什么好，还是因为大致从家人嘴里了解过彼此的近况，觉得沉默比开口更合适。

天彻底亮了。因为春季风大，正是防火的关键时刻，所以早在清明节前半个月，村主任就每家每户通知不允许烧纸、点明火，昨天和哥哥开车回来的时候，村部的大喇叭响个不停，估计说的也是这件事。

爷爷的坟背靠山，对面是开阔的马路。马路上驶来从乡镇开来的防火车，车斗里立着一名工作人员，用大喇叭喊：“不许点火，点火烧山犯罪，说的就是你家，还不赶紧把火灭掉！还点呢，说的就是你，穿绿色衣服那个。”一起来填坟的人哄堂大笑。

“你没带孩子来？”子苗率先打破了沉默。

我将回复爸妈的说辞，再次说给了子苗听。

“你家宝宝呢？”

“我来还睡着呢。”

又是一阵沉默……

“去我家待会儿吧。”子苗邀请我。

七

我已经快有十年没有去过子苗家了。子苗的家曾经有村里最先进的冰柜和最先买的彩电，满院子的鸡鸭，还有两条骇人的大狼狗。每次去子苗家，我都要先在围墙外喊她，等她教育完狗“不许咬人”后，我才敢贴着墙边进去。

后来，我们上高二时，子苗家败落了，因为子苗爸赌博。子苗爸是我们上高二时才开始赌博的，之前他一直在村子里的大花家打麻将，每天成百地输赢。子苗妈觉得小赌怡情，便没有管过他。但后来子苗爸开始掷骰子，大赌，一夜上万的赌注，输得多后就开始卖鸡鸭和猪，卖光后又开始借钱。子苗的家从每年农忙时工人满地，变成了过年时债主盈门。

子苗终于行动起来，她决定去捣毁爸爸的牌桌。我和她战战兢兢地走进连地上都站满了人，全屋烟雾缭绕的“居家”（农村中组织赌博的场所，按输赢抽取利润）。青春期的我还是那么羞怯，怕被大人注视，怕“丢脸”。

子苗在一众人中找到了嘴里叼着烟、大声叫喊着出牌的爸爸，拉了拉他的衣角，说：“爸，别玩儿了，我妈叫你有点儿事，你回家吧。”

子苗的爸爸看了看我俩，没说话，扭过头去。在旁边助兴的大花阴阳怪气地说：“哟，这不是咱们村最漂亮的两个闺女嘛，好孩子，快别烦你爸，你爸正给你挣钱呢。”

屋子里一阵哄笑。

我羞红了脸，准备拉着快气哭了的子苗出来。

子苗的眼圈也红红的，她再次拉了拉她爸爸的手，她爸爸不耐烦地说：“滚一边去。”周围又是一片哄笑。

子苗拽着我走了出来，在大花家门口看到了一只正在晒太阳、矮墩墩、黑乎乎的老母鸡，又急又快地抱进了怀里，一阵风似的重新冲进了“居家”，将老母鸡狠狠地摔到了她爸爸的那张赌桌上。老母鸡受了惊，开始满屋乱窜，赌桌、被垛、窗台、鸡屎、赌徒、金钱，现在想来，那场景分明就是巴赫金式的“黑暗嘉年华”。

子苗的爸爸恼羞成怒地踹了子苗一脚，她从炕沿趔趄到了地中央。大花重新收拾了赌桌，子苗她爸又开始重新“幺幺幺”起来。

我和子苗不知道怎么从大花的家走出来的，我打算安慰子苗的空隙，子苗忍着眼泪，握着拳头说：“我不会这么算了的。”

得知我爸妈不在家，子苗和我偷偷地跑到我家，用座机给乡镇派出所打电话，举报大花家聚众赌博。

接警的同志懒洋洋的态度激怒了子苗，彼时已经在县城读一中的子苗补了句：“如果你不赶快处理，我们就给县公安局打电话，说你们玩忽职守。”

我那时和现在都相信子苗是说到就一定会做到的人，就像那年子苗的奶奶过年期间宴客，让弟弟子扬上桌吃饭，让子苗在后边吃时，她一声不响地上了炕，将菜和饭桌都掀到地上时的样子。我相信她敢，她能。

子苗在电话这头坚毅的神情，还让我想起了那年夏天她在铺路工人面前保护我的样子，想起了她帮我喝退给我写情书的“小混混”的样子。

子苗的爸爸和大花家的其他赌徒被带走了，子苗承认了是她举报的，被她的爷爷奶奶打了一顿，我也被爸妈以“多管闲事”为名骂了一顿。

子苗的家又变得富有起来。宽敞明亮的客厅，摆着整套红木家具，蚕丝做的椅垫，农村现在还不太时兴的宽大的立体轻薄电视机和空调等都出现在了子苗的家里。

我不再想问子苗为什么离婚了，对于子苗来说，结婚离婚都不再是问题，因为她已经成为强大的自己。

子苗看我用手不断地摩挲茶杯，便说：“走，我带你去看看养猪场。”

子苗家的养猪场和十年前的养猪场已经完全不一样了，以前是一个个黑乎乎的小猪圈，子苗的爷爷奶奶或妈妈，嘴里喊着“啰啰”，手里敲着泔水桶，吸引小猪们过来猪槽吃食，偶尔有长得高的调皮的壮年猪，将前爪搭在不高的围栏上，我和子苗都会高声嘲笑它是只“特立独行的猪”。

现在已经变成了现代化的猪舍，有整齐的饲料加工间、饲料仓库、修理车间、变电所、锅炉房、水泵房。粪便堆存处、兽医室、办公室等全流程场地，来来往往却有条不紊的工人带着先进的设备，喂食、处理粪便等，这俨然是十分齐备的工厂。

“子苗，你阔了。”我问出了豆腐西施的话。

“哪里，大约……”我替子苗答道。

子苗哈哈大笑起来，成年后仍比我高半个头的子苗揽过我的肩，说：“怎么样，大博士，我这个专科生还可以吧？”

在我继续惊讶的眼神里，子苗自顾自地说道，因为乡村振兴政策，她从县城里贷到了几十万，用来建立现代化猪舍养殖场，并且市里有人帮忙指导和寻找销路，她的事业由此奠基，并走上正轨，开始腾飞。

子苗的爸爸拎着一桶猪饲料走了过来。我向叔叔问好，叔叔的眼神变得温和了许多。

“不赌了？”

“他不敢了，我跟他说只要他不把我打死，他赌一回，我报警一回，几次后，他就不敢了。”

“那你……”

“你是想问我为啥离婚吧？这有啥，你们知识分子就是道道太多，不实在，过不下去就离呗，还跟他混一辈子不成？”

八

假期很快就结束了。返程之际，妈妈给我带了许多小米、栗子和咸菜。我说：“太多了，不用了。”妈妈说：“回去给你公公婆婆和李愚吃，好不容易回家一趟，啥也不拿，让人家笑话。”子苗托人送来了两条猪后腿和一堆猪肉腌制品。

临上车时，母亲似乎知道了什么似的，跟我说：“好好跟李愚过，你从小比子苗念书好，又在大城市工作，又找了那么个好人家，你可不能跟她一样离婚啊。”我百味杂陈的内心想给爸妈看，但哥哥开始催我上车。

我和哥哥带着沉甸甸的爱返程了，家乡的景色一幕幕变得那么不真实，子苗也变得那么不真实。那个在人群中奶孩子的她，那个在山脚和我静坐的她，那个在现代化养猪场神采奕奕的她。

相隔两千里的故乡开始渐渐离我远去，把春天留在了那里。

（本文荣获 2022 • 全国青年作家文学大赛三等奖）

作者简介：马冬雪，法学硕士，从大山深处走进机关的“90 后”女孩儿。

老　乔

杨凤宝

老乔是百花棉纺织厂的门卫。说他老，其实他并不老。今年才四十岁。因为他办事认真负责，为人老实，所以大家都叫他老乔。

最近几天，也不知道是从哪里刮过来的下岗之风，这股风刮得全厂上上下下的职工人心惶惶。

这不，老乔下班刚走出厂门口时恰好迎着保卫科的孙科长要进大门。孙科长见到他便说："老乔……"他的话音未落就被楼上的一个女人给叫去了，说是有急事。老乔望着孙科长远去的背影，嘴里骂了一句："什么东西！"

老乔回到家里，躺在床上翻来覆去总是睡不着。他心里想着早晨的事。孙科长为什么只叫自己的名字就匆忙地上楼去了？难道就没有别的什么事儿？他怎么也想不出孙科长以后要向自己说些什么话。

他就是搞不明白，几年前工人们还都争先恐后地托门路办理停薪留职的手续。有的工人居然给医生送礼不但开出了病假条，而且办理了吃劳保的证明来。为了这些事还闹得有些工人与干部打得不可开交，有的人还见了血。可是，现在怎么了？突然之间刮起了下岗风，工人们都害怕起来，害怕哪个领导找到自己头上谈下岗的事。

老乔拉了拉被子，心里骂着天这么冷，暖气费一分钱也没少交，可暖气片却一点儿都不热。司炉工肯定都搓麻将去了，下岗也应该让他们这些人先下岗。

老乔想到这里，一翻身从床头柜上拿过一盒雅士牌香烟，从中抽出一支叼在嘴上，点燃后吸了几口，喷吐出团团烟雾，他顿时就觉得浑身上下舒畅多了。老乔似睡非睡之时渐渐地看见一个人正在对着自己笑。他想起来了，这是孙科长的笑脸。一想起这张脸他就觉得有一股反胃的恶心，腹内便有一股气体冲向喉咙，就不由得想起那天上夜班的事。那天孙科长也是先这样对自己笑的，可是后来他就变脸了。那天，孙科长笑过之后从他的身旁闪出一个推着自行车的男人，自行车的后架上捆着一个鼓鼓的包。老乔二话没说上前就去查，结果从里面查出一些雪白的布匹。孙科长当时就塞给老乔一盒当时很难买到的红塔山牌香烟。可老乔就跟缺心眼儿似的愣是没有接烟，硬是让那人把布匹给送回去了。孙科长一见老乔这样不给面子，一转身气愤地离去。

迷迷糊糊之中只见一双大眼睛正在注视着自己。老乔想了许久许久，最后终于想起这个人是谁了。她就是李厂长的妻子，背地里工人们都称她为母夜叉。

她手里拿着一个崭新的灯管，踱着方步大摇大摆地来到厂门口，把一张出门证交给老乔就要向外走。老乔看了看出门证立即把她叫住，仔细地瞧了瞧灯管之后随即把出门证撕得粉碎，指着她的鼻子问："你这是废灯管？你们家的废灯管这样？赶紧送回去。"

李厂长的妻子气得发疯，从嘴里冒出一句话："姓乔的，咱们骑驴看账本——走着瞧。"

按理说有了出门证，他老乔完全可以不用管了，放她出去别人也不会说些什么。别人对此类事可以睁只眼闭只眼，可他老乔偏不。他只认当一天和尚就得撞一天钟，工人上一天班就应该对得起所发的工资。这是天经地义的事，他就认这个理儿。

老乔的手上有一种灼热的感觉，他睁开双眼，只见烟头已经烧到了手指。他使劲地把烟头摁在烟灰缸里，嘴里嘟囔着："下岗就下岗。老子凭一双手干什么都能吃饭。"

第二天，孙科长照样与老乔打声招呼便走进了办公室。以后的日子里其他一些工人下了岗，老乔却还在干他的门卫工作，年终时老乔还被评为厂级先进工作者。他心里纳闷："这是怎么回事？"

（本文荣获 2022・全国青年作家文学大赛小说组二等奖）

作者简介：杨凤宝，男，北京密云人，青年作家网文学会员。有多篇小说、散文、诗歌在刊物上发表，多篇作品在各级文学大赛中获奖。

外婆的茈湖口

天　意

益阳市茈湖口镇位于资江北岸的南洞庭，素有“鱼米之乡”的美称，是我外公外婆的家乡。

据说，茈湖口镇在四百多年前还是一片湖，明末清初才沿湖建街。也不知是哪位外乡人运荸荠遭遇了风浪，一船的荸荠全翻在湖口里生根了，当地人称荸荠为“茈蜜”，因而便“茈湖口、茈湖口”地叫开了。

还一个传说，八仙中的铁拐李过洞庭时，到这里打酒，店家问他打多少，他说：“齐壶口。”从此，这个洞庭小镇就叫齐壶口。因益阳话，齐离不分，壶湖同音，因此茈湖口又叫“离湖口”。为此当地还有句俗语：“离（茈）湖口打酒离（齐）壶口。”其实，当地人都叫“泥湖口”，这和“烂泥湖”一样，就不用解释了。

一、双胞胎铁皮桶

外婆生育了十二个子女，因旧社会无医疗条件，四个相继夭折。后来，童养媳的婧妈也因病去世，就剩下四个舅舅、我母亲及两个姨。如今健在的就两个舅舅与两个姨了。

在我七岁左右时，外公就去世了。外婆便和回乡教书的小舅及满姨一起生活，当时小舅与满姨都未成家。其他舅舅虽然分家了，但除了四舅在邻队，大舅、五舅和外婆仍住一个生产队。三家房屋成“品”字形，彼此有小路相连。

外婆是个典型的旧式女性，做事严谨，爱精致。她的衣裤都是自己手工缝，分白、灰、蓝、黑四种颜色，除了白上衣，其余三种都是衣裤一色。外婆的针线活很精细，她将每种颜色的上衣，分别用布料交叉包边，再配上相应的盘扣。这样，既有点缀，又有搭配。

天刚蒙蒙亮，外婆就起床洗脸，用草灰漱口，梳好头抹点儿油，头发柔顺光滑。梳洗完毕，对着那面椭圆形的镜子，摸摸头发，扯扯衣裳，直到自己认为满意了，才迈着三寸金莲到堂屋去。她白天做家务，总是围条深蓝色小围兜。家务从清扫开始，从房间到堂屋、阶基、禾场坪，都得扫一遍，再将桌子、凳子抹一遍，然后去厨房烧水、煮饭、煨猪食……

忙完这些，外婆才歇口气，继而走到我面前，神秘地说："速伢儿，跟我来，有好东西，你恰不？"正在写作业的我一听，乐了，赶忙放下手中的笔，三步并作两步跑到外婆前面。进了房间，看到桌上用白毛巾盖着什么东西，便拿开，但见一只饭碗倒扣在另一只饭碗上。哟！什么好东西这么层层盖着？我再拿开盖着的碗，是碗鸡蛋红枣汤。外婆说："快趁热吃。"我顾不上回答，端起喝了一口，甜甜的，不冷不热正好。我用筷子夹起白白小小的鸡蛋，一口一个，二口二个，再一口就消灭了那三颗小红枣。连骨头都冇吐，恰得有点儿快，梗起了。外婆连忙拍了拍我的背，说："伢哩！幸亏我把红枣骨头拿掉了，你这'速伢儿'的名字真冇起错。"

一天下午，我在河边的小树林看书，外婆站在禾场坪上大声叫我。我应声跑上去问她什么事。外婆说道："你的眼睛要歇哈气，别和你妈一样弄个近视，戴个眼镜好不方便，晓得不？"说完，一把拉住我，来到她房间，走到墙角边，将黑漆铁桶上的小花布拿开。呀！我见铁桶和我家的一模一样，像一对双胞胎呢！我将铁皮盖用力一揭，但见里面的东西，有的用纸包着，有的用瓶子装着，还有的贴了小字条。那漂亮熟悉的字体，一看，就是我爸爸的字。

这里面都是零食，是我爸妈和三姨给外婆买的。有面条、绿豆、红枣、花生、红姜、橄榄、胡椒饼、猫耳朵、橘子糖、白冰糖、白砂糖，还有一大瓶子钙片，一点儿也不比我家铁皮桶里的料少。

我听爸爸说过，铁桶底部放一层石灰，这样里面的东西放一年半载都不会坏。我见外婆的铁桶底部也放了一层石灰。我一边吃零食，一边对外婆说："我家也有一个这样的铁皮桶，装的东西和你的差不多。外婆，你觉得哪种味道好恰？告诉我，我回去了跟我爸妈说，再给你买些来要得不？"

外婆着急地说："这些还冇恰完，你回去了，告诉他们，我天天恰得饭饱食饱，不想恰零食。要他们千万莫花钱买了，赚几个钱不容易。"我说："冇事的，这些花不了几个钱，你不要舍不得恰哦。”

外婆又说：“我晓得你爸妈对我好，我这里恰的用的都有。还有，你爸爸常给你舅舅他们买化肥、尿素和茶枯，也不知给钱没？你舅舅他们经常去益阳卖猪崽，大人小孩看病，吃住都在你们家。我们生产队的社员去卖猪崽，或买东买西，也去找你爸……”

我笑着打趣说：“是的呢，我家都成了茈湖口驻益阳办事处了。有的还不是你们队上的人，反正都叫我爸爸姑爷子，就免不了帮忙呢！买白砂糖、绿豆、肥皂、茶枯、花生枯或芝麻枯。”

“嗯滴咯！唉！几多麻烦你爸爸。队上的人一回来就告诉我，你爸对他们几热情，帮了忙，还招待他们恰饭，都说你爸是个大好人哦！伢哩！我总算当年冇看走眼……”外婆趁机吹上牛了。

我扑哧一笑，差点儿冇把嘴里的饼干喷出来。

我说：“什么冇看走眼咯？你和姨外婆俩，乱点鸳鸯谱，将两个连面都冇见过的男女，硬生生地拉扯到一坨。根本就是封建思想包办婚姻嘛！我还不止一次听到姨外婆跟我爸妈‘诉苦’，三姨他们一闹矛盾，姨父就气冲冲地跑到姨外婆门前的河堤上，跳起脚来大发脾气……这事你不知道吧？只是我爸妈碰运气，碰正了！否则，你们还不害了他们一辈子呀！”

外婆听我这么一说，像做错了事似的叹了口气。“唉！不说这些了。”她话题一转，又说，“我知道你们城里大人工作忙，就只盼你们这些妹几伢几呀，放假了到乡下来玩，我就高兴！这次，你就在这里久住些日子，和我说说话，说说你爸你妈，还有你和你的两个哥。你要是恰完了这些东西，我就听你的，再要你爸买，要得不？”

外婆那对深陷的眼睛盯着我，慈祥地微笑着等待我的回应。我爽快地回答：“好啊，我也正是这么想的哦！”我搂着外婆的手臂，嘻嘻地笑。

我可爱的外婆，真逗 。

二、小舅是捕鱼的好手

一年一度的暑假如期而至，又到了我去外婆家的时候。爸爸送我到大码头搭船。约六十里的水路，坐长板凳要三个小时到莊湖口镇码头，然后步行六里路就到了柘头河外婆家。

轮船到了莊湖口码头，大舅的大儿子已站在了码头上。他大我几个月，长得黑不溜秋，叫国新，大家都叫他“新妹仔”。乡下的习俗好奇怪，男孩叫“妹仔”，女孩喊“伢仔”。

来之前，爸爸对我说，他给外婆和舅舅都备了“一份薄礼”，到时，按纸条上写的，各分一份给他们。“薄礼”有面条、粉丝、豆豉、绿豆、白砂糖、五香干、肥皂。给外婆带了毛巾、布料、药品和零食，用两个大大的菜篮子装得满满的。爸妈每次都会提前搭口信到外婆家，到时，新妹儿便会在码头接我。

船靠岸了，新妹儿挑起那对大篮子，毫不费劲地就上了河堤，我一路小跑跟着他。不一会儿，我就说：“新妹儿，走慢点儿，有六里路呢！”他放慢了脚步。过一会儿，我实在走不动了，又说：“歇口气好吗？”他笑我：“伢哩！街上人娇里娇气 。”我不高兴了，干脆趴在堤坡上不动了，他只好停下来等我。

后来，小学五年级作文摸底考试（自选题），《大舅家的小表哥》我就把新妹儿这一形象搬了上去——

“几乎每年暑假，我都去外婆家……每次都是小老表新妹儿负责接送。他为了到码头接我，一个来回要走十二里路，还挑着担子，我背个书包都赶不上他，而他年龄才大我一丢丢……平时，他放学就帮家里干农活，还要做家务，带弟弟妹妹。亲戚都夸他是个懂事、听话、勤快的好孩子。”

这篇作文受到班主任（兼语文课）老师的表扬，给我打了个大大的“优”，并写了段长长的评语，着实让我兴奋了两天哈！

快到外婆家了，新妹儿指着前面一栋蛮新的房子问我：“记得吗？那就是你外婆的屋。”

我当然记得，小舅成家两年后，满姨也出嫁了，外婆依旧和小舅一起住。这栋房子是前几年小舅在原宅基地上建的，大大小小有五间，比旧房子气派多了。

堂屋里，显眼的依然是那两把褪了色的雕花围椅，中间还有一张两层的茶几，茶几上放着一把大茶壶和几个喝茶的碗。我像上次一样，习惯性地爬上围椅，坐着摇一摇，一动不动的，还是那么结实。听说这是外婆的嫁妆呢！小时候，我能爬上去，却要外公外婆抱下来。过了几年长大了，我能慢慢移下来，而这次又进步了。围椅用料厚重，装饰繁缛。据说是明代太师椅的变种，虽说不是官家专用了，但也是一种地位的象征。仅凭这嫁妆，便知外婆的家世。长大后，小舅告诉我："你外婆之所以下嫁给佃中农的外公，一是她父亲过世早，二是她兄长看中了你外公，是方圆有名的作田把式。"

围椅的另一边，放了一张吃饭的四方桌和四条高板凳，堂屋的前后门还各放了两把竹椅子，一般客人来了，会坐这些凳椅，而不坐围椅。

堂屋正门对着禾场坪，禾场坪下面有十来级阶梯，拾级而下，就横现一条小路，路两边各有一排高大的杨柳树与鸭脖子树，大树和小树两边长满了青草与野花。再下两三级阶梯，就到了资江入洞庭的尾间。此处天高地迥，视野开阔，即使炎炎盛夏，也凉爽宜人。

每天早晨，我来河边洗漱，坐在石头上戏水，鱼儿欢快地从石头缝里钻来钻去，游到脚旁痒痒的。习习微风，迎面扑来，只见遥远的天边，朝霞万道，不一会儿，太阳从水平线上冉冉升起。我好奇地看到，太阳离开水面的那一瞬，就像往天上蹦了一下，映照得通红的湖水都跟着跳了起来——呀！我看呆了。

岸边的杨柳与鸭脖子树的枝条垂了下来，随手可以攀到。小河对面，一片绿洲，蓝天白云，遥相呼应。小河碧波荡漾，河中船尾拖条长长的浪花。一幅多么美丽的乡村晨景！我情不自禁地哼起了小调："一座座青山紧相连，一朵朵白云绕山间……"

忽然，河心有声音传来："喂——速伢儿！"我闻声一望，一只小船朝我飘来。嗨！是小舅捕鱼回来了。

教书的小舅是捕鱼的好手。他最拿手的，也是我最欣赏的是他撒网，那沉甸甸的渔网被他潇洒地一撒，就像盛开的蘑菇，好看极了。另外，小舅还有一种懒人捕鱼法，即将一个长长的网套张开来，固定在小河对面的绿洲边，那些顺水而下的鱼虾、螺螺、蚌壳，一不小心就掉进网里，或挂在网眼上了。小舅的船儿靠岸了，他兴高采烈地提着一只大鱼篓，说："快跟我回家，今天收获不小。"我连蹦带跳地跟他上了码头，并一声声赞叹小舅"好厉害"。

刚走到禾场坪，我就大声喊："小舅妈，快拿脚盆来装鱼。"

小舅把鱼篓往脚盆里一倒，哇！大鱼、小鱼、小虾跳个不停。我和小舅开怀大笑，小舅妈更是乐开了花。她腰上围了条小花围裙，挺着个大肚子，拿来砧板与菜刀，放在洗衣台上。小舅妈剖鱼儿多麻利，一条，两条，三条……我边数边想，今天中饭和晚饭，小舅妈又会露一手绝活：清汤下鱼，河虾、螺螺、蚌壳，煮一大锅，我们就美美地恰两餐！余下的汤汤水水就下点儿面条和青菜，当下饭菜，这样的美味约十来天可享受一次。

三、小舅妈的奶又不是奶瓶

每年暑假，我几乎都来“外婆的茈湖口”度假。“双抢”过后的每天清晨，小舅妈就在禾场坪洗衣服，一大脚盆的衣服，搓衣板搓得嚓嚓地响。每到这时候，我就起床了，拿个麻拐凳，坐在小舅妈旁边发呆。小舅妈见我睡眼惺忪的样子，开始笑眯眯地逗我开心，跟我讲“牛郎织女”的故事。见我没认真听，又哼起了“洪湖水，浪打浪”。这下我来精神了，待她哼完，我也会来一曲儿歌：“找呀找呀找呀找，找到一个好朋友，敬个礼，握握手，你是我的好朋友。再见！”这时，我就真的拿起了小舅妈搓衣的湿手，我俩好起劲地摇晃着，笑得前俯后仰。这时，外婆搂着小表妹走过来，说：“伢哩！你们这两代人啊，一大清早，又是唱又是笑，还这么大声，也不怕人家笑话。”

小舅在一旁改作业，听外婆这么说，便笑着回应：“冇得事，不要这么封建古板嘛，只要她们高兴。”小舅说这话时，我注意到小舅妈一直盯着他，笑眯眯的眼神，甜蜜蜜的。

说起小舅妈，我还记得她刚进外婆家时的模样。那年我还没上学，外公也健在。这天，好多亲戚与左右邻居来祝贺，全家老少喜气洋洋，小舅胸前戴了一朵汤碗大的大红花，脸上洋溢着幸福的笑容。我跟满姨一道，站在禾场坪的码头旁，好奇地等待送亲来的小船。

一会，船儿靠岸了。

那些送亲的礼品，一担又一担：两铺两盖就算一担，大小木箱子两个也叫一担，洗脸盆、洗脚盆、小提桶、马桶也是一担，全是用桐油刷得光亮的木制品。还有本地土产：芝麻、豆子、花生各一纸包；鱼、肉、鸡、蛋、鸭、鹅各一点儿，加起来勉强半担也为一担。送亲的家人和亲戚朋友：两个，四五个，七八九十个吧，有数得清楚。

终于，从人群中看到了新娘子打扮的小舅妈，她袅袅婷婷从码头走到了禾场坪，一对小辫子在红色小花衣上不时摆动。我按外婆的吩咐，上前叫了声小舅妈，她回我一个甜美的微笑，便牵着我的小手，朝堂屋走去……

我不时地打量小舅妈，秀气的脸蛋，笑眯眯的眼睛，羞答答的表情！我对小舅妈说："你真漂亮！"小舅妈笑得更甜了。从那一刻起，我对小舅妈的喜欢，便定格在美好童年的记忆里。

小舅妈在沅江四中读的初中，她性格开朗，为人处事很不错。与小舅结婚时才二十岁。我特开心多了一个"新玩伴"，第二天清晨起床，我就去敲她的门，想找她玩，急得外婆踮着三寸金莲，一把拖住了我，说我不懂事。我不听，硬要找小舅妈玩，外公过来搂着我，放我坐在围椅上，逗我玩。小不点的我，想从围椅上下来有点儿费力，才没有执意再去敲小舅妈的门。

小舅妈结婚两年后，小表妹一岁了。那年又逢暑假，学生放暑假了，当老师的小舅参加集中学习去了，小舅妈就带表妹和我一起睡，给我讲"梁山伯与祝英台""八百里洞庭的传说"等，她总有讲不完的故事哦！

最记得，她还要我恰小表妹恰不完的奶。我当时都上学了，小舅妈的奶又不是奶瓶，我不好意思恰呢。可是，外婆与小舅妈执意要我恰，外婆还说："你长得细精精，恰了会长得结实些。"我只好听她们的话呗。

农活不忙时，小舅妈还会带我去她娘家或姨家小住几天。她给沅江的舅舅做六十大寿时，就只带我去了。可见小舅妈好喜欢我，我当然也好喜欢小舅妈。外婆说："你就爱和你小舅妈到处'疯啊癫'。"小舅妈和我听了呵呵笑！外婆与小舅也呵呵笑！

夕阳西下，小舅妈挺着大肚子，从墙上取下绞把筒，笑眯眯地牵着我去河堤上绞草把子。她告诉我，稻草是湖区的主要燃料，将它绞成麻花一样的草把子，经烧。因此，家家户户都将打完谷的稻草，一堆堆放置在堤上。我看码得好像小房子，更像蒙古包。小舅妈他们的邻居，某某娭几、某某大婶及某家小媳妇，常在这里聚集一堆，说说笑笑拉家常。有的绞草把子，有的做针线活，小孩子更是顽皮地在草垛上打滚和嬉闹。我和小舅妈一边绞草把子，一边唱起了妈妈教我的“戴花要戴大红花，骑马要骑千里马”，小舅妈也哼起了“公社是棵常青藤，社员都是藤上的瓜”。小伙伴听了，高兴得手舞足蹈，小舅妈与邻居都拍手叫好。挑着担子、提着篮子的邻村路人，放慢了脚步，也笑了起来。

大人在忙，小孩在玩，一片欢声笑语。

晚霞掩映的河堤，好比一座天然乐园。

夕阳沉入了晚霞，河堤上的人陆续回了家。小舅妈说：“今天的草有蛮多，我们绞完这堆草（把子）好不？回家我给你做好恰的，晚上讲故事给你听。”我连连说要得。

忽见大舅妈急匆匆上堤来，她朝着生产队队屋的方向，将两手合成喇叭状，大声地喊道：“新——妹——仔——哎——，奇——妹——仔——呀——，鬼崽子——哎——，死得回来——，恰饭哒——啦——”

哇！我感到大舅妈喊得好有韵味，就像打山歌一样。

于是，我跑到她面前，拿着她的手说：“我再帮你喊一遍，要得不？我的嗓门比你大，保管小老表听得见。”不待她回答，我学着她的样子和语气，喊话了……完了，还一本正经问她我喊得像不像，大舅妈和小舅妈笑得前仰后合。这时，两个小老表上气不接下气地跑来了，傻呆呆地盯着我，我很得意，以为是我的功劳。

大舅妈笑着拍了一下我的小脑袋，说了句“调皮捣蛋鬼”，就拖着她的两个“鬼崽子”回家了。小舅妈在一边笑得眼泪直流，直不起腰来，我亦拍手跺脚，咯咯大笑，真是乐死人啊！

晚饭后小舅妈说肚子痛，可能小舅妈兴奋过度，外婆说只怕是动了胎气。说完就急忙煮了團蛋来，可小舅妈痛得满头大汗，哪恰得下？我急得跑到隔壁大舅妈家，正好五舅妈也在，便大声叫道：“舅妈，赶快救命呀！”她们问我发生了么子事，我说小舅妈肚子痛。她俩笑着说：“傻伢儿，生孩子是我们家的喜事，冇得事的。”

然后我跟她们到了小舅妈房间，她俩陪小舅妈说了会儿话，奇怪，小舅妈就像没事一样了。大舅妈将團蛋端给小舅妈，说：“恰了生崽有劲。”我虽然听不懂，但知道她是为小舅妈好。或许，是大舅妈的经验之谈吧！于是，我在一旁也催小舅妈快恰。

天很晚了，大人都在忙。我跑到厨房，拖着外公的手，吵着要他去堂房把两条围椅拼在一起。外公笑着说："要得。"哈！像张小床，外公把我搂上去。我好开心！躺着好舒服的，一会儿，我就睡着了……不知过了多久，一阵婴儿的啼哭传来。我迷迷糊糊地坐了起来，还好，外公在围椅边给我放了一条麻拐凳，我顺着凳子慢慢地移下来。凉鞋怕是又被狗狗叼到禾场坪去了，我只好打着赤脚跑到小舅妈的房间。见外婆与两位舅妈，还有接生婆在忙乎。一会儿，她们用一块布片包着婴儿，放到小舅妈床上。我挤过去一看，这么小小个人儿呀！

小舅妈兴奋地对我说："他是个男孩呢，你又当姐姐了。"

我摸了摸小脸蛋，他闭着眼睛，小嘴动了动，真可爱！

这时小舅欢天喜地进来了，说："这孩子是赶在天亮时辰生的，就叫他天明吧！"我拍手说这名字好听。

过了两年，我再来外婆家，小舅家又添了一个男孩。这样，一女两男，仨孩子了，小舅妈更忙了，家里也更热闹了。外婆当然高兴，每天迈着三寸金莲忙来忙去，也不言累。小舅放暑假了，除了捕鱼，就跟小舅妈去田里和菜地里干农活。

四、外婆交我一项光荣任务

二十世纪六七十年代，农村条件还十分艰苦。我虽爱去外婆家，但还是有些不习惯。比如"双抢"的时候，每天我还没起床，也不知道是几点钟，舅舅舅妈就出工去了，到太阳一两丈高了才回来恰早饭。简单的早餐就是米饭，炒两个青菜，炸几只辣椒，每天老样子。

以为中午饭会好点儿，桌上倒是摆了五六个菜，我踮起脚一看，又是清一色的蕹菜、苋菜、豆角、南瓜、辣椒……呀！中间有一碗青椒和豆豉蒸仔鱼，那是小舅捕的鱼。恰饭时，我夹条小仔鱼，咬一口，我的妈呀！咸得我吐都吐不赢。

又以为晚饭会加菜，天黑了，小舅和小舅妈疲惫地回来了。外婆做的一桌饭菜，还是中午的翻版，不过青椒蒸鱼换成了鸭蛋炒韭菜。

还以为明天的饭菜会好些，却仍是外甥打灯笼——照舅（旧）。

不过小舅妈很能干，还挺会安排的，每天中晚餐都会给外婆准备一样荤菜，毕竟是“双抢”，劳动强度大。她取下灶台上挂的风鱼、腊肉、腊鸡或腊鸭，取一样切一坨，有时偶尔买点儿新鲜的猪肉，来个辣椒炒肉。可是六七双筷子，每人夹两筷子就没了。

“双抢”一结束，就不会“餐餐有荤”了，换成了小舅妈做饭。那时乡下都是用大碗吃饭，小舅妈总会在我饭碗底下埋两个荷包蛋或一两条小仔鱼、腊肉之类的。我悄悄地和小舅妈说：“下次我的菜别放那么多盐，好不？”小舅妈笑眯眯地点点头。有时，外婆要照看小老表，就小舅妈一个人忙着做饭炒菜，我就坐在大灶小凳子上帮她烧火，听她哼个小调或讲个笑话。反正，和小舅妈在一起挺开心的。

外婆每天会在做饭的灶里煨一个大芋头或一颗鸡蛋，给我下午恰腰餐，说是身体长得结实些。其实，外婆给我“开小灶”，还有一个条件：要我拿着烂扫把到堤那边看菜园，每天三次，看鸡、狗、猪有冇进菜园吃菜，但凡有吃菜的，就用烂扫把赶。所谓烂扫把，是将一根竹竿的主端剖开剖细，名曰扫把，却不能扫地，打在地上虚张声势而已，并且要高声呼叫赶鸡鸭……这个差事我很不愿意干。不愿干的原因倒不是赶鸡赶鸭麻烦，而是要扯起喉咙，像堂客们一样“喔嚯喔嚯”大声地叫喊，惹得大姑娘小媳妇和小伙伴都来看我的洋相。我原本是一个“文静的小女孩”，却要充当村妇的角色，我不习惯，也好怕丑。为这事，我还与外婆闹了点儿小矛盾，我觉得自己好委屈，像是生活在“水深火热”之中，想爸妈了，一个人坐在河边石头上越想越难过……这时，五舅妈来河边洗菜，见我不愉快，便牵着我到她家去玩。经她耐心开导，我最终接受了外婆交给我的这项“光荣任务”。而外婆呢，说话也算数，天天“小灶”不断。同时，我还时常受到外婆的表扬。

平时，我主要恰住在外婆和小舅家，但其他舅妈家有好恰的菜，就派小老表叫我去饱餐一顿。可同样是荤菜，他们的放了一半辣椒和大蒜，而我的是纯荤菜，舅妈把菜放在饭下面。每到恰饭了，我就端起那大饭碗，故意扒开饭，将荤菜夹起来，对着小老表晃一晃，他们眼睛睁得溜圆，直流口水。但他们从来不找我要，也不与我生气。有时，我也会夹点儿给他们恰，而舅舅舅妈就不许他们恰，并对我说：“你只管恰，不要给他们，他们从小就习惯了，你是客人，过不惯我们乡下生活。”到了满姨家，满姨和姨父也是同样优待我，并说着几乎同样的话。长辈们对我如此这般关爱，令我好感动！现在回忆起来都感觉暖暖的。也许，这是在困难年代，勤劳朴实的长辈们对亲情的一种特别的表达方式吧！

还有印象特别深的点滴：几位舅舅都特别好客，舅妈都好贤惠。且喜欢小孩，每次见我们来了，个个都笑容满面，还到河堤上来迎接我们呢！舅妈他们平时做的熏肉、熏鱼、熏鸡、熏鸭，都高高地吊在灶台上，还有鸡蛋、盐鸭蛋，都不舍得吃。见我们来了，就统统拿出来招待我们。

记得有一年过春节，我跟父母到外婆家来。但见宽敞的禾场坪，那个热闹呀：几位舅舅舅妈有条不紊地忙着打糍粑、磨米豆腐、杀鸡打鸭，还请了几个师傅宰猪，一会儿工夫，就将那肥头大耳的猪搞定了。那两个用砖架的大大的灶，大大的铁锅里熬得香喷喷的……让人胃口大开！

住邻村的舅舅和姨儿，都带着一家大小回外婆家来了。大人小孩几十号人，在宽敞的大堂屋里，摆两圆桌，满满的菜；大鱼大肉，大口地恰；说说笑笑，温馨热闹。连平时不大爱说话的三姨父、四舅、五舅也忍不住“轮流登场”来两句俏皮话，逗得大家哄堂大笑。那场面……至今让我记忆深刻！

在暑假期间的午休后，外婆得闲大约三个小时，她便坐在堂屋的竹椅上歇凉、喝茶，教我做针线活。我从十二岁至十七岁，在外婆的传授下，学会了绣花、补衣、做袜底、做鞋垫、做单鞋，我做的虽然没有外婆做得精细，但也拿得出手哦！

做针线活时，外婆常给我讲过去的事。一次，也不知怎么扯到旧社会这个话题，我想起了学校的“忆苦思甜”，便问外婆：“我听谁与我妈说，你娘家是地主，是吗？那你们家剥削了农民？你小时候在家过得蛮好吧？有用人伺候你没？”

外婆不以为然地说道：“我从小是自己的事自己做。别听人家和你娘瞎扯，么子地主咯，都是自己家里人起早摸黑，累死累活做出来的。虽然有田、有布行，但都是兄弟亲戚，大部分都是族里人。这么多人要吃，大家一起做事，就这么回事。并且我们对人和气，我从来没见家里人和谁红过脸。后来，我嫁给你外公。他家是佃农，是租地主的田种，全靠一家老小辛苦劳动为生。解放后，我娘家的哥哥听党和政府的话，把布行及多余的田、多余的住房都交给了政府，还受到政府的表扬呢！所以土改时，我娘家的人也没有挨过批斗。再说，你大舅还是土改干部，后来调到农业合作社，又当公社干部，入党提干一样都没落下。你娘在工厂入了党提了干也一样没少！你三姨在副食品任经理，还年年是先进模范。还有，你五舅是生产队长，小舅是人民教师。因此，我的娘家与你外公家都是本分人，才能这么顺顺利利，是的吧。”

哇！真没想到外婆有一肚子话，并且说得头头是道啊！虽然外婆出身有点儿大，但是她和她娘家人没受牵扯却是事实。并且，生产队的人都挺尊敬她的。

然而，让我不明白的是，这现实，怎么就和课本里的“忆苦思甜”不相同呢？

五、外婆乱点鸳鸯谱

“丁零零……”单车铃连续响了，打断了我的沉思。我连忙跑到门口，见是大舅推着单车回来了，他从后架上取下两本《红楼梦》上下集递给我，我好开心！连忙说：“谢谢大舅！”

外婆迈着三寸金莲走过来，招呼大舅进堂屋歇息，然后拿出她的零食给大舅恰。我拿起茶碗，倒了一碗茶，双手端着递给大舅。这倒茶给舅舅喝是我的“专利”，拿零食招待谁是外婆的“惯例”。

大舅微笑着问我：“农村生活习惯吗？”我点点头。大舅又问：“这里好玩吗？”我还是点点头。我突然乖巧了，可能这位大舅是“当官”的吧。平时大舅吃住在公社，隔三岔五才回趟家。在这个大家庭里，外婆是一家之长，其次就是大舅，他很威严，还一表人才。

外公在世那会儿，我还很小，跟爸妈来茈湖口外婆家时，我见大舅一个人在小阁楼上看书。从那时起，我就很崇拜他，又有点儿怕他。后来，我长大了，上学了，又来外婆家啦。他见我也爱看书，就用单车搭着我，去茈湖口公社图书室，挑选我喜爱的书刊。我若有不认得的字或看不懂的，他和小舅便耐心教我。其实，大舅也蛮和气。他坐了会儿，喝了茶，跟外婆说了会儿话，便站起来，看着在一旁“甜笑”的我，拍拍我手上的书，拉了拉我的小辫子，笑着挥了挥手，转身朝自家门口走去。

我拿着大舅借给我的《红楼梦》翻了翻，心里乐滋滋的，想去幽静的河边小树林看书去。可外婆又跟我说那些没完没了的话，结果我走神了，没听到她说了什么，就以微笑和点头敷衍她。

突然，我听到外婆叹了口气，并低沉地说："我对不起你娘呢！当年她只有八岁，我就把她送给了你姨外婆，我的妹妹，你娘的满姨。听说，后来你娘去工厂当了童工，也不知她吃了多少苦，遭了多少罪。我一想起这事，眼泪都不得干。要不是当年，家里儿女太多，我和你外公实在是怕养不活，也不会将你娘这么小就送出去。不过还好，你娘并不记恨我，对我和她的兄弟姊妹都蛮好……"看着泪眼婆娑的外婆，我鼻子酸酸的。但我安慰外婆："当年你和外公很有脑筋嘛！这一送，我妈还走运了，成了城里人，我妈不是过得好好的吗？并且还碰上了我爸这么好心肠的人，常常买东西给你。我晓得每年冬天还冇到，我爸就给你和姨外婆，准备烤火的木炭，是滴吧。"

外婆说："嗯滴咯，你爸这个人没说的，要不怎么说他是个大好人呢！"

我看外婆破涕为笑了，就拉着她的手摇了摇，撒娇地说："亲爱的外婆也！我要做假期作业了，还要写篇心得，本来不知道写啥好，这下，就写你刚说的这些好不？"外婆拍了拍我，说："伢哩！你这小没良心的速伢儿，我晓得你是想去河边看这破书咯。"

嘻嘻！知我者，外婆也！

不知不觉，暑假快结束了。爸爸搭信来，快开学了，要我回去。我真想多待些日子，想到就要告别外婆、舅舅舅妈和小老表他们，心里真有些不舍；但又一想，很快就能见到爸妈了，家里还有好吃的，心里又美美的。真是，孩子的心，六月的天，说变就变。我连忙把在外婆家写的三十多篇日记和五篇心得，再检查一遍。日记老师是不检查的，假期心得是必检项目，看来还得赶紧写一篇凑数。感谢外婆，今天给我"痛说革命家史"，告诉我妈妈小时候做过童工一事。

这天清晨，新妹儿如约而来，送我去码头搭船。

我将大舅送我的小说《牛虻》《六十年的变迁》放在书包里。外婆打发我一个精致的饭篮子，圆圆的，还有盖，里面放的灯芯绒棉鞋，我和爸妈各一双。大舅妈送了一包山楂红薯片和干茄子，五舅妈送的干豆角和青皮豆子，小舅妈送了一瓶甜面酱及小舅捕的小仔鱼，新妹儿摘了好多莲蓬和菱角，还有一包香香的栀子花。这栀子花是我的最爱，家里放两朵，满屋都香了。我对新妹儿说过："我和妈妈都喜欢栀子花，每次我暑假后回去，你至少要给我摘三十朵，好不？”新妹儿真的把我的话当数了。满满一篮子特产放不下，外婆给我赶缝了个小花布袋，新妹儿帮我背着提着，我们走了六里路，他一直送我到船上。我对他招招手表示感谢！船要起航了，他才转身小跑上了码头。

看着新妹儿离去的背影，我突然想起外婆的一番话——一天晚上，我和外婆躺在床上聊天，她问我：“你喜欢我们乡下吗？”我毫不犹豫地回答：“喜欢，要不我每年暑假都来呢！”

外婆高兴地拿着我的小手拍拍，说道：“那好！我想留你在乡下，在我身边，天天看得到你——就像见到了你娘一样。伢哩！我明天就去跟你大舅妈说，等你满了十八岁就把你嫁给新妹儿，要得不？你爸妈那里我来说。”

我一听，晕死了！虽然不完全懂，但觉得大概就是今后和新妹儿成为一家人，在一起过日子的意思吧。我的外婆也！现在我十二岁，待我十八岁，就把我嫁到乡下来？只有六年了。想想都犯愁！乡下这么辛苦，我才不愿意干农活呢！再说，我爸妈也不会同意。虽然我与外婆说不太清楚“血缘关系”的道理，但我知道，我与新老表是自家人，怎么可以呢？我着急地对外婆说：“我坚决不同意。”我立马从床上坐了起来，吵着要马上回家告诉我爸妈——外婆有些古怪的想法……这时，外婆拍了拍我，哄我说：“好了，好了，你还小，不说这事了，等你长大后再说。现在天晚了，睡吧，我的小祖宗也，听话咯！”

我听了，还是晕！

还没等我长大，这话就在亲戚之间传开了，老表们总拿外婆的话，笑话我和国新老表。

我又晕！晕晕！

之后两年，我也不敢去外婆家。

六、有种爱叫外婆的爱

后来，我与新妹儿都长大了，见了面都不好意思啦！

再后来，想起外婆说的这些话，又觉得特别的好笑！

后来的再后来，在我成家时，外婆出乎我们的意料，她并没因这事生我的气，竟送给我一床麻布老蚊帐。小舅妈告诉我："在几十个孙子辈中，你外婆唯一送了这个珍贵的礼物给你。你都不知道，那一根根麻线，都是她用手指搓了大半年，后来还是我给她凑了点儿。到第二年开春，请织布师傅到家里来，用简陋的织机，一梭梭织成布匹。又待夏天，我和她将麻布铺在草地上，嘴里含着水使劲喷，将麻布喷湿后，晒干，又喷。如此反复几天多次的操作，麻布才由深黄变成浅黄，又由浅黄漂白成了米白。然后，她一针针、一线线、一匹匹，终于缝成了这床蚊帐。这些烦琐的过程，整整忙了她新旧两年啊！"

之后又听我妈妈说，外婆的左右手指，为了搓麻线，都脱了一层皮，好些日子都红红的，刺痛。当我知道了这些，心里不知有多难受！

我又打开小木箱，呆呆地看着这床麻布蚊帐，思潮起伏……也不知耗费了外婆多少精力，才做成这一份圣洁的礼物。这不是一般的礼品——是和麻布蚊帐一样沉甸甸的爱，更是外婆对我的一份深情的思念与长长久久的祝福！

在我儿子五个月大时，我再去茈湖口看望外婆，并向她当面表达谢意！外婆一脸的慈祥，她拉着我的手，问我过得好不好，我顺手将怀里的儿子递给她，说这就是见证！她接过宝宝，眉眼里都是笑意！

一晃，外婆已经离开我们三十多年了，每当我想起这些点点滴滴，更加思念外婆了。

难忘——和外婆在一起的那些夏天。

怀念——在茈湖口的那段幸福时光。

感恩——世间有一种爱叫外婆的爱。

（本文于 2019 年 7 月 27 日在益阳官方网站"益阳在线"发表；2022 年 6 月修改于深圳；荣获 2022 • 全国青年作家文学大赛小说组二等奖）

作者简介：天意，女，湖南省益阳市人，深圳市作协会员，青年作家网签约作家。曾在多家媒体发表小说、散文与纪实作品。

恐　慌

陈红旗

早上七点，睡得正香的王浩被一阵手机叫醒服务的铃声吵醒，习惯性地拿起手机，想浏览一下头条新闻，再翻阅一下记事本。在浏览头条时，却卡了壳，怎么也打不开进不去。他纳了会儿闷，又去翻找记事本，也是进不去，这是怎么了?

王浩由躺姿变成坐姿，“移动不行，电信怎么样？”

他一边想，一边又打开另一部电信手机，试了试也是如此。他有点儿着急，推了一把还在熟睡的妻子，说：“丽华，你看看手机，我的怎么打不开了？”

丽华不情愿地把手机打开，结果也是什么也看不了，又看了一眼右上角，惊讶地说：“这不没信号呀，你关了路由器啦？”

“没有啊。”

“再打开外网试试。”

他们二人又关上 wifi 打开流量，可手机还是没有信号。

丽华问王浩：“欠费了吗？”

“没有，刚交了三百元。”

“你给我打一个电话。”

王浩拨通丽华的号码，里面出现了“你拨打的电话无法接通”的提示。

“这不是手机的问题了，肯定是通信信号出问题了。”丽华一边说一边起床，“我还有个报表要上传呢，昨天晚上弄好太晚了，就没发出去，这下可坏事了。”

“我这边也有好几件事情要安排，都在手机上，这可怎么办？”

王浩立刻起床，准备为上小学四年级的女儿做点儿吃的去上学，可天然气也是只打火不出气，“见了鬼了，一夜之间这是怎么了？”

“一定是出大问题了，天然气刚换上智能表，可远程控制，欠费和漏气都会停气，咱们没有欠费，肯定是大数据出了问题，不能显示费用，所以智能就起作用了。”丽华见状这样说道。

“那我带她到外边吃点儿，然后我就去上班，你自己想办法吧。”

“好，多穿点儿，早晨天凉。”

王浩领着孩子来到楼下，院里已经有好多人，都忧心忡忡，纷纷在议论，不知到底发生了什么情况。

小吃店里这时也是人满为患，坐着吃的人不多，在前台站的人很多，原来是手机不能付款，不能用餐，只能用现金购买。王浩一看也傻眼了，他的口袋里也没有现金，孩子看到这一幕，赶紧说：“爸爸，我这儿有十元钱，是给我买零食的，我没用。”

“好，好，给爸爸先吃饭，回头再给你。”

从小吃店出来，王浩骑车带上女儿，一路向学校奔去。

大街上，行走的人都低头不时翻动着手机，行色匆匆又神色凝重，公交站台站满了人，车来后又上不去，因无法提供健康码，也无法手机付费，共享单车也打不开，出租车没有一辆空车，许多送孩子的家长都快要急哭了。王浩暗自庆幸有辆自行车果然更方便一些。同时，他也在想，公交就不能灵活一点儿吗？起码让孩子们先上学呀。

到学校后，王浩看着女儿进了校门，又赶紧往单位赶，一路的景象更是让他感到事情的严重。各小吃店基本都是进的人多，吃饭的人少，小商店和超市也是进去的人多，大部分又空手出来，只有极少数人提着东西。还好这时各公交站台旁出现了维持秩序的人，大声向人们宣布着：“市里有通知，现在情况特殊，先免费乘车，让孩子先上，戴好口罩，做好防护，大人们都登记信息，不要发生拥挤。”而各个收费停车处的出入口都拥堵着好多汽车，出不来，进不去，现在都是智能扫码出入，无人值守，司机们急得嗷嗷叫，但也没有办法，只能使劲按喇叭，呼叫管理人员赶紧来解决难题。

好不容易赶到单位，快速上楼，这时已经九点钟了，楼里也没几个人，到处长办公室看了看，门还锁着。来到自己的办公室，电话一直在响，拿起来还没来得及说话，那边处长已经发火了：“是谁呀？王浩吗，几点了才上班？你立刻通知一下，上午九点半的会议取消。”

“处长，今天手机都打不通，怎么通知呀？”

“噢，把我急糊涂了，我这儿也是车开不出来，出租打不上，也不知几时才能到单位，谁到就通知谁吧。你去马厅长那儿说一声，告诉他我的汇报晚点儿送给他。”

王浩放下电话，赶紧来到厅长办公室。马厅长正在办公室转圈，一脸的着急，看到王浩进来，不等他说话，直接吩咐说：“小王，你来得正好，你马上到二院去一趟，我岳母今天做手术，就我爱人一个人在，我在等市长电话，要去机场接待上级领导，你替我去看一下，有什么事情帮帮忙。”

“不知在哪个病房。”

“治胃病的，是消化科吧。这电话联系不上，急呀！”

王浩马不停蹄地来到医院门口，也是围着很多人，根本进不去，医院要求更严格，不管什么原因，没有相关出入证明谁也不能进去。王浩也没办法，只好回去复命。

大街上行走的人比往常明显偏多，每个人同样是在低头看手机，但都是看一眼立马又抬起头，神色慌张地急速赶路，好像丢了魂儿似的。各个十字路口，都是人工在指挥交通，越指挥越拥堵。就连骑自行车的也都是慌慌张张地冲撞着，完全没有了原来悠闲自在的感觉。各个银行网点门口都聚集着许多人，大家都在焦急地等待着，有的在认真阅读大门上“因网络原因，本行暂时不能营业，请谅解”的通知；有的在三五成群地交谈。

回到办公楼，就听到楼道里有妇女大哭小叫的声音，近前才知道，是后勤部门的一位女同志，受到了刺激，有点儿控制不住，一会儿哭一会儿笑：“这可怎么办哪，我的全部家当都在手机银行上呀，那是我一生的积蓄，要是数据都给弄丢了，我可怎么活呀，老天爷，不得了了呀。”

旁边虽然围了几个人，但也没有人劝，怎么劝呀？谁知道事情如何发展，发展到什么程度？

王浩有自己的事情，从旁边过去，直接走到厅长办公室，发现厅长已经锁门走了。没能完成交代的任务，咋办呢？

回办公室时，路过处长室，看到处长在，就进去向处长打个招呼：“处长，我刚才去医院了。”

“我知道了，刚才见到马厅长了。情况怎么样？”

“医院根本进不去，没见着人。我就回来了。”

“先这样吧，谁也没办法。”

“处长，今天这情况到底是怎么啦？”

“据说是咱们市的通信系统遭到不明黑客攻击，包括大数据网络系统，导致各项通信设备失灵，数据网络瘫痪，造成被动局面，现在正在努力恢复。”

“好可怕呀，通信信号恢复就可使用，影响不大，但数据如果丢失或混乱，那麻烦可就大了去了。”

“是啊，大部分人还不知道事情的真实性，只是猜测就让人们觉得无比恐慌，如果……后边谁还敢想象。”

王浩回到自己的办公室，心情也低落到了极点，再看其他人，都是一副失魂落魄的样子，电脑不能办公，手机失去功能，一会儿拿起，一会儿放下，一会儿站起来看看窗外，一会儿坐下发呆。这样还能办公吗？

他抬手看了一下手表，“啊，都十二点了，哥儿几个，先吃饭吧。”

“吃饭，今天能吃上饭吗？”不知谁说了一句。

（本文荣获2022·全国青年作家文学大赛小说组一等奖）

作者简介：陈红旗，笔名方园，青年作家网签约作家，喜欢阅读和散文随笔写作，作品散见于报刊和网媒，有作品收录在《花开四季：全国青年作家优秀作品选》。曾荣获第三届“全国青年作家杯”征文诗歌组一等奖，被青年作家网授予“2021年度优秀作家”荣誉称号。2021年出版散文诗歌集《时间风景》。

流尽最后一丝爱（外一则）

刘慧明

从前，车马很慢，一生只爱一个人，许下的爱，朝朝暮暮，漫过岁月的心田。

一

2017年9月3日，天灰蒙蒙一片。

我正带队在深圳的东部华侨城搞团建，中午休息时，突然接到远在家乡二哥的电话："弟，我刚从医院出来，父亲患上了肝癌，你要尽快回来。"

二哥简短的告知，却让我霎时惊呆了，我一屁股坐在了地上，眼泪飞奔而出。我来不及安排好一切事宜，便急匆匆开车赶回老家。

在老家的医院里，我们兄弟三人都已变成了泪人，母亲在一边倒没有表现出过度的伤心，只是怔了好久，然后悄悄地抹掉了眼角的一点点泪花。

父亲刚满八十大寿没多久，此时显得很冷静，反复且详细地咨询了医生，得知接受化疗的一些细节后，便要求我们先回去再说。

回到家，父亲独自待在房间里。吃晚饭的时候，他对着全家人说："我决定放弃治疗，你们都刚创业，也不宽裕，我都八十多了，还去折腾干吗？"

我带头劝说父亲："老爸，你有医保，即使再贵，治疗费最终摊下来也没多少，也不会给我们兄弟造成多大的困境。"

任全家人再三反对与劝说，父亲依然不同意："我的人生已经开始倒计时了，即使治疗也最多延长一二年而已，而且还要在无休止的化疗中度过，我不如在剩下不多的日子里过一下自己想要的生活。"

全家人听到这话都深感无奈，父亲一直就这样理性。母亲也没多劝说，只是一声不响地往父亲碗里夹了几筷子菜。饭后，母亲低沉地说："让我们回乡下老家吧。"

回想十年前，因为二哥常出差，而嫂子又在长沙工作，为了看家及带好小孩，二哥将在乡下生活的父母接到了县城。身处人情陌生的闹市，父母却深感不自如，时常怀念乡下出门就可见的田野、小溪以及邻里之间淳朴的家常往来。

于是，第三天，我们一起将父母送回了农村老家，并安顿好了一切。

二

在村头，二嫂问我们兄弟："你们觉得妈爱爸吗？"这个问题在我心中也时常微妙闪现。

我读不懂父母的爱情。在我印象中，他们之间似乎总是淡淡的，虽不曾见过他们有争吵，但鲜见他们像别的夫妻那样腻歪。父亲对母亲没有甜言蜜语，母亲也从没有管束过父亲，他们彼此之间有太多的自由和个人空间。

我一直淡看"相敬如宾"这个词，自初通人事起，我便觉得爱既常存于尘世，必然会带着一些占有欲和患得患失的恐惧感，只有不够相爱的伴侣，才会呈现出更多的淡定与从容。

由此，让我难免会质疑父母之间是否有真爱存在，是否只是媒人撮合起来，抑或是消磨人生时光的夫妻。如今，突如其来的病让父亲的命运拐了弯，在生命倒计时还放弃了治疗，而母亲却支持了他的放弃，这似乎正验证着我的疑惑。

谁知，父母回到乡下以后，日子竟过得从从容容。

荒芜已久的院子重新露出了生机，几株我最喜欢的柚子树又变得郁郁葱葱，屋后的蔷薇也开始绕墙而行。我每月回家探望，见小院变得愈来愈繁盛，两把老藤椅并肩摇立在堂屋中，透出一丝丝默契。

父亲瘦弱的身体穿梭在后院的灌木丛里，他不停地扶锄松土，母亲在院子的一角拎桶接水浇灌。我劝说母亲："父亲身体不好，你劝劝他别劳累这些事了。"

"劝不动的，既然他高兴做，就随他去吧。"母亲一脸的不悦。

母亲像大多数女性一样，一辈子最喜欢的就是花。有一次，父亲悄悄地告诉我："我种的这些都是你妈最喜欢的花品，你妈一直想要这样一个花园，我年轻时总借口太忙，如今再不着手弄出来，就真要来不及了。"

我顿时怔住，父亲居然这样浪漫！母亲"莲的心愿"原来一直开在他的心中。

"爸，我妈知道这是你特意为她种的花草吗？"我边拔草边问父亲。

“我们都老夫老妻了，还用得着讲出来吗？你妈每天看着这些花，可别提有多高兴了。”父亲似乎有些得意。

饭桌上，我见父亲并没因病而有酸辣之类的忌口，而且只要他想吃的，母亲都会变着花样给他做。

临走前，我问在菜地里忙碌的父母要不要考虑再回县城。“明儿，你在深圳回来也不容易，你妈跟着我半世辛劳，爸只想与你妈过好剩下的日子。”父亲一边回答我，一边捉了豆角叶脉上的一只青虫。

生命最后的日子，父亲只想与母亲一起安静度过。

三

我带着沉重的心情回到了深圳，那段时间因为公司业务繁忙，我没有每天给父母电话。

有一个周末，我给母亲打电话，打了五次才接通。“妈，你那边信号咋这样差，你们在哪里？”我着急地发问。

“明儿，我与你爸在韶山旅游呢。”

“什么？你们去旅游了？妈，你也太不负责了，明知我爸的身体不能折腾，万一摔了咋办？”我生气地责怪母亲。

“你爸时日不多了，他一直向往韶山，那就让他了却心愿吧。人活一辈子，终归都是要走的，不留遗憾也就圆满了，我们也没告诉你们兄弟。”听后，我一时语塞。

父亲自患病后，在许多事务的看法上竟与母亲出奇的一致，我突然明白了：父母一辈子看似相处平淡，其实不是爱得不够，而是因为他们太理解彼此，所以不用过多地去解释。

从韶山回来后的第二周，父亲进入病危之际，即便我急匆匆地赶回家，也没能见到他最后一面。

姑姑告诉我，父亲临走前似乎没什么话想说，只是轻声叫了一声母亲的名字，然后含笑离开的。

母亲井井有条地料理着父亲的葬礼，抱着父亲的遗像，一边用纸巾擦拭，一边喃喃自语："老伴呀，你生前最爱干净，衣上有一点儿灰都会拍掉，我再帮你好好擦擦。"

当送葬的人群散去后，母亲还不愿意离开山头，她推了推我，幽幽地说："你们先回去安排酒席吧，我想在山上再安静地陪陪你爸，地底下黑，你爸刚去会很孤独。"

四

父亲走后，母亲没有变得颓废，经常在乡下玩些小麻将、纸牌……偶尔在菜地里也倒腾一下，抑或去县城的二哥家小住，似乎过得更洒脱了。

中秋时，我回了老家，与母亲聊起过往，第一次听母亲说："我十七岁那年通过媒人见到你爸时，就一眼认定了他。"说完后，母亲的脸上竟露出了少女般的娇羞。

"你爸年轻时很帅，只是家境贫寒，二十五岁时还没结婚，我们结婚后，他有一次在下放蹲点的村庄，当时有个女人经常去找他。我知道后心里很纠结，但想着爱不是靠捆绑维系的，我也笃信你爸的人品，后来那件事果然不了了之。"

"与你爸六十年一起走下来，也有过一些怄气的时候，但每次想想人生不过短短几十年，气也就消了。"母亲沉湎于往事，看得出很释然。

"妈，你和我爸一辈子都没有说过一句我爱你，不觉得遗憾吗？"我说出了一直以来内心的疑惑。

"爱，不是一定要用甜言蜜语表达的，只要知道对方心里有自己，这比什么都好。"

母亲朴实的一句话，让我心中一片嘘然。也许，人只有对不确定属于自己的东西，才需要反复强调。

母亲翻开旅游相册。我看见在韶山时虽有病态却一脸满足的父亲，握着母亲的手站在韶山清水塘前，我看见在张家界的石板林中他们悠然并肩前行，我还看见，在母亲后来独自去南京、天安门等许多景点照里，她手上都拿着父亲的照片。

"这都是你爸生前想过要去的地方。他来不及去，我把他带过去。"

我第一次读懂了属于父母的深情。

临走前，母亲送我，含泪低语："我现在每次去医院，看见那些被绝症折磨得生不如死的病人，我就庆幸当初没让你爸遭罪。你爸一辈子是最要尊严的，他不怕死，就怕走得不体面。明儿，你不要怪妈没让你爸治疗。你爸走了，我是最伤心的那一个。但是我宁可看着他高高兴兴地走，也不能看着他在折磨中活着，相信如果换了我，你爸也会这样决定。"

许多像我这样自诩聪明的儿女，总喜欢以自己的认识来剖析父母的情感。而我用了半生才明白，父母的爱情犹如一片无言的沃土，没有灿烂的张扬，亦无须浅薄的吆喝，却蕴含了人世间最真诚的厚爱。

（本文荣获青年作家网2021年度优秀作品）

心怀众生

公元1093年，宋哲宗开始亲政，改年号绍圣，实施新法，打击旧党，朝野上下一片风声鹤唳。

绍圣元年六月，苏轼被贬为宁远军节度副使，于惠州安置。

赴惠州的路上，苏轼对此次的境遇做了种种不堪的设想，因为当时在大多数北方人的认识中，惠州被看成是瘴疫横行、穷山恶水之地。

十月二日，历经千难万险，苏轼携侍妾王朝云和小儿苏过终于抵达惠州。

下了马车，苏轼舒展了一下四肢，极目向四周望去，但见远处的罗浮山与象头山高耸入云，近处满目苍翠，清澈见底的河流逶迤绕城而过，这生机盎然的一幕让苏轼顿时精神大振。更令他惊喜的是惠州百姓夹道欢迎，让苏轼重忆起昔日打马还乡的荣耀感。

进城后，幸得知州詹范的关照，苏轼一家暂住合江楼半月有余，后又搬到了偏僻潮湿的嘉祐寺。在此期间，惠州各地的县令也送来了肉与米，而远在千里之外的杭州，苏轼的亲朋好友也时刻惦记着，并派人捎来了药、食物。

这一切，使初来乍到的苏轼全然没了陌生感与失落感，之前的种种担忧也一扫而光。

只是苏轼一时还难以听懂当地人的方言，他常常自我感慨道："茅蒋谁氏居，鸡鸣隔林丘。"

同时，也因了有爱妾王朝云（出身清寒，自幼沦为歌伎，被贬杭州的苏轼在一次宴会上欣赏到了她的轻歌曼舞，被其"浓妆淡抹总相宜"的清新气质所打动，遂娶其为妾）的陪伴，两个人常漫步于西湖，吟景赏月，共咏诗句，苏轼逐渐安下心来。

有一天，在外酒足饭饱的苏轼回到家后，摸着肚皮问侍女们："你们有谁知道这里面装的是什么吗？"有侍女抢先答道："是文章。"随后又有人说："是学识。"苏轼连连摇头。

王朝云见状，面带娇羞地答道："学士装的是一肚皮的不合时宜。"

听罢，苏轼捧腹大笑，然后颔首称赞道："知我者，朝云也。"

又一日，苏轼闲坐于家，瞅见窗外落叶萧萧，一时感怀，遂让朝云弹唱《蝶恋花》，谁知她刚吟出第一句"花褪残红春杏小"，便已泪眼婆娑。

苏轼心头一热，连忙不停地安慰道："朝云，感谢你不离不弃的跟随，即便颠沛流离，也还能与我心心相印。"

因了有爱妾在侧，尽管此时的苏轼仕途失意，甚至连生计都成问题，但仍能一如既往地保持乐观，寄情于惠州的青山绿水，流连于西湖的清风明月。

一个乐观、洒脱的人，总有办法发现生活中的美。被贬黄州时的苏轼吃猪肉、酿蜜酒，不亦乐乎；而谪居惠州的他更是尝到了让自己欲罢不能的四季甜果、可口的美食及美酒。

绍圣二年四月十一日，苏轼第一次吃到了皮薄肉滑的鲜荔枝，欣喜之余敞开了自己的肚皮，由衷地作诗赞道："日啖荔枝三百颗，不辞长作岭南人。"

除了钟情于荔枝、卢橘等甜果，苏轼还从美食、美酒中找到了生活的另一种乐趣。

一日，苏轼进肉市溜达，得知惠州每天只宰杀一只羊，而羊骨却没人要，于是他便买了回来，先控水再晾干，之后放酒里浸一下再撒上盐，最后用火烤出焦香味，吃得津津有味的苏轼美其名曰"烤羊蝎子"，并将自己的心得推荐给弟弟苏辙，还邀来知州及各县令一起品赏。

有了美食，好“把酒问青天”的苏轼又开始琢磨美酒了。准备好材料后，他亲自酿制了橘子酒和松酒，常常一边滤酒，一边慢慢地细品，结果有好几次，酒还没滤完，他自己却已醉得东倒西歪了。

谪居惠州的苏轼，除了诗意地生活，也常心怀众生。此时的他虽没实权，但仍借助于自己的威望，以建言、倡议及募捐等多种方式，为惠州的百姓减压造福，为惠州的民生出谋划策。

看到惠州百姓生活贫瘠，苏轼倡导大家自食其力，开荒种蔬菜瓜果，并且身体力行，视劳作为怡情养性之道，还写下了《雨后行菜圃》：“白菘类羔豚，冒土出蹯掌。谁能视火候，小灶当自养。”

当时的岭南多瘴疫，惠州的民众缺医少药，苏轼除了到处张罗药品，知医懂药的他还积极地推广药材的种植，教大家种人参、地黄、枸杞等等，以此养生健体，并赋诗《人参》传诵道：“上党天下脊，辽东真井底……移根到罗浮，越水灌清泚。”

苏轼还经常下乡，有一次在乡下看到百姓的插秧技术和工具都很落后，为了帮助民众提高生产力，他绘制了插秧船的图形，并命工匠制造，取名“浮马”，然后推广应用。

游玩到香积寺的时候，苏轼见溪流湍急，落差很大，便亲自设计水碓水磨，让附近的民众用来舂米、磨面、研磨香粉。另外，他还设法化解民间的各种矛盾，建议官府改善税赋，以减轻百姓的负担。

除了心系百姓，寄情于惠州山水的苏轼发现了“人间胜绝略已遍，匡庐南岭并西湖”的丰湖，常流连于此。

有一天，他经过浮桥去城西，发现桥已年久失修，过往的百姓常常提心吊胆。冥思苦想之后，苏轼又集思广益，然后提出了修建东、西两座新桥的想法。

他虽无权申请造桥的资金，却争取到了表兄和太守詹范的支持，遂拉开了造桥的大幕。

然而，当工程进展到中途的时候，造桥的资金不够了。之前因为苏轼常捐钱，此时已身无分文，但他没泄气，带头将朝廷所赐的犀带捐出，并写信动员弟媳捐助，之后又发动百姓集资。

绍圣三年六月，两座大桥终于迎来了竣工，百姓们敲锣打鼓，奔走相告，目睹欢庆的盛况，苏轼倍感欣慰，作《两桥诗》：“父老喜云集，箪壶无空携。三日饮不散，杀尽西村鸡。”

就在这一年的元旦，博罗县城发生了严重的火灾，在重建的时候，苏轼担心官府会盘剥百姓，便直言“灾民又甚于火灾”，谏言当地官府向朝廷呈请重建的资金，以减轻百姓的压力。

同时，苏轼还主张建立集体公墓，把一些野坟集中到一起，让死者得以安息，当公墓落成的时候，他还亲笔写了祭文。

心怀众生的苏轼，自然不会被惠州百姓遗忘，很快就“鸡犬识东坡”。然而，奔波的苏轼却很少考虑自己的得失，直到绍圣四年的二月，他才在白鹤峰上寻得一块空地建成了新居。

新居落成后，苏轼计划终老于此，以诗“报道先生春睡美，道人轻打五更钟”道出了自己满足的幸福感。

然而，苏轼的“得意”却让章惇等新党不舒服了，于是两个月后又将他贬至海南儋州。

苏轼谪居惠州的时光虽短，只有二年零七个月，却让惠州名扬千里，正如清代诗人江逢辰所赞：“一自坡公谪南海，天下不敢小惠州。”

苏轼不仅为惠州留下了东、西新桥，苏堤故居和朝云墓等名址，合江楼、泗州塔、嘉祐寺等还因他的吟咏，成为千古留存的物质文化遗产。

而且，才华横溢的苏轼在这里写下了近六百首（篇）诗词、散文和序跋，其中的《食荔枝》一诗更是成为岭南千年传诵的代言词，也因《江月五首》中的“一更山吐月，玉塔卧微澜”，让惠州西湖蜚声中外。

虽然被贬失意，但苏轼宠辱不惊，既能诗意地生活，也常心怀众生。他为惠州注入了中原文化，让之后的惠州士子汲取到了思想的能量，开阔了眼界和格局；他用诗歌赋予了惠州山水更超然的灵性；他更为惠州留下了敦厚待民、重教兴文的人文理念，让惠州人有了生生不息的文化自信及进取精神。

纵沧海横流，星河滚烫，苏轼留给惠州的点点滴滴却历历在目，一代代惠州人用《定风波》中的“试问岭南应不好。却道。此心安处是吾乡”倾诉着满满的自豪，更多的惠州人即便低到尘埃里，也能绽放出耀眼的光芒。

（本文荣获青年作家网 2022 年度优秀作品）

作者简介：刘慧明，笔名 e 路爱，青年作家网签约作家，毕业于清华大学，曾在多家五百强企业担任高管，被多所高校聘请为指导老师。